Contos Escolhidos

Artur Azevedo

TEXTO INTEGRAL

Série Ouro

EDITORA AFILIADA

Os Objetivos, a Filosofia e a Missão da Editora Martin Claret

O principal Objetivo da MARTIN CLARET é continuar a desenvolver uma grande e poderosa empresa editorial brasileira, para melhor servir a seus leitores.

A Filosofia de trabalho da MARTIN CLARET consiste em criar, inovar, produzir e distribuir, sinergicamente, livros da melhor qualidade editorial e gráfica, para o maior número de leitores e por um preço economicamente acessível.

A Missão da MARTIN CLARET é conscientizar e motivar as pessoas a desenvolver e utilizar o seu pleno potencial espiritual, mental, emocional e social.

A MARTIN CLARET está empenhada em contribuir para a difusão da educação e da cultura, por meio da democratização do livro, usando todos os canais ortodoxos e heterodoxos de comercialização.

A MARTIN CLARET, em sua missão empresarial, acredita na verdadeira função do livro: o livro muda as pessoas.

A MARTIN CLARET, em sua vocação educacional, deseja, por meio do livro, claretizar, otimizar e iluminar a vida das pessoas.

Revolucione-se: leia mais para ser mais!

MARTIN CLARET

COLEÇÃO A OBRA-PRIMA DE CADA AUTOR

CONTOS
ESCOLHIDOS

Artur Azevedo

TEXTO INTEGRAL

MARTIN CLARET

CRÉDITOS

© *Copyright* desta edição: Editora Martin Claret, 2008

IDEALIZAÇÃO E COORDENAÇÃO
Martin Claret

ASSISTENTE EDITORIAL
Rosana Gilioli Citino

CAPA
Ilustração
Marcellin Talbot

MIOLO
Revisão
Durval Cordas

Projeto Gráfico
José Duarte T. de Castro

Direção de Arte
José Duarte T. de Castro

Digitação
Graziella Gatti Leonardo

Editoração Eletrônica
Editora Martin Claret

Fotolitos da Capa
OESP

Papel
Off-Set, 70g/m²

Impressão e Acabamento
Paulus Gráfica

Editora Martin Claret Ltda. – Rua Alegrete, 62 – Bairro Sumaré
CEP: 01254-010 – São Paulo – SP
Tel.: (0xx11) 3672-8144 – Fax: (0xx11) 3673-7146
www.martinclaret.com.br / editorial@martinclaret.com.br
Agradecemos a todos os nossos amigos e colaboradores — pessoas físicas e jurídicas — que deram as condições para que fosse possível a publicação deste livro.

Impresso em 2008.

PALAVRAS DO EDITOR

A história do livro e a coleção "A Obra-Prima de Cada Autor"

MARTIN CLARET

Que é o livro? Para fins estatísticos, na década de 1960, a UNESCO considerou o livro "uma publicação impressa, não periódica, que consta de no mínimo 56 páginas, sem contar as capas".
O livro é um produto industrial.
Mas também é mais do que um simples produto. O primeiro conceito que deveríamos reter é o de que o livro como objeto é o veículo, o suporte de uma informação. O livro é uma das mais revolucionárias invenções do homem.

A *Enciclopédia Abril* (1972), publicada pelo editor e empresário Victor Civita, no verbete "livro" traz concisas e importantes informações sobre a história do livro. A seguir, transcrevemos alguns tópicos desse estudo didático sobre o livro.

O livro na Antiguidade

Antes mesmo que o homem pensasse em utilizar determinados materiais para escrever (como, por exemplo, fibras vegetais e tecidos), as bibliotecas da Antiguidade estavam repletas de textos gravados em tabuinhas de barro cozido. Eram os primeiros "livros", depois progressivamente modificados até chegarem a ser feitos — em grandes tiragens — em papel impresso mecanicamente, proporcionando facilidade de leitura e transporte. Com eles, tornou-se possível, em todas as épocas, transmitir fatos, acontecimentos históricos, descobertas, tratados, códigos ou apenas entretenimento.
Como sua fabricação, a função do livro sofreu enormes modifi-

cações dentro das mais diversas sociedades, a ponto de constituir uma mercadoria especial, com técnica, intenção e utilização determinadas. No moderno movimento editorial das chamadas sociedades de consumo, o livro pode ser considerado uma mercadoria cultural, com maior ou menor significado no contexto socioeconômico em que é publicado. Enquanto mercadoria, pode ser comprado, vendido ou trocado. Isso não ocorre, porém, com sua função intrínseca, insubstituível: pode-se dizer que o livro é essencialmente um instrumento cultural de difusão de idéias, transmissão de conceitos, documentação (inclusive fotográfica e iconográfica), entretenimento ou ainda de condensação e acumulação do conhecimento. A palavra escrita venceu o tempo, e o livro conquistou o espaço. Teoricamente, toda a humanidade pode ser atingida por textos que difundem idéias que vão de Sócrates e Horácio a Sartre e McLuhan, de Adolf Hitler a Karl Marx.

Espelho da sociedade

A história do livro confunde-se, em muitos aspectos, com a história da humanidade. Sempre que escolhem frases e temas, e transmitem idéias e conceitos, os escritores estão elegendo o que consideram significativo no momento histórico e cultural que vivem. E, assim, fornecem dados para a análise de sua sociedade. O conteúdo de um livro — aceito, discutido ou refutado socialmente — integra a estrutura intelectual dos grupos sociais.

Nos primeiros tempos, o escritor geralmente vivia em contato direto com seu público, que era formado por uns poucos letrados, já cientes das opiniões, idéias, imaginação e teses do autor, pela própria convivência que tinham com ele. Muitas vezes, mesmo antes de ser redigido o texto, as idéias nele contidas já haviam sido intensamente discutidas pelo escritor e parte de seus leitores. Nessa época, como em várias outras, não se pensava na enorme porcentagem de analfabetos. Até o século XV, o livro servia exclusivamente a uma pequena minoria de sábios e estudiosos que constituíam os círculos intelectuais (confinados aos mosteiros durante o começo da Idade Média) e que tinham acesso às bibliotecas, cheias de manuscritos ricamente ilustrados.

Com o reflorescimento comercial europeu, nos fins do século XIV, burgueses e comerciantes passaram a integrar o mercado livreiro da época. A erudição laicizou-se e o número de escritores aumentou, surgindo também as primeiras obras escritas em línguas que não o latim e o grego (reservadas aos textos clássicos e aos assuntos considerados dignos de atenção). Nos séculos XVI e XVII, surgiram diversas literaturas nacionais, demonstrando, além do florescimento intelectual da época, que a população letrada dos países europeus estava mais capacitada a adquirir obras escritas.

Cultura e comércio

Com o desenvolvimento do sistema de impressão de Gutenberg, a Europa conseguiu dinamizar a fabricação de livros, imprimindo, em cinqüenta anos, cerca de 20 milhões de exemplares para uma população de quase 10 milhões de habitantes, cuja maioria era analfabeta. Para a época, isso significou enorme revolução, demonstrando que a imprensa só se tornou uma realidade diante da necessidade social de ler mais.

Impressos em papel, feitos em cadernos costurados e posteriormente encapados, os livros tornaram-se empreendimento cultural e comercial: os editores passaram logo a se preocupar com melhor apresentação e redução de preços. Tudo isso levou à comercialização do livro. E os livreiros baseavam-se no gosto do público para imprimir, principalmente obras religiosas, novelas, coleções de anedotas, manuais técnicos e receitas.

Mas a porcentagem de leitores não cresceu na mesma proporção que a expansão demográfica mundial. Somente com as modificações socioculturais e econômicas do século XIX — quando o livro começou a ser utilizado também como meio de divulgação dessas modificações e o conhecimento passou a significar uma conquista para o homem, que, segundo se acreditava, poderia ascender socialmente se lesse — houve um relativo aumento no número de leitores, sobretudo na França e na Inglaterra, onde alguns editores passaram a produzir obras completas de autores famosos, a preços baixos. O livro era então interpretado como símbolo de liberdade, conseguida por conquistas culturais. Entretanto, na maioria dos países, não houve nenhuma grande modificação nos índices porcentuais até o fim da Primeira Guerra Mundial (1914/18), quando surgiram as primeiras grandes tiragens de um só livro, principalmente romances, novelas e textos didáticos. O número elevado de cópias, além de baratear o preço da unidade, difundiu ainda mais a literatura. Mesmo assim, a maior parte da população de muitos países continuou distanciada, em parte porque o livro, em si, tinha sido durante muitos séculos considerado objeto raro, atingível somente por um pequeno número de eruditos. A grande massa da população mostrou maior receptividade aos jornais, periódicos e folhetins, mais dinâmicos e atualizados, e acessíveis ao poder aquisitivo da grande maioria. Mas isso não chegou a ameaçar o livro como símbolo cultural de difusão de idéias, como fariam, mais tarde, o rádio, o cinema e a televisão.

O advento das técnicas eletrônicas, o aperfeiçoamento dos métodos fotográficos e a pesquisa de materiais praticamente imperecíveis fazem alguns teóricos da comunicação de massa pensarem em um futuro sem os livros tradicionais (com seu formato quadrado ou retangular, composto de folhas de papel, unidas umas às outras por um dos lados). Seu conteúdo e suas mensagens (racionais ou emocionais) seriam transmitidos por outros meios, como por exemplo microfilmes e fitas gravadas.

A televisão transformaria o mundo todo em uma grande "aldeia" (como afirmou Marshall McLuhan), no momento em que todas as sociedades decretassem sua prioridade em relação aos textos escritos. Mas a palavra escrita dificilmente deixaria de ser considerada uma das mais importantes heranças culturais, entre todos os povos.

Através de toda a sua evolução, o livro sempre pôde ser visto como objeto cultural (manuseável, com forma entendida e interpretada em função de valores plásticos) e símbolo cultural (dotado de conteúdo, entendido e interpretado em função de valores semânticos). As duas maneiras podem fundir-se no pensamento coletivo, como um conjunto orgânico (onde texto e arte se completam, como, por exemplo, em um livro de arte) ou apenas como um conjunto textual (onde a mensagem escrita vem em primeiro lugar — em um livro de matemática, por exemplo).

A mensagem (racional, prática ou emocional) de um livro é sempre intelectual e pode ser revivida a cada momento. O conteúdo, estático em si, dinamiza-se em função da assimilação das palavras pelo leitor, que pode discuti-las, reafirmá-las, negá-las ou transformá-las. Por isso, o livro pode ser considerado instrumento cultural capaz de libertar informação, sons, imagens, sentimentos e idéias através do tempo e do espaço. A quantidade e a qualidade de idéias colocadas em um texto podem ser aceitas por uma sociedade, ou por ela negadas, quando entram em choque com conceitos ou normas culturalmente admitidos.

Nas sociedades modernas, em que a classe média tende a considerar o livro como sinal de *status* e cultura (erudição), os compradores utilizam-no como símbolo mesmo, desvirtuando suas funções ao transformá-lo em livro-objeto. Mas o livro é, antes de tudo, funcional — seu conteúdo é que lhe dá valor (como os livros de ciências, filosofia, religião, artes, história e geografia, que representam cerca de 75% dos títulos publicados anualmente em todo o mundo).

O mundo lê mais

No século XX, o consumo e a produção de livros aumentaram progressivamente. Lançado logo após a Segunda Guerra Mundial (1939/45), quando uma das características principais da edição de um livro eram as capas entreteladas ou cartonadas, o livro de bolso constituiu um grande êxito comercial. As obras — sobretudo *best sellers* publicados algum tempo antes em edições de luxo — passaram a ser impressas em rotativas, como as revistas, e distribuídas nas bancas de jornal. Como as tiragens elevadas permitiam preços muito baixos, essas edições de bolso popularizaram-se e ganharam importância em todo o mundo.

Até 1950, existiam somente livros de bolso destinados a pessoas de baixo poder aquisitivo; a partir de 1955, desenvolveu-se a categoria do livro de bolso "de luxo". As características principais destes últimos eram a abundância de coleções — em 1964 havia mais de duzentas, nos Estados Unidos — e a variedade de títulos, endereçados a um público intelectualmente mais refinado. A essa diversificação das categorias adiciona-se a dos pontos-de-venda, que passaram a abranger, além das bancas de jornal, farmácias, lojas, livrarias, etc. Assim, nos Estados Unidos, o número de títulos publicados em edições de bolso chegou a 35 mil em 1969, representando quase 35% do total dos títulos editados.

Proposta da coleção
"A Obra-Prima de Cada Autor"

"Coleção" é uma palavra há muito tempo dicionarizada e define o conjunto ou reunião de objetos da mesma natureza ou que têm alguma relação entre si. Em um sentido editorial, significa o conjunto não-limitado de obras de autores diversos, publicado por uma mesma editora, sob um título geral indicativo de assunto ou área, para atendimento de segmentos definidos do mercado.

A coleção "A Obra-Prima de Cada Autor" corresponde plenamente à definição acima mencionada. Nosso principal objetivo é oferecer, em formato de bolso, a obra mais importante de cada autor, satisfazendo o leitor que procura qualidade.*

Desde os tempos mais remotos existiram coleções de livros. Em Nínive, em Pérgamo e na Anatólia existiam coleções de obras literárias de grande importância cultural. Mas nenhuma delas superou a célebre biblioteca de Alexandria, incendiada em 48 a.C. pelas legiões de Júlio César, quando estas arrasaram a cidade.

A coleção "A Obra-Prima de Cada Autor" é uma série de livros a ser composta por mais de 400 volumes, em formato de bolso, com preço altamente competitivo, e pode ser encontrada em centenas de pontos-de-venda. O critério de seleção dos títulos foi o já estabelecido pela tradição e pela crítica especializada. Em sua maioria, são obras de ficção e filosofia, embora possa haver textos sobre religião, poesia, política, psicologia e obras de auto-ajuda. Inauguram a coleção quatro textos clássicos: *Dom Casmurro*, de Machado de Assis; *O Príncipe*, de Maquiavel; *Mensagem*, de Fernando Pessoa e *O lobo do mar*, de Jack London.

Nossa proposta é fazer uma coleção quantitativamente aberta. A periodicidade é mensal. Editorialmente, sentimo-nos orgulhosos de poder oferecer a coleção "A Obra-Prima de Cada Autor" aos leitores brasileiros. Nós acreditamos na função do livro.

---

* Atendendo a sugestões de leitores, livreiros e professores, a partir de certo número da coleção começamos a publicar, de alguns autores, outras obras além da sua obra-prima.

Contos Escolhidos

In extremis

O Major Brígido era viúvo e tinha uma filha de vinte anos, lindíssima, que fazia muita cabeça andar à roda; entretanto, o coração da rapariga, quando "falou" (assim se dizia antes), falou mal. Quero dizer que Gilberta — era este o seu nome — se enfeitiçou justamente pelo mais insignificante de quantos a requestavam — pelo Teobaldo Nogueira, sujeito que vivia, pode-se dizer, de expedientes, sem renda certa que lhe desse o direito de constituir família, mendigando aqui e acolá, no comércio, pequenas comissões, corretagens, e lambujens adventícias.

O Major Brígido, cheio de senso prático, vendo com maus olhos essa inclinação desacertada da filha, abriu-se com o seu melhor amigo, o Viegas, que, apesar de ter uns dez anos menos que ele, era o seu consultor, o seu conselheiro, o oráculo reservado para as grandes emergências da vida.

— Deixe-a! — opinou o Viegas. — Se você a contraria, aquilo fica de pedra e cal! O melhor era fazer ver a Gilberta por meios indiretos que a sua escolha poderia ser melhor... Não ataque de frente a questão!... Não bata com o pé... não invoque a sua autoridade de pai...

O Major Brígido aceitou o conselho, e, uma tarde, achando-se à janela com sua filha, viu passar na rua o Teobaldo Nogueira, que os cumprimentou.

O pai correspondeu com muita frieza, a filha com muita afabilidade. Pareceu ao major que o momento não podia ser mais propício para uma explicação; tratou de aproveitá-lo.

— Minha filha — disse ele —, tenho notado que aquele homem

passa amiudadas vezes por nossa casa, e não creio que seja pelos meus bonitos olhos...

Gilberta corou e sorriu.

— Não quero nem de leve contrariar as tuas inclinações, casar-te-ás com o homem, seja quem for, que escolheres para marido. O teu coração pertence-te: dispõe dele à vontade. Entretanto, o meu dever de pai e amigo é abrir-te os olhos para não dares um passo de que mais tarde te arrependas amargamente. Não me parece que este homem te convenha, não tem posição social definida, não ganha bastante para tomar sobre os ombros quaisquer encargos de família, e — deixa que teu pai seja franco — não é lá muito bem visto no comércio... Não és uma criança nem uma tola, que te deixes levar pelos bigodes retorcidos nem pelas bonitas roupas de um homem! Não és rica, mas, bonita, inteligente, boa como és, não te faltarão pretendentes que te mereçam mais que o tal Teobaldo Nogueira.

Gilberta fez-se ainda mais rubra, mordeu os lábios e não disse palavra.

De nada valeram os conselhos paternos.

Daí por diante, redobrou o seu entusiasmo pelo moço, e, um mês depois, quando o pai se preparava para impingir-lhe novo sermão, ela atalhou-o declarando peremptoriamente que amava aquele homem, com todos os seus defeitos, com toda a sua pobreza, e que jamais seria mulher de outro!

Consultado o oráculo Viegas, este aconselhou uma estação de águas que distraísse a moça. O Major Brígido sacrificou-se em pura perda.

Gilberta voltou de Lambari mais apaixonada que nunca.

Um belo dia, Teobaldo Nogueira apresentou-se ao pai e pediu-a em casamento depois de fazer uma exposição deslumbrante dos seus recursos. Havia meses em que ganhava para cima de três contos de réis. Já tinha posto alguma coisa de parte e contava mais dia menos dia estabelecer-se definitivamente. Se fosse um especulador, um aventureiro mal-intencionado, procuraria casamento vantajoso. Sabia que Gilberta era pobre, casava-se por amor.

O casamento ficou assentado.

14

* * *

O Major Brígido sofreu com isto um grande desgosto, agravado em seguida pela súbita enfermidade do Viegas, o seu melhor amigo, o seu oráculo, que caiu de cama e em menos de uma semana ficou às portas da morte.

Dois médicos desenganaram-no. Jamais a tuberculose aniquilara com tanta rapidez um homem de quarenta anos. As hemoptises eram freqüentes, esperava-se que de um momento para outro o enfermo sucumbisse afogado em sangue.

Nesta situação extrema o Viegas chamou para junto do seu leito o Major Brígido, e disse-lhe:

— Meu velho, eu vou morrer...

— Deixa-te de asneiras!

— Tenho poucos dias... poucas horas de vida... conheço o meu estado. No momento de deixar este mundo, de quem mais me posso lembrar senão de ti e de tua filha? Bem sabes que não tenho ninguém... Meu irmão, que não vejo há vinte anos, é um patife, um bandido, que está, dizem, milionário, e que, sabendo do meu estado, não me vem visitar... Minha irmã, que reside em Paris, é uma mulher perdida, uma desgraçada, que sempre me envergonhou...

— Não se lembre agora disso!

— Não fui um dissipado, guardei o que era meu, e tenho alguma coisa que por minha morte irá para as mãos dessas duas criaturas... Lembrei-me de fazer testamento, mas um testamento poderia dar lugar a uma demanda... Lembrei-me de coisa melhor: caso-me com Gilberta e doto-a com cem contos de réis, isto é, o quanto possuo, mas com as devidas cautelas jurídicas para que este dote fique bem seguro, seja inalienável... tu bem me entendes... Ela tem um noivo, mas este não se oporá, talvez, a uma fortuna da qual participará mais tarde. A situação desse homem será modificada num ponto, apenas: em vez de se casar com uma moça solteira, casar-se-á com uma senhora viúva...

E acrescentou:

— Viúva e virgem.

O Major Brígido recalcitrou; que haviam de dizer? Seriam capazes de inventar até que ele abusara de um agonizante! Mas o Viegas insistiu, apresentando, com extraordinária lucidez, todos os argumentos imagináveis, inclusive aquele de que a última vontade de um moribundo é sagrada.

Gilberta protestou energicamente quando o pai lhe comunicou a proposta do Viegas, e disse logo que não se prestava a esta comédia fúnebre, mas o Teobaldo Nogueira, pelo contrário, instou com ela para que aceitasse, e defendeu calorosamente a piedosa idéia do tuberculoso.

A moça ressentiu-se dessa falta de escrúpulos, mas disfarçou o seu sentimento e disse:

— Meu pai, faça o que entender!

* * *

Alguns dias depois havia em casa do Viegas um vaivém de pretores, padres, testemunhas, escrivães, tabeliães, sacristãs, etc.; mas todo esse movimento, longe de fazer com que o enfermo piorasse, ajudou-o a voltar à vida.

As hemoptises tinham cessado.

Depois de casado com Gilberta, o Viegas sentiu-se tão bem que desconfiou dos seus médicos e mandou chamar um dos nossos príncipes da Ciência, para examiná-lo.

Riu-se o famoso doutor quando lhe dissera o diagnóstico dos colegas.

— Tuberculose? Qual tuberculose! O senhor é tão tuberculoso como eu! Aquele sangue era do estômago... Trate do seu estômago que este desvio é grave.

— Mas as hemoptises...

— Que hemoptises, que nada. Hematêmeses, isso sim!

Pouco depois o Viegas, completamente restabelecido, empreendeu uma grande viagem à Europa com sua mulher. Era preciso pôr uma barreira entre ela e o Teobaldo — e que barreira melhor que o Atlântico?

* * *

A viagem durou dois anos. O Viegas e Gilberta trouxeram consigo uma filhinha, nascida na Itália.

Ele fizera com muita diplomacia amorosa e muita dignidade conjugal a conquista da sua mulher, e ela foi sempre o modelo das esposas.

Ao regressar do Velho Mundo, o Viegas pediu ao Major Brígido notícias do Teobaldo Nogueira.

— Está na cadeia — respondeu-lhe o sogro. — Calculo o que estava reservado para minha filha, se não fosse a sua generosidade!

— Quando nos casamos, já ela não gostava dele pelo empenho

interesseiro em que o viu de que ela se casasse com um cadáver que valia cem contos...

Gilberta, que, sem ser pressentida, ouvira a conversa, aproximou-se do marido e disse-lhe:

— E creia, Viegas, que se você houvesse morrido, a minha viuvez seria eterna.

João Silva

Em casa do Comendador Freitas, na Fábrica das Chitas, andavam todos "intrigados" com aquele flautista misterioso que, em companhia de um preto velho, taciturno e discreto, morava, havia perto de dois meses, numa casinha cujos fundos davam para os fundos da chácara.

Quando digo "todos", não digo a verdade, porque o vizinho não era completamente estranho à Srta. Sara, filha única do aludido comendador. Encontrara-o algumas vezes na cidade, ora nos teatros, ora em passeio, e sempre lhe parecera que ele a olhava com certa insistência e algum interesse.

Conquanto não fosse precisamente um Adônis, esse desconhecido começava a impressionar o seu espírito de moça, até então despreocupado e tranqüilo, quando certa manhã os sons maviosos de uma flauta atraíram a sua atenção para a casinha dos fundos, e ela reconheceu no vizinho que, sentado num banco de ferro, sob uma velha latada de maracujás, soprava o sugestivo instrumento de Pã, o mesmo indivíduo cujos olhares a perseguiam na rua ou no teatro.

Dizer que esse encontro não produziu o romanesco efeito com que naturalmente contava o melômano seria faltar à verdade que devo a meus leitores. Não, a Srta. Sara não se contrariou com avistar ali o moço que parecia distingui-la em toda a parte onde o acaso os reunia. Não quer isto dizer que houvesse dentro dela outra coisa mais que uma sensação passageira, mas o caso é que a filha do Comendador Freitas não fez a esse respeito a menor confidência a nenhuma pessoa da casa, e esta reserva era, talvez, o prenúncio de um sentimento mais decisivo.

Todavia, todos em casa, amos e criados, se preocupavam muito com o inquilino da casinha dos fundos.

A coisa não era para menos. O rapaz (era ainda um rapaz: poderia ter trinta anos) erguia-se muito cedo e punha-se a jardinar, plantando, enxertando, podando, regando, e gastava nisso duas horas. Quando ele foi ali residir, o quintal estava abandonado, o mato invadira e destruíra tudo, poupando apenas a latada de maracujás. Pouco a pouco, sozinho, sem o auxílio de ninguém, trabalhando das seis às oito horas da manhã, ele havia ajardinado o terreno, onde já se ostentavam lindíssimas flores.

Às nove horas, o preto velho, que provavelmente acumulava as funções de criado de quarto, copeiro e cozinheiro, vinha chamá-lo para almoçar. Depois do almoço ele saía, esperava o bonde à esquina, e lá ia para a cidade. Voltava às quatro horas, jantava, depois de jantar acendia um charuto e passeava no quintal, examinando as plantas, que umas vezes regava e outras não. Ao cair da tarde pegava na flauta e saudava o crepúsculo com as suas músicas tristes e saudosas. Depois, vinham as trevas da noite, e ninguém mais o via senão no dia seguinte, de manhã muito cedo, recomeçando a existência da véspera.

Nada houvera de notar, se um dia ou outro sofresse qualquer modificação aquele gênero de vida, mas não! Aquilo passava-se diariamente com uma uniformidade cronométrica, e toda a gente em casa do Comendador Freitas perdia-se em conjeturas.

O que havia de mais singular na existência daquele moço era, talvez, o fato de ele não receber visitas nem as fazer. Naquela idade, isso era inexplicável.

O comendador tinha-o na conta de um misantropo, enfezado contra a sociedade; na opinião de D. Andreza, sua esposa, era um viúvo inconsolável. D. Irene, irmã de D. Andreza, tinha, como em geral as solteironas, o mau vezo de dizer mal de todos, conhecidos e desconhecidos; por isso afirmava que o vizinho era um bilontra, que se escondia ali para escapar aos credores. Tinha cada qual a sua opinião, e divergiam todos uns dos outros.

O copeiro quis certificar-se da verdade interrogando o preto velho, mas este a todas as perguntas respondia invariavelmente que não sabia de nada. A dar-lhe crédito, ele ignorava até o nome do patrão.

* * *

Entretanto, de olhadela em olhadela, de sorriso em sorriso, tinha-se estabelecido aos poucos um namoro em regra entre o flautista e a filha do Comendador Freitas.

Da janela do seu quarto, a Srta. Sara podia namorá-lo, sem ser vista por ninguém, sem que ninguém suspeitasse, nem mesmo D. Irene, que via mosquitos na lua.

Naturalmente a moça ardia em desejos de verificar a identidade do vizinho, e não tardou que o fizesse. Uma tarde, quando os olhares e os sorrisos dela já se haviam longamente familiarizado com os dele, o solitário, depois de modular na flauta uma enternecedora melopéia, mostrou à Srta. Sara um objeto que tinha na mão, e atirou-o por cima do muro na chácara. Era uma pedra, envolta num pedaço de papel, em que vinha uma declaração de amor redigida em termos respeitosos.

A moça, que não era avoada, hesitou longos dias se devia ou não responder, mas respondeu afinal, servindo-se da mesma pedra.

E durante muito tempo andou a pedra de cá para lá, de lá para cá, da chácara para o quintal, do quintal para a chácara, aproximando um do outro aqueles dois corações separados por um muro.

* * *

Por um muro? Não! Por uma invencível muralha!

O namorado chamava-se João Silva, como toda a gente! Não tinha parentes nem aderentes; era um empregado público paupérrimo, ganhando muito pouco; ainda assim, pediria imediatamente a mão da Srta. Sara, se esta se sujeitasse a viver tão pobremente. Sabia a moça que o pai era ambicioso, desejava que ela se casasse com algum negociante em boas condições de fortuna ou pelo menos bem encaminhado, e participou a João Silva os seus receios.

* * *

Um velho amigo do comendador, o Comandante Pedroso, oficial de Marinha reformado, padrinho de batismo da Srta. Sara, infalível aos domingos na Fábrica das Chitas, havia se comprometido com a família Freitas a indagar e descobrir quem era o flautista.

Por esse tempo, o comandante apareceu em casa dos compadres, levando as mais completas informações acerca do misterioso vizinho, informações que concordavam inteiramente com o que já sabia a Srta. Sara.

— É um empregadinho da Alfândega — disse o comandante com ar desdenhoso —; não tem onde cair morto!

Mas acrescentou:

— Um esquisitão, muito metido consigo; entretanto, não é mau rapaz, nem mau funcionário.

Essas informações fizeram com que dali por diante o vizinho deixasse de ser objeto de curiosidade, o que facilitou extraordinariamente os seus amores, prosseguindo estes com tanta intensidade, que a Srta. Sara, aconselhada por João Silva, resolveu dizer tudo à mãe.

D. Andreza, que desejava ser sogra de um príncipe, caiu das nuvens, zangou-se, bateu o pé, chorou, quis ter um ataque de nervos, e intimou a filha a acabar com "essa pouca-vergonha", pois do contrário o pai mandaria dar uma tunda de pau no tal patife!

D. Irene, a quem D. Andreza transmitiu a confidência que recebera, ficou furiosa, e aconselhou a irmã que contasse tudo ao marido. A outra assim fez.

O Comendador Freitas, para quem a vida de família correra até então sem o menor incidente desagradável, e que não estava, portanto, preparado para essa crise doméstica, perdeu a cabeça, e deu por paus e por pedras. Em vez de chamar a filha e admoestá-la brandamente, fazendo-lhe ver que futuro a esperava em companhia de um homem sem recursos para mantê-la dignamente, esbravejou como um possesso, mandou fechar a pregos a janela do quarto da rapariga, ameaçou e insultou em altos brados o rapaz, que lhe não respondeu, e levou a toleima ao ponto de ir à delegacia queixar-se que lhe namoravam a filha! Foi um escândalo com que se regalou a vizinhança.

Esse tratamento desabrido fez com que despertassem na Srta. Sara instintos de revolta, e aquele inocente capricho, que o carinho paterno poderia destruir, transformou-se em paixão indômita e violenta — tão violenta que a moça adoeceu.

Aproveitando o pretexto dessa doença, o pai levou-a para Jacarepaguá, onde alugou um sítio.

* * *

Foi em Jacarepaguá que o Comandante Pedroso, aparecendo um belo domingo em que a convalescente devia fugir de casa — pois o João Silva, por artes do diabo, que só lembram aos namorados, achou meios e modos de se comunicar com ela —, foi em Jacarepaguá, dizíamos, que o Comandante Pedroso deu parte ao compadre que tinha arranjado para a afilhada um casamento de truz: o Pedro Linhares, herdeiro de um dos agricultores mais abastados de São Paulo. O rapaz voltara da Europa e vira, num teatro, a Srta. Freitas. Sabendo que ele, comandante, era padrinho da moça, procurara-o para pedir-lhe que o apresentasse à família.

— Esse casamento seria uma felicidade — disse o comendador —; mas, infelizmente, a pequena continua apaixonada pelo flautista; não há meio de lho tirar da cabeça!

— Qual não há meio nem qual carapuça! Você vai logo às do cabo e quer levar tudo à valentona! Deixe-me falar com ela... verá como a decido a aceitar o paulista!

— Você!...

— Eu, sim!

— Duvido!

— Não custa nada experimentar. Oh, Sarita, vem cá, minha filha! Vamos aí à sala que te quero dar uma palavra!

E voltando-se para os compadres:

— Façam favor de não interromper a nossa conferência!

* * *

O padrinho fechou-se na sala com a afilhada, e tão persuasivo foi, que um quarto de hora depois — um quarto de hora apenas! — saíram ambos muito contentes. A Srta. Sara parecia outra!

A estupefação foi geral.

— Conseguiste alguma coisa? — perguntou o pai ao padrinho.

— Consegui tudo. Agora peço-te licença para ir buscar o Pedro Linhares, que ficou esperando na estrada.

O comandante saiu e voltou logo com o rico paulista, que o esperava na cancela, à entrada do sítio.

Imaginem qual foi a surpresa da família vendo João Silva, o flautista!

O comendador começou a esbravejar, conforme o seu costume; D. Andreza e D. Irene caíram sentadas no canapé, dispondo-se a ter cada uma o seu ataque de nervos; mas o comandante serenou os ânimos, gritando com toda a força dos seus pulmões:

— Este é o Sr. Pedro Linhares!

Houve um silêncio tumular, que o recém-chegado cortou com estas palavras:

— Senhor comendador, minhas senhoras, vou explicar-lhes tudo. Quando cheguei da Europa, fiquei perdido de amores por D. Sarita desde o primeiro dia em que a vi; mas como sou muito rico, e muito desejado, entendi dever conquistá-la por mim e não pelos meus contos de réis. Por isso, e de combinação com o meu amigo aqui presente...

E apontou para o comandante, que sorriu.

— ...me fiz passar por um pobretão, representando uma comédia cujo desenlace foi o mais feliz que podia ser. Hoje que, a despeito da vigilância paterna, D. Sarita deveria fugir deste sítio em companhia de João Silva, Pedro Linhares, tendo a certeza de que é amado, deixa o seu incógnito, e vem pedi-la em casamento.

* * *

A moralidade do conto é consoladora para os pobres: quem tem muito dinheiro não confia em si.

Os dez por cento

Naquela noite o Gama e o Carvalho, dois famosos banqueiros de roleta, inauguravam a sua casa de jogo no Rocio, que naquele tempo não era ainda a praça Tiradentes.

Os dois sócios não se furtaram a despesas; o antro estava mobiliado e alcatifado com certo luxo; os móveis eram do Moreira Santos.

Na sala de frente, em cujas paredes se ostentavam dois suntuosos espelhos e quatro enormes gravuras de Jazet, ricamente emolduradas, havia um magnífico bilhar.

Na sala de jantar, a mesa, posta para um banquete, agradava aos olhos, pela risonha promiscuidade das flores, dos frutos, das porcelanas e dos cristais.

A roleta ficava ao fundo, num vasto compartimento que tinha sido dormitório nos bons tempos em que a casa era habitada por uma família patriarcal e honesta.

* * *

Às nove horas o Carvalho dava à bola com a serenidade olímpica de um veterano encanecido naquelas campanhas.

Não só todos os lugares estavam ocupados, como havia muitos indivíduos de pé, uns em volta da banca, debruçados, enchendo de fichas policromas o pano verde, outros afastados, assistindo de longe à batalha, esperando o palpite.

De todos os jogadores o mais calmo era o Coronel Mascarenhas. Sentado à extremidade da banca, a luneta bifurcada no nariz, olhando com tranqüilidade, ora para as soberbas paradas que fazia, ora para o banqueiro, sem que nada mais lhe distraísse a atenção, ele apontava exclusivamente nos seis últimos números do pano: 31, 32, 33, 34, 35 e 36.

* * *

Esse homem que, havia cinco anos, a fatalidade afastara da sua bela fazenda de Cantagalo, e conduzira a uma casa de jogo da rua da Constituição, estava completamente subjugado pelos tentáculos do vício.

Todos os seus teres e haveres tinham, pouco a pouco, desaparecido naquele medonho sorvedouro: terras, casas, apólices, tudo perdeu, inclusive mulher e filhos, que se apartaram dele, salvando uns tristes vestígios da fortuna de outrora.

Mascarenhas não tinha agora outra ocupação nem outra preocupação que não fosse o jogo. Dormia numa casa de pensão até às duas horas da tarde, e dessa hora em diante deixava-se absorver pelo vício até de madrugada, jantando e ceando fartamente nas casas onde jogava.

Dantes era um parceiro arrogante, muito orgulhoso da sua propriedade agrícola, afrontando a sorte com um garbo e uma sobranceria que todos admiravam; depois de arruinado, tornara-se uma criatura humilde, joão-ninguém vencido pela adversidade, tolerado pelos banqueiros apenas em atenção ao seu passado de perdulário. Era mal visto pelos jogadores felizes, que o consideravam "cabuloso"; vivia de expedientes, freqüentando muitas vezes as casas de jogo apenas para alimentar-se, aproveitando as "aragens" para tentar reaver a sua posição e o seu dinheiro.

* * *

Na véspera da inauguração do "clube" (chamavam-lhe clube) do Gama e do Carvalho, o Coronel Mascarenhas tivera, sem dúvida, uma dessas "aragens": dez vezes comprou cem fichas de dez tostões, e dez vezes, coitado! a bola rodou sem cair em nenhum dos seis números em que ele apontava. O *rateau* do banqueiro levou-lhe um conto de réis.

Depois de perdido o último vintém, o desgraçado passeou pelos circunstantes um olhar que solicitava um pouco de piedade, mas ninguém deu por isso. Dirigiu-se então ao Carvalho, que continuava a dar à bola, imperturbavelmente, e disse-lhe em voz alta:

— Faz favor de me dar os vinte por cento?

— Quais vinte por cento? — perguntou o banqueiro, arregalando os olhos.

— É boa! Os vinte por cento a que têm direito os pontos sobre as quantias que perdem.

— Direito?!

— Direito, sim, senhor! É uma concessão que fazem hoje todas as casas de jogo!

— Todas, menos esta!

— Não me diga isso!

— Digo, sim, senhor! A casa não preveniu a ninguém que faria semelhante concessão!

— Não preveniu, mas estava subentendido, porque não há hoje banqueiro de roleta que não dê os vinte por cento...

— Há, sim, senhor, e esse banqueiro sou eu!

— Nesse caso devia ter-me avisado que os não dava, porque tão tolo não seria eu que, gozando dessa vantagem na casa do Jojoca, na do Quincas e na do Machado, viesse jogar aqui!

— O que disse está dito! Não dou os vinte por cento!

— Mas atenda...

Entretanto, os outros pontos começavam a impacientar-se; o gordo Comendador Fraga, que jogava muito, com uma felicidade assombrosa, e suava por todos os poros, gritou brutalmente:

— Ô Carvalho! dê os tais vinte por cento a esse homem, e ele que nos favoreça com a sua ausência!

— É insuportável! — bradou outro ponto. — Quem não pode perder não joga!

Um vencido, que assistia de parte ao jogo, depois de ter colocado, muito dobradinha, em cima do 17, uma velha nota de quinhentos réis, a derradeira, observou:

— Perdi tudo quanto trazia e não exigi porcentagem...

Mas o Coronel Mascarenhas insistia, lamuriento, com lágrimas na voz, desfiando o longo rosário das suas misérias, humilhando-se, ameaçando suicidar-se, e, afinal, chorando, chorando, como uma criança.

***

Escusado é dizer que ninguém se sensibilizou com isso; mas o Carvalho, querendo ver-se livre do importuno, foi consultar o Gama, que jogava bilhar, na sala da frente, e voltou com a seguinte decisão:

— Senhor coronel, a casa não se comprometeu a fazer concessões de espécie alguma aos jogadores infelizes; entretanto, para se ver livre do senhor, resolveu dar-lhe, não vinte, mas dez por cento, sob a condição de que o senhor nunca mais há de jogar aqui.

— Vá lá — murmurou o desgraçado —; aceito.

— Aqui tem cem mil-réis.

O coronel apanhou no vôo a nota que o Carvalho atirou com o firme propósito de lhe bater com ela no rosto, amarrou-a nas mãos, guardou-a na algibeira do colete, ergueu-se lentamente, e saiu, dizendo:

— Seja tudo por amor de Deus! Meus senhores, muito boas noites!

Acompanharam-no risos sardônicos e ditérios ofensivos, como: "Ora graças! Que tipo! Não tem vergonha! Quem não chora não mama!", etc.

* * *

Uma hora depois, terminada a banca, estavam todos à mesa, fazendo honra à opípara ceia com que os regalavam os donos do estabelecimento, quando entrou, como um foguete, o Costinha, tipo que passava as noites percorrendo aquelas casas, uma por uma, para contar aqui o que se passava acolá.

— Querem saber uma grande novidade? — perguntou o recém-chegado.

— Qual? — interrogaram todos em coro.

— Eu estava em casa do Jojoca quando lá apareceu o Coronel Mascarenhas, que ia correndo de cá.

— E então? — perguntou o Carvalho, que presidia o banquete.

— Ele contou a história dos cem mil-réis...

— Canalha! Sem-vergonha! Malandro! Miserável! etc. — vociferaram todos os convivas.

— E ainda foi gabar-se aquele cínico! — obtemperou o Comendador Fraga.

— Ouçam o resto! — bradou o Costinha. — Ele tirou da algibeira a nota amarrotada, comprou cinqüenta fichas e jogou-as todas no "esguicho" do 31 ao 36. Saiu o 31.

— Ah!
— Dobrou a parada e jogou em pleno em todos os seis números, carregando no 34. Repetiu o 34!
— Oh!
— Na parada seguinte deu o 32, depois veio mais uma vez o 34, para encurtar razões: em dez ou doze bolas o coronel deu um tiro de quarenta contos! O Jojoca está furioso!

* * *

— Quarenta contos! quarenta contos!...
Os jogadores estavam atônitos. Alguns se ergueram, outros cruzaram os talheres, todos se entreolharam. Houve um momento de silêncio glacial.
— Sim, o coronel não é peco... sabe jogar... quando ganha, atira-se, e faz muito bem — disse o Carvalho.
— Decerto — concordaram alguns.
— E ele acaba de provar — replicou o gordo Comendador Fraga — que não deixava de ter razão exigindo a porcentagem.
— Sim — concluiu outro —; a porcentagem é muitas vezes a salvação do ponto. Vejam como os dez por cento grelaram!
— E o que nos pareceu uma canalhice...
— Era um ato inteligente, isso era, e a prova aí está que com os cem mil-réis levantou quarenta contos.
— A sorte foi justa — ponderou o Gama —; o Coronel Mascarenhas perdeu à roleta tudo quanto possuía.
— Era um fazendeiro importante.
— Muito boa pessoa...
— E honesto; nunca jogou senão o que era seu.

* * *

Todos os comensais se desfaziam em louvores ao Coronel Mascarenhas, quando este assomou à porta da sala.
O Carvalho e o Gama ergueram-se de um salto e foram ao encontro dele para apertar-lhe a mão e abraçá-lo. Alguns dos circunstantes fizeram o mesmo, e o ex-fazendeiro foi alvo de uma verdadeira ovação. Entretanto, conservava-se calado.
— Venha cear, coronel! A canja está deliciosa! — disse o Carvalho.

— Perdão — respondeu Mascarenhas, com toda a simplicidade —; eu fui expulso desta casa, e aqui não tornaria a pôr os pés, se a sorte não me favorecesse, proporcionando-me ocasião de restituir dez por cento a que não tinha direito, e que me atiraram como uma esmola infame...

Estas palavras foram acolhidas com mil protestos e desculpas, mas o Coronel Mascarenhas, que recuperara a sua antiga arrogância, a nada atendeu, e atirou à cara do Carvalho a mesma nota amarrotada com que saíra.

Alguns dias depois o pobre homem aparecia inopinadamente à mulher e aos filhos, dizendo-lhes:

— Passei ultimamente por tamanha vergonha, e ao mesmo tempo tive uma felicidade tão inaudita, que os dois fatos se combinaram para salvar-me, evitando que eu descesse ainda mais abaixo.

"Trago o preciso para começar de novo a trabalhar, e trabalharei, se vocês me perdoarem."

Perdoado, o Coronel Mascarenhas, se bem o disse, melhor o fez. Hoje não joga nem mesmo a bisca em família.

O jogo passa por ser um vício incurável, mas afianço ao leitor que esse final é verdadeiro. Lá disse o outro que a verdade nem sempre é verossímil.

CONTOS EM VERSOS

A mais feia

As Penafortes eram três: a Joana,
    A Leonor e a Laurinda.
    A Joana era mui linda;
    Altivez soberana
Tinha, no olhar, no caminhar, no porte;
    Dir-se-ia uma princesa,
Se o pai dela não fosse o Penaforte,
    Cuja honrada pobreza
    Foi pública e notória.

Era a Leonor também muito bonita,
    Da estranha boniteza
Que, em cada olhar cantando uma vitória,
Olhos encanta e corações agita.

Poderia dizer-se que a beleza
Era naquela casa obrigatória,
Se a Laurinda, das manas a mais nova,
    Não fosse muito feia,
    O que prova (ou não prova)
Que à eqüidade é a natureza alheia.

A inditosa Laurinda, todavia,
Tinha tal graça e tanta simpatia,
    E tão bonitos dentes,
Que os da família amigos e parentes

Todos gostavam dela;
Só o Penaforte não lhe perdoava
    Não ser, como as irmãs, bela,
E com menos carinhos a tratava.

    A Leonor e a Joana
Vestiam do melhor, quase com luxo:
    Era rara a semana
    Em que perdiam festa;
Embora o pai se visse atrapalhado,
    Era agüentar o repuxo.
A Laurinda calava-se, modesta,
Até sorria de um sorrir magoado,
E vestia as irmãs, e as enfeitava,
Qual noutros tempos a mucama escrava.
— Fica em casa! — dizia o Penaforte.
— Que irias lá fazer se te eu levasse? —
E às outras em voz baixa acrescentava:
— Com tal cara não há quem na suporte.
Meninas, a *vox popoli* falaz
    Diz que os filhos mais feios
São pelos pais os filhos preferidos.
A tal proposição não deis ouvidos,
    Pois em todos os meios
O contrário se vê; sempre a beleza
A preferida foi pelos humanos,
Gemesse embora a fraca natureza! —
As duas, caracteres levianos,
    A irmã não defendiam;
Dos seus defeitos físicos se riam;
Apenas aturavam-na, coitada,
Porque ela lhes servia de criada.

A duas raparigas tão bonitas
Não faltavam, 'stá visto, pretendentes;
Andava a casa cheia de visitas
E a rua de transeuntes persistentes;
Mas as moças vaidosas não achavam
Nem nos que entravam, nem nos que passavam,
Nenhum noivo que fosse digno delas:

Uns eram gordos, outros magricelas;
Este vestia mal, fora da moda;
Aquele era o contrário: um figurino;
Este não pertencia à boa roda
Aquele sim, mas era um libertino;
Enfim, por pretendentes infinitos
Foram pedidas não sei quantas vezes,
Mas, por não terem os seus namorados
  Tais e tais requisitos,
  Com frases descorteses,
Um por um, foram todos rejeitados,
Inclusive também o Rodovalho,
Moço elegante, ajuizado e puro,
  Muito dado ao trabalho.
  Verdade é que era pobre,
  Mas, talvez, no futuro,
  Lhe deixasse algum cobre
Um tio velho e cheio de dinheiro,
  Que estava no estrangeiro
E era — inda mais — do Penaforte antigo
  E muito bom amigo.

O Rodovalho requestou a Joana
E depois a Leonor em pura perda;
À vista dessa empáfia desumana,
Ninguém mais se atreveu a requestá-las.
Vendo-se o velho em posição esquerda,
  Sempre metido em talas
P'ra sustentar o luxo das pequenas,
Receou que, passando-se mais dias,
Elas ficassem ambas para tias,
  E fez-lhes um discurso,
  Dizendo-lhes: "Meninas,
Casar-vos é o meu último recurso;
Se continuais fazendo-vos tão finas,
Tornais-me esta existência muito amarga,
E um dia destes eu arrio a carga!"
Elas mostraram-se ambas obedientes,
Tornando-se, da noite para o dia,
Em vez de pretendidas, pretendentes.

Mas eis que um belo dia
Recebe Penaforte
A notícia da morte
Do amigo no estrangeiro,
O qual em testamento
Deixava o Rodovalho por herdeiro,
Porém se contraísse casamento
Co'a Leonor, co'a Joana, ou co'a Laurinda.
O rapaz ficou muito consternado,
Que a nova foi bem-vinda e foi malvinda,
Mas aceitou a deixa
Sem protesto nem queixa,
Mesmo porque, se houvesse recusado,
Todo aquele dinheiro passaria
Para uma casa pia.

A Leonor e a Joana
Pularam de alegria,
Pensando cada qual que entre ela e a mana
O Rodovalho não hesitaria.
Este avisou o velho Penaforte
Que no domingo visitá-lo iria,
A fim de decidir-se a sua sorte.
As duas raparigas,
Que disfarçadamente, sem disfarce,
Já pareciam velhas inimigas,
Olhando-se com olhos iracundos
E evitando falar-se,
Noite e dia passaram agitadas
E desassossegadas,
Contando horas, minutos e segundos.

Chegou, enfim, o rico Rodovalho,
O futuro marido,
E logo recebido
Foi pelo velho e as duas, que a Laurinda,
Essa era carta fora do baralho.

Antes da história finda,
Adivinham ter sido pelo moço

Escolhida a mais feia?
Assim foi, realmente. Que alvoroço.
Afirmo-lhes que ainda
A Leonor chora e a Joana sapateia.

A prova

Ao leitor
O pudor não afronto;
Por isso em tom solene,
Previno-te, leitor, que este meu conto
É do gênero dos de La Fontaine;
Portanto, amigo, se corar receias,
Passa adiante, não leias:
Mas se, apesar do que te expus sem pejo,
Os olhos deste escrito não desvias,
Sabe que eu só desejo,
Não que tu cores, mas que tu sorrias.

Embora perto dos quarenta, ainda
Era Antonieta esbelta, fresca e linda,
Formosura esquecida sobre a terra.
Tinha dois olhos rútilos, capazes
De pôr o mundo inteiro em pé de guerra,
E num momento promover as pazes
Co'um rápido volver, lânguido e quente.

Ela esposara prematuramente,
Menina ainda, o Andrade, um bom sujeito,
Que, sendo rico, moço e inteligente,
Tinha um defeito só... mas que defeito!...

Ele estava inibido
De ser um bom marido
Senão lá uma vez por outra, quando

     Natureza inclemente
Condescendia um pouco... O miserando
Era, pois, um marido intermitente.

     Dessa desgraça, induzo,
Provinha o viço, a juvenilidade
Que conservava Antonieta Andrade!
     Era mulher sem uso,
Ou, pelo menos, muito pouco usada.

     Tinha enorme desgosto
Em que a sorte mesquinha a houvesse posto
A essa meia ração de amor, coitada;
Era, porém, senhora muito honrada,
     E capaz não seria
     De procurar um dia
A outra meia ração fora de casa.

     De ter uma criança,
Sonho de toda a gente que se casa,
Ela perdera a débil esperança,
     E, por isso, adotara
Uma órfã. Educou-a como filha.
     Não lhe deu, como esmola,
     A proteção que humilha,
     Mas o amor que consola,
     E Deus só nos depara
No coração de nossas mães.

          A moça
     Nada tinha de insossa:
     Era bela e prendada,
     Tocava bem piano,
Arranhava francês e italiano.
     Não lhe faltava nada,
Nem mesmo de luzidos pretendentes,
     Pressurosos e ardentes,
     Variado magote,
Naturalmente farejando um dote.

Surgiu, dentre eles, um rapaz sisudo
Que agradou muito, quer à rapariga,
Quer à mãe adotiva. — Esta, contudo,
Sendo, como era, desvelada amiga
Da moça, receou que ele tivesse
Defeito igual ao do incompleto Andrade,
E da ração de amor à esposa desse
    Apenas a metade.

Entretanto, o namoro caminhava
A passos largos para o casamento.
Tratos inúteis ao bestunto dava,
    De momento em momento.
Antonieta, procurando meios
De afastar para sempre os seus receios.
    Um dia a rapariga,
    Depois dos mil rodeios
Que em casos tais são coisa muito antiga,
    A avisou de que o moço
No próximo domingo a pediria.

Antonieta ficou logo fria,
    E, cheia de alvoroço,
Saiu de carro logo após o almoço.

    Era uma quinta-feira.
Tinha chovido muito a noite inteira.
Continuava a chover. Neblina densa
Cobria os morros da cidade imensa.
    Pelas ruas desertas,
    De água e lama cobertas,
Andava o carro rápido, ligeiro,
    Afrontando o aguaceiro.
    Da moça o pretendente
Morava só —, e quando, de repente,
    Viu na sua saleta
    Entrar Antonieta,
    Ficou tão surpreendido
Que até...

(Permitirás, leitor querido,
Que uma linha de pontos
Supra alguns versos que, depois de prontos,
Resolvi suprimir. As reticências
Fizeram-se para estas emergências).
....

Antonieta, que ali fora tremendo,
Voltou calma e tranqüila,
A si mesma dizendo:
— Agora sim, pode ele vir pedi-la!
Meu coração já nada mais receia;
De toda a inquietação se acha liberto!
Ela não há de ter, já sei, ao certo,
Meia ração, porém ração e meia!

As vizinhas

I

O Felizardo tinha,
Havia um mês apenas,
Uma formosa e lânguida vizinha,
Flor da flor das morenas,
Por quem se apaixonara
Desde o momento em que lhe viu a cara.
À janela sozinha,
Nunca a pilhou, mas sempre acompanhada
Por uma quarentona
Rechonchuda e anafada.

Quem seria a matrona
Ele ignorava, mas, na vizinhança,
Tendo indagado, soube, sem tardança,
Que das duas vizinhas
Uma era a filha e outra a mulher do Prado,
Velhote apatacado,
Que a vender galos, a vender galinhas,
E outros bichos domésticos, vivia
Durante todo o dia
Na praça do Mercado.

Felizardo ficou muito contente
Ao saber que a matrona
Da morena era mãe, porque a tal dona
Indubitavelmente
Mostrava ter por ele simpatia;

Quando a cumprimentava, ela sorria
Co'um sorriso de sogra em perspectiva.

  A morena adorada
  Era mais reservada,
  Menos demonstrativa;
  Sorria-lhe igualmente,
  Mas disfarçadamente
  E de um modo indeciso,
Como se fora um crime o seu sorriso.

II

Um dia Felizardo, que era esperto,
Tendo a jeito apanhado um molecote
Da casa das vizinhas, deu-lhe um bote
  E o efeito foi certo,
  Porque não há moleque
Que por uns cinco ou dez mil-réis não peque.
— Como se chama a filha do teu amo?
— Mercedes. — E a senhora? — Julieta.
— Pois ouve cá: D. Mercedes amo.
Toma esta nota. Dobro-te a gorjeta
  Se acaso te encarregas
De lhe entregar uma cartinha... Entregas?
— Entrego, sim, senhor. — Quando trouxeres
A resposta, terás quanto quiseres!

  A secreta cartinha
Uma declaração de amor continha,
E terminava assim: "Se me autoriza
A pedi-la a seu pai em casamento,
Três letras bastam... nada mais precisa...
Sim ou *não*... minha vida ou meu tormento".
  Veio em breve a resposta
  Pela tal mala-posta,

  E exultou Felizardo,
  Lendo, escrito em bastardo,
O grato monossílabo ditoso

Com que sonhava um coração ansioso.

No mesmo dia foi o namorado
        Ter com o pai da morena
        À praça do Mercado.
        Não preparou a cena:
        Refletiu que modesto
Devia o velho ser, por conseguinte,
Dispensava etiquetas. Deu no vinte,
Como o leitor verá, se ler o resto.

III

Em mangas de camisa estava o Prado.
        Na barraca sentado,
Entre galos, galinhas, galinholas
Das raças mais comuns e das mais caras —,
Frangos, patos, perus, coelhos, araras,
Passarinhos saltando nas gaiolas,
Sagüis mimosos, trêmulos, surpresos,
Acorrentados cães, macacos presos,
        E no ambiente um cheiro
De entontecer o próprio galinheiro,
        Quando foi procurado
Por Felizardo. — Felizardo Pinho
É o meu nome; conhece-me, seu Prado?
— De vista, sim, senhor, que é meu vizinho.
— Eu amo ardentemente sua filha,
E não sou para aí um farroupilha.
Não quero agora expor-lhe as minhas prendas;
        Apenas digo-lhe isto:
        Vivo das próprias rendas,
Tenho boa família e sou bem-visto.
Venho, por sua filha autorizado,
Dizer-lhe que domingo irei pedi-la.
Até lá pode ser bem informado,
A fim de que me aceite ou me repila.
O pai, que estava atônito e pasmado,
Interrogou: — É sério? é decidido?
O senhor gosta da Mercedes? — Gosto,

            E tudo, tudo arrosto,
            Para ser seu marido!
— Bom; domingo lá estou, e é crença minha
Que ficaremos do melhor acordo;
Mas vá jantar, que sábado, à tardinha,
Mando pra casa o meu peru mais gordo.

            No domingo aprazado
O Felizardo, todo encasacado,
Inveja dos catitas mais catitas,
Foi recebido pelo velho Prado
            Na sala de visitas.
— Vou chamar a Mercedes — disse o velho,
Enquanto o namorado, num relance
            Mirando-se no espelho,
Achava-se um bom tipo de romance.

            Voltou à sala o Prado,
Trazendo pela mão... a quarentona.
— Aqui tem minha filha! — Embatucado,
Felizardo caiu numa poltrona.

            O mísero protesta:
            — Perdão, mas não é esta!
— Eu não tenho outra filha! — sobranceiro
            Exclama o galinheiro.
Felizardo, fazendo uma careta,
— Mas a outra?... — pergunta. — A Julieta?
— Essa é minha mulher! — Minha madrasta —
Acrescenta Mercedes. — Basta! basta!
            Perdão, minha senhora!
Murmurou Felizardo, e foi-se embora,
            Correndo pelas ruas.

Não houve nunca mais notícias suas.

Banhos de mar

Manuel Antônio de Carvalho Santos,
Negociante dos mais acreditados,
   Tinha, em sessenta e tantos,
Uma casa de secos e molhados
Na rua do Trapiche. Toda a gente
   — Gente alta e gente baixa —
O respeitava. Merecidamente:
A sua firma era dinheiro em caixa.

   Rubicundo, roliço,
   Era já outoniço,
Pois há muito passara dos quarenta
E caminhava já para os cinqüenta.
   O bom Manuel Antônio
   (Que assim era chamado),
Quando do amor o deus (deus ou demônio,
Porque como um demônio os homens tenta,
   Trazendo-os num cortado)
   Fê-lo gostar deveras
De uma menina que contava apenas
   Dezoito primaveras,
   E na candura de anjo
Causava inveja às próprias açucenas.
Tinha a menina um namorado, é certo;
Porém o pai, um madeireiro esperto,

Que no outro viu muito melhor arranjo,
      Tratou de convencê-la
De que, aceitando a mão que lhe estendia
Manuel Antônio, a moça trocaria
De um vaga-lume a luz por uma estrela

Ela era boa, compassiva, terna,
E havia feito ao moço o juramento
De que a sua afeição seria eterna;
Porém dobrou-se à lógica paterna
Como uma planta se dobrara ao vento.

    Sabia que seria
Tempo perdido protestar; sabia
Que, na opinião do pai, o casamento
Era um negócio e nada mais. Amava;
Sentia-se abrasada em chama viva;
Mas... tinha-se na conta de uma escrava,
    Esperando, passiva,
Que um marido qualquer lhe fosse imposto,
Contra o seu coração, contra o seu gosto.

    Calou-se. Que argumento
Podia a planta contrapor ao vento?

    No dia em que a notícia
Do casamento se espalhou na praça,
A Praia Grande inteira achou-lhe graça
E comentou-a com feroz malícia,
    E na porta da Alfândega,
    E no leilão do Basto
Outro caso não houve — era uma pândega! —
Que às línguas fornecesse melhor pasto
Durante uma semana, ou uma quinzena,
    Pois em terra pequena
Nenhum assunto é facilmente gasto,
E raramente um escândalo se pilha.
Quando um dizia: "A noiva do pateta
Podia muito bem ser sua filha",
Logo outro exagerava: "Ou sua neta!"

O moço desdenhado,
Que na tesouraria era empregado,
    E metido a poeta,
Durante muito tempo andou de preto,
Co'a barba por fazer, muito abatido;
Mas, se a barba não fez, fez um soneto,
Em que chorava o seu amor perdido.

    Do barbeiro esquecido
Só foi à loja, e vestiu roupa clara,
Depois que a virgem que ele tanto amara
Saiu da igreja ao braço do marido.

Pois, meus senhores, o Manuel Antônio
Jamais se arrependeu do matrimônio;
    Mas, passados três anos,
Sentiu que alguma coisa lhe faltava:
    Não se realizava
    O melhor dos seus planos.

Sim, faltava-lhe um filho, uma criança,
Na qual pudesse reviver contente,
    E este sonho insistente,
    E essa firme esperança
    Fugiam lentamente.
À proporção que os dias e os trabalhos
Seus cabelos tornavam mais grisalhos.

    Recorreu à ciência:
Foi consultar um médico famoso,
    De muita experiência,
    E este, num tom bondoso,
    Lhe disse: — A Medicina
Forçar não pode a natureza humana.
    Se o contrário imagina,
    Digo-lhe que se engana.

Manuel Antônio, logo entristecido,
Pôs os olhos no chão; mas, decorrido
    Um ligeiro intervalo,

O médico aduziu, para animá-lo:
— Todavia, Verrier, se não me engano,
　　Diz que os banhos salgados
　　Dão belos resultados...
Experimente o oceano!

No mesmo dia o bom Manuel Antônio,
À vista de juízo tão idôneo,
　　Tinha casa alugada
　　Lá na Ponta d'Areia,
Praia de banhos muito freqüentada,
　　Que está do porto à entrada
　　E o porto aformoseia.

　　Nessa praia, onde um forte
　　Do séc'lo dezessete
　　Tem tido vária sorte
　　E medo a ninguém mete;
　　Nessa praia, afamada
Pela revolta, logo sufocada
　　De um Manuel Joaquim Gomes,
Nome olvidado, como tantos nomes;
Nessa praia que... (Vide o *Dicionário*
Do Dr. César Marques) nessa praia,
Passou três meses o qüinquagenário,
　　Com a esposa e uma aia.

　　Não sei se coincidência
Ou propósito foi: o namorado
Que não tivera um dia a preferência,
　　Maldade que tamanhos
Ais lhe arrancou do coração magoado,
　　Também se achava a banhos
　　Lá na Ponta d'Areia...

Creia, leitor, ou, se quiser, não creia:
Manuel Antônio nunca o viu; bem cedo,
　　Sem receio, sem medo
De deixar a senhora ali sozinha,
　　Para a cidade vinha

Num escaler que havia contratado,
    E voltava à tardinha.

Tempos depois — marido afortunado! —
Viu que a senhora estava de esperanças...

    Ela teve, de fato,
    Duas belas crianças,
E o bondoso doutor, estupefato,
    Um ótimo presente,
Que o pagou larga e principescamente!

— Viva o banho de mar! ditoso banho! —
Dizia, ardendo em júbilo, o marido.
— Eu pedia-lhe um filho, e dois apanho!
Doutor, meu bom doutor, agradecido!

Pouco tempo durou tanta ventura:
Fulminado por uma apoplexia,
Baixou Manuel Antônio à sepultura.

    O desdenhado moço um belo dia
A viúva esposou, que lhe trazia
Amor, contos de réis e formosura.

    E no leilão do Basto
Diziam todos os desocupados
    Que nunca houve padrasto
Mais carinhoso para os enteados.

Bem feito!

A mulher do Vilela
Não era uma Penélope; os vizinhos
Viam de vez em quando em casa dela
Entrar um moço de altos colarinhos,
Polainas e cartola. Não seria
Caso para estranhar, e aquela gente
    À língua não daria,
Se não escolhesse o moço justamente,
    Para as suas visitas,
    As horas infinitas
Em que o dono da casa estava ausente.

Defronte, um cidadão austero e grave,
Marido e pai de umas senhoras feias,
Que, zeloso, ao sair, fechava à chave,
Sentia o sangue lhe ferver nas veias
Sempre que via aquele sujeitinho,
Desrespeitando a vizinhança honrada,
Em casa entrar do crédulo vizinho.
Por isso, resolveu — coisa impensada! —
    Dizer tudo ao marido,
Que não era, aliás, seu conhecido,
E ter com ele foi, um belo dia,
    Lá na secretaria
Onde o pobre-diabo era empregado.
— Falo ao Sr. Vilela? — A um seu criado. —
— Pois, meu caro senhor, fique ciente

De estar aqui presente
Joaquim Belmonte, funcionário honrado,
    Há muito aposentado,
    Pai de família honesta,
Respeitável, pacífica, modesta. —
Vilela respondeu: — Sr. Belmonte,

De vista já o conheço desde o dia
Em que um prédio aluguei mesmo defronte
    De vossa senhoria.
Eu tenho a honra de ser seu vizinho.
    — Bem sei, e é justamente
O que me traz. — Parece que adivinho:
    Comigo aqui ter veio,
    Muito provavelmente,
Para comigo combinar o meio
    De fazer com que a nossa
    Municipalidade,
Que tão pouco se ocupa da cidade,
E que às reclamações faz vista grossa,
Mande limpar aquela imunda vala
Da nossa rua, que nos contraria
    Pelo cheiro que exala
E há de ser causa de uma epidemia... —
— Não, não venho tratar da vala; eu venho
Tratar de coisa muito mais nociva,
E por cuja extinção muito me empenho,
E hei de empenhar-me creia, enquanto viva,
    A coisa não depende
    Da Mun'cipalidade,
    Mas do senhor, entende?
    — Para falar verdade,
Não entendo. — Meu caro, eu poderia
    Escrever-lhe uma carta,
    Que não assinaria;
Mas sou digno de haver nascido em Esparta:
Acho as cartas anônimas infames,
E uma infâmia jamais cometeria,
Embora me expusesse a mil vexames.

Depois desse preâmbulo,
O Vilela ficou pasmado e mudo;
Parecia um sonâmbulo.
O outro continuou, grave e sisudo:
— O senhor é casado,
Ou, se o não é, parece; pelo menos
Vive na sua casa acompanhado
De uma senhora e de mais dois pequenos.
— Mulher e filhos meus — disse o Vilela.
— Abra o olho com ela!
Quando o senhor não está, vai visitá-la
Um janota, e, reflita,
Não é de cerimônia essa visita,
Pois não lhe abrem a sala...
Vilela deu um pulo
Da cadeira em que estava, e ficou fulo;
Mas o velho puxou-o pelo casaco
E obrigou-o a sentar-se,
Dizendo-lhe: — Vá lá! não seja fraco!
Ouça o resto, e disfarce...
Naquele bairro inteiro
O escândalo comentam,
E o vendeiro, o açougueiro e o quitandeiro
Mil horrores inventam,
Dizendo que o senhor sabe de tudo,
Mas faz de conta que de nada sabe!
Eu não sou abelhudo,
E outro papel no caso não me cabe
A não ser a defesa do decoro
De minhas filhas, que esse desaforo
Profundamente ofende.
Não pode aquilo continuar, entende?
Disse o Vilela enfim: — Velho maldito,
Se tudo quanto para aí tens dito
Não for verdade, apanhas uma coça!
Livrar-te destas mãos não há quem possa!
— Faça uma coisa — respondeu tranqüilo
O velho —: quer saber se é certo aquilo?
Pois amanhã, quando sair, não venha
Para a repartição: em minha casa

Entre, e lá se detenha.
Fique certo de que não perde a vaza.
Escondido por trás da veneziana,
Verá entrar o biltre que o engana,
Está dito? — Está dito! — Lá o espero,
Sou velho honrado. Convencê-lo quero.

Foi-se o Belmonte, e o mísero marido
  Ficou estarrecido;
Mas de tal modo disfarçou o estado
Em que o deixara o velho estonteado,
Que, entrando em casa à costumada hora,
  Não notou a senhora
Nenhuma alteração —, e, no outro dia,
Posto à janela do denunciante,
Que, fechada, discreta parecia,
  Viu entrar o amante,
  Que ele não conhecia.

Correu Vilela à casa num rompante,
Antes que o outro lhe embargasse os passos,
  Ou lhe pusesse os braços,
E um barulho infernal se ouviu da rua
Subitamente alvorotada, e cheia
Dessa canalha vil que tumultua
Quando vê novidade em casa alheia.

O corpo do janota pela escada
  Rolou como uma bola,
  E a luzente cartola
  Na rua, encapelada,
Antes do dono apareceu. A vaia
Que ele apanhou foi tal, tão formidável,
Que, viva ele cem anos, é provável
Que da memória nunca mais lhe saia.

Mas, ó astúcia de mulher, quem pode
  Sondar os teus arcanos,
  Medir os teus recursos?!
Um Hércules não há que não engode

O ardil dos teus enganos
Ou o mel dos teus discursos!

E o Vilela não era
Precisamente um Hércules, coitado!
A esposa, que ele amava, e por quem dera,
    Feliz, entusiasmado,
A vida, ela a vida lhe pedisse,
    A esposa... que lhe disse?
Que o janota não era o seu amante,
Mas o seu mestre de francês; queria
Aprender essa língua, que humilhante
Era viver na roda em que vivia,
Sem saber o francês... Ele, o marido,
    Já meio convencido,
Lhe perguntou por que razão queria
    Aprender em segredo,
    E ela, pondo-lhe um dedo
No lábio inferior, pôs-se a agitá-lo,
Como se fosse um berimbau, e disse:
— Eu queria fazer-te uma surpresa.

    Passado o grande abalo,
O bom Vilela, sem que ninguém visse,
Pôs-se na esquina à caça do Belmonte,
E — oh, que não sei de nojo como o conte! —
Deu-lhe uma tunda mestra, e derreado
Dois meses o deixou. Foi coisa nova
    Apanhar uma sova
Um grave funcionário aposentado.

Mas, passada tão longa penitência,
    Quando se ergueu do leito,
O velho interrogou a consciência,
E a consciência respondeu: — Bem feito!

Desejo de ser mãe

I

A minha escura e rancorosa estrela
Levou-me um dia, para meu tormento,
A certo baile do Cassino. Vê-*la*
E adorá-la foi obra de um momento.

Achei, depois, um ótimo pretexto
Para o paterno umbral transpor um dia;
Mas o pai da pequena — um velho honesto —
Manifestou-me pouca simpatia.

Pois à terceira vez em que, apressado,
Lhe galguei as escadas infinitas,
Mandou dizer que estava incomodado
E não podia receber visitas.

Vendo que assim me era negada a porta,
Surgiu a minha bela num postigo,
E docemente murmurou: — Que importa?
Amo-te muito, e hei de casar contigo!

Daí por diante o nosso amor vingou-se
Em numerosos e arriscados lances,
E a fantasia pródiga nos trouxe
Matéria para inúmeros romances.

Ouvindo-lhe as promessas mais ardentes,
Eu viajava por ignotos mundos

Durante as entrevistas inocentes
Que ela me dava no portão dos fundos.

Os passarinhos, nessas entrevistas,
Brejeiros, saltitantes, indiscretos,
Repetiam, uníssonos coristas,
O estribilho gentil dos nossos duetos.

II

Porém um dia um molecote, astuto
Mensageiro das nossas garatujas,
Os passarinhos transformou — que bruto! —
Numa alcatéia de hórridas corujas!

Deixou que o velho e honrado pai, sentindo
De oculta carta acusador perfume,
Interceptasse este bilhete lindo:
"Hoje, no sítio e às horas do costume".

Houve — pudera! — enorme barafunda!
A moça teve uns oito faniquitos,
O moleque apanhou tremenda tunda,
E ambos soltaram pavorosos gritos.

Vieram vizinhos, médicos, urbanos!...
Encheu a casa estranho burburinho!
O moleque infeliz foi posto em panos
De água e sal por benévolo vizinho.

A minha namorada, seminua,
Rolava aos uivos pelo chão da sala;
A entremetida comissão da rua
Não tinha forças para segurá-la!

O velho, irado, pálido, fremente,
Expectorava a maldição paterna,
Enquanto a filha, inconscientemente,
Mostrava a todos uma e outra perna!

III

Quando soube de caso tão nefasto,
Tive um abalo que exprimir não posso!
O meu afeto era um afeto casto...
Notem que digo "o meu", não digo "o nosso".

Ela, os meus sonhos, ela, o meu fadário,
Para o resgate da paterna bênção,
Outro noivo aceitou. Do comentário
Dispensam-me os leitores — não dispensam?

De mais a mais a coisa é corriqueira,
Pois muitas vezes aparece ao ano
O tipo da donzela brasileira
Que ama Fulano e casa com Beltrano...

O noivo era hediondo... Eu sou suspeito,
E receio, confesso, que os leitores
Imaginem que falo por despeito
Do odioso ladrão dos meus amores.

Embora! — o noivo era hediondo e tolo;
Gastrônomo, pançudo e já grisalho,
Não valia (e foi esse o meu consolo)
Quanto eu valia e mesmo quanto valho.

Tinha dinheiro, muito bom dinheiro;
Casas no campo, casas na cidade;
Mas o rifão lá diz — e é verdadeiro —
Que o dinheiro não faz a felicidade.

Eu não trocara por um palacete
A leda estância aberta à luz do dia,
O risonho e garrido gabinete
Onde os meus versos líricos fazia!

Não dava pela rútila comenda,
Que o indigno rival trazia ao peito,

A flor que um dia — melindrosa prenda! —
No fraque ela me pôs com tanto jeito!

IV

O casamento fez-se quatro meses
Depois da horrenda cena já descrita.
Festas assim sucedem poucas vezes!
Nunca vi uma boda tão bonita!

Ricos tecidos, preciosas rendas,
Custosas sedas e fardões bordados,
E jóias, e arrebiques, e comendas!...
Não cabiam na igreja os convidados!

Para a mim próprio dar um grande exemplo,
Contive n'alma a exaltação do pranto,
Furtivamente penetrei no templo,
E às cerimônias assisti, de um canto.

A noiva tinha a palidez da cera;
Brilhavam pouco os olhos seus profundos;
Mas tão formosa não me parecera
Nas entrevistas do portão dos fundos.

V

Quando as vozes ouvi do órgão, plangentes,
Que coragem, meu Deus! me foi precisa!
Lágrimas puras, lágrimas ardentes
Rolavam-me no peito da camisa!

Ela também chorava. Uma cascata
Lhe borbotava sobre a face bela...
Ai! com toda a certeza aquela ingrata
Pensava em mim como eu pensava nela.

Saíram todos. Fiquei só na igreja,
E de joelhos me pus, cobrindo o rosto,
Cheio de ciúmes, lívido de inveja,

E embrutecido pelo meu desgosto.
Não rezava: sonhava, e em sonhos via
A minha pobre namorada morta...
Só dei por mim quando da sacristia
Gritaram: — Saia! vai fechar-se a porta!

VI

Passado um ano, vi-a em Botafogo,
Num baile, em casa do barão ***. Seus olhos
Negros, brilhantes, dardejavam fogo,
E promessas faziam sem refolhos.

Tinha nos lábios um sorriso franco,
Tão diverso daquele de menina,
E o colo, arfando, entumecido, branco,
Estremecia como gelatina.

Sorriu ao ver-me; eu não sorri; curvado,
Tive apenas um gesto de cabeça;
Ela, porém, correu para o meu lado,
Inconseqüente, gárrula, travessa.

— O seu braço? — me disse. Dei-lhe o braço,
E começamos a passear nas salas.
Eu dizia comigo a cada passo:
— Não há que ver: estou metido em talas!

Ali mesmo jurou que ainda me amava
Como sempre me amara: ardentemente;
Que eu tinha nela uma senhora escrava,
Terna, submissa, amante e reverente!

Tentei ser forte... Um santo que resista
Àqueles olhos negros e profundos!...
E... não faltei à cálida entrevista
Que ela me deu... não no portão dos fundos.

Duas vezes, três vezes por semana,
Eu, venturoso, achava-me ao seu lado!

Oh! se eu tivesse a musa ovidiana,
Cantara o nosso indômito pecado!

VII

Mas tudo acaba! — percebi que o tédio
Seu pervertido espírito invadira...
Saudoso, vi perdido, e sem remédio,
O seu amor, estúpida mentira.

Alguém o meu lugar tomou; depressa
Outro, e mais outro... E tarda o derradeiro!
Do vício a velha máquina não cessa...
Já lá se vai o décimo primeiro!

E cada vez mais bela entre as mais belas
A minha pobre namorada estava!
Era um anjo... sem asas, mas, sem elas,
De coração em coração voava!

VIII

Três meses antes de morrer-lhe o esposo,
Pois que ela enviuvou, a desgraçada
Foi mãe. Tanto bastou — caso curioso! —
Para que o mundo a visse transformada:

Nunca mais teve amantes! Entretanto,
Mais bela estava do que nunca o fora!
A toda a gente o fato fez espanto...
Se era viúva, rica e tentadora!

Mas não! Vivia apenas para o filho,
Filho suspeito de um papá incerto.
Da virtude afinal entrou no trilho,
E agora presumia-se a coberto

De qualquer tentação. Mais de um sujeito
A mão de esposo lhe ofereceu, e ela,
Com um sorriso magoado e contrafeito,

Respondia que não, formosa e bela.

No filho a sua vida se cifrava...
Ela mesma o banhava, ela o vestia,
E só chorava se o bebê chorava,
E só sorria se o bebê sorria!

IX

Um dia encontro-a só e lhe pergunto
Como se explica tal metamorfose.
Se é o respeito à memória de defunto
Que faz com que o gozado já não goze.

Respondeu-me que não; que fez loucuras
Pelo desejo de ser mãe! Jurava
Que nas suas galantes aventuras
Buscava um filho, nada mais buscava!

E nos seus lábios úmidos diviso,
Como uma sombra de abismados mundos,
Aquele mesmo angélico sorriso
Das entrevistas do portão dos fundos.

Nota final

Esta história, leitor, é puro invento.
Eu não quero, por Deus! ficar mal visto!
Num dia em que me achei mais pachorrento,
Não tendo nada que fazer, fiz isto.

Essa mulher nunca viveu, nem vive;
Nunca viajei por ignorados mundos;
Nunca tive aventuras: nunca tive
Tais entrevistas no portão dos fundos.

Dona Engrácia

D. Engrácia fizera cinqüenta anos,
    Mas a todos dizia
(Como se algo valessem tais enganos)
Que trinta e seis, não mais, completaria
A vinte e seis de abril. Toda a cidade,
Que estes casos malévola comenta,
    Dizia à puridade
Que nem a pau a mísera senhora
Queria entrar na casa dos quarenta.

    Era viúva. Outrora
    Junta ao esposo brilhara,
Mas nesse tempo tinha melhor cara,
    Não pintava o cabelo,
A sua dentadura era um modelo
    E o seu rosto não tinha
    Tantos pés-de-galinha.

Fora o marido um homem de juízo,
Mas deixou-lhe, ao baixar à terra fria,
    Apenas o preciso
Para viver com muita economia.
D. Engrácia era só! Nem um parente

    No mundo conhecia.
Tinha tido um irmão, antigamente;
Praticando não sei que falcatruas,

Fugira para a América do Norte,
E nunca mais dera notícias suas,
Nem soube a irmã qual fora a sua sorte.

O isolamento a certas almas serve:
Edifica, avigora, fortalece;
Faz com que o coração a flor conserve
Da mocidade que desaparece;
A outras almas não serve: uma alma fraca
Com a triste solidão não se conforma;
Sofre uma agitação que nada aplaca
Nem suaviza, e logo se transforma.

  D. Engrácia queria
Outro marido achar, e esta mania,
  A mais perniciosa
Que pode entrar numa cabeça idosa,
Cobriu-a de ridículo, coitada!

A princípio mostrou-se apaixonada
Pelo primeiro poeta da cidade,
Que dos seus anos tinha só metade;
Mas o mancebo, frio e desdenhoso,
Riu-se daquele amor de velha tonta,
E um soneto lhe fez tremendo e iroso,
Que andou de mão em mão, de ponta a ponta.

Vendo que o poeta não correspondia
Àquele fogo, àquela pertinácia,
Apaixonou-se a pobre D. Engrácia
Por um tenente de cavalaria.
Foi uma troça no quartel! Tamanha,
  Que o tenente, irritado,
Quis ser do batalhão desagregado,
E outra terra buscar, embora estranha.
Mas D. Engrácia não desanimava;
  Por feri-la, Cupido,
Todas as setas empregou da aljava...
Ela, entretanto, não achou marido.

Desenganada, enfim, pelos rapazes,
    Atirou-se aos velhotes,
Que seriam, pensava, mais capazes
    De apreciar os seus dotes.

    Um conselheiro austero,
    Juiz aposentado,
    Foi até obrigado
A tratá-la de um modo bem severo.

    Afinal, D. Engrácia,
Dos seus esforços vendo a ineficácia,
Resolveu entregar-se ao isolamento,
E nunca mais pensou em casamento.

Alguns meses, porém, depois, retumba
    Como uma bomba — bumba! —
    A notícia da morte
Do irmão da velha que esquecido estava
    Na América do Norte
E dois milhões de dólares lhe deixava!

Ninguém calcula da notícia o efeito!
    Que cenas de teatro!
Não tinha D. Engrácia um só defeito!
Ela até aumentava a idade: tinha
Trinta e dois anos; aumentava quatro;
Não havia no mundo outra viuvinha
Que os seus encantos naturais tivesse!
    Ah! se o poeta pudesse
    Negar haver escrito
    O soneto maldito!
    Como se arrependia
O tal tenente de cavalaria!
    O próprio conselheiro,
    Vendo tanto dinheiro,
As orelhas torceu! E a milionária,
Examinando os oferecimentos,
Poderia, com a calma necessária,
Um marido escolher entre duzentos.

Não escolheu nenhum. Lição tão crua
Aproveitou-lhe. Percorreu a Europa.
Voltando à pátria, fez-se filantropa.
 E os pobres, felizmente,
Também gozaram da riqueza sua,
Que as lágrimas secou a muita gente.

◻

Não, senhor!

Santinha, filha de um negociante
Que passava por ter muito dinheiro,
Bebia os ares pelo mais chibante,
    Pelo mais prazenteiro
Dos rapagões daquele tempo, embora
O pai a destinasse a ser senhora
Do Sousa, um seu colega, já maduro,
Que lhe asseguraria bom futuro.

O namorado (aí está o que o perdia!)
À classe comercial não pertencia:
Era empregado público; não tinha
Simpatia nem crédito na praça.

    Entretanto, Santinha
Nunca supôs que fosse uma desgraça,
    Um prenúncio funesto
A oposição paterna, e assim dizia:
— Ele gosta de mim, eu gosto dele...
    Que nos importa o resto?
Um para o outro a sorte nos impele:
Separar-nos só pode a cova fria!

    Ria-se o pai, dizendo:
    — Isso agora é poesia;
Mas deixem-na comigo: eu cá me entendo.
    Depois do almoço, um dia,

Ele na sala se fechou com a filha,
Para tirar-lhe aquele bigorrilha
    Da cabeça. A pequena,
    Impassível, serena,
    Lhe disse com franqueza
Que ninguém neste mundo apagaria
Aquela chama no seu peito acesa.
    — Isso agora é poesia —
    Repete o pai teimoso,
    E, sentando-a nos joelhos,
    Melífluo, carinhoso,
Abre a torneira aos paternais conselhos,
Aponta-lhe o futuro que a espera,
Conforme o noivo que escolher: de um lado,
    Com o pobre do empregado,
    A pobreza pudera!
O desconforto, o desespero, a miséria!
    — Sim, a fome, menina!
Estas coisas chamemos pelo nome!
A fome — fome atroz! fome canina!...
E, do outro lado, com o negociante,
    Que futuro brilhante!
Não faltarás a um baile, irás ao teatro;
Visitarás o Rio de janeiro;
Poderás percorrer o mundo inteiro,
    E ver o diabo a quatro!
    Mas a firme Santinha
Não se deixava convencer: não tinha
Ambições, nem sonhava tal grandeza;
    Preferia a pobreza,
Ao lado de um marido a quem amasse,
A todo o Potosi com que a comprasse
    Outro qualquer marido.

    O velho, enfurecido,
Brada: — Isto agora já não é poesia.
    Mas grosso desaforo!
Se não acaba esse infeliz namoro,
    Vou deitar energia!
— Então papai não acha coisa infame

Que eu me case com um tipo a quem não ame?
— Infame é namorares um velhaco
Sem dar ao pai o mínimo cavaco!
Ou casas-te com o Sousa ou te afianço
    Que a maldição te lanço!

Santinha, que era muito inteligente,
Continuava a série dos protestos;
Mas o irritado velho, intransigente,
Soltando gritos e fazendo gestos,
Nada mais quis ouvir naquele dia;
Mas na manhã seguinte foi chamá-la
Ao quarto (a pobre moça ainda dormia!)
E pela mão levou-a para a sala.

    Ficou muito espantado
Ao ver que a filha, ao invés do que previra,
À noite houvesse muito bem pensado.
    Pareceu-lhe mentira
    Encontrar tão serena
    E tão tranqüila a moça,
    Como se a grande cena
Da véspera lhe não fizesse mossa.

    — Então? estás na tua?
    — Papai, de mim disponha:
Dê-me, alugue-me ou venda-me: sou sua.
Por tudo estou, solícita e risonha;
    Confesso, todavia,
Que por meu gosto não serei esposa
    Do seu amigo Sousa:
Mentir não posso! — Cala-te, pateta!
    Isso agora é poesia...
A fortuna, verás, será completa!
Aprontou-se depressa a papelada,
    E a casa mobiliada
Em quinze dias foi. Veio de França
Riquíssimo enxoval, conforme a usança,
    O qual esteve exposto
E toda a gente achou de muito gosto.

         Mostrava-se Santinha
A tudo indiferente, e o moço honrado
Que o seu afeto conquistado tinha,
Também não se mostrou contrariado;
Era o mesmo que dantes: expansivo,
Discreto, espirituoso, alegre e vivo.
Chegou a noite, enfim, do casamento,
Que era na igreja do Recolhimento,
      Igrejinha modesta
Expressamente ornada para a festa
      Pelo Joaquim Sirgueiro,
Que foi naquelas artes o primeiro.
      O templo estava cheio
Quer de curiosos, quer de convidados.
      Que mistura! no meio
De graves figurões encasacados
E damas de vestidos decotados,
      Abrindo enormes leques,
Negros sebentos, sórdidos moleques!

A noite estava pálida e tremente,
      Mas linda. Realmente
Era pena que flor tão melindrosa
Fosse colhida por um brutamontes,
Que na vida outros vagos horizontes
      Não via além da Praça...

Na igreja se ouviria o som de uma asa
De inseto, quando o padre, bem disposto,
À noiva perguntou: — É por seu gosto
E por livre vontade que se casa?
Imaginem que escândalo! A menina,
Com voz firme, sonora, cristalina,
Respondeu: — Não, senhor! Um murmúrio
Corre por toda a igreja, e um calefrio
      Pelo corpo do Sousa,
Que o turvo olhar do chão erguer não ousa!
A pergunta repete o sacerdote;
Logo o silêncio se restabelece.
Para que toda a gente escute e note:

— Não-se-nhor! — Estremece
O velho, e tosse pra que se não ouça
    A resposta da moça.
— Não, senhor! Não, senhor! Mil vezes clamo:
    Por gosto não me caso,
Mas obrigada por meu pai; não amo
O Sr. Sousa, mas de amor me abraso
Por este! E aponta para o namorado
Que pouco a pouco tinha se chegado.

Não é possível descrever o resto
    Depois desse protesto.
Falavam todos a um só tempo! A igreja
    Desabar parecia!
O padre corre para a sacristia...
A moça pede ao moço que a proteja...
    — Isto agora é poesia! —
Diz o atônito pai, qu'rendo contê-la.
    Todas as convidadas
    Sufocam gargalhadas...
O noivo, maldizendo a sua estrela,
    Sai para a rua: a sanha
Da torpe molecagem o acompanha,
    E uma vaia o persegue,
Até que ele num carro entrar consegue.
Santinha está casada e bem casada;
O marido dispensa-lhe carinhos:
Vê sempre nela a mesma namorada.
    Já tem uma ninhada
De filhos, e o avô — quem o diria? —
    Morre pelos netinhos,
E diz, quando a mirá-los se extasia:
    — Isto agora é poesia!

O chapéu

O Ponciano, rapagão bonito,
Guarda-livros de muita habilidade,
Possuindo o invejável requisito
    De uma caligrafia
A mais bela, talvez, que na cidade
    E no comércio havia,
Empregou-se na casa importadora
De Praxedes, Couceiro & Companhia,
Casa de todo Maranhão credora,
Que, além de importadora, era importante,
    E, se quebrasse um dia,
Muitas outras consigo arrastaria.

Do comércio figura dominante,
Praxedes, sócio principal da casa,
Tinha uma filha muito interessante.
O guarda-livros arrastava-lhe a asa.

Começara o romance, o romancete
    Num dia em que fez anos
E os festejou Praxedes co'um banquete,
Num belo sítio do Caminho Grande,
Sob os frondosos galhos veteranos
Que secular mangueira inda hoje expande.
A mesa circular, sem cabeceira,
Rodeando o grosso tronco da mangueira,
Um belíssimo aspecto apresentava:

Reluzindo lá estava
O leitão infalível,
Com o seu sorriso irônico,
Expressivo, sardônico.
Sabeis de alguma coisa mais terrível
Do que o sorriso do leitão assado?
    E nos olhos, coitado!
Lhe havia o cozinheiro colocado
Duas rodelas de limão, pilhéria
Que sempre faz sorrir a gente séria.
Dois soberbos perus de forno; tortas
De camarão, e um grande e majestoso
Camorim branco, peixe delicioso,
Que abre ao glutão do paraíso as portas;
Tainhas urichoas recheadas,
    Magníficas pescadas,
    E um presunto, um colosso,
Tendo enroladas a enfeitar-lhe o osso
Tiras estreitas de papel dourado.
Compoteiras de doce, encomendado
A Calafate e a Papo Roto; frutas;
    Vinho em garrafas brutas.
Amêndoas, nozes, queijos, o diabo.
Que se me meto a descrever aquilo,
    Tão cedo não acabo!

O Ponciano fora convidado:
Quis o velho Praxedes distingui-lo.
    Fazia gosto vê-lo
Convenientemente engravatado,
De calças brancas e chapéu de pêlo,
    E uma sobrecasaca
Que estivera fechada um ano inteiro
E espalhava em redor um vago cheiro
    De cânfora e alfavaca.

    Mal que o viu, Gabriela
(Gabriela a menina se chamava)
    Lançou-lhe uma olhadela
Que a mais larga promessa lhe levava...

Como que os olhos dele e os olhos dela
    Apenas esperavam
Encontrar-se; uma vez que se encontravam,
De modo tal os quatro se entendiam
Que, com tanto que ver, nada mais viam!

    Apesar dos perigos,
Por ninguém o namoro foi notado.
Pois que o demônio as coisas sempre arranja.
    Praxedes, ocupado,
Fazia sala aos ávidos amigos;
A mulher de Praxedes, nas cozinhas,
Inspecionava monstruosa canja
Onde flutuavam cinco ou seis galinhas
    E um paio, um senhor paio,
E os convivas, olhando de soslaio
Para a mesa abundante e os seus tesouros
Não tinham atenção para namoros.
Quando todos à mesa se assentaram,
    Ele e ela ficaram
Ao lado um do outro... por casualidade,
E durante três horas, pois três horas
Levou comendo toda aquela gente,
Entre as frases mais ternas e sonoras
Juraram pertencer-se mutuamente.

Quando na mesa havia só destroços,
Cascas, espinhas, ossos e caroços,
    E o café fumegante
    Circulou, nesse instante,
Eram noivos Ponciano e Gabriela.

    — Como — perguntou ela,
Nos poderemos escrever? Não vejo
Que o possamos fazer, e o meu desejo
É ter notícias tuas diariamente.
Respondeu ele: — Muito facilmente:
Quando a casa teu pai volta à noitinha
Traz consigo o *Diário*, por fortuna;
Escreverei com letra miudinha,

    Na última coluna,
Alguma coisa que ninguém ler possa
Quando não esteja prevenido. — Bravo!
Que bela idéia e que ventura a nossa!
    Porém se esse conchavo
Serve para me dar notícias tuas,
Não te dará, meu bem, notícias minhas.
Mas não esteve com uma nem com duas
    O namorado, e disse:
— Temos um meio. — Qual? — Não adivinhas?
Teu pai usa chapéu. — Sim... que tolice!
— Ouve o resto e verás que a idéia é boa:
Um pedacinho de papel à-toa
Tu meterás por baixo da carneira
Do chapéu de teu pai; dessa maneira
Me escreverás todos os dias... úteis.

    Oh! precauções inúteis!
    Durante um ano inteiro
    O pai ludibriado
Serviu de inconsciente mensageiro
Aos amores da filha e do empregado.
— Até que um dia (tudo é transitório,
Até mesmo os chapéus) o negociante
Entrou de chapéu novo no escritório.
Ponciano ficou febricitante!
Como saber qual era o chapeleiro
Em cujas mãos ficara o chapéu velho?
    Muito inquieto, o brejeiro
Ao espírito em vão pediu conselho;
    Dispunha-se, matreiro,
A sair pelas ruas, indagando
De chapeleiro em chapeleiro, quando
O chapeleiro apareceu!... Trazia
O papelinho que encontrado havia!
Atinara com tudo o impertinente
    E indignado dizia:
— Sou pai de filhas!... venho prontamente
Denunciar uma patifaria!
    O hipócrita queria

Mas era, bem se vê, cair em graça
    A um medalhão da praça.

O pai ficou furioso, e, francamente,
Não era o caso para menos; houve
Ralhos, ataques, maldições, *et coet'ra*;
    Mas, enfim, felizmente
    Ao céu bondoso aprouve
(O rapaz tinha tão bonita letra!)
Que não fosse a menina pro convento,
E a comédia acabasse em casamento.

    Ponciano hoje é sócio
    Do sogro, e faz negócio.
    Deu-lhe uma filha o céu
    Que é muito sua amiga
    E está casa não casa;
Mas o ditoso pai não sai de casa
    (Aquilo é balda antiga)
Sem revistar o forro do chapéu.

O copo

Era uma noite de São João. João Canto,
    Que era um João prazenteiro,
    Não olhava a dinheiro:
Todos os anos festejava o santo,
    Que andou pelo deserto,
    O corpo mal coberto,
A comer gafanhotos, e, ao que julgo,
Foi santo melancólico, e, no entanto,
    Passa aos olhos do vulgo
Pelo mais brincalhão do calendário.

Naquela noite, em casa do João Canto,
Que era um velho e zeloso funcionário,
    As gárrulas visitas
    Entravam aos rebanhos:
Moços e velhos, homens e mulheres,
Muitos rapazes, muitas senhoritas,
E crianças de todos os tamanhos.

    — Estás tu como queres!
Dizia D. Andreza, a esposa amada
    Do João, contrariada
Por ver a casa assim, cheia de estranhos;
Porém a filha do casal, Ritinha,
Que dezessete primaveras tinha,
Passava o ano inteiro desejosa
De que chegasse a noite venturosa
Do vinte e três de junho.

Nas aproximações da festa havia
  Em casa muita faina
  Do brasileiro cunho;
Tanto davam às mãos, como às idéias,
A fim de preparar a comezaina
Com que o bandulho aquela gente enchia.
Eram doces de vinte variedades,
Pudins, bolos, compotas e geléias,
Pitéus de forno em grandes quantidades
  E não menos modesta
Era a abundância de bebida: havia
Cervejas, vinhos e licores finos:
Anisete, Cacau, Beneditinos!

Mas a maior despesa dessa festa
  Era a que o João fazia
Enchendo um grande quarto de bichinhas,
Bombas, pistolas, busca-pés, rodinhas,
E o mais que tem criado o interessante
Engenho pirotécnico. Centenas
Havia de balões, que a cada instante,
Majestosos, inchados, atrevidos,
Subiam do ar às regiões serenas,
De altívolos foguetes perseguidos,
Entre assobios e hórridos rugidos,
E ao som do "Viva São João!" gritado
  Pela voz cristalina
Da multidão alegre e pequenina.
E num espaço adrede preparado
  Em frente à casa, ardia,
Uma fogueira imensa, crepitante,
Enquanto no alto céu se desfazia
O seu penacho rubro e chamejante.
D. Andreza, insensível à poesia
Dos costumes que herdamos do passado,
  Suspirando, dizia:
— Quanto dinheiro, santo Deus, queimado!

  A formosa Ritinha
  Dois namorados tinha,

Alberto e Alfredo, ambos autorizados
A pedi-la ao João Canto em casamento.
    Tendo dois namorados,
    Era o seu pensamento
    Que é coisa assaz prudente
    Em tudo nesta vida
    Ter um sobreexcedente.
    Prevenindo-se a gente
    Contra qualquer partida;
Mas o caso é que andava a dois carrinhos;
Como, entretanto, um coração não pode,
Tratando-se de amor, os seus carinhos
    Dividir igualmente
E fazer com que tudo se acomode
    A donzela imprudente
Gostava mais do Alfredo que do Alberto.

    Alfredo era, decerto,
O mais digno de ser por ela amado;
Era um rapaz muito morigerado,
Caráter de ouro, coração aberto,
Estimado por toda a gente séria,
E, pela sua educação, munido
Contra o negro fantasma da miséria;
Ao passo que o Alberto era um perdido:
Ignorante, vadio, sem futuro,
Que quase aos trinta aos trambolhões chegara
    Sem na vida achar furo;
    Mas... tinha boa cara,
E boas roupas, e era petulante,
E o Alfredo um modesto, um hesitante,
Que de tudo e por tudo tinha medo.

Naquela festa de São João, o Alfredo,
    De ciúmes ralado,
Por ver o seu rival considerado,
As penas da sua alma sofredora
Num canto do quintal esconder fora,
Que, apesar da fogueira, estava escuro,
    Quando viu a Ritinha,

             Pé ante pé, sozinha,
Vir de casa, chegar junto de um muro,
             Sobre o rebordo deste
Pôr um objeto que na mão trazia,
E voltar para dentro. O moço investe
Contra o muro. Quer ver! É curioso,
E um aumento prevê à sua mágoa!...
Risca um fósforo. Um copo! Um copo d'água
             Dentro do qual flutua
Alguma coisa branca... É clara de ovo...
Ritinha espera — uma abusão do povo —
Que aquele copo de destino a instrua.

O magoado galã percebe tudo,
E despeja do copo o conteúdo;
Volta à casa, e, do João no gabinete,
Acha pena e papel, traça um bilhete,
Dobra-o bem dobradinho, e num momento
Vai deitá-lo no copo que ao relento
Há de a noite passar.

             Não há quem pinte
Da moça o espanto na manhã seguinte,
Quando o seu copo d'água achou vazio,
Sem esquife, sem cama, sem navio,
Mas co'um bilhete — oh, céus! caso estupendo! —
Que ela tremendo abriu, e leu tremendo:
"Mulher, por quem de lágrimas, mofino,
O travesseiro confidente ensopo,
Não busques perscrutar o teu destino,
Em clara de ovo dentro deste copo!
Serás feliz, recompensando o afeto
Que te consagra Alfredo, que te adora
E quer que o teto seu seja o teu teto
E ter em ti, meu bem, dona e senhora!"

No São João seguinte a casa tinha
Ainda mais animação e brilho,
Pois batizava-se o primeiro filho
             Do Alfredo e da Ritinha.

O Sá

I

Fôra um boêmio outrora,
E, para atenuar o seu passado
    Vadio e dissoluto,
Costumava dizer: — O meu tributo
    Paguei — Era outro agora:
    Tranqüilo e sossegado,
    Muito bem comportado,
    Tal qual Pero Botelho,
Que se faz ermitão depois de velho,
Ou como certas cortesãs que, ao cabo
De uma vida de gozos e loucuras,
Julgando assim ficar menos impuras,
Voltam a Deus o que não quis o diabo.

Ele, entretanto, ainda não era idoso;
Da montanha da vida não chegara
    Ao cume pavoroso:
Cinqüenta anos não tinha, e — coisa rara! —
Não obstante a existência que levara,
Estava já grisalho, mas não tinha
    Esses pés-de-galinha
A que no mundo pouca gente escapa,
E que o aspecto dão à nossa cara
    De castanha ou de mapa.
    É que a pele, que estica,
Livre de sulcos mais ou menos fica,

E o Sá (era esse o nome
Do herói dessa novela)
Se havia sido em moço um magricela
E padecido fome,
Teve, afinal, sossego
Quando, volvidos quase os quarenta anos,
Num suculento emprego,
Fez boas digestões, dormiu bons sonos,
E entrou, como entra um pássaro, na muda.
Tanto corpo deitou, engordou tanto,
Que era um deus-nos-acuda,
E até causava a toda a gente espanto.
Os amigos de outrora
Não no reconheciam,
Quando sereno por acaso o viam
Medindo os passos pela rua afora,
Respirando virtude
E vendendo saúde.
No entanto, que passado!
Que existência infeliz de aventureiro!
Ator, contínuo, sacristão, soldado,
Negociante, jogador, ficheiro,
Grande "pianista" de primeira classe,
Tudo o Sá tinha sido;
Não houve profissão que não tentasse,
Sem haver em nenhuma se mantido,
Afinal — tudo cansa! — encontrou rumo,
E assentou no lugar, que lhe foi dado,
De fiscal do consumo,
Graças a um deputado,
Seu companheiro antigo,
Que por milagre inda era seu amigo.
Numa província aonde o levara a sorte,
Já não sei se do sul ou se do norte,
O Sá gostara de uma pequerrucha
Que, apesar de gorducha,
Não deixava de ter seus atrativos.
Olhos travessos, petulantes, vivos,
E magníficos dentes.
— Não são precisos mais ingredientes

Para alimento de uma paixãozinha,
E esses a nossa provinciana os tinha.
Ela perdera ambos os pais; morava
   Em casa da madrinha
Que com olhos de mãe a vigiava,
— Tanto que Sá tentou, como um demônio,
   Possuir a pequena
Sem a preliminar do matrimônio
Que, a dar-lhe ouvidos, não valia a pena;
Mas a madrinha, vigilante hiena,
Pondo a cidade inteira em alvoroço,
   Cortou-lhe o mau intento,
E, como estava apaixonado, o moço
Teve que sujeitar-se ao casamento.

   Mas na manhã seguinte,
   Por negregado acinte
O Sá (que a tudo um bárbaro se afoita)
Da cidade abalou sem dizer nada,
Abandonando a esposa de uma noite,
   Casada e não casada!
   Nunca se soube ao certo
   Se ele achou descoberto
Aquilo que supunha inexplorado,
   Ou se foi simplesmente
   Um injusto, um malvado.

Que numa forca não padeceria
   Castigo suficiente.
   O caso é que daquele
Dia em diante — angustioso dia,
Cuja lembrança os nervos arrepela! —
Ela não teve mais notícias dele,
   Nem ele as teve dela.

II

Da janela do quarto em que morava
   Entre nuvens de fumo
Que num cachimbo sórdido aspirava,

O fiscal do consumo
Namoriscava uma mulher magrinha,
Que nas lides caseiras avistava
No interior da cozinha
De um sobrado do qual só via os fundos.
Não sei por que, a vizinha,
Entre panelas, caldeirões imundos,
Tachos e caçarolas,
Impressionou-o a ponto
De o fazer dar às solas,
Tonto, ainda mais tonto
Que quando requestava a moça imbele
Que se casou com ele.
A vizinha sorria
Aos gatimanhos que lhe o Sá fazia,
E não tardou que uma correspondência
Epistolar houvesse...
Desimpedida a mísera não era:
"Deus a livrasse que o doutor soubesse...
Tinha ciúme de fera!
Entretanto, a explorava,
Tornando-a, coitadinha,
Numa espécie de escrava,
Metida na cozinha."
O Sá pensou, com certo fundamento,
Que, na impossibilidade
De recorrer a novo casamento
Pois não sabia, na realidade,
Qual era o seu estado,
Se viúvo ou casado,
Precisava arranjar, da sua idade,
Uma mulher solteira
Que quisesse ser sua companheira;
Escreveu à vizinha cozinheira
E na carta lhe disse
Que de casa saísse
E fosse procurá-lo,
Pois lhe daria muito mais regalo.
Ela, que estava farta
Do tal doutor, mal recebeu a carta,

Por aqui é o caminho:
Logo trocou de ninho!

O Sá ficou pasmado e boquiaberto,
            Vendo agora, de perto,
            Que era a boa vizinha
Sua mulher que emagrecido tinha,
— E ao mesmo tempo ela reconhecia
            Naquele novo amante
O esposo magro que engordado havia!
            Que cena interessante!
Ela contou a sua história triste,
E ele, o cínico, achou-lhe certo chiste!

Repelida dos seus, da sua terra,
            Onde esteve na berra,
            De mão em mão andara,
            Até que a sorte avara
Deu com ela no Rio de Janeiro.

E aqui, depois de ser do mundo inteiro,
Caiu nas mãos do tal doutor mesquinho,
            E agora, loucamente,
Às seduções cedendo de um vizinho,
Vinha neste encontrar — fado inclemente!
            O marido que outrora
De maneira tão vil se fora embora!

III

Indivíduos na terra os há capazes
Das mais feias e estranhas aventuras;
            As duas criaturas
            Celebraram as pazes,
E o Sá, que no impudor não tem segundo,
            Deu este exemplo ao mundo
            De um cidadão casado,
Co'a legítima esposa amasiado.

O sócio

Freqüentava o Liceu o Arnaldo, e havia feito
Exame de francês, inglês e geografia,
    Quando seu pai um dia,
    Pilhando-o bem a jeito,
Chamou-o ao gabinete e disse-lhe: — Meu filho,
Tu vais agora entrar no verdadeiro trilho!
Tu já sabes inglês e francês; o Tibério,
    Teu mestre, um homem sério,
    Me disse ultimamente
Que podes dar lições de geografia à gente. —
E, depois de tomar o velho uma pitada
— Não quero — prosseguiu — que tu saibas mais nada,
Pois sabes muito mais do que teu pai, e, como
Fortuna ele não tem para te dar mesada,
Deus, que me ouvindo está, por testemunha tomo!
Não hás de ser doutor! E para que o serias?
Em breve, filho meu, tu te arrependerias.
Pois não vês por aí tantos, tantos doutores,
    Que não tomam caminho,
    Sofrem mil dissabores,
Sem ter o que fazer do inútil pergaminho?
Nisto o velho assoou-se ao lenço de Alcobaça,
E a trompa fez tremer os vidros na vidraça.
— Tu vai para o comércio. Arranjei-te um emprego
Em casa de Saraiva, Almeida & Companhia.
Acredita, rapaz, que o teu e o meu sossego
    Farás, se me disseres

Que não te contraria
Esta resolução. Tua mãe, que é bem boa,
Mas os defeitos tem de todas as mulheres,
Quer que sejas pr'aí um bacharel à-toa;
Pois olha que teu pai tem prática do mundo
E a máquina social conhece bem a fundo;
Para o comércio vai. Se tiveres juízo,
Em dez anos... nem tanto até será preciso...
Serás sócio da casa. A casa é muito forte,
Meu filho, e todos lá têm tido muita sorte.

O Arnaldo quis em vão protestar. O bom velho
  Fê-lo chegar-se ao relho,
E a ambiciosa mãe capacitou-se, em suma,
Que, na casa Saraiva, Almeida & Companhia,
Teria mais futuro o seu rapaz, que numa
  Reles academia.

Pobre Arnaldo! O lugar que lhe foi reservado
  Não era de caixeiro,
  Mas de simples criado:
Às cinco da manhã despertava, e ligeiro
Descia aos armazéns, pegava na vassoura,
E tinha que varrer o chão. Não me desdoura
O trabalhar (o moço aos seus botões dizia).
  Mas não valia a pena
Ter aprendido inglês, francês e geografia,
Se a uma eterna vassoura a sorte me condena!

O pobre rapazinho andava o dia inteiro
Recados a fazer, levípede, lampeiro,
  E, à noite, fatigado,
Atirava-se à rede e um sono só dormia
Até pela manhã, quando a vassoura esguia
O esperava num canto. Ele tinha licença
De ir à casa dos pais de quinze em quinze dias!...
Sentia pela mãe uma saudade intensa!
Vida estúpida e má! vida sem alegrias!...

Saraiva, o principal sócio daquela firma,

Tipo honrado, conforme inda hoje a praça afirma,
Andava pela Europa a viajar, e o sócio,
O Almeida, estava então à testa do negócio.
Era o Almeida casado, e tinha uma sujeita...
No intuito de evitar toda e qualquer suspeita,
Não quis o maganão que ela morasse perto
Da casa de negócio, onde estava a família:
Em São Pantaleão, bairro sempre deserto,
    Pôs-lhe casa e mobília.

O Arnaldo lamentava o seu mesquinho fado,
E andava sempre triste e sempre amargurado,
Quando o Sr. Almeida, o patrão, de uma feita,
Se lembrou de o mandar à casa da sujeita,
    Levar uma fazenda
De que ela lhe fizera há dias encomenda.
Lá foi o Arnaldo, e, ao dar com a moça, boquiaberto
Ficou por não ter visto ainda tão de perto
    Senhora tão formosa,
    Nem tão apetitosa;
E, a julgar pelo olhar que lhe lançou a bela,
Ela dele gostou tanto como ele dela.

Era bem raro o dia em que o negociante
Não tinha que mandar o Arnaldo à sua amante
Qualquer coisa levar. Por isso, de repente,
O triste varredor mostrara-se contente,
    Sagaz, ativo, esperto,
    E ao pai e à mãe dizia
Que na casa Saraiva, Almeida & Companhia
    Achara um céu aberto.
    Pudera! o capadócio
Em dois meses passou de caixeirinho a sócio.

CONTOS EFÊMEROS

A berlinda

Um dia o poeta Passos Nogueira foi instantemente convidado para as terças-feiras do Cunha.

— Apareça, que diabo! — dizia-lhe este sempre que o encontrava. — Minha senhora faz questão da sua pessoa e me recomenda com muito empenho que o convide. Ela adora a poesia, e por seu gosto vivia cercada de poetas.

— Mas eu não sou poeta, meu caro Sr. Cunha.

— Isso agora é modéstia sua. O meu amigo não é ainda um Casimiro de Abreu nem um Rozendo Moniz; mas em todo o caso é um bom poeta.

Passos Nogueira não podia resistir a tanta amabilidade, e uma terça-feira lá foi à casa do Cunha, na rua Mariz e Barros.

A sala estava cheia de visitas. A dona da casa recebeu o poeta com grandes demonstrações de agrado... e um aperto de mão fortíssimo.

Era uma bonita mulher, não há dúvida, aquela D. Helena dos olhos lânguidos, com arrebitado e petulante nariz cavalgado pelo pincenê de ouro, e a boca — uma boca adorável, primorosamente rasgada — mostrando sempre os dentes alvos e brilhantes.

Os homens, quando se aproximavam dela, ficavam como envolvidos num vapor de sensualidade e volúpia.

Com aquele sorriso que murmurava "Cheguem-se!", aqueles olhos que diziam "Amem-me!", e aquelas narinas que gritavam "Gozem-me!", não podia D. Helena escapar à maledicência pública. Efetivamente a mísera não gozava da fama de uma Penélope, e três ou quatro amantes sucessivos lhe apontava a *vox populi*. Sabia disso toda a gente... à exceção do Cunha, que — vamos e venhamos! — não era precisamente um Ulisses.

Passos Nogueira estava ao corrente da reputação de D. Helena, e, portanto, poderia quase sem remorsos aceitar o combate amoroso que ela visivelmente lhe oferecia. A boca, os olhos e as narinas da moça diziam-lhe: Chega-te! Ama-me! Goza-me!

Ele chegou-se; na ocasião era o mais que podia fazer. Ali, naquela sala pequena e cheia de gente, o combate deveria necessariamente limitar-se à fuzilaria dos olhos; não era possível recorrer à artilharia dos lábios.

— Sr. Passos Nogueira — disse D. Helena em voz alta —, queira recitar-nos uma das suas mimosas poesias.

— Oh, excelentíssima! poupe-me pelo amor de Deus o dissabor de vir trazer o sono a uma sociedade tão divertida.

— Não apoiado! não apoiado!... — gritaram diversas vozes.

— Vamos! não se faça rogado — suspirou D. Helena.

— Pois bem; recitarei a minha última produção poética: algumas quintilhas que escrevi ontem para responder a certa pessoa que me perguntou se eu amava.

E os olhos do poeta encontraram-se com os da dona da casa. Fuzilaria.

— Quer que D. Xandoquinha toque a *Dalila* enquanto o senhor recita? — perguntou o Cunha.

— Não, não é preciso acompanhamento — gemeu o poeta, penteando com os dedos a cabeleira farta.

Dispensem-me os leitores de reproduzir a poesia inteira; basta dizer-lhes que a terceira quintilha rezava assim:

"Queres saber, porém,
Se algum afeto escondo
No coração; pois bem,
Senhora, eu te respondo
Que nunca amei ninguém".

E que a última era do teor seguinte:

"Em busca do meu bem,
Irei como a andorinha
Por esse mundo além;
E uma alma irmã da minha
Hei de encontrar também".

Sentou-se o poeta, e os aplausos rebentaram de todos os ângulos da sala. D. Helena dava claramente a perceber com os olhos, a boca e as narinas que ela possuía uma alma irmã da de Passos Nogueira.

E com tanta franqueza se entregava ao poeta, que este, aproveitando um momento em que a conversação se tornou geral, perguntou-lhe rapidamente:

— Como poderei falar-lhe?

Ela respondeu-lhe com um olhar docemente repreensivo, que ao mesmo tempo exprimia a impossibilidade de contestar por outra forma. Ele resignou-se.

Mas D. Helena, ardilosa como todas as criaturas do seu sexo, propôs à sociedade um jogo de prendas. Alguns tímidos protestos se levantaram; a maioria, porém, acolheu com entusiasmo a proposta, e formou-se uma grande roda.

Na ocasião da *berlinda*... Os leitores sabem o que é, num jogo de prendas, a berlinda?... A pessoa sentenciada afasta-se para um canto da sala, e um dos circunstantes vai perguntar em segredo a cada um dos que tomaram parte no jogo por que aquela pessoa está na berlinda; depois repete alto e bom som todas as respostas.

Passos Nogueira foi designado por D. Helena para esse serviço.

Na berlinda estava um moço muito empomadado, caixeiro de um grande armarinho da rua do Ouvidor.

O poeta vergava-se diante de todos para que sucessivamente lhe segredassem a resposta.

Dizia um:

— Está na berlinda, porque gosta de andar de calças brancas.

Outro:

— Está na berlinda, porque é muito amável.

D. Xandoquinha, a pianista:

— Está na berlinda, porque há uma baronesa viúva que simpatiza muito com ele.

Chegou a vez de D. Helena. O poeta curvou-se e ela disse-lhe ao ouvido:

— Amanhã, ao meio-dia, na travessa de São Salvador. Leve um carro fechado.

A melhor amiga

I

A mais ingênua e virtuosa das esposas, D. Ritinha Torres, adquiriu há tempos a dolorosa certeza de que o marido a enganava, namorando escandalosamente uma senhora, vizinha deles, que exercia, ou fingia exercer a profissão de modista.

Havia muitas manhãs que Venâncio Torres — assim se chamava o pérfido — acordava muito cedo, tomava o seu banho frio, saboreava sua xícara de café, acendia o seu cigarro e ia ler a *Gazeta de Notícias* debruçado a uma das janelas da sala de visitas.

Como D. Ritinha estranhasse o fato, porque havia já quatro anos que estava casada com Venâncio, e sempre o conhecera pouco madrugador, uma bela manhã levantou-se da cama, envolveu-se numa colcha, e foi, pé ante pé, sem ser pressentida, dar com ele a namorar a vizinha, que o namorava também.

A pobre senhora não disse nada: voltou para o quarto, deitou-se de novo, e à hora do costume simulou que só então despertava.

Tivera até aquela data o marido na conta de um irrepreensível modelo de todas as virtudes conjugais; todavia, soube aparar o golpe: não deu a perceber o seu desgosto, não articulou uma queixa, não deixou escapar um suspiro.

Mas às dez horas, quando Venâncio Torres, perfeitamente almoçado, tomou o caminho da repartição, ela vestiu-se, saiu também e foi bater à porta da sua melhor amiga, D. Ubaldina de Melo, que se mostrou admiradíssima.

— Que é isto? Tu aqui a estas horas! Temos novidade?
— Temos... temos uma grande novidade; meu marido engana-me!

E deixando-se cair numa cadeira, D. Ritinha prorrompeu em soluços.

— Engana-te? — perguntou a outra, que empalidecera de súbito.

— E adivinha com quem?... Com aquela modista... aquela sujeita que mora defronte de nossa casa!...

— Oh, Ritinha! isso é lá possível!...

— Não me disseram: vi; vi com estes olhos que a terra há de comer! Um namoro desbragado, escandaloso, de janela para janela!

— Olha que as aparências enganam...

— E os homens ainda mais que as aparências.

O pranto recrudescia.

— E eu que tinha tanta confian... an... ça naquele ingra... a... to!

— Que queres tu que te faça? — perguntou D. Ubaldina, quando a amiga lhe pareceu mais serenada.

— Vim consultar-te... peço-te que me aconselhes... que me digas o que devo fazer... Não tenho cabeça para tomar uma resolução qualquer!

— Disseste-lhe alguma coisa?

— A quem?

— A teu marido.

— Não; não lhe disse nada, absolutamente nada. Contive-me quanto pude. Não quis decidir coisa alguma antes de te falar, antes de ouvir a minha melhor amiga.

D. Ubaldina sentou-se ao lado dela, agradeceu com um beijo prolongado e sonoro essa prova decisiva de confiança e amizade, e, tomando-lhe carinhosamente as mãos, assim falou:

— Ritinha, o casamento é uma cruz que é mister saber carregar. Teu marido engana-te... se é que te engana...

— Engana-me!..

— Pois bem, engana-te, sim, mas... com quem? Reflete um pouco, e vê que esse ridículo namoro de janela, que o obriga a madrugar, sair dos seus hábitos, é uma fantasia passageira, um divertimento efêmero que não vale a pena tomar a sério.

— Achas então que...

— Filha, não há no mundo marido algum que seja absolutamente fiel. Faze como eu, que fecho os olhos às bilontrices do Melo, e digo como dizia a outra: —Enquanto andar lá fora, passeie o coração à vontade, contanto que mo restitua quando se recolher ao lar doméstico.

— Filosofia no caso!

— Vejo que não sente por teu marido o mesmo que sinto pelo meu...

A filósofa conservou-se calada alguns segundos, e, dando em D. Ritinha outro beijo, ainda mais prolongado e sonoro que o primeiro, prosseguiu assim:

— Se fizeres cenas de ciúmes a teu marido, apenas conseguirás que ele se afeiçoe deveras à tal modista; o que por enquanto não passa, felizmente, de um namoro sem conseqüências poderá um dia transformar-se em paixão desordenada e furiosa!

— Mas...

— Não há mais nem meio! Cala-te, resigna-te, devora em silêncio tuas lágrimas, e observa. Se daqui a oito ou dez dias durar ainda esse pequeno escândalo, vem de novo ter comigo, e juntas combinaremos então o que deverás fazer.

— Aceito de bom grado os conselhos, minha amiga, mas não sei se terei forças para sofrear a minha indignação e os meus ciúmes.

— Faze o possível por sofreares. Lembra-te que és mãe. Quando um casal não vive na mais perfeita harmonia, a educação dos filhos torna-se extremamente difícil.

Alentada por esses conselhos amistosos e sensatos, D. Ritinha Torres despediu-se da sua melhor amiga, e foi para casa muito disposta a carregar com resignação a cruz do casamento.

II

Logo que ficou sozinha, D. Ubaldina, que até então a custo se contivera, teve também uma longa crise de lágrimas.

Mas, serenada que foi essa violenta exacerbação dos nervos, a moça correu ao telefone, e pediu que a comunicasse com a repartição onde Venâncio Torres era empregado.

— Alô! Alô!
— Quem fala?
— O Sr. Venâncio está?
— Está. Vou chamá-lo.

Minutos depois D. Ubaldina telefonava ao marido de D. Ritinha que precisava falar-lhe com toda urgência.

Ele correu imediatamente à casa dela, onde foi recebido com uma explosão de lágrimas e imprecações.

— Que é isto?! que é isto?! — perguntou atônito.

— Sei tudo! — bradou ela. — Tua mulher esteve aqui e contou-me o teu namoro com a modista de defronte!

Venâncio ficou aterrado.

— A idiota veio perguntar-me, a mim, que sou tua amante, o que devia fazer! Eu disse-lhe que fechasse os olhos, que se resignasse...

E agarrando-o com impetuosidade:

— Ah! mas eu é que me não resigno, sabes? Eu não sou tua mulher, sabes? Eu amo-te, sabes?

— Isso é uma invenção tola. Eu não namoro modistas.

— Olha, Venâncio, se continuares, tudo saberei, porque incumbi a tua própria mulher de me pôr ao fato de tudo quanto se passar! Se persistires em namorar essa costureira, darei um escândalo descomunal, nunca visto!... Afianço-te que te arrependerás amargamente! Tu ainda não me conheces!...

Venâncio tinha lábias: desfez-se em desculpas e explicou, o melhor que pôde, as suas madrugadas.

D. Ubaldina, que ardia em desejo de perdoar, aceitou a explicação. Entretanto, ameaçava-o sempre:

— Olha que se me constar que... Não te digo mais nada!...

Pouco antes da hora em que devia chegar o dono da casa com o seu coração intacto, Venâncio, que descia a escada, parou, e retrocedeu três ou quatro degraus para dizer a D. Ubaldina:

— Queres saber de uma coisa? Essa história da modista é bem boa: serve perfeitamente para desviar qualquer suspeita que minha mulher possa ter da sua melhor amiga.

E desceu.

III

Oito dias depois, D. Ubaldina de Melo recebia um bilhete concebido nos seguintes termos:

"Minha boa amiga. — Parece que tudo acabou, felizmente. Depois que estive contigo, nunca mais Venâncio madrugou nem foi à janela. Queira Deus que isto dure! Como sou feliz! — Tua do coração, *Ritinha Torres*".

Aquele mulatinho!

Eu contemplava, na praça Quinze de Novembro, a bela estátua de Osório, que acabava de ser inaugurada, e divertia-me a ouvir os comentários das pessoas que se achavam perto de mim, quando senti uma pequenina mão pousar delicadamente sobre o meu ombro. Voltei-me: era ela, a minha espirituosa amiga D. Henriqueta.

Depois de afogarmos a nossa velha saudade num vigoroso aperto de mão, demos um ao outro notícias nossas, escolhendo afinal para assunto da conversa o monumento que diante de nós se erguia majestoso e sereno na sua grande simplicidade artística.

Em volta um sujeito dizia que Osório devia calçar botas; outro afirmava que a cauda do cavalo estava exageradamente erguida; uma senhora achava que o general podia estar menos empinado, e todos à uma davam sentenças.

A minha espirituosa amiga, que é dotada de certo discernimento artístico, e admira o bronze de Bernardelli, ria-se a bom rir de todos esses comentários.

Um indivíduo que eu não conheço, depois de contemplar o monumento por uns bons cinco minutos, voltou-se para o meu lado e disse-me:

— Está tudo muito bom; apenas quer me parecer que a estátua foi mal colocada...

— Como assim? — perguntei.

— Acho que o monumento ficaria melhor se o cavalo olhasse para a repartição dos telégrafos.

— Ora essa! por quê?
— Não sei... é cá uma idéia... parece-me que haveria assim mais harmonia entre o monumento e a praça.
— Este senhor — disse eu à minha espirituosa amiga — faz-me lembrar um caso engraçado que se deu na minha terra, quando se tratava de levantar ali a estátua de Gonçalves Dias.
— Se é realmente engraçado, quero ouvi-lo; acompanhe-me até o bonde.

Momentos depois entrávamos na rua Sete de Setembro.

E eu comecei:
— A estátua de Gonçalves Dias foi feita por meio de uma subscrição popular, aberta na província por iniciativa de um amigo íntimo do poeta.
— Bem sei.
— Quando ficou pronta a estátua, não havia mais dinheiro, e era ainda preciso algum, não pouco, para as despesas complementares de transporte, colocação, etc.
— Nessas ocasiões as despesas excedem sempre os orçamentos.
— Nessas e em todas as outras. Nem os orçamentos se fizeram para outra coisa senão para serem excedidos.
— Vamos adiante.
— Felizmente um velho e honrado capitalista, que morava no largo dos Remédios — o largo em que devia ser colocada a estátua —, ofereceu a soma que faltava.
— Capitalista providencial!
— O largo dos Remédios acha-se numa pequena eminência, às margens do poético Anil. De um lado é bordado por uma fileira de prédios — entre estes o do nosso capitalista — e do outro por uma muralha que dá para o rio, ou antes, para o mar, pois o Anil vai desaguar no Oceano.
— Mas onde está o caso engraçado?
— O caso engraçado consiste em que o capitalista ficou furioso quando soube que a figura do poeta ia ser colocada de frente para o mar. "Quê!", bradou ele; "pois eu dou tantos contos de réis para a estátua, e a estátua volta-me as costas!"
— Ora essa!
— Tentaram convencê-lo de que assim é que estava direito: o poeta devia olhar para o grande elemento que cantara em versos magníficos, e no qual tivera um túmulo digno da sua estatura moral...

— Mas o capitalista aposto que não se convenceu.
— Qual convenceu qual nada! "O Gonçalves Dias", vociferava ele, "deve olhar para a terra que tem palmeiras onde canta o sabiá e não para o Oceano que traiçoeiramente o tragou!" E o grande caso é que essa consideração calou no espírito da comissão respectiva, e organizou-se uma espécie de plebiscito. Toda a gente era convidada a dizer se o poeta devia ficar voltado para o mar ou para a terra.
— Com efeito!
— Um indivíduo apresentou muito a sério a idéia de se aplicar à estátua um rodízio, como nos faróis. "É o meio", dizia ele, "de contentar a toda a gente".
— Essa idéia do rodízio seria aproveitável na estátua de um político, não na de um poeta... — observou a minha espirituosa amiga com a sua graça habitual; e perguntou em seguida:
— Mas em que ficaram? Gonçalves Dias para que lado olha?
— Gonçalves Dias olha para o mar, minha senhora. O capitalista foi vencido.
— Coitado!
— Mas ele vingava-se descompondo o poeta. À tardinha, quando ia para a janela gozar as doces brisas do Anil, olhava para a estátua, arregaçava os lábios num sorriso escarninho, sacudia a cabeça e dizia entre dentes: "Dar-me as costas aquele mulatinho, a mim, que o conheci deste tamanho quando o pai o mandou para Coimbra!"

As pílulas

Há muitos anos havia no Rio de Janeiro um boticário, em cujo estabelecimento se reuniam todas as noites — das sete às dez — uns indivíduos que não faziam outra coisa senão discutir sobre política.

Uma noite apareceu na roda, levado por um dos mais velhos freqüentadores da botica, certo oficial argentino, revolucionário, que fora deportado da sua terra, e andava comendo o negro pão do exílio... no *Frères Provençaux*.

Desde o instante em que esse elemento exótico apareceu na botica, cessou completamente a cordura que havia naquelas confabulações tranqüilas e burguesas.

O argentino a propósito de tudo deprimia os homens e as coisas do país que o agasalhava, poupando, nas suas impertinências, invectivas apenas a nossa *naturaleza*.

A roda era pacata; nenhum dos presentes tomava a peito, com o indispensável ardor, a defesa, aliás facílima, da nossa terra; e quando um deles se atreveu a dirigir-se em voz mais alta ao argentino, este de tal sorte gritou, gesticulou e regougou, e tantas vezes bateu com a bengala no chão e na grade que separava o boticário dos seus fregueses, que houve ajuntamento de transeuntes à porta da botica.

O dono da casa, homem de bom natural, que raro se envolvia nas conversas, aviando pachorrentamente lá dentro as receitas enquanto cá fora se discutia com mais ou menos calor, o dono da casa dessa vez saiu do sério e do almofariz, e veio dizer ao revolucionário que não gritasse tanto.

É bem de ver que o homenzinho, habituado a revoltar-se contra os governos de seu país, não suportaria que um simples boticário lhe viesse dizer que não gritasse.

Gritou mais e mais, e tais coisas disse, que o dono da casa acabou por gritar também.

— Ponha-se no olho da rua, seu patife! — bradou-lhe num tom que não admitia réplicas.

E, segurando o argentino pela cintura, obrigou-o, com um empurrão, a dar um pulo até o meio da rua.

No dia seguinte o boticário foi desafiado para um duelo. Entraram-lhe em casa dois sujeitos mandados pelo argentino, que lhe pediram indicasse dois amigos com quem eles se entendessem para regular as condições do encontro.

O boticário, sem levantar os olhos do alambique, disse-lhes que sim, que as suas testemunhas lá iriam ter; mas desde logo preveniu aos dois sujeitos que, sendo ele o desafiado, cabia-lhe a escolha das armas.

— O nosso comitente aceita qualquer arma, pois todas maneja com igual perícia. Já teve quinze duelos no Rio da Prata; matou sete adversários e feriu oito!

— Pois olhem, meus senhores — respondeu o boticário sempre às voltas com o alambique —, a mim não me há de ele matar nem mesmo ferir.

Nesse mesmo dia reuniram-se as quatro testemunhas e acordaram que o duelo se realizaria na manhã seguinte, no Jardim Botânico. O boticário forneceria as armas.

À hora convencionada achavam-se a postos os adversários, os padrinhos e um médico levado pelo argentino.

— Então? as armas?... — perguntou este, olhando em volta de si.

— As armas cá estão — disse o boticário aproximando-se e tirando uma caixinha da algibeira do colete. — Escolhi estas.

E, abrindo a caixinha, mostrou duas pílulas.

— Pílulas! — exclamaram todos.

— Pílulas, sim. Este senhor é um militar, um duelista que se gaba de ter matado sete homens, e que maneja perfeitamente a espada, o sabre e a pistola; eu sou um pobre boticário, que não tem feito outra coisa em sua vida senão remédios. Se algum dia matei alguém, fi-lo sem ter consciência disso... Cabia-me a escolha das armas: escolhi as minhas...

— Mas isso não é sério! — exclamou o revolucionário.

— É mais sério do que *usted* supõe; uma destas pílulas tem dentro ácido prússico; a outra é inofensiva. Tiremo-las à sorte, engulamo-las, e o que tiver escolhido a envenenada em poucos segundos deixará de pertencer ao número dos vivos.

E, apresentando a caixinha ao adversário:

— Sirva-se.

— Nunca! não me presto a um duelo ridículo!

— Ridículo? Ora essa! Trata-se de um duelo de morte, e eu não os compreendo senão assim. Quando aqui vim foi disposto a morrer ou a matar. Vamos, faça favor de escolher uma das pílulas!

O argentino estava lívido.

— Se *usted* não quer escolher, escolho eu; mas se não é um covarde, tem que tomar a outra imediatamente, porque os efeitos do ácido prússico são prontos!

E, tirando uma das pílulas, engoliu-a serenamente:

— Bom; já engoli uma; vá! a outra! depressa!...

O revolucionário não se podia ter nas pernas.

— Ah! não quer engolir a outra? Pois engulo-a eu, porque são ambas de miolo de pão, e *usted* é um maricas!

E engoliu a outra pílula.

Nesse mesmo dia o argentino deixou o Rio de Janeiro. Foi comer noutra parte o negro pão do exílio.

Coincidência

Em 13 de março de 1891 o Sr. Nóbrega, conceituado negociante da nossa praça, completou quarenta e sete anos de idade e foi passar o dia no Corcovado, levando em sua companhia, além da senhora e duas meninas, o Artur Caldeira, um bonito rapaz de vinte e um anos, estudante da Escola Politécnica, filho de um bom freguês que o Sr. Nóbrega tinha em Paracatu, no Estado de Minas.

Rosália, a mais velha das meninas, contava apenas dezessete anos, e estava — sem que os pais o soubessem — apaixonada pelo estudante. Entendia este que o velho provérbio *Amor com amor se paga* era a fórmula mais avisada da justiça humana, e correspondia com ternura à delicada paixão da moça.

Essas inocentes manifestações duravam havia já três meses, quando Artur Caldeira recebeu — naturalmente por artes de Rosália — um convite para o passeio do Corcovado. Imenso foi o seu prazer, pois com certeza esse passeio lhe proporcionaria ocasião de entender-se categoricamente com ela.

Assim foi. Depois do esplêndido almoço que a família Nóbrega levara de casa e foi alegremente devorado *sub tegmine*[1] de frondosa figueira brava, o estudante afastou-se um pouco em companhia das meninas, e, sem se importar com a presença da mais nova, que tinha doze anos, fez à Rosália uma declaração em regra, jurando-

---
[1] "À sombra", em latim. (N. do E.)

lhe fidelidade eterna. Ela prestou juramento idêntico, e as mãos apertaram-se fortemente.

E para que esses protestos ficassem gravados de modo que resistissem à ação destruidora do tempo, Artur Caldeira armou-se de um canivete, e a pedido de Rosália abriu a seguinte inscrição no tronco de um ipê, que fora a testemunha discreta e majestosa daquela cena de amor:

Art. e Ros.
13/3/91

Durante todo esse tempo o Sr. Nóbrega e sua esposa cochilavam debaixo da figueira.

Na volta para a cidade, tanto o pai como a mãe notaram que Artur e Rosália se namoravam abertamente.

D. Rita, a esposa do Sr. Nóbrega, quis chamá-los à ordem:

— Deixa-os lá, deixa-os lá! — ponderou o marido. — Queira Deus que as bichas peguem! Ele é um bom rapazinho, está ali está formado, e é filho de um homem sério e bastante rico. Onde poderemos encontrar melhor marido para a pequena?

D. Rita concordou com o marido — e quando, no largo do Machado, a família, que morava em Botafogo, se separou do estudante, que seguia para a cidade, a boa senhora instou com ele para "aparecer lá por casa", ir jantar aos domingos, etc.

Um mês depois, Artur Caldeira era noivo de Rosália. O pedido fora feito pelo pai, que viera expressamente de Paracatu, trazido por uma carta do estudante pedindo o seu assentimento à suspirada união.

Marcado que foi o dia do casamento, começou para Artur e Rosália essa deliciosa e risonha quadra do noivado, pensando na qual mais tarde os maridos com raras exceções se convencem de que realmente o melhor da festa é esperar por ela.

Mas a desgraça não quis que chegasse para Artur Caldeira e Rosália Nóbrega o almejado dia da festa.

Em janeiro de 1892, muito pouco tempo antes da época fixada para o casamento, o pobre estudante foi fulminado pela febre amarela, que o matou em dois dias.

Rosália recebeu um golpe tão profundo, sentiu tanto, tanto, a morte do seu noivo, que adoeceu gravemente, e durante dois meses esteve entre a vida e morte. Mas os cuidados da ciência, e ainda mais a ciência dos cuidados, conseguiram vencer a enfermidade e restituir à existência aqueles dezoito anos primaveris e formosos.

Nessa idade as grandes dores depressa se deixam absorver pelo espetáculo contínuo da vida, pela renovação incansável e vivificante das coisas... Um ano depois da sua quase viuvez, Rosália parecia absolutamente consolada, voltavam-lhe as alegrias despreocupadas de outrora; já de novo se comprazia no convívio bulhento das amigas, e ria-se, com o riso sonoro e cristalino das moças.

Não tardou que a imagem de Artur Caldeira se desvanecesse de todo no seu espírito, e que a substituísse outra — a de um negociante jovem ainda e já bem colocado, que se chamava Artidoro de Lima.

O namoro progrediu com rapidez incrível — e releva dizer que tanto o Sr. Nóbrega como D. Rita fizeram o possível para estimulá-lo.

— Deixemo-los, deixemo-los! Queira Deus que as bichas peguem! Ele é um excelente moço, e está muito bem encaminhado. Onde poderemos encontrar melhor marido para a pequena?

As bichas pegaram.

O casamento foi marcado para outubro de 1893: realizar-se-ia no dia dos anos de Rosália.

Mas sobreveio a revolta de 6 de setembro, e acordaram todos em esperar pelo restabelecimento da paz.

Entretanto, em princípios de 1894, Artidoro de Lima declarou ao seu futuro sogro que estava farto de esperar pela terminação da revolta: o seu amor nada tinha que ver com a política. Rosália por seu lado ardia em desejos de se casar.

À vista disso, apressaram-se os preparativos, e em fevereiro Artidoro e Rosália eram marido e mulher.

Quando, no mês seguinte, o governo preveniu a população do Rio de Janeiro que ia entrar a esquadra legal e dar um combate decisivo aos revoltosos que se achavam no porto, Rosália ficou bastante contrariada, porque o dia do combate coincidia com o aniversário natalício de seu pai, e não podiam festejar-lhe o meio centenário...

— Depois — acrescentava ela —, que maçada! é preciso aprontar malas, sair da cidade...

— Não, não, não! — obtemperou Artidoro. — Não te assustes, meu anjo; o combate, se o houver, o que duvido, não poderá durar mais de duas horas. Não é preciso irmos para muito longe; basta que subamos ao Corcovado.

Rosália estremeceu, e murmurou:

— Pois sim.

E no dia 13 foram para o Corcovado.

Rosália encheu-se de melancolia e azedume. Ela estava naturalmente animada pela esperança da felicidade conjugal, pelo sentimento, ainda novo, dos seus deveres de esposa, pela virtude persuasiva ensinada pelo amor de mãos dadas ao dever; mas a lembrança do pobre Artur Caldeira voltava agora ao seu espírito com uma insistência implacável.

Ela sentiu-se misteriosamente acusada de ingratidão, e lembrou-se de que, naquela mesma data, naquele mesmo sítio, havia apenas três anos, jurara fidelidade eterna a outro homem; e, num desejo esquisito de castigar-se, foi procurar o saudoso ipê em cujo tronco o morto gravara uma inscrição indelével...

Foi Artidoro o primeiro que descobriu a inscrição.

— Olha, Rosália... vem cá... vê que coincidência! — E apontou:

Art. e Ros.
13/3/91

— Estiveram aqui, nesta mesma data há três anos, dois namorados que tinham os nossos nomes. Este *Art.* deve ser Artidoro e esta *Ros.* deve ser Rosália.

— Talvez não... pode ser... e Rosalina...

— Ora adeus! seja quem for, façamos nossa a inscrição. Ainda somos namorados.

E tirando um canivete do bolso, com duas incisões profundas transformou *1891* em *1894*.

Acabada essa operação, Artidoro ficou muito surpreendido ao ver que Rosália chorava copiosamente.

Nunca percebeu o motivo dessas lágrimas. Atribuiu-as ao estado interessante em que ela se achava...

E a artilharia, ao longe, saudava ruidosamente a vitória da legalidade.

Incêndio no Politeama

O h! a extraordinária boa-fé, a sublime toleima das esposas honestas!...

O Romualdo — o Romualdo da praia do Flamengo, conhecem? — casou-se há dez anos, e foi até bem poucos dias o modelo mais completo da fidelidade conjugal. D. Vicentina, sua esposa, não tinha sido até então enganada pelo marido nem mesmo em sonhos.

Ultimamente, o pobre rapaz encontrou no bonde elétrico, em caminho de casa para a repartição uma bonita mulher que lhe atirou uns olhares igualmente elétricos, e tanto bastou para que a sua austeridade fosse por água abaixo.

Nesse dia o Romualdo não assinou o ponto na repartição, coisa que lhe não sucedia há muitos anos. Gastou perto de quatro horas acompanhando na rua do Ouvidor a bela desconhecida; entrou com ela numa casa de leques e luvas, mas não se animou a falar-lhe; esperou-a depois à porta de dois armarinhos e uma confeitaria, e eram quase três horas da tarde quando no largo da Carioca tomou o mesmo bonde que ela — outro bonde elétrico.

Na rua do Passeio, a desconhecida, que era menos tímida que o Romualdo, convidou-o com um olhar — o mais elétrico de todos — a sentar-se perto dela, e ao mesmo tempo afastou-se para dar-lhe a ponta do banco.

Escusado é dizer que o Romualdo aquiesceu pressuroso ao convite, mas sabe Deus com que susto atravessou a praia do Flamengo, passando pela sua casa ao lado daquela adorável e estranha criatura, que trescalava sândalo. Felizmente D. Vicentina, como toda a boa dona de casa, raramente chegava à janela, e nenhum dos vizinhos o viu passar em tão arriscada companhia.

Não fatigarei o leitor reproduzindo o vulgaríssimo diálogo que se travou entre os dois namorados.

Para elucidação do conto, basta dizer que ela não era casada — mas era como se o fosse — e residia com o seu protetor, um opulento negociante, nas imediações do largo do Machado.

A moça confessou-se apaixonada pelo Romualdo, porque o Romualdo era o retrato vivo do seu esposo, que falecera havia quatro anos, deixando-lhe imarcescíveis saudades. Logo que pudesse, concederia ao Romualdo uma entrevista, avisando-o em carta dirigida à repartição onde ele era empregado. Antes disso não procurasse vê-la, porque o aludido negociante era ciumento e desconfiado.

— À toa — acrescentou ela com uma simplicidade adorável —; à toa, porque eu sou incapaz de enganá-lo.

— Incapaz?... Pois não acaba de me prometer uma entrevista?...

— Ah! o senhor não se conta: parece-se tanto com meu marido!...

Ao Romualdo não fez muito bom cabelo o papel de "estátua de carne" que lhe estava reservado; entretanto, esperou com impaciência a anunciada cartinha. Esta só apareceu no fim de vinte dias.

Eis o seu conteúdo:

"*Ele* foi hoje para Petrópolis, e só estará de volta depois d'amanhã. Amanhã, 14, às dez horas da noite, esperar-te-ei à janela; festejaremos juntos a data da tomada da Bastilha".

O Romualdo ficou entusiasmado por essas letras deliciosas, e tratou imediatamente de inventar um pretexto para ausentar-se de casa na noite aprazada.

Era difícil; não havia memória de haver saído à rua, depois de jantar, sem levar consigo sua mulher...

Era difícil; mas o que não inventa um homem quando uma mulher bonita lhe diz: vem cá?

No dia 13, ao chegar a casa de volta da repartição, o Romualdo aproximou-se de D. Vicentina, deu-lhe o beijo do costume, e disse-lhe:

— Benzinho, quero que me dês licença para uma coisa...

— Que coisa?

— Para ir amanhã ouvir o *Rigoletto* no Politeama. O meu chefe de seção, o Dr. Rodrigues, convidou-me para assistir ao espetáculo do seu camarote, e eu prometi que ia... se te não contrariasses...

— Oh, Romualdo! é a primeira vez que você vai ao teatro sem sua mulher!

— Que queres? Não tenho prazer em ir a qualquer divertimento sem ti... mas aquele Dr. Rodrigues é tão suscetível... e convidou-me de tão boa vontade.

— Pois vai!

— Obrigado, benzinho.

— Vai, mas olha que tenho muita pena de não ir também. O *Rigoletto* é uma das óperas que mais aprecio... O quarto ato... Não é no quarto ato que há o *La donna è mobile*?

— É.

— O quarto ato é lindíssimo. Vai...

— Ficas zangada?

— Não fico, mas...

E D. Vicentina interrompeu a frase com um beijo.

— ...mas não quero que fiques no costume de ir ao teatro sozinho.

— Receias que eu te engane?

— Não; nunca me passou pela imaginação que me pudesses enganar; mas não quero...

No dia seguinte, quando, às sete horas da noite, o Romualdo saiu de casa para ir... ao Politeama, D. Vicentina disse-lhe:

— Presta bem atenção ao espetáculo para depois me contares tudo.

Já o Romualdo, que não era tolo, tivera o cuidado de ler o anúncio do Politeama e decorar os nomes dos cantores.

Conquanto o largo do Machado fique perto da praia do Flamengo, eram quase duas horas da madrugada quando o Romualdo entrou em casa.

D. Vicentina ainda estava acordada.

— Com efeito! acabou tarde o espetáculo!...

— Deixa-me, benzinho! O Dr. Rodrigues instou comigo para cear... e eu apanhei uma enxaqueca que não te digo nada!

— Que tal o *Rigoletto*?

— Assim, assim... O Athos já não é aquele mesmo barítono dos tempos do Ferrari; ainda assim, deu boa conta do recado.

— E o tenor? Que tal o achaste?

— Podia ser pior.

— Como cantou ele o *La donna è mobile*?
— Com alguma expressão.
— Ah! é verdade, e o quarteto:

Un di, se ben rammento mi...?

— O quarteto também não andou mal. Todo o quarto ato foi regularmente cantado.
— Ora não estar eu lá!
— Naturalmente repetem a ópera; havemos de ir juntos.
— Prometes?
— Prometo, sim... mas deixa-me dormir... Esta enxaqueca...!
— Dá-me ao menos um beijo.
— Toma... e boa noite.

D. Vicentina ergueu-se da cama primeiro que o marido, e, como de costume, foi logo ler o *Paiz*.
A primeira notícia que lhe saltou aos olhos trazia este título: Incêndio no Politeama.
Viu a pobre senhora que a representação do *Rigoletto* não passara do princípio do terceiro ato. Ficou muito impressionada; mas isso passou depressa, e, quando o marido acordou, disse-lhe, sorrindo:
— Como és bom! não me disseste nada do fogo em que estiveste metido esta noite... Mentiste, só para me não incomodar!
O Romualdo ficou atônito.
— Que... que fogo?
— Não tentes encobrir por mais tempo a verdade... Já sei que não ouviste o *La donna è mobile*.
— Hein?
— Tolinho! acabo de ler no *Paiz* que o Politeama ardeu completamente, e que o incêndio começou no princípio do terceiro ato.
— Ah! sim... sim... foi para te não incomodar... foi para que não perdesses o sono...
— Agora percebo por que vieste para casa com uma enxaqueca, e apenas me deste um beijo... um beijo muito frio...

Oh! a extraordinária boa-fé, a sublime toleima das esposas honestas!

O Custodinho

Quando rebentou a revolta de 6 de setembro de 1893, o Sr. Meneses, empregado público, mostrou-se na sua repartição de uma reserva prudente, mas em casa, no seio da família, era de um custodismo feroz.

— Oh! o Custódio!... Aquele é o meu homem!...

Em 9 de setembro o entusiasmo do Sr. Meneses esfriou consideravelmente: havia já dois dias que contava com o seu homem no palácio de Itamarati; mas no dia 13, depois do famoso bombardeio que pôs a população em sobressalto, voltaram-lhe os ímpetos do primeiro dia.

Na madrugada de 14 ele saiu de casa expressamente para escrever a carvão no muro branco de uma chácara próxima: "O Custódio na ponta!"

— "De uma baioneta!" — acrescentou no dia seguinte, também a carvão, um florianista igualmente anônimo; e a pilhéria de tal forma exacerbou o Sr. Meneses, que D. Augusta, sua desvelada esposa, teve um susto ao vê-lo entrar em casa desfigurado e apoplético.

A pobre senhora estava para cada hora. O marido, nos momentos em que qualquer sucesso das armas revoltosas o punha de bom humor, dava-lhe no ventre umas pancadinhas de afeto, e dizia:

— Há de ser um custodista *enragé*[1]!

---

[1] "Feroz, encarniçado", em francês. (N. do E.)

Quando D. Augusta deu à luz um rapagão que parecia ter já um mês de nascido, o Sr. Meneses convidou imediatamente para padrinho da criança o Comendador Baltasar, que também manifestava grande simpatia pela revolta, dizendo sempre que era estrangeiro e nada tinha com isso.

— Comendador — disse-lhe o Sr. Meneses —, compete-lhe, como padrinho, escolher o nome que o pequeno há de receber na pia batismal; permita, entretanto, que lhe lembre um...

— Qual?

— Custódio.

— Bravo! — aprovou o padrinho —; não é um bonito nome, mas é nome de um grande homem, de um brasileiro ilustre, de um valente marinheiro!

— Então está dito? Custódio?

— Custódio.

No dia seguinte o Comendador Baltasar, com medo de que alguma bala lhe desse cabo do canastro, tomou o trem para Minas.

— Só estarei de volta depois de terminado este lamentável estado de coisas. Quando eu regressar, batizaremos o Custodinho.

Daí em diante começou para o Sr. Meneses uma existência de oscilação política.

Quando pela primeira vez o *Aquidabã* saiu barra fora, o nosso homem quase endoideceu de alegria; levou o entusiasmo ao ponto de esvaziar, à sobremesa, em família, uma velhíssima garrafa de vinho do Porto, que havia muitos anos esperava um momento de grande júbilo para ser desarrolhada.

Entretanto, qualquer contratempo que sofressem os revoltosos acabrunhava-o profundamente. As explosões do Mocanguê e da ilha do Governador puseram-no de cama; o soçobro do *Javari* fê-lo ficar taciturno e sorumbático durante oito dias; o combate da Armação tirou-lhe completamente o apetite.

Por esse tempo já o Almirante Custódio José de Melo deixara de ser o ídolo do Sr. Meneses, que lhe não perdoava o ter partido para o Sul, deixando a "esquadra libertadora" tão mal defendida no porto do Rio de Janeiro.

Num dia em que D. Augusta — que nada entendia de política e era custodista apenas em virtude do preceito divino que manda a mulher acompanhar o marido —, num dia em que D. Augusta, dizíamos, se referiu à "esquadra de papelão, que não entrava nem nada", o Sr. Meneses atalhou furioso:

— Qual papelão! Isso é uma história! De papelão sou eu, que tomei o Custódio a sério!

Depois dessa frase, desse grito do coração, que causou grande pasmo à família do Sr. Meneses, ninguém mais em casa o ouviu em assuntos políticos. Eram uns restos de pudor, porque na repartição — onde até então recusara manifestar-se — ele já se mostrava partidário decidido do governo, e muitos colegas o consideravam jacobino.

O Custodinho ia se desenvolvendo ao troar da artilharia fratricida, e D. Augusta mostrava-se bastante contrariada pela demora do batizado. O Comendador Baltazar continuava em Minas.

— Meu Deus! quando se batizará o Custodinho? — perguntava ela de instante a instante.

Todas as vezes que ouvia esse nome, o Sr. Meneses tinha um olhar oblíquo, inexprimível; mas calava-se, para não dar o braço a torcer, para que em casa não dissessem que ele pensava hoje uma coisa e amanhã outra.

Chegou, afinal, o memorável dia 13 de março, e o Sr. Meneses, certo que ia haver no porto do Rio de Janeiro um combate sanguinolento e horroroso, meteu-se com a família num dos hospitaleiros galpões que a Intendência Municipal mandou construir nos subúrbios para abrigo da população.

Como tantos outros, o pai do Custodinho imaginou que o barulho produzido pela pólvora seca da vitória fosse um tiroteio medonho, e, enquanto ouviu tiros ao longe, guardou um silêncio profundo, mostrando-se apreensivo e inquieto.

Caiu-lhe a alma aos pés (se é que ele a tinha) quando no dia seguinte se convenceu de que os revoltosos haviam se refugiado a bordo da *Mindello*.

Ainda assim, não se manifestou diante de D. Augusta, testemunha implacável do seu custodismo intransigente. O Sr. Meneses receava que a família fizesse um juízo desfavorável ao seu caráter.

Poucos dias depois, o Comendador Baltasar volta de Minas, e ia ter com o pai da criança.

— Aqui estou de torna-viagem, meu caro compadre; quando quiser, batizemos o Custodinho.

Enquanto pôde, o Sr. Meneses protelou o batizado, mas D. Augusta, impaciente de ver o pimpolho livre do pecado original, exigiu formalmente que a cerimônia se realizasse o mais depressa possível.

Assim foi. Marcou-se, afinal, o dia do batizado, e esse dia chegou.

No momento em que os padrinhos e a família entravam nos carros que os deviam levar à igreja, o Sr. Meneses recebeu, por um vizinho, a notícia de que o Almirante Custódio abandonara também o Rio Grande. Coitado! Metia dó!

Na igreja. Estão todos em volta da pia batismal. Aparece o vigário e dá começo à cerimônia. No momento oportuno volta-se para o padrinho, e pergunta:

— O nome da criança?

— Custódio — responde o Comendador Baltasar.

— Perdão! — exclama o Sr. Meneses com um esforço supremo.

— O pequeno chama-se Floriano.

O holofote

Durante os primeiros tempos da revolta de 1893 um dos pontos escolhidos pela população fluminense para assistir aos grandes bombardeios que houve entre as fortalezas legais, o forte de Villegaignon e alguns navios da esquadra revoltada, era o morro de Santa Teresa, no alto da rua Taylor, onde a rua do Cassiano forma uma curva que vai ter à de Santa Luzia, e onde um reduto de sacos de areia, à espera do respectivo canhão, sobressaltava os moradores próximos.

Naquele sítio se reuniam todas as tardes, até noite fechada, numerosas pessoas atraídas pelo espetáculo da guerra. Sisudos pais de família, de barba grisalha, levavam para ali a senhora e os meninos, proporcionando-lhes um divertimento curioso e... barato. Moças solteiras, aos bandos, de braço dado umas às outras, lá iam, risonhas, gárrulas, satisfeitas, como se se tratasse de uma regata inocente. Janotas de roupas claras e binóculos a tiracolo, verdadeiros tipos de turistas, punham no grupo uma nota pitoresca de excursão alpestre.

E se deixava de haver bombardeio, notava-se uma expressão de descontentamento e despeito na fisionomia de quase toda aquela gente.

Entre os curiosos do alto da rua Taylor figurava a família Pontes — pai, mãe e dois filhos, uma mocinha de dezoito anos e um rapazola de catorze.

Moravam nas imediações do Plano Inclinado. Mal acabavam de engolir o último bocado do jantar, tomavam o carro e subiam o morro.

Na rua do Riachuelo encontravam-se invariavelmente com o Vieirinha, um empregado da Intendência Municipal; subiam juntos, faziam juntos o percurso do Curvelo, e juntos ficavam a apreciar o combate.

Não era o simples acaso que determinava tais encontros. O Vieirinha bem pouco se importava com a revolta; o que ele queria era estar perto da Nicota, a filha do Sr. Pontes, e namorá-la a valer.

Os pais nada percebiam nem suspeitavam: só tinham olhos e ouvidos para os bombardeios. Durante duas horas, ou mais, não tiravam a vista dos binóculos assestados para o mar, passeando-os rapidamente entre Santa Cruz, Laje, São João, Escola Militar, Villegaignon, *Aquidabã* e *Trajano*. Ao cair da noite os pobres diabos tinham os braços dormentes, os olhos fatigados e os ouvidos atordoados.

Bom homem, bom pai de família, bom amigo, bom negociante, o Sr. Pontes era o exemplar mais completo e mais inconsciente da ferocidade humana.

Não tinha partido: bem pouco se lhe dava que vencesse Floriano ou triunfasse Custódio; e dizia: "O que eu quero, como amigo que sou deste país, é que se acabe com isto"; pois bem: quando uma bala qualquer errava o alvo, ele tinha um gesto expressivo de contrariedade, e exclamava: "Ora sebo!" A bala tanto podia ser das forças legais como dos revoltosos: eram sempre os mesmos o gesto e a exclamação. Muito boa pessoa, não há dúvida, mas doía-lhe que se perdesse aquele projétil cujo destino era destruir e matar.

O Vieirinha e a Nicota aproveitavam-se do interesse com que o Sr. Pontes e D. Clementina, sua mulher, acompanhavam as peripécias do bombardeio, e por seu turno se bombardeavam com olhares mais inflamados que os *schrapnells*[1]. Muitas vezes passavam da linha de tiro, aventurando-se a alguns apertos de mãos que tanto tinham de rápidos como de magnéticos.

Uma tarde, Zeca, o irmão da Nicota, que andava amuado com a irmã, surpreendeu um desses apertos de mão, e, como era um tanto mexeriqueiro, aproximou-se dos pais, que estavam ambos de costas para os namorados, de pernas abertas, muito entretidos, os olhos pregados nos binóculos.

---

[1] Um tipo de projétil que explode ao atingir seu alvo. (N. do E.)

Reproduzamos o diálogo que se travou:

Zeca, *puxando pelo casaco do pai*. — Papai!

O Sr. Pontes, *sem tirar os olhos do binóculo*. — Sai daí, menino! Os rapazes da Escola fizeram fogo.

Zeca, *puxando pelo vestido da mãe*. — Mamãe!

D. Clementina, *sem tirar os olhos do binóculo*. — Fica quieto, menino! Queimou *Villagalhão*.

Zeca, *a meia voz*. — Papai, Nicota...

O Sr. Pontes. — A bala caiu no mar. Ora sebo! Que tem a Nicota?

Zeca. — Seu Vieirinha está namorando ela.

D. Clementina. — A *Trajano* atirou.

O Sr. Pontes. — Respondeu a Laje. (*Ao filho, sem tirar os olhos do binóculo.*) Que estás dizendo?

Zeca. — Digo que seu Vieirinha...

D. Clementina. — Rebentou no ar!

O Sr. Pontes. — Ora sebo! Qual namorando! Seu Vieirinha tem mais que fazer!

Zeca. — Papai repare...

D. Clementina. — Santa Cruz há muito tempo está calada.

O Sr. Pontes. — Queimou a vovó! Deixa-te de tolices, menino!

Zeca. — Mas é que...

D. Clementina, *sempre de binóculo assestado*. — Que tolices?

O Sr. Pontes. — Diz ele que... (*Interrompendo-se.*) Bravo! a vovó acertou!... Vê que poeira! Espera... Villegaignon atirou a de quatrocentos e cinqüenta!

D. Clementina. — A Laje respondeu.

O Sr. Pontes. — Vê onde cai a bala, que eu estou ocupado com a de Villegaignon. No mar! Ora sebo!...

Mas o bombardeio cessou.

Já era noite fechada.

O Sr. Pontes, *fechando o binóculo*. — Bom! Por hoje está acabado. Vamo-nos embora.

D. Clementina. — Agora vale a pena esperar que acendam o holofote da Glória. Eu gosto muito de ver o holofote funcionando.

O Sr. Pontes. — Pois vá lá, esperemos pelo holofote! (*Ao filho.*) Ó Zeca, que estavas tu a dizer de tua irmã e de seu Vieirinha? Olha que estás me saindo um intrigante!

Zeca, *lamuriento*. — Estavam se namorando...

D. Clementina, *sobressaltada*. — Deveras? Onde estão eles?

O Sr. Pontes, *procurando com a vista*. — É verdade; onde estão?

Zeca. — Sentados naquela pedra, ali, perto da trincheira.

D. Clementina. — Sozinhos!

O Sr. Pontes. — Isso que tem? A pequena sentiu-se fatigada, sentou-se, e o moço foi fazer-lhe companhia. Isso não quer dizer que se namorem. Olha, lá está funcionando o holofote.

D. Clementina, *inquieta*. — Bom; já o vimos; toca para casa. Ora vejam! sozinhos, sentados ao pé um do outro, e no escuro!...

O Sr. Pontes. — Que tem isso?

Palavras não eram ditas, o holofote mudou repentinamente de direção e projetou o seu esplêndido facho de luz sobre o lugar em que se achavam a Nicota e o Vieirinha, justamente na ocasião em que os dois namorados se beijavam apaixonadamente.

Diante desta cena, que lhes apareceu como uma apoteose de mágica, os dois velhos soltaram um grito, e o Zeca bradou:

— Então? Eu não dizia...

O Vieirinha e a Nicota ergueram-se confusos.

Passo por alto a cólera do Sr. Pontes, os ataques de nervos de D. Clementina, o pranto de Nicota, etc.

O casamento realizou-se dois meses depois dessa benéfica intervenção do holofote.

O Tinoco

Margarida não é uma formosura que deslumbre; mas tem apenas vinte e cinco anos, é bonita, elegante, simpática, veste-se muito bem, sabe escolher chapéus, e aonde vai leva atrás de si um cortejo famélico de adoradores platônicos.

Platônicos, sim, porque — diga-se a verdade — nem eles se animam a dirigir-lhe a galanteria mais inocente, nem ela a isso os autoriza. Os pobres-diabos esperam resignadamente o famoso momento psicológico, e Margarida, que bem os conhece, ri-se de todos eles, em companhia do fiel esposo, homem feliz, confiante e honesto.

Ora, o momento psicológico chegou...

Chegou, não para proveito de nenhum dos tais admiradores, mas de um estranho, que bem longe estava de pretender semelhante fortuna. Ainda uma vez acertou a sabedoria das nações: guardado está o bocado para quem o come.

Eis o caso:

O marido de Margarida levou-a à praça de touros e ela apaixonou-se pelo Tinoco. Foi um *coup de foudre*[1], uma alucinação súbita, um fenômeno de amor que a sua própria consciência não esclarecia. Era aquele, sem tirar nem pôr, o homem que ela sonhava! O seu ideal estava ali, montado naquele soberbo cavalo, com o cabelo empoado, vestido à Luís XV, dardejando olhares de fogo, investindo

---

[1] "Amor à primeira vista", em francês. (N. do E.)

contra o touro com a coragem de um herói primitivo, a elegância de um fidalgo de Versailles e a valentia de um Marialva.

A pobre moça agitava-se no camarote como se estivesse sentada sobre brasa — abrindo e fechando o grande leque de plumas com movimentos rápidos e nervosos.

— Está incomodada, sinhá? Que tens tu?

— Nada, não tenho nada.

— Se queres, vamos embora.

— Não.

Quando ela e o marido voltavam para casa, passou pela sua cabeça o landau que conduzia o Tinoco, ainda empoado, ainda com o seu chapéu de três bicos, e encontraram-se aqueles quatro olhos ardentes, e ela teve um sobressalto, quase um desmaio...

Nesse dia Margarida não jantou, não foi ao jardim ao cair da tarde, como de costume, não saiu de casa, não leu, não tocou piano; pretextou uma enxaqueca, fechou-se no seu quarto, deitou-se, e pôs-se a chorar, a chorar, a chorar, mordendo as rendas do travesseiro para que lhe não ouvissem os soluços.

Passou uma noite agitadíssima. Tinha febre. Não conseguiu conciliar o sono.

O marido, esse dormiu como um bem-aventurado, e às sete horas da manhã saiu de casa, na forma do costume. Ela fingia dormir, para que ele não a importunasse com um beijo, com uma pergunta, com um simples gesto.

Mal se apanhou sozinha, Margarida vestiu-se apressadamente e saiu também —, mas saiu como uma doida, sem saber aonde ia, sem destino, sem plano assentado.

Tomou um bonde na praia do Botafogo; apeou-se no largo da Carioca e foi ter ao de São Francisco. Entrou na igreja, prostrou-se diante de um altar e ouviu um fragmento de missa. Pediu sinceramente a Deus que lhe tirasse aquela obsessão criminosa; Deus não lhe fez a vontade.

Ela saiu do templo e tomou, ao acaso, um bonde do Pedregulho. Parou em frente à praça de touros e durante vinte minutos passeou em volta daquele desgracioso anfiteatro de pau. Afinal cansou-se...

Descia cheio de passageiros um bonde do Andaraí. A um sinal de Margarida o carro parou. Um homem levantou-se para dar-lhe lugar e... oh, prodígio!... quem viu ela no banco da frente, imediato ao seu? Ele, o Tinoco!...

Até a praça Tiradentes foi um namorar sem tréguas, e aí, desvairada, louca, sem saber o que fazia, Margarida aproximou-se do seu amado e disse-lhe rapidamente:

— Leve-me para onde quiser! Sou sua!

E o desalmado levou-a para um hotel suspeito da rua da Assembléia.

Tudo caminhou às mil maravilhas sem que nem ele nem ela pronunciassem uma palavra.

Só no fim Margarida teve esta frase, que era naturalmente o começo de uma longa explicação:

— Que juízo estás fazendo de mim, ó meu Tinoco, ó meu formoso toureiro?

— Tinoco?... toureiro?... — repetiu o outro. — Ó pequena, olha que eu chamo-me Sampaio e sou farmacêutico!

Sua Excelência

Naquele sábado, o Cantidiano tinha que sair dos seus hábitos. Fazia anos o diretor da secretaria do governo, onde ele exercia as funções de amanuense. Sua Senhoria convidara-o para tomar chá. Ele, que era não só o mais calvo, como também o mais acanhado, o mais submisso, o mais respeitoso dos funcionários subalternos, de modo algum poderia faltar a tão honroso convite.

Portanto, calçou as botinas de polimento, enfiou as calças brancas irrepreensivelmente engomadas, desengavetou, escovou e vestiu a sobrecasaca dos dias solenes, pôs o chapéu alto — que só a custo lhe entrou na cabeça, por ter estado muito tempo fora de serviço —, e quando o sineiro do Carmo bateu a primeira badalada das oito, saiu de casa e lá foi, a passos graves e medidos, agitando entre os dedos a bengalinha de junco.

Ao entrar em casa do seu chefe, o Cantidiano encontrou Sua Senhoria no corredor, a ralhar com uns moleques da vizinhança que tinham sido atraídos até a sala de jantar pelo aspecto festivo da residência.

Ao ver o seu superior hierárquico, o amanuense tirou o chapéu, que lhe deixou na testa um vinco enorme, e curvou-se reverentemente, depois da clássica mesura.

— Seja bem aparecido, Sr. Cantidiano. Agradeço-lhe não ter faltado.

E o diretor acrescentou com ar misterioso:

— Já sabe da grande novidade?

O amanuense arqueou os lábios num sorriso interrogativo.

— O senhor presidente quis causar-me uma surpresa: dignou-se vir tomar chá comigo!...

— Sua Excelência o senhor presidente está aí?!...

— Está; soube que hoje era o dia do meu aniversário natalício e quis honrar a minha casa com a sua presença.

— Nesse caso Vossa Senhoria há de permitir que eu me retire...

— Por que, Sr. Cantidiano?

— Sou um simples amanuense... não posso sombrear com o presidente da província...

— Não, senhor! isso não! Ora essa! Não se aproxime de Sua Excelência, não lhe dirija a palavra, guarde a distância conveniente para a boa moralidade da administração, mas fique. Fique e divirta-se.

— Então acha Vossa Senhoria que não incorrerei no desagrado de Sua Excelência?

— Ora essa, Sr. Cantidiano! O senhor está em minha casa e o senhor presidente é muito boa pessoa.

O Cantidiano entrou e, como o presidente, um homem alegre, solteiro, ainda moço, se achasse na sala de visitas, conversando com as senhoras, ele deixou-se ficar na varanda, sentado a um canto, fumando tranqüilamente, depois de obter do dono da casa a necessária licença para acender um cigarro.

O presidente aventou a idéia de dançar-se, mas não havia piano em casa e era muito difícil àquela hora improvisar uma orquestra. É verdade que Sua Excelência podia mandar buscar, se quisesse, a banda de música do 5º Batalhão de Infantaria; mas para que proporcionar ao *Conservador* matéria para mais um artigo de oposição?

Uma das moças lembrou que se jogasse o *Padre-cura*. A idéia foi entusiasticamente acolhida. O presidente da província — que decididamente era muito dado, muito despido de cerimônias e etiquetas — foi o primeiro que se manifestou:

— Apoiado! Apoiado! E permitam, minhas senhoras, que eu, como primeira autoridade da província, nomeie padre-cura ali àquele senhor.

— Bravo! Bravo!

A filha do dono da casa, uma rapariga de quinze anos, observou timidamente:

— Papai, por que vossemecê não chama aquele moço que ficou lá na varanda?

— Que moço? — perguntaram diversas vozes.

— É o Cantidiano — respondeu o diretor voltando-se para Sua Excelência —; um empregado da secretaria... Ficou lá dentro porque... sim, como Vossa Excelência está presente... e ele é muito acanhado...

— Essa agora! — disse num ímpeto o delegado do governo imperial. — Então eu sou algum desmancha-prazeres?...

E Sua Excelência foi em pessoa à varanda:

— Ó! Sr. Cantidiano! Sr. Cantidiano! Quem é aqui o Sr. Cantidiano?

E reparou numa calva reluzente que ia quase ao chão, graças à curvatura que o seu dono dera à respectiva espinha dorsal.

— É o senhor? Ora faça o obséquio!

E, agarrando na mão trêmula e fria do Cantidiano, levou-o até a sala de visitas.

— Aqui está o Cantidiano reclamado, minhas senhoras! Vamos ao jogo de prendas!

E reparando que o amanuense tremia que nem varas verdes:

— Meu caro senhor, ponha-se à vontade! O presidente ficou lá em palácio; aqui só está o amigo.

O pobre-diabo suava por todos os poros.

— Vamos! Distribuam-se os nomes!

— Eu sou a rosa.

— Eu o cravo.

— Eu a angélica.

— Eu a sempre-viva.

— D. Fifina, a senhora é a madressilva; sabe por quê?

— Sei, e a senhora é o amor-perfeito... entende?

— Não! o amor-perfeito tinha eu escolhido.

Finalmente, depois de grande discussão, os nomes foram todos combinados.

O Cantidiano ficou sendo a papoula.

Principiou o jogo:

— Indo o padre-cura passear, em casa do jasmim foi descansar.

— Mentes tu — respondeu o presidente, que era o jasmim.

— Onde estavas tu?

Sua Excelência olhou para o Cantidiano e, só de mau, respondeu:

— Em casa da papoula.

O Cantidiano remexeu-se na cadeira em que estava sentado.

— Responda!

— Responda ou pague prenda!

— Vamos, Sr. Cantidiano! — disse a meia voz, muito sério, o diretor. — Responda: "Mentes tu".

O Cantidiano levantou-se, sorriu, dobrou a espinha numa mesura e disse:

— Vossa Excelência falta à verdade...

Teus olhos

I

Rodolfo e Tudica estavam casadinhos de fresco. Ele tinha vinte e oito anos, ela dezoito. Ele era um rapagão, ela uma bonita moça, com dois olhos negros capazes de inflamar um frade de pedra.

Eram felizes: amavam-se, e viviam como dois pombinhos num elegante sobrado, recentemente construído pelo Januzzi na rua do Senador Dantas.

Tudica era muito boa pianista: tinha sido discípula do Arnaud. Os dois noivos estavam constantemente ao piano, ela sentada, fazendo saltar os dedos sobre o teclado, ele de pé, ao seu lado, para voltar as folhas da música, e dar-lhe de vez em quando um beijo no pescoço.

Uma tarde, passando pela rua dos Ourives, Rodolfo e Tudica entraram em casa do Buschmann para comprar, como de costume, as últimas novidades musicais.

Um dos empregados da loja impingiu-lhes uma polca intitulada *Teus olhos*, que acabava de ser impressa naquele dia.

— Podem ficar certos de que esta polca lhes há de agradar, conquanto o autor não seja ainda conhecido.

Efetivamente, nem Tudica nem Rodolfo se lembravam de ter ouvido o nome de Isaías Barbalho, o compositor de *Teus olhos*.

A polca foi, no entanto, empacotada com as outras novidades, e nesse mesmo dia Tudica executou-a ao piano. Gostou tanto, que *Teus olhos* tornaram-se a sua música predileta.

II

Alguns dias depois, Tudica estava ao piano e Rodolfo encostara-se à janela, gozando a fresca da manhã, e vendo quem passava na rua iluminada por um sol radiante.

Depois de alguns momentos de silêncio:

— Ó Tudica, toca-me os *Teus olhos*.

Apenas a moça dedilhara os primeiros compassos da polca, Rodolfo viu, do outro lado da rua, um sujeito aparecer à janela de um mirante e olhar fixamente para ele.

Mas não lhe deu atenção, dizendo consigo que naturalmente o vizinho gostava de música e fora atraído pelos sons do piano.

Depois recordou-se que mais de uma vez, estando à janela com Tudica, já tinha visto o mesmo indivíduo...

— Dar-se-á caso — pensou ele — que o atraia não o piano mas a pianista?

E Rodolfo lembrou-se de certa ocasião em que surpreendeu Tudica a olhar com muito interesse para o mirante.

— Oh! por distração... (monologava ele) por acaso... sem má intenção, decerto... É verdade que as mulheres são em geral curiosas... e caprichosas... Mas, meu Deus! aonde me levam estas suposições? Que loucura! Não posso, não devo crer que Tudica...

Entretanto, a moça começou a executar outra música muito mais bonita, muito mais notável que *Teus olhos*, e o vizinho desapareceu.

— Quê! — pensou Rodolfo. — Pois ele vai-se embora justamente quando ela toca *Ricordati* de Gottschalk!

E concluiu:

— Decididamente não é um melômano.

E as suposições engrossaram.

III

Passados alguns dias, Rodolfo entrou de improviso na sala, justamente na ocasião em que Tudica se levantava do piano depois da execução de *Teus olhos*. Maquinalmente ela deixou o instrumento e encaminhou-se para uma janela que estava entreaberta. Imaginem o que sentiu Rodolfo vendo o vizinho à janela do seu mirante, e, pelos modos, satisfeito, cofiando os bigodes com uns ares de conquistador.

E o ciumento marido desde logo se convenceu de que a polca era um sinal convencionado entre Tudica e o homem do mirante.

— Provavelmente eles ainda não chegaram à fala — pensou Rodolfo —, mas não há dúvida que as coisas se encaminham para isso. Está a entrar pelos olhos que Tudica dá corda ao vizinho.

Rodolfo encostou-se à sacada, mas já o outro havia desaparecido, contrariado naturalmente — julgava ele — por ter vindo para a janela o marido e não a mulher.

Tudica pôs-se a executar outras músicas, e — quem sabe? — cada uma delas talvez tivesse a sua significação convencionada. Esta diria: "Meu marido está perto de mim"; aquela: "Tenha cuidado". Em todo o caso, nenhuma delas tinha o mesmo encanto para os ouvidos do vizinho, porque este só aparecia à janela quando Tudica tocava os *Teus olhos*.

IV

Desde então a existência de Rodolfo tornou-se um verdadeiro inferno. O pobre-diabo estava convencido de que sua esposa era uma hipócrita, que o não amava, e procurava ocasião para traí-lo à vontade.

Como não tinha até então provas positivas contra a pobre Tudica, não articulou uma queixa, mas tornou-se taciturno e irascível.

Um dia saiu do quarto de dormir, e foi para a sala: os seus ciúmes tinham lhe sugerido a idéia de uma experiência concludente.

Através das cortinas de renda que coavam a luz de fora, viu Rodolfo que a janela do vizinho estava aberta; foi para o piano, abriu sobre a estante a polca de Isaías Barbalho, e — como era também pianista — pôs-se a executá-la febrilmente, com os olhos postos no mirante fronteiro.

Logo nos primeiros compassos apareceu o vizinho, procurando com o olhar quem dera o sinal convencionado.

Já não havia dúvida possível: ele esperava-a!...

Rodolfo saiu bruscamente da sala, e foi para o interior da casa ao encontro de Tudica.

Mas em caminho mudou de resolução; sua mulher estava em casa, não lhe escaparia; mas o vizinho... oh, o vizinho!... o seu dever era procurá-lo e castigá-lo imediatamente.

V

Um minuto depois, o marido ultrajado batia à porta do seu rival. Veio abrir-lha um preto velho, que recuou espantado em presença daquele homem de olhos esbugalhados e pálido de cólera.

Rodolfo entrou como um raio e logo se achou defronte do vizinho; e apostrofou-o:

— Miserável! canalha! venho quebrar-te os ossos com esta bengala!...

O dono da casa não perdeu o sangue-frio, e respondeu com muita tranqüilidade:

— Eu creio que o senhor está enganado... A quem procura?... Talvez não me conheça: eu chamo-me Isaías Barbalho e sou um pobre músico...

— Isaías Barbalho!... — exclamou Rodolfo. — O autor da polca...

— *Teus olhos* — concluiu o outro, empertigando-se com um movimento de orgulho.

— E o senhor gosta de ouvir tocar a sua polca, não gosta?

— Se gosto! se gosto!... Olhe, ali defronte há uma senhora que todos os dias a executa ao piano, e primorosamente... Pois há de crer que eu chego à janela mal ouço os primeiros acordes?...

— Peço-lhe que me desculpe — disse Rodolfo. — Enganei-me efetivamente... não era o senhor que eu procurava...

E nunca mais teve ciúmes de Tudica.

Vi-tó-zé-mé

V i-tó-zé-mé? que quer isso dizer? — perguntará o leitor, imaginando que escrevi esse título nalgum idioma bárbaro e desconhecido.

Tenha o leitor um pouco de paciência; não vá procurar no final do conto a explicação do título, que será plenamente justificado, por mais estranho que lhe pareça.

Durante os primeiros dois meses da revolta de 6 de setembro, fui vizinho de uma família, que eu não conhecia, composta de marido, mulher e um filhinho de pouco mais de dois anos, encantadora criança que fazia a delícia dos meus olhos quando todas as tardes, azoado pela artilharia e pelos boatos, voltava a casa para jantar.

Poucos dias depois de declarada a revolta, comecei a notar que os pais do menino se retiravam da janela quando eu me aproximava e voltavam ao peitoril quando só pelas costas me podiam ver, evitando, ao que parecia, o cerimonioso cumprimento que eu lhes fazia dantes.

Atribuí o fato a alguma intriga da vizinhança, e, como não os conhecia nem eles me interessavam, não me importei absolutamente com isso. Como de nenhuma vergonha me acusa a consciência, tenho por hábito não ligar a mínima importância ao juízo — bom ou mau — que os estranhos possam fazer da minha pessoa. É uma questão de temperamento.

Quem me fez cismar foi a criança. Essa estava quase todas as tardes à janela, e, quando eu passava, dizia-me com uma vozinha esganiçada e penetrante:

— *Vi-tó-zé-mé.*

Debalde tentei apanhar o sentido dessas quatro sílabas misteriosas, que eu ouvia diariamente, à mesma hora, e acabaram, como já disse, por me dar que pensar, não obstante partirem dos lábios inconscientes de uma criancinha.

E isto durou mais de um mês.

Ao cabo desse tempo vieram as andorinhas da Empresa Geral de Mudanças, e os meus vizinhos abalaram para outro bairro, deixando-me a curiosidade fortemente excitada por aquele *vi-tó-zé-mé* enigmático e cronométrico.

Há dias achava-me num bonde, quando de repente o pai da criança, que eu perdera inteiramente de vista, entrou no veículo, sentou-se ao meu lado e cumprimentou-me com muita amabilidade, pronunciando o meu nome.

Bem que o reconheci: entretanto, obedecendo a um ressentimento muito natural, correspondi com certa frieza ao seu cumprimento, o que o levou a perguntar-me, sorrindo:

— O senhor não se lembra de mim?
— Confesso que não.
— Veja bem.
— Tenho uma idéia vaga...
— Fomos vizinhos. Morávamos na mesma rua — o senhor no número 55 e eu no 49 — quando rebentou aquela maldita revolta cujas conseqüências ainda estamos sofrendo...
— Ah! sim... agora me lembra... tem razão...

E não me pude conter:

— Por sinal que tanto o senhor como sua senhora se retiravam bruscamente da janela quando me viam.

O pai da criança baixou os olhos, suspirou, e pôs-se com a ponteira da bengala e empurrar um fósforo apagado para uma das frestas do soalho do carro. Depois, levantou a cabeça, suspirou de novo, e disse-me com uma expressão dolorosíssima na voz e no olhar:

— É verdade... Praticávamos essa grosseria... Desculpe... Eram coisas de minha mulher... Que quer o senhor? Eu tinha a fraqueza de me deixar dominar...

E o homem procurou num sorriso uma atenuante para a seguinte revelação:

— Ela não podia vê-lo.

— Ah!

— Não podia vê-lo, não, senhor, e então exigia que saíssemos ambos da janela para evitar o seu cumprimento. Eu, com medo a um escândalo, fazia-lhe a vontade... Ora aí tem o senhor!

— Não me podia ver? Mas... por quê?

— Asneiras. Não podia vê-lo, porque o senhor era um florianista intransigente e ela uma custodista exaltada.

— Ainda bem — disse eu, sorrindo.

— Conhecia os seus escritos... ouvia-o conversar, e... e não podia vê-lo!

— Com efeito!

— O senhor não faz idéia até que ponto a pobrezinha levava o seu fanatismo por aquela revolta que nos desgraçou. Imagine que havia um homem, um bom homem, um pai da vida, que há cinco anos nos vendia ovos... ovos frescos, deliciosos, mais baratos que no mercado... Pois bem: deixamos de ser fregueses desse pobre-diabo; ela despediu-o porque ele se chamava Floriano... Coitada! Tinha essas coisas mas era uma excelente criatura. Não há dia em que eu não chore a sua morte!

— Ela morreu?!

— Morreu, sim, senhor... ou por outra: mataram-na, porque naquele corpo havia seiva para cem anos.

E o viúvo enxugou uma lágrima que lhe rolava na face.

— E quer saber o que a matou? Uma bala atirada pelos revoltosos! Foi uma das vítimas dessa guerra estúpida que tanto a entusiasmava! Um dia estava debruçada tranqüilamente à janela, quando, de repente, pá! mesmo aqui...

E o pobre homem levou a mão à testa.

— Não sobreviveu dois minutos. Quando lhe quis acudir, já era tarde: estava morta!

E com a voz embargada pelos soluços:

— Deixou-me um filhinho, coitada! Um filhinho a quem faz mais falta que a mim próprio...

Para que o infeliz marido chorasse à vontade, conservei-me silencioso durante cinco minutos; passado o acesso, perguntei pelo menino.

— Está bom, obrigado... Mora no colégio... é pensionista... e vai indo.

— Lembra-me bem do menino, porque todas as tardes — quando

eu passava e ele estava à janela — dizia-me alguma coisa que eu não podia perceber e, por isso mesmo, tal impressão me causou, que nunca me esqueceu.

— Que era?
— *Vi-tó-zé-mé*.

O homem sorriu.

— Ah! já sei...
— Sabe?
— Coisas da falecida... Era para o moer... Ela ensinava o filho a gritar todas as vezes que o senhor passava: "Viva Custódio José de Melo!", e ele, coitadinho! na sua meia-língua dizia: "Vi-tó-zé-mé!"

E aí está explicado o título.

CONTOS FORA DA MODA

A cozinheira

Araújo entrou em casa alegre como passarinho. Atravessou o corredor cantarolando a *Mascotte*, penetrou na sala de jantar, e atirou para cima do aparador de *vieux-chêne*[1] um grande embrulho quadrado; mas, de repente, deixou de cantarolar e ficou muito sério: a mesa não estava posta! Consultou o relógio: era cinco e meia.

— Então que é isto? São estas horas e a mesa ainda neste estado! Maricas!

Maricas entrou, arrastando lentamente uma elegante bata de seda.

Araújo deu-lhe o beijo conjugal, que há três anos estalava todo dia à mesma hora, invariavelmente — e interpelou-a:

— Então o jantar?
— Pois sim, espera por ele!
— Alguma novidade?
— A Josefa tomou um pileque onça, e foi-se embora sem ao menos deitar as panelas no fogo!

Araújo caiu aniquilado na cadeira de balanço. Já tardava! A Josefa servia-os há dois meses, e as outras cozinheiras não tinham lá parado nem oito dias!

— Diabo! — dizia ele irritadíssimo. — Diabo!

E lembrava-se da terrível estopada que o esperava no dia

---

[1] "Carvalho antigo", em francês. (N. do E.)

seguinte: agarrar no *Jornal do Commercio*, meter-se num tílburi, e subir cinqüenta escadas à procura de uma cozinheira!

Ainda da última vez tinha sido um verdadeiro inferno! — Papapá! — Quem bate? — Foi aqui que anunciaram uma cozinheira? — Foi, mas já está alugada. — Repetiu-se esta cena um ror de vezes!

— Vai a uma agência — aconselhou Maricas.

— Ora muito obrigado! Bem sabes o que temos sofrido com as tais agências. Não há nada pior.

E enquanto Araújo, muito contrariado, agitava nervosamente a ponta do pé e dava pequenos estalidos de língua, Maricas abria o embrulho que ele ao entrar deixara sobre o aparador.

— Oh, como é lindo! — exclamou, extasiada diante de uma magnífico chapéu de palha, com muitas fitas e muitas flores. — Há de me ficar muito bem. Decididamente és um homem de gosto!

E, sentando-se no colo de Araújo, agradecia-lhe com beijos e carícias o inesperado mimo. Ele deixava-se beijar friamente, repetindo sempre:

— Diabo! diabo!...

— Não te amofines assim por causa de uma cozinheira.

— Dizes isso porque não és tu que vais correr a via-sacra à procura de outra.

— Se queres, irei; não me custa.

— Não! Deus me livre de dar-te essa maçada. Irei eu mesmo.

E beijou-a.

Ergueram-se ambos. Ele parecia agora mais resignado, e disse:

— Ora, adeus! Vamos jantar num hotel!

— Apoiado! Em qual há de ser?

— No Daury. É o que está mais perto. Ir agora à cidade seria uma grande maçada.

— Está dito: vamos ao Daury.

— Vai te vestir.

Às oito horas da noite Araújo e Maricas voltaram do Daury perfeitamente jantados e puseram-se à fresca.

Ela mandou iluminar a sala, e foi para o piano assassinar miseravelmente a marcha da *Aída*; ele, deitado num soberbo divã estofado, saboreando o seu Rondueles, contemplava uma finíssima gravura de Goupil, que enfeitava a parede fronteira, e lembrava-se do dinheirão que gastara para mobiliar a ornar aquele bonito chalé da rua do Matoso.

Às dez horas recolheram-se ambos. Largo e suntuoso leito de jacarandá e pau-rosa, sob um dossel de seda, entre cortinas de renda, oferecia-lhes o inefável conchego das suas colchas adamascadas.

À primeira pancada da meia-noite, Araújo ergueu-se de um salto, obedecendo a um movimento instintivo. Vestiu-se, pôs o chapéu, deu um beijo de despedida em Maricas, que dormia profundamente, e saiu de casa com mil cuidados para não despertá-la.

A uns cinqüenta passos do chalé, dissimulado na sombra, estava um homem cujo vulto se aproximou à medida que o dono da casa se afastava...

Quando o som dos passos de Araújo se perdeu de todo no silêncio e ele desapareceu na escuridão da noite, o outro tirou uma chave do bolso, abriu a porta do chalé, e entrou...

Na ocasião em que se voltava para fechar a porta, a luz do lampião fronteiro bateu-lhe em cheio no rosto; se alguém houvesse defronte, veria no misterioso notívago um formoso rapaz de vinte anos.

Entretanto, Araújo desceu a rua Mariz e Barros, subiu a de São Cristóvão, e um quarto de hora depois entrava numa casinha de aparência pobre.

II

Dormiam as crianças, mas D. Ernestina de Araújo ainda estava acordada.

O esposo deu-lhe o beijo convencional, um beijo apressado, que tinha uma tradição de quinze anos, e começou a despir-se para deitar-se. Araújo levava grande parte da vida a mudar de roupa.

— Venho achar-te acordada: isto é novidade!

— É novidade, é. A Jacinta deu-lhe hoje para embebedar-se, e saiu sem aprontar o jantar. Fiquei em casa sozinha com as crianças.

— Oh, senhor! é sina minha andar atrás de cozinheiras!

— Não te aflijas: eu mesma irei amanhã procurar outra.

— Naturalmente, pois se não fores, nem eu, que não estou para maçadas!

Depois que o marido se deitou, D. Ernestina, timidamente:

— E o meu chapéu? — perguntou. — Compraste-o?

— Que chapéu?

— O chapéu que te pedi.

— Ah! Já me não lembrava... Daqui a uns dias... Ando muito arrebentado...

— É que o outro já está tão velho...

— Vai-te arranjando com ele, e tem paciência... Depois, depois...

— Bom... quando puderes.

E adormeceram.

Logo pela manhã a pobre senhora pôs o seu chapéu velho e saiu por um lado, enquanto o marido saía por outro, ambos à procura de cozinheira.

Os pequenos ficaram na escola.

Os rendimentos de Araújo davam-lhe para sustentar aquelas duas casas. Ele almoçava com a mulher e jantava com a amante. Ficava até a meia-noite em casa desta, e entrava de madrugada no lar doméstico.

A amante vivia num bonito chalé; a família morava numa velha casinha arruinada e suja. Na casa da mão esquerda havia o luxo, o conforto, o bem estar; na casa da mão direita reinava a mais severa economia. Ali os guardanapos eram de linho; aqui os lençóis de algodão. Na rua do Matoso havia sempre o supérfluo; na rua de São Cristóvão muitas vezes faltava o necessário.

Araújo prontamente arranjou cozinheira para a rua do Matoso, e à meia-noite encontrou a esposa muito satisfeita:

— Queres saber, Araújo? Dei no vinte! Achei uma excelente cozinheira!

— Sério?

— Que jantar esplêndido! Há muito tempo não comia tão bem! Esta não me sai mais de casa!

Pela manhã, a nova cozinheira veio trazer o café para o patrão, que se achava ainda recolhido, lendo a *Gazeta*. A senhora estava no banho; os meninos tinham ido para a escola.

— Eh! eh! meu amo, é vassuncê que é dono da casa?

Araújo levantou os olhos; era a Josefa, a cozinheira que tinha estado em casa de Maricas!

— Cala-te, diabo! Não digas que me conheces!

— Sim, sinhô.

— Com que então tomaste anteontem um pileque onça e nos deixaste sem jantar, hein?

— Mentira só, meu amo; Josefa nunca tomou pileque. Minha ama foi que me botou pra fora!

— Oras essa! Por quê?

— Ela me xingou pru via das compras, e eu ameaçou ela de dizê tudo a vassuncê.

— Tudo o quê?

— A história do estudante que entra em casa à meia-noite quando vassuncê sai.

— Cala-te! — disse vivamente Araújo, ouvindo os passos de D. Ernestina, que voltava do banho.

O nosso herói prontamente se convenceu de que a Josefa lhe havia dito a verdade. Em poucos dias desembaraçou-se da amante, deu melhor casa à mulher e aos filhos, começou a jantar em família, e hoje não sai à noite sem D. Ernestina. Tomou juízo e vergonha.

A dívida

I

Montenegro e Veloso formaram-se no mesmo dia, na Faculdade de Direito de São Paulo. Depois da cerimônia da colação do grau, foram ambos enterrar a vida acadêmica num restaurante, em companhia de outros colegas, e era noite fechada quando se recolheram ao quarto que, havia dois anos, ocupavam juntos em casa de umas velhotas na rua de São José. Aí se entregaram à recordação da sua vida escolástica, e se enterneceram defronte um do outro, vendo aproximar-se a hora em que deviam separar-se, talvez para sempre. Montenegro era de Santa Catarina e Veloso do Rio de Janeiro; no dia seguinte aquele partiria para Santos e este para a capital do Império. As malas estavam feitas.

— Talvez ainda nos encontremos — disse Montenegro. — O mundo dá tantas voltas!

— Não creio — respondeu Veloso. — Vais para a tua província, casas-te, e era uma vez o Montenegro.

— Caso-me?! Aí vens tu! Bem conheces as minhas idéias a respeito do casamento, idéias que são, aliás, as mesmas que tu professas. Afianço-te que hei de morrer solteiro.

— Isso dizem todos...

— Veloso, tu conheces-me há muito tempo: já deves estar farto de saber que eu quando digo, digo.

— Pois sim, mas há de ser difícil que em Santa Catarina te possas livrar do *conjugo vobis*[1]. Na província ninguém toma a sério um advogado solteiro.

---

[1] "Eu vos uno", em latim, da fórmula do rito do matrimônio da Igreja Católica. (N. do E.)

— Enganas-te. Os médicos, sim; os médicos é que devem ser casados.

— Não me engano tal. Na província o homem solteiro, seja qual for a posição que ocupe, só é bem recebido nas casas em que haja moças casadeiras.

— Quem te meteu essa caraminhola na cabeça?

— Se fosses, como eu, para a Corte, acredito que nunca te casasses; mas vais para o Desterro: estás aqui estás com uma ninhada de filhos. Queres fazer uma aposta?

— Como assim?

— O primeiro de nós que se casar pagará ao outro... Quanto?

— Vê tu lá.

— Deve ser uma quantia gorda.

— Um conto de réis.

— Upa! Um conto de réis não é dinheiro. É preciso que a aposta seja de vinte contos, pelo menos.

— Ó Veloso, tu estás doido? Onde vamos nós arranjar vinte contos de réis?

— O diabo nos leve se aqueles canudos não nos enriquecerem!

— Está dito! Aceito! Mas olha que é sério!

— Muito sério. Vai preparando papel e tinta enquanto vou comprar duas estampilhas.

— Sim, senhor! Quero o preto no branco! Há de ser uma obrigação recíproca, passada com todos os efes e erres!

Veloso saiu e logo voltou com as estampilhas.

— Senta-te e escreve o que te vou ditar.

Montenegro sentou-se, tomou a pena, mergulhou-a no tinteiro, e disse:

— Pronto.

Eis o que o outro ditou e ele escreveu:

"Devo ao Bacharel Jaime Veloso a quantia de vinte contos de réis, que lhe pagarei no dia do meu casamento, oferecendo como fiança desse pagamento, além da presente declaração, a minha palavra de honra".

— Agora eu! — disse Veloso, sentando-se —:

"Devo ao Bacharel Gustavo Montenegro a quantia de vinte contos de réis... etc."

As declarações foram estampilhadas, datadas e assinadas, ficando cada um com a sua.

No dia seguinte Montenegro embarcava em Santos e seguia

para o Sul, enquanto Veloso, arrebatado pelo trem de ferro, se aproximava da Corte.

II

Montenegro ficou apenas três anos em Santa Catarina, que lhe pareceu um campo demasiado estreito para as suas aspirações: foi também para a Corte, onde o Conselheiro Brito, velho e conhecido advogado, amigo da família dele, paternalmente se ofereceu para encaminhá-lo, oferecendo-lhe um lugar no seu escritório.

Chegado ao Rio de Janeiro, o catarinense desde logo procurou o seu companheiro de estudos, e não encontrou da parte deste o afetuoso acolhimento que esperava. Veloso estava outro: em três anos transformara-se completamente. Montenegro veio achá-lo satisfeito e feliz, com muitas relações no comércio, encarregado de causas importantes, morando numa bela casa, freqüentando a alta sociedade, gastando à larga.

O catarinense, que tinha uma alma grande, sinceramente estimou que a sorte com tanta liberalidade houvesse favorecido o seu amigo; ficou, porém, deveras magoado pela maneira fria e pelo mal disfarçado ar de proteção com que foi recebido.

Veloso não se demorou muito em falar-lhe da aposta de São Paulo.

— Olha que aquilo está de pé!
— Certamente. A nossa palavra de honra está empenhada.
— Se te casas, não te perdôo a dívida.
— Nem eu a ti.

Os dois bacharéis separaram-se friamente. Veloso não pagou a visita a Montenegro, e Montenegro nunca mais visitou Veloso. Encontravam-se às vezes, fortuitamente, na rua, nos bondes, nos tribunais, nos teatros, e Veloso perguntava infalivelmente a Montenegro:

— Então? ainda não és noivo?
— Não.
— Que diabo! estou morto por entrar naqueles vinte contos...

III

Um dia, Montenegro foi convidado para jantar em casa do Conselheiro Brito. Não podia faltar, porque fazia anos o seu venerando protetor, mestre e amigo. Lá foi, e encontrou a casa cheia de gente.

Passeando os olhos pelas pessoas que se achavam na sala, causou-lhe rápida e agradabilíssima impressão uma bonita moça que, pela elegância do vestuário e pela vivacidade da fisionomia, se destacava num grupo de senhoras.

Era a primeira vez que Montenegro descobria no mundo real um físico de mulher correspondendo pouco mais ou menos ao ideal que formara.

Não há mulher, por mais inexperiente, a quem escapem os olhares interessados de um homem. A moça imediatamente percebeu a impressão que produzira, e, ou fosse que por seu turno simpatizasse com Montenegro, ou fosse pelo desejo vaidoso de transformar em labareda a fagulha que faiscaram seus olhos, o caso é que se deixou vencer pela insistência com que o bacharel a encarava, e esboçou um desses indefiníveis sorrisos que nas batalhas do amor equivalem a uma capitulação. O acordo tácito e imprevisto daquelas duas simpatias foi celebrado com tanta rapidez, que Montenegro, completamente hóspede na arte de namorar, chegou a perguntar a si mesmo se não era tudo aquilo o efeito de uma alucinação.

O namoro foi interrompido pela esposa do Conselheiro Brito, que entrou na sala e cortou o fio a todas as conversas, dizendo:

— Vamos jantar.

À mesa, por uma coincidência que não qualificarei de notável, colocaram Montenegro ao lado da moça.

Escusado é dizer que ainda não tinham acabado a sopa, e já os dois namorados conversavam um com o outro como se de muito se conhecessem. Na altura do assado, Montenegro acabava de ouvir a autobiografia, desenvolvida e completa, da sua fascinadora vizinha.

Chamava-se Laurentina, mas todas as pessoas do seu conhecimento a tratavam por Lalá, gracioso diminutivo com que desde pequenina lhe haviam desfigurado o nome. Era órfã de pai e mãe. Vivia com uma irmã de seu pai, senhora bastante idosa e bastante magra, que estava sentada do outro lado da mesa, cravando na sobrinha uns olhares penetrantes indagadores. Os pais não lhe deixaram absolutamente nada, além da esmeradíssima educação que lhe deram; mas a tia, que generosamente a acolheu em sua casa, tinha, graças a Deus, alguma coisa, pouca, o necessário para viverem ambas sem recorrer ao auxílio de estranhos nem de parentes. Para não ser muito pesada à tia, Lalá ganhava algum dinheiro dando lições de piano e canto em casas particulares; eram os seus alfinetes.

— Fui educada um pouco à americana — acrescentou —; saio sozinha à rua sem receio de que me faltem ao respeito, e sou o homem lá de casa. Quando é preciso, vou eu mesma tratar dos negócios de minha tia.

E elevando a voz:

— Não é assim, titia?

— É, minha filha — respondeu do lado oposto a velha, embora sem saber de que se tratava.

Lalá era suficientemente instruída, e tinha algum espírito mais que o comum das senhoras brasileiras. Essas qualidades, realmente apreciáveis, tomaram proporções exageradas na imaginação de Montenegro.

Este disse também a Lalá quem era, e contou-lhe os fatos mais interessantes da sua vida, exceção feita, já se sabe, da famosa aposta de São Paulo.

E tão entretidos estavam Montenegro e Lalá nas mútuas confidências que cada vez mais os prendiam, que nenhuma atenção prestaram aos incidentes da mesa, inclusive os brindes, que não foram poucos.

Acabado de jantar, improvisou-se um concerto e depois dançou-se. Lalá cantou um romance de Tosti. Cantou mal, com pouca voz, sem nenhuma expressão, e a Montenegro pareceu aquilo o *non plus ultra*[2] da cantoria. Dançou com ela uma valsa, e durante a dança apertaram-se as mãos com uma força equivalente a um pacto solene de amor e fidelidade.

Ele sentia-se absolutamente apaixonado quando, de madrugada, se encaminhou para casa, depois de fechar a portinhola do carro e magoar os dedos da moça num último aperto de mão.

Era dia claro quando o bacharel conseguiu adormecer. Sonhou que era quase marido. Estava na igreja, de braço dado a Lalá, deslumbrante nas suas vestes de noiva. Mas ao subir com ela os degraus do altar, reconheceu na figura do sacerdote, que os esperava de braços erguidos, o seu colega Veloso, credor de vinte contos de réis.

---

[2] "Não mais além", em latim: o supra-sumo. (N. do E.)

IV

Nesse mesmo dia Montenegro estava sozinho no escritório, e trabalhava, quando entrou o Conselheiro Brito.

— Bom dia, Gustavo.
— Bom dia, conselheiro.

O velho advogado sentou-se e pôs-se a desfolhar distraidamente uns autos; mas, passados alguns minutos, disse muito naturalmente, sem levantar os olhos:

— Gustavo, aquilo não te serve.
— Aquilo quê?
— Faze-te de novas! A Lalá.
— Mas...
— Não negues. Toda a gente viu. Vocês estiveram escandalosos. Se tens em alguma conta os meus conselhos, arrepia carreira enquanto é tempo. Tu conhece-la?

— Não, senhor; mas encontrei-a em sua casa, e tanto bastou para formar dela o melhor conceito.

— Lá por isso, não, meu rapaz! Eu não fumo, mas não me importa que fumem perto de mim.

— Então ela...?

— Não digo que seja uma mulher perdida, mas recebeu uma educação muito livre, saracoteia sozinha por toda a cidade, e não tem podido, por conseguinte, escapar à implacável maledicência dos fluminenses. Demais, está habituada ao luxo — ao luxo da rua, que é o mais caro; em casa arranjam-se ela e a tia sabe Deus como. Não é mulher com quem a gente se case. Depois, lembra-te que apenas começas e não tens ainda onde cair morto. Enfim, és um homem: faze o que bem te parecer.

Essas palavras, proferidas com uma franqueza por tantos motivos autorizada, calaram no ânimo do bacharel. Intimamente ele estimava que o velho amigo de seu pai o dissuadisse de requestar a moça — não pelas conseqüências morais do casamento, mas pela obrigação, que este lhe impunha, de satisfazer uma dívida de vinte contos de réis, quando, apesar de todos os seus esforços, não conseguira até então pôr de parte nem o terço daquela quantia.

Mas o amor contrariado cresce com inaudita violência. Por mais conselhos que pedisse à razão, por mais que procurasse iludir-se a si próprio, Montenegro não conseguia libertar-se da impressão que lhe causara a moça. O seu coração estava inteiramente subjugado. Ainda assim, lograria, talvez, vencer-se, se, vinte dias depois do seu encontro com Lalá, esta não lhe escrevesse um bilhete que neutralizou todos os seus elementos de reação.

"Doutor. — Sinto que o nosso romance o enfastiasse tanto, que o senhor não quisesse ir além do primeiro capítulo. Entretanto, não imagina como sofro por não saber os motivos que atuaram no seu espírito para interromper tão bruscamente... a leitura. Diga-me alguma coisa, dê-me uma explicação que me tranqüilize ou me desengane. Esta incerteza mata-me. Escreva-me sem receio, porque só eu abro as minhas cartas. — *Lalá*."

A primeira idéia de Montenegro foi deixar a carta sem resposta, e empregar todos os meios e modos para esquecer-se da moça e fazer-se esquecer por ela; refletiu, porém, que não poderia justificar o seu procedimento, se recusasse a explicação com tanta delicadeza solicitada. Resolveu, portanto, responder a Lalá com um desengano categórico e formal, e mandou-lhe esta pílula dourada:

"Lalá. — Deus sabe quanto eu a amo e que sacrifício me imponho para renunciar à ventura e à glória de pertencer-lhe; mas um motivo imperioso existe, que se opõe inexoravelmente à nossa união. Não me pergunte que motivo é esse; se eu lho revelasse, a senhora achar-me-ia ridículo. Basta dizer-lhe que a objeção não parte de nenhuma circunstância a que esteja ligada a sua pessoa; parte de mim mesmo, ou antes, da minha pobreza. Adeus, Lalá; creia que, ao escrever-lhe estas linhas, sinto a pena pesada como se estivessem fundidos nela todos os meus tormentos. — *G. M.*"

— Que conselho me dá vossemecê? — perguntou Lalá à sua tia, depois de ler para ela ouvir a carta de Montenegro.

— O conselho que te dou é tratares de arranjar quanto antes uma entrevista com esse moço, e entenderes-te verbalmente com ele. Isto de cartas não vale nada. Ele que te diga francamente qual é o tal motivo... e talvez possamos remover todas as dificuldades. Não percas esse marido, minha filha. O Dr. Montenegro é um advogado de muito futuro; pode fazer a tua felicidade.

No dia seguinte Montenegro recebeu as seguintes linhas:

"Amanhã, quinta-feira, às duas horas da tarde, tomarei um bonde no largo da Lapa, porque vou dar uma lição na rua do Senador Vergueiro. Esteja ali *por acaso*, e *por acaso* tome o mesmo bonde que eu e sente-se ao pé de mim. Recebi a sua carta; é preciso que nos entendamos de viva voz. —*Lalá*".

O tom desse bilhete desagradou a Montenegro. Quem o lesse

diria ter sido escrito por uma senhora habituada a marcar entrevistas. Entretanto, à hora aprazada o bacharel achou-se no largo da Lapa. Recuar seria mostrar uma pusilanimidade moral, que o envergonharia eternamente. Depois, como ele possuía todas as fraquezas do namorado, deixou-se seduzir pela provável delícia dessa viagem de bonde. Quando o veículo parou no largo do Machado, Lalá sabia já qual o motivo pecuniário que se opunha ao casamento. Ouvira sem pestanejar a confissão de Montenegro.

— O motivo é grave — disse ela —; o Dr. Veloso tem a sua palavra de honra, e o senhor não pode mudar de estado sem dispor de uma soma relativamente considerável; mas... eu sou mulher e talvez consiga...

— O quê? — perguntou Montenegro sobressaltado.

— Descanse. Sou incapaz de cometer qualquer ação que nos fique mal. Separemo-nos aqui. Eu lhe escreverei.

Lalá estendeu a mão enluvada que Montenegro apertou, desta vez sem lhe magoar os dedos.

Ele apeou-se e galgou o estribo de outro bonde que partia para a cidade.

— Já está pago — disse o condutor a Montenegro quando este lhe quis dar um níquel.

O bacharel voltou-se para verificar quem tinha pago por ele, e deu com os olhos em Veloso, que lhe disse de longe, rindo-se:

— Foi por conta daqueles vinte, sabes?

— Reza-lhes por alma! — bradou Montenegro, rindo-se também.

V

Esse "reza-lhes por alma" queria dizer que Montenegro voltara desencantado do seu passeio de bonde. Lalá parecera-lhe outra, mais desenvolta, mais *americana*, completamente despida do melindroso recato que é o mais precioso requisito da mulher virgem. Ele deixou-se convencer de que a moça, depois de ouvir a exposição franca e leal das suas condições de insolvabilidade, desistira mentalmente de considerá-lo um noivo possível, dizendo por dizer aquelas palavras "talvez eu consiga", palavras à-toa, trazidas ali apenas para fornecer o ponto final a um diálogo que se ia tornando penoso e ridículo.

Montenegro fez ciente do seu desencanto ao Conselheiro Brito, que lhe deu parabéns, e daí por diante só se lembrou de Lalá como de uma bonita mulher de quem faria com muito prazer sua amante mas nunca sua esposa. Desaparecera completamente aquele doce enlevo causado pela primeira impressão. O "reza-lhes por alma" saiu-lhe dos lábios com a impetuosidade de um grito da consciência. A desilusão foi tão pronta como pronto havia sido o encanto. Fogo de palha.

VI

Entretanto, mal sabia Montenegro que Lalá concebera um plano extravagante e o punha em prática enquanto ele, tranqüilo e despreocupado, imaginava que ela o houvesse posto à margem. Depois de aconselhar-se com a tia, que não primava pelo bom senso, a professora de piano e canto encheu-se de decisão e coragem, foi ter com o Dr. Veloso no seu escritório e disse-lhe que desejava dar-lhe duas palavras em particular.

A beleza de Lalá deslumbrou o advogado, e, como este era extremamente vaidoso, viu logo ali uma conquista amorosa em perspectiva.

— Tenha a bondade de entrar neste gabinete, minha senhora.

Lalá entrou, sentou-se num divã, e contou ao Dr. Veloso toda a sua vida, repetindo, palavra por palavra, o que dissera a Montenegro durante o jantar do Conselheiro Brito.

Admirado de tanta loquacidade e de tanto espírito, Veloso perguntou-lhe, terminada a história, em que poderia servi-la.

— Sou amada por um homem que é digno de mim, e o nosso casamento depende exclusivamente do doutor.

— De mim?

— A minha ventura está nas suas mãos. Custa-lhe apenas vinte contos de réis. Não quero crer que o doutor se negue a pagar por essa miserável quantia a felicidade... de uma órfã.

— Não compreendo.

— Compreenderá quando eu lhe disser que o homem por quem sou amada é o seu amigo e colega Dr. Gustavo Montenegro.

— Ah! ah!...

— Escusado é dizer que ele ignora absolutamente a resolução, que tomei, de vir falar-lhe.

— Acredito.

— Qual é a sua resposta?

— Minha senhora — balbuciou Veloso, sorrindo —; eu tenho algum dinheiro, tenho... mas perder assim vinte contos de réis...

— Recusa?

— Não, não recuso; mas peço algum tempo para refletir. Depois de amanhã venha buscar a resposta.

A conversação continuou por algum tempo, e Veloso começou a sentir pela moça a mesmíssima impressão que ela causara a Montenegro.

Lalá notou o efeito que produzia, e pôs em distribuição todos os seus diabólicos artifícios de mulher astuta e avisada.

— Feliz Gustavo!

— Feliz... por quê?

— É amado!

— Oh! não vá agora supor que ele me inspirasse uma paixão desenfreada!

— Ah!

— É um marido que me convém, isso é; mas se o doutor não abrir mão da dívida, e ele não se puder casar, não creia que eu me suicide!

Ouvindo esta frase, Veloso adiantou-se tanto, tanto, que, dois dias depois, quando Lalá foi saber a resposta, ele recebeu-a com estas palavras:

— Não!... Se eu abrisse mão dos vinte contos, ele seria seu marido, e...

— E...?

— E eu... tenho ciúmes.

No dia seguinte ele era apresentado à tia, manejo aconselhado pela própria velha.

— Este é mais rico, mais bonito e até mais inteligente que o outro... Não o deixes escapar, minha filha!

A verdade é que Veloso não se introduziu em casa de Lalá com boas intenções; mas a esperteza da moça e as indiscrições do advogado determinaram em breve uma situação de que ele não pôde recuar.

Imagine-se a surpresa de Montenegro quando lhe anunciaram o casamento de Lalá com o seu colega, e a indignação que dele se apoderou quando por portas travessas veio ao conhecimento do modo singular por que fora ajustado esse consórcio imprevisto.

VII

No dia seguinte ao do casamento, estava Montenegro no escritório, quando recebeu um cheque de vinte contos de réis, enviado pelo marido de Lalá.

— Não acha que devo devolver este dinheiro? — perguntou ele ao Conselheiro Guedes.

— Não; mas não o gastes; afianço-te que terás ocasião mais oportuna para devolvê-lo.

E assim foi.

A lua-de-mel não durou dois meses. Os dois esposos desavieram-se e logo se separaram judicialmente. Ele voltou à vida de solteiro e ela tornou para casa da tia.

Um dia Montenegro encontrou-a num armarinho da rua do Ouvidor, e tais coisas lhe disse a moça, tais protestos fez e tão arrependida se mostrou de o haver trocado pelo outro, que dois dias depois ela entrava furtivamente em casa dele...

Nesse mesmo dia o desleal Veloso recebeu uma cartinha concebida nos seguintes termos:

"Dr. Veloso. — Devolvo-lhe intacto o incluso cheque de vinte contos de réis, porque a dívida que ele representa é uma estudantada imoral, sem nenhum valor jurídico. — *Gustavo Montenegro*".

A filha do patrão

I

O Comendador Ferreira esteve quase a agarrá-lo pelas orelhas e atirá-lo pela escada abaixo com um pontapé bem aplicado. Pois não! um biltre, um farroupilha, um pobre-diabo sem eira nem beira, nem ramo de figueira, atrever-se a pedir-lhe a menina em casamento! Era o que faltava! que ele estivesse durante tantos anos a ajuntar dinheiro para encher os bolsos a um valdevinos daquela espécie, dando-lhe a filha ainda por cima, a filha, que era a rapariga mais bonita e mais bem-educada de toda a rua de São Clemente! Boas!

O Comendador Ferreira limitou-se a dar-lhe uma resposta seca e decisiva, um "Não, meu caro senhor" capaz de desanimar o namorado mais decidido ao emprego de todas as astúcias do coração.

O pobre rapaz saiu atordoado, como se realmente houvesse apanhado o puxão de orelhas e o pontapé, que felizmente não passaram de tímido projeto.

Na rua, sentindo-se ao ar livre, cobrou ânimo e disse aos seus botões: "Pois há de ser minha, custe o que custar!" Voltou-se, e viu numa janela Adosinda, a filha do comendador, que desesperadamente lhe fazia com a cabeça sinais interrogativos. Ele estalou nos dentes a unha do polegar, o que muito claramente queria dizer: "Babau!" e, como eram apenas onze horas, foi dali direitinho espairecer no Derby-Club. Era domingo e havia corridas.

O Comendador Ferreira, mal o rapaz desceu a escada, foi para o quarto da filha, e surpreendeu-a a fazer os tais sinais interrogativos. Dizer que ela não apanhou o puxão de orelhas destinado ao moço seria faltar à verdade que devo aos pacientes leitores; apanhou-o, coitadinha! e naturalmente, a julgar pelo grito estrídulo que deu, exagerou a dor física produzida por aquela grosseira manifestação da cólera paterna.

Seguiu-se um diálogo terrível:

— Quem é aquele pelintra?

— Chama-se Borges.

— De onde você o conhece?

— Do Clube Guanabarense... daquela noite em que papai me levou...

— Ele em que se emprega? que faz ele?...

— Faz versos.

— E você não tem vergonha de gostar de um homem que faz versos?

— Não tenho culpa; culpado é o meu coração.

— Este vagabundo algum dia lhe escreveu?

— Escreveu-me uma carta.

— Quem lha trouxe?

— Ninguém. Ele mesmo atirou-a com uma pedra, por esta janela.

— Que lhe dizia ele nesta carta?

— Nada que me ofendesse; queria a minha autorização para pedir-me em casamento.

— Onde está ela?

— Ela quem?

— A carta.

Adosinda, sem dizer uma palavra, tirou a carta do seio. O comendador abriu-a, leu-a, e guardou-a no bolso. Depois continuou:

— Você respondeu a isto?

A moça gaguejou.

— Não minta!

— Respondi, sim, senhor.

— Em que termos?

— Respondi que sim, que me pedisse.

— Pois olhe: proíbo-lhe, percebe? pro-í-bo-lhe que de hoje em diante dê trela a esse peralvilho! Se me constar que ele anda a rondar-me a casa, ou que se corresponde com você, mando desancar-lhe os ossos pelo Benvindo (Benvindo era o cozinheiro do Comendador Ferreira), e a você, minha sirigaita... a você... Não lhe diga nada!...

II

Três dias depois desse diálogo, Adosinda fugiu de casa em companhia do seu Borges, e o rapto foi auxiliado pelo próprio Benvindo, com quem o namorado dividiu um dinheiro ganho nas corridas do Derby. Até hoje ignora o comendador que o seu fiel cozinheiro contribuísse para tão lastimoso incidente.

O pai ficou possesso, mão não fez escândalo, não foi à polícia, não disse nada nem mesmo aos amigos íntimos; não se queixou, não desabafou, não deixou transparecer o seu profundo desgosto.

E teve razão, porque, passados quatro dias, Adosinda e o Borges vinham, à noite, ajoelhar-se aos seus pés e pedir-lhe a bênção, como nos dramalhões sentimentais.

III

Para que o conto acabasse a contento da maioria dos meus leitores, o Comendador Ferreira deveria perdoar os dois namorados, e tratar de casá-los sem perda de tempo; mas infelizmente as coisas não se passaram assim, e a moral, como vão ver, foi sacrificada pelo egoísmo.

Com a resolução de quem longamente se preparara para o que desse e viesse, o comendador tirou do bolso um revólver e apontou-o contra o raptor de sua filha, vociferando:

— Seu biltre, ponha-se imediatamente no olho da rua, se não quer que lhe faça saltar os miolos!...

A esse argumento intempestivo e concludente, o namorado, que tinha muito amor à pele, fugiu como se o arrebatassem asas invisíveis.

O pai foi fechar a porta, guardou o revólver, e, aproximando-se de Adosinda, que, encostada ao piano, tremia, como varas verdes, abraçou-a, beijou-a com um carinho que nunca manifestara em ocasiões menos inoportunas.

A moça estava assombrada: esperava, pelo menos, a maldição paterna; era, desde pequenina, órfã de mãe, e habituara-se às brutalidades do pai; aquele beijo e aquele abraço encheram-na de confusão e pasmo.

O comendador foi o primeiro a falar:

— Vês? — disse ele, apontando para a porta. — Vês? O homem

por quem abandonaste teu pai é um covarde, um miserável, que foge diante do cano de um revólver! Não é um homem!...

— Isso ele é — murmurou Adosinda baixando os olhos, ao mesmo tempo que duas rosas lhe desfaziam a palidez do rosto.

O pai sentou-se no sofá, chamou a filha para perto de si, fê-la sentar-se nos seus joelhos, e, num tom de voz meigo e untuoso, pediu-lhe que esquecesse do homem que a raptara, um troca-tintas, um leguelhé que lhe queria o dote, e nada mais; pintou-lhe um futuro de vicissitudes e misérias, longe do pai, que a desprezaria se semelhante casamento se realizasse; desse pai, que tinha exterioridades de bruto, mas no fundo era o melhor, o mais carinhosos dos pais.

No fim da catequese, a moça parecia convencida de que nos braços do Borges não encontraria realmente toda a felicidade possível; mas...

— Mas agora... é tarde — balbuciou ela; e voltaram-lhe à face as purpurinas rosas de ainda há pouco.

— Não; não é tarde — disse o comendador —; conheces o Manuel, o meu primeiro caixeiro do armazém?

— Conheço: é um enjoado.

— Qual enjoado! É um rapaz de muito futuro no comércio, um homem de conta, peso e medida! Não descobriu a pólvora, não faz versos, não é janota, mas tem um tino para o negócio, uma perspicácia que o levará longe, hás de ver!

E durante um quarto de hora o Comendador Ferreira gabou as excelências do seu caixeiro Manuel.

Adosinda ficou convencida.

A conferência terminou por estas palavras:

— Falo-lhe?

— Fale, papai.

IV

No dia seguinte o comendador chamou o caixeiro ao escritório, e disse-lhe:

— Seu Manuel, estou muito contente com os seus serviços.

— Oh! patrão!

— Você é um empregado zeloso, ativo e morigerado; é o modelo dos empregados.

— Oh! patrão!

— Não sou ingrato. Do dia primeiro em diante você é interessado na minha casa: dou-lhe cinco por cento além do ordenado.

— Oh! patrão! isso não faz um pai ao filho!...

— Ainda não é tudo. Quero que você se case com a minha filha. Doto-a com cinqüenta contos.

O pobre-diabo sentiu-se engasgado pela comoção: não pôde articular uma palavra.

— Mas eu sou um homem sério — continuou o patrão —; a minha lealdade obriga-me a confessar-lhe que minha filha... não é virgem.

O noivo espalmou as mãos, inclinou a cabeça para a esquerda, baixou as pálpebras, ajustou os lábios em bico, e respondeu com um sorriso resignado e humilde:

— Oh! patrão! ainda mesmo que fosse, não fazia mal!

A praia de Santa Luzia

M aurício casara-se muito cedo, aos dezenove anos, e era feliz, porque ia completar os vinte e quatro sem ter o menor motivo de queixa contra a vida conjugal.

Justiça se lhe faça: era marido exemplaríssimo em terra tão perigosa para os rapazes de sua idade. Tinha essa virtude burguesa, que as mulheres amantes colocam acima dos sentidos mais elevados: era caseiro. Ia para a repartição às nove horas, e às quatro estava em casa, invariavelmente. Só por exceção saía à noite, mas acompanhado por sua mulher. Adorava-a.

Adorava-a, mas um dia...

Não! não precipitemos o conto; procedamos com método:

Maurício exercia na Alfândega um modesto emprego de escriturário, e, como residisse nas proximidades do Passeio Público, e era por natureza comodista e ordenado, tomava sistematicamente, às nove horas, o bondinho que contornava parte do morro do Castelo, e ia despejá-lo no Carceler, perto da repartição.

Habituou-se a atravessar todas as manhãs dos dias úteis a praia de Santa Luzia, e, afinal, tanto se apaixonara por esse sítio, realmente belo, que por coisa alguma renunciaria ao inocente prazer de contemplá-lo com tão rigorosa pontualidade.

Num dia, as montanhas da outra banda parecia desfazerem-se em nuvens tênues e azuladas, confundindo-se com o horizonte longínquo; noutro, violentamente batidas pelo sol, tinham contornos enérgicos e destacavam-se no fundo cerúleo da tela maravilhosa. O outeiro da Glória, a fortaleza de Villegaignon, a ponte pedregosa do Arsenal de Guerra — tudo isso encantava o nosso Maurício pelos seus diversos e sucessivos aspectos de coloração. Era ali e só ali que notava e lhe comprazia a volubilidade característica da natureza fluminense — moça faceira que cada dia inventa novos enfeites e arrebiques.

E o belo e opulento arvoredo defronte da Santa Casa? Como era agradável atravessar a sombra daquelas árvores frondosas e venerandas, cuja seiva parece alimentada por tantas vidas que se extinguem no hospital fronteiro!

A praia de Santa Luzia de tal modo o extasiava, que, ao passar pelo Necrotério, Maurício descobria-se, mas desviava os olhos para que o espetáculo da morte não lhe desfizesse a boa e consoladora impressão do espetáculo da vida.

Notava com desgosto que outros passageiros do bondinho estendiam o pescoço, voltando-se para inspecionar a lúgubre capelinha. Pela expressão de curiosidade satisfeita, ou de contrariedade, que ele claramente lia no rosto desses passageiros, adivinhava se havia ou não cadáveres lá dentro.

Um velhote, com quem se encontrava assiduamente no bondinho, e já o cumprimentava, de uma feita o aborreceu bastante, dizendo-lhe, depois de olhar para o Necrotério:

— Três hóspedes!

Foi morar para a rua de Santa Luzia, numa casinha baixa, de porta e janela, certa família pobre, de que fazia parte uma lindíssima rapariga dos seus dezoito anos, morena, desse moreno purpúreo, que deve ser a cor dos anjos do céu.

Maurício via-a todas as manhãs, e não desviava os olhos, como defronte do Necrotério; pelo contrário, incluiu-a na lista dos prodígios naturais que o deslumbravam todos os dias. A morena ficou fazendo parte integrante do panorama, em concorrência com a serra dos Órgãos, o outeiro da Glória, o ilhote de Villegaignon e as árvores da Misericórdia.

Aquele olhar cronométrico, infalível, à mesma hora, no mesmíssimo instante, acabou por impressionar a morena.

Pouco tardou para que entre o bondinho e a janela se estabelecesse ligeira familiaridade. Um dia a moça teve um gesto de cabeça, quase imperceptível, e Maurício instintivamente levou a mão ao chapéu. Daí por diante nunca mais deixou de cumprimentá-la.

Quinze dia depois, ela acompanhou o cumprimento por um sorriso enfeitado pelos mais belos dentes do mundo, e isso lhe revelou, a ele, que a beleza de tão importante acessório do seu panorama também variava de aspecto.

Maurício correspondeu ao sorriso, maquinalmente, com os dois lábios curvados por uma simpatia irresistível — e se os dois jovens já se não viam sem se cumprimentar, de então por diante não se cumprimentavam sem sorrir um para o outro.

Um dia o cumprimento mudou inesperadamente de forma; ela disse-lhe adeus com a mãozinha, agitando os dedos, com muita sem-cerimônia, como o faria a um amigo íntimo. Ele imitou-a, num movimento natural, espontâneo, quase inconsciente.

Estavam as coisas neste ponto — o fogo ao pé da pólvora — quando um dia, depois do cumprimento e do sorriso habitual, um moleque saltou levípede à plataforma do bondinho, e entregou uma carta a Maurício.

— Está que sinhazinha mandou.

O moço, muito surpreso e um pouco vexado, pois percebeu que o velhote, o tal da pilhéria dos três hóspedes, e dois estudantes de medicina riam à socapa, guardou a carta no bolso, e só foi abri-la na Alfândega:

"Me escreva e me diga como chama-se, em que ano está e cuando se forma, e quero saber se gostas de mim por paçatempo ou se pedes a minha mão a minha família, que é meu Pay, minha Mãy e um irmão. Desta que lhe ama, — *Adélia*".

Maurício caiu das nuvens, e só então reparou que cometera uma monstruosidade. Nunca lhe passaram pela cabeça idéias de namoro. Amava muito sua mulher, a mãe do seu filho, e era incapaz de traí-la, desencaminhando uma pobre menina que o supunha solteiro e estudante, e era para ele apenas um acessório do seu panorama.

Aquela carta surpreendera-o tanto, como se a própria fortaleza de Villegaignon lhe perguntasse: "Quando te casas comigo?" ou a ermida da Glória lhe dissesse: "Pede-me a papai!"...

Nas ocasiões difíceis Maurício consultava o seu chefe da seção, que o apreciava muito.

Expôs-lhe francamente o caso, e perguntou-lhe:

— Que devo fazer?

— Uma coisa muito simples: nunca mais passar pela praia de Santa Luzia. Olhe que o menos que pode arranjar é uma tunda de pau!

— Mas o senhor não imagina o sacrifício que me aconselha! A praia de Santa Luzia entrou de tal forma nos meus hábitos, que hoje até me parece indispensável à existência. Por amor de Deus, não me prive da praia de Santa Luzia!...

— Nesse caso, diga-lhe francamente que é casado.

— Dizer-lhe... Mas como?

— Amanhã, quando passar, em vez de cumprimentá-la, mostre-lhe o seu anel de casamento. Ela compreenderá.

Maurício cumpriu a recomendação à risca, e Adélia viu perfeitamente a grossa aliança de ouro.

Mas, no dia seguinte, a moça esperou-o ainda mais satisfeita e risonha que na véspera — e o moleque, trepando pela segunda vez à plataforma do carro, entregou a Maurício outra cartinha.

— Que diabo! — pensou ele, guardando a epístola. Ela sorria. — Vaidade feminina, não é outra coisa... Sorria para que eu não a supusesse despeitada. As mulheres são assim. Faço idéia da descompostura que aqui está escrita!

Enganava-se:

"Meu amor — Vejo que você já comprou sua Aliansa e eu também ontem mesmo incomendei a minha, amanhã paça a pé e me diz quando formas-te e cuando pedes-me a meu Pay. Nem çei o teu nome. Tua até morrer — *Adélia*".

Maurício tomou — pudera! — a heróica e sublime resolução de se privar da praia de Santa Luzia.

Ardil

— A que devo o prazer de uma visita a estas horas? — perguntou a viscondessa ao entrar na sala, onde havia quinze minutos a baronesa castigava o tapete com um pé pequenino e admiravelmente calçado.

Ergueu-se a formosa visitante, e suspirou, aliviada pela presença da amiga íntima. Depois dos beijinhos consuetudinários, sentaram-se ambas.

— O visconde ainda dorme?
— Ainda, e não acordará tão cedo: são apenas sete horas.
— Posso falar sem receio?
— Estamos completamente sós.

Houve uma pequena pausa.

— Temos então algum mistério? — interrogou a dona da casa, consertando as dobras da sua magnífica bata de rendas brancas. — Histórias do coração, aposto?

— Do coração? Não sei. Há quem diga que estas coisas nada tem a ver com ele, mas com a cabeça... Em todo caso, fazem padecer.

— A quem o dizes!

— Não durmo há duas noites... há três dias não abro o piano... Amor? Sei lá! Despeito, raiva, talvez...

— Conta-me tudo — disse a viscondessa, enxugando com os lábios duas lágrimas que tremeluziam nos olhos da amiga —; conta-me tudo. Os meus trinta e nove outonos estão, como sempre, às ordens das tuas vinte e cinco primaveras. Adivinho que se trata do Bittencourt.

— Fale mais baixo.
— Não tenhas medo.
— Sim, venho ainda uma vez ao encontro dos seus conselhos... Há oito meses a senhora ensinou-me a subjugá-lo, a escravizá-lo aos meus caprichos, aos meus ímpetos, ao meu amor; hoje, que ele se mostra arredio, farto e insolente, só a senhora, com a sua experiência, a sua calma, o seu bom senso e, sobretudo, a sua amizade, me indicará os meios de reconquistá-lo sem triunfo para ele nem humilhação para mim. A senhora teve quatro amantes...

— Três — interrompeu serenamente a viscondessa —; ao quarto não se pode ainda aplicar o pretérito mais que perfeito: está no pleno gozo da sua conquista.

— Pois bem, três, e nenhum deles a desprezou; no momento oportuno a senhora desfez-se habilmente de todos três, sem deixar a nenhum o direito de dizer, ao vê-la passar pelo braço do visconde: "Fui eu que não quis mais..."

Houve outra pausa.

— Imagine — prosseguiu a baronesa —, imagine que há mês e meio só tenho estado com ele no Lírico, durante os espetáculos. Procura, para cumprimentar-me, justamente as ocasiões em que o meu marido está no camarote. Escrevi-lhe duas cartas e um bilhete postal; não tive resposta!

— Que horror! — murmurou a viscondessa, profundamente impressionada.

— Vamos... diga-me... aconselhe-me! Que devo fazer?... Estou irresoluta... a senhora bem sabe... é o meu primeiro amante...

— Deixa-me pensar, filhinha, deixa-me pensar. Estas coisas não se decidem assim, num abrir e fechar de olhos!

E, depois de refletir alguns segundos, tamborilando com os dedos nos braços da poltrona, a viscondessa inquiriu com a seriedade de um velho advogado, comprometido a defender causa importante.

— Vejamos: o Bittencourt, segundo me consta, contraiu ultimamente uma dívida de gratidão com teu marido...

— Sim, creio que sim... O barão, ao que parece, interveio com muito empenho para que lhe dessem aquele belo emprego...

— Uma verdadeira sinecura.
— Mas... que tem isso?
— Tem tudo, filhinha; a moral fácil desses senhores proíbe-lhes

que sejam amantes da mulher, desde que devam favores ao marido.

— Quer isso dizer que tais favores são pagos à custa do nosso amor-próprio?

— E do nosso próprio amor: o sacrifício é todo nosso! Podem limpar a mão à parede com sua moral!

— Mas, por fim das contas, que devo fazer?

— Guerrear e vencer os escrúpulos tolos do teu amante! Para isso é indispensável que ele te escreva. *Verba volant, scripta manent*[1].

— Não sei latim.

— Quero dizer que nenhum homem, por mais inteligente, soube até hoje redigir uma epístola de amor sem se comprometer. Na sua carta o Bittencourt fatalmente renovará promessas, e o seu cavalheirismo — o seu cavalheirismo pelo menos — o obrigará a cumpri-las. E quando o vires de novo rendido a teus pés, manda-o passear; não nos convêm esses amantes que fazem pose da sua falsa dignidade.

— Mas por amor de Deus, viscondessa! Não lhe acabo de dizer que as minhas cartas têm ficado sem resposta?

— A que lhe vai escrever agora não ficará sem ela. Tenho um ardil que há tempos empreguei com ótimo resultado. Vem cá, acompanha-me.

A doutora levantou-se e dirigiu-se para um gabinete contíguo. A baronesa acompanhou-a.

— Senta-te, e escreve o que te vou ditar.

No dia seguinte o Bittencourt recebia este bilhete:

"Tenho-lhe escrito três cartas, e de nenhuma recebi resposta. Não me queixo, perdôo: o senhor deve andar muito preocupado com o seu novo emprego, e há momentos, parece, em que todo o homem honesto é obrigado a sacrificar os seus afetos aos deveres e às responsabilidades da vida prática. Paciência.

Entretanto, como o senhor agora já deve estar mais folgado, tem por fim esta carta pedir-lhe a resposta das outras. — Sua *quand même*[2], L.

---

[1] "As palavras voam, os escritos permanecem", em latim. (N. do E.)
[2] "Apesar dos pesares", em francês. (N. do E.)

Post-scriptum — Há aqui no meu bairro grande dificuldade de obter selos do Correio, e, para evitar suspeitas, não quero mandar buscá-los à cidade. Peço-lhe que, com os cinco mil-réis que inclusos encontrarás, compre cinqüenta selos de tostão, e no-los remeta dentro da sua carta quando me responder. — Sua *L*."

E ali está como o Bittencourt voltou, forçado por uma nota de cinco mil-réis!

A "réclame"

A Assis Pacheco

I

Era um domingo. O Comendador Viana acabou de almoçar, sentou-se numa cadeira de balanço, cruzou as mãos sobre o ventre, atirou o olhar pela janela escancarada que enchia de ar e luz a sala de jantar, e viu, no jardim vizinho, um homem a escrever, sentado à sombra de um caramanchão.

— Ó menina, dá cá o binóculo.

Laura, a esposa do Comendador Viana, trouxe-lhe o binóculo, que ele assestou contra o homem do caramanchão.

— Não me enganava: é ele... É o tal Passos Nogueira!...

— Que Passos Nogueira? — perguntou Laura.

O comendador não respondeu; voltou-se para a criada, que levantava a mesa, e interpelou-a:

— Aquele sujeito mora ali há muito tempo? Você deve saber...

— Que sujeito?

— Aquele que está escrevendo acolá, no jardim da casa de pensão, não vê?

— Ah! O poeta?

— Quem lhe disse a você que ele é poeta?

— É como o ouço tratar na vizinhança. Já ali morava quando viemos para esta casa.

— Entretanto — observou Laura —, estamos aqui há oito meses e é a primeira vez que o vejo.

— Deveras? — perguntou entre dentes o comendador, com um olhar de desconfiança.

— Ora esta! — murmurou Laura, muito admirada da inflexão e do olhar do marido.

— Parece impossível que minha ama não tenha reparado — acudiu a criada —, porque o poeta vai todas as manhãs e todas as tardes escrever naquele lugar.

— Todas as manhãs? — indagou o dono da casa, levantando-se.

— E todas as tardes — repetiu ingenuamente a criada.

E foi para a cozinha.

— Viana — obtemperou Laura, aproveitando a ausência da criada —, você faz uma coisas esquisitas! Esta mulher vai ficar convencida de que meu marido tem ciúmes de um homem que nem sequer conheço!

— Aquilo é um bandido! — regougou o comendador.

— Pois deixe-o ser! Que temos nós com isso? Ele está na sua casa e nós na nossa.

— Se eu soubesse que aquele patife morava ali, não tínhamos vindo para cá!

— Mas que importa que ele more ali?

— Importa muito! Aquilo é sujeitinho capaz de manchar a reputação de uma senhora com um simples cumprimento. Ele algum dia já te cumprimentou?

— Pois eu já não lhe disse que nunca reparei nesse homem?

— Ali onde o vês tem causado a desgraça de umas poucas de senhoras! Por causa dele a mulher de um negociante deixou o marido, a filha de um despachante da Alfândega saiu da casa do pai, e a viúva de um coronel tentou suicidar-se!

— Com efeito! — exclamou Laura, agarrando rapidamente no binóculo. — Deve ser um homem excepcional!...

— Não! É melhor que não o vejas! — ponderou o marido, tomando-lhe o binóculo das mãos. — Que interesse tens tu?...

— Apenas o interesse que você mesmo me despertou, contando-me as conquistas desse Napoleão do amor.

— Mulheres doentias e malucas... pobrezinhas que se deixaram levar por cantigas, ora aí tens!... Aquele peralta faz versos, e os jornais levam a dizer todos os dias que ele tem muito talento... e que é muito inspirado...

— Lembra-me agora que já tenho lido esse nome de Passos Nogueira.

— Oh, menina, vê lá se também tu...

— Descanse: já não estou em idade de me deixar levar por poesias.

— Pois sim; mas peço-te que não te debruces nessa janela quando o tal poetaço estiver no seu caramanchão.
— Por quê? Receias que eu *caia*? Ora deixe-se de ciúmes!
— Não são ciúmes, são zelos. Não receio pelo que possas fazer... mas tenho medo que a vizinhança murmure.

II

Laura, que até então ignorava a existência do poeta Passos Nogueira, começou a interessar-se muito por ele, graças à *réclame* feita pelo comendador. Sentia-se atraída pela figura daquele horrendo sedutor de solteiras, casadas e viúvas, e duas vezes ao dia, reclinada à janela, olhava longamente para o poeta.

Este acabou por notar a insistência com que era contemplado pela vizinha, e prontamente correspondeu aos seus olhares lânguidos e prometedores.

Estabeleceu-se logo entre eles um desses namoros saborosos e terríveis, ridículos e absorventes, que monopolizam duas existências.

Para justificar a precipitação dos fatos, digamos que Laura, mulher de vinte e seis anos, romântica e nervosa, casara-se, muito nova ainda, com o Comendador Viana, homem quinze anos mais velho que ela, curto e positivo, que não correspondia absolutamente ao seu ideal de moça.

Digamos ainda que o poeta Passos Nogueira, rapaz de talento vantajosamente apreciado, atordoou-se quando se viu provocado pelos bonitos olhos de uma bela mulher casada. Apesar da reputação que gozava e da qual se fizera eco o próprio comendador, Passos Nogueira jamais inscrevera ao seu canhenho de conquistas fáceis aventura tão interessante e tão considerável como essa que agora lhe desassossegava o espírito e lhe espantava as rimas.

Digamos ainda que o comendador continuava todos os dias a fazer *réclame* ao namorado, referindo-se à sua pessoa em termos desabridos, insultando-o de modo que ele não ouvisse e, finalmente, exprobrando a Laura, por mera presunção, que ela o animasse e lhe desse corda.

Não tardou que o poeta escrevesse à vizinha um bilhete, lançado por cima do muro que separava as duas casas. Perguntava-lhe pelo seu nome e pedia-lhe uma entrevista. Ela respondeu: "Não! Não é possível! Não me persiga! Esqueça-se de mim! Bem vê que não sou livre! Um encontro poderia causar a nossa desgraça!"

Mas, não obstante desengano tão decisivo e formal, no dia seguinte os olhos da moça encontraram-se com os do poeta. Ela sentia a necessidade, o dever de fugir daquele homem, mas não tinha forças para fazê-lo. E o namoro continuou.

Dois dias depois, novo bilhete. Ela abriu-o sôfrega e palpitante — e leu estes versos:

> "Eu não sou livre", escreveste;
> Porém, se livre não eras,
> Por que com tantas quimeras
> Encheste um cérebro nu?
> Pedes que não te persiga...
> Mas, por teus olhos ferido,
> Reflete que o perseguido
> Sou eu, meu anjo, e não tu!
>
> Quando da tua janela
> Atiras aos meus desejos
> Olhares que valem beijos,
> Porque tens beijos no olhar;
> Quando esses ternos olhares
> Com meus olhares se cruzam,
> Teus lindos olhos abusam
> Do seu condão de encantar!
>
> Não te compreendo, vizinha;
> Tu mesma não te compreendes:
> Fazes-te amar, e pretendes
> Que eu fuja e te deixe em paz!
> Mas não vês que é negativo
> Este sistema que empregas?
> Tudo, escrevendo, me negas,
> — E, olhando, tudo me dás!
>
> Vizinha, bela vizinha,
> Vizinha por quem padeço,
> Pois tais palavras mereço
> Que me fizeram chorar?

O prometido é devido...
Para que o peito me aquietes,
Ou dá-me quanto prometes,
Ou não prometas sem dar!

III

Para encurtar razões: Passos Nogueira e Laura foram por muito tempo, e não sei se continuam a ser, os amantes mais apaixonados que ainda houve.

Ela nunca perdoou ao marido o mau passo que deu. Seria ainda hoje o modelo das esposas, se o comendador não se lembrasse de fazer *réclame* ao poeta.

Este, por expressa recomendação da amante, nunca mais apareceu no caramanchão fatídico.

Isto fez com que o marido tornasse às boas.

Uma tarde perguntou:

— Ó menina, então o poeta já ali não mora?

— Não sei — respondeu Laura com uma deliciosa indiferença.

— Se se mudou, melhor! Um libertino daqueles!

— Deixa-o lá, coitado! Muitas vezes são mais as vozes do que as nozes.

— Que diabo! Foi você mesmo quem falou da filha do despachante, da mulher do negociante e da viúva do coronel!...

— Disseram-me. Este Rio de Janeiro, menina, é a terra da maledicência. Deus me livre de que alguém se lembre de espalhar por aí que eu roubei o sino de São Francisco!

Black

L eandrinho, o moço mais alegre e mais peralta do bairro de São Cristóvão, freqüentava a casa do Sr. Martins, que era casado com a moça mais bonita da rua do Pau-Ferro.

Mas, por uma singularidade notável, tão notável que a vizinhança logo notou, Leandrinho só ia à casa do Sr. Martins quando o Sr. Martins não estava em casa.

Esperava que ele saísse e tomasse o bonde que o transportava à cidade, quase à porta da sua repartição; entrava no corredor com a petulância do guerreiro em terreno conquistado, e D. Candinha (assim se chamava a moça mais bonita da rua do Pau-Ferro) introduzia-o na sala de visitas, e de lá passavam ambos para a alcova, onde os esperava o tálamo aviltado pelos seus amores ignóbeis.

A ventura de Leandrinho tinha um único senão: havia na casa um cãozinho de raça, um bull-terrier, chamado Black, que latia desesperadamente sempre que farejava a presença daquele estranho.

Dir-se-ia que o inteligente animal compreendia tudo e daquele modo exprimia a indignação que tamanha patifaria lhe causava.

Entretanto, o inconveniente foi remediado. A poder de carícias e pão-de-ló, a pouco e pouco logrou o afortunado Leandrinho captar a simpatia de Black, e este, afinal, vinha aos pulos recebê-lo à porta da rua, e acompanhava-o no corredor, saltado-lhe às pernas, lambendo-lhe as mãos, corcoveando, arfando, sacudindo a cauda irrequieta e curva.

As mulheres viciosas e apaixonadas comprazem-se na aproximação do perigo; por isso, D. Candinha desejava ardentemente que Leandrinho travasse relações de amizade com o Sr. Martins.

Tudo se combinou, e uma bela noite os dois amantes se encontraram, como por acaso, num sarau do Clube Familiar da Cancela. Depois de dançar com ele uma valsa e duas polcas, ela teve o desplante de apresentá-lo ao marido.

Sucedeu o que invariavelmente sucede. A manifestação da simpatia do Sr. Martins não se demorou tanto como a de Black: foi fulminante.

Os maridos são por via de regra menos desconfiados que os bull-terriers.

O pobre homem nunca tivera diante de si cavalheiro tão simpático, tão bem-educado, tão insinuante. Ao terminar o sarau, pareciam dois velhos amigos.

À saída do clube, Leandrinho deu o braço a D. Candinha, e, como "também morava para aqueles lados", acompanhou o casal até a rua do Pau-Ferro.

Separam-se à porta de casa.

O marido insistiu muito para que o outro aparecesse. Teria o maior prazer em receber a sua visita. Jantavam às cinco. Aos domingos um pouco mais cedo, pois nesses dias a cozinheira ia passear.

— Hei de aparecer — prometeu Leandrinho.

— Olhe, venha quarta-feira — disse o Sr. Martins. — Minha mulher faz anos nesse dia. Mata-se um peru, e há mais alguns amigos à mesa, poucos, muito poucos, e de nenhuma cerimônia. Venha. Dar-nos-á muito prazer.

— Não faltarei — protestou Leandrinho.

E despediu-se.

— É muito simpático — observou o Sr. Martins metendo a chave no trinco.

— É — murmurou secamente D. Candinha.

Black, que os farejara, esperava-os lá dentro, no corredor, grunhindo, arranhando a porta, corcoveando, arfando, sacudindo a cauda irrequieta e curva.

Na quarta-feira aprazada Leandrinho embonecou-se todo e foi à casa do Sr. Martins, levando consigo um soberbo ramo de violetas.

O dono da casa, que estava na sala de visitas com alguns amigos, encaminhou-se para ele de braços abertos, e dispunha-se a apresentá-lo às pessoas presentes, quando Black veio a correr lá de dentro, e começou a fazer muitas festas ao recém-chegado, saltando-lhe às pernas, lambendo-lhe as mãos, corcoveando, arfando, sacudindo a cauda irrequieta e curva.

O Sr. Martins, que conhecia o cão e sabia-o incapaz de tanta familiaridade com pessoas estranhas, teve uma idéia sinistra, e como os dois amantes enfiassem, a situação ficou para ele perfeitamente esclarecida.

Não se descreve o escândalo produzido pela inocente indiscrição de Black. Basta dizer que, a despeito da intervenção dos parentes e amigos ali reunidos, D. Candinha e Leandrinho foram postos na rua a pontapés valentemente aplicados.

O Sr. Martins, que não tinha filhos, a princípio sofreu muito, mas afinal habituou-se à solidão.

Nem era esta assim tão grande, pois, todas as vezes que ele entrava em casa, vinha recebê-lo o seu bom amigo, o indiscreto Black, saltando-lhe às pernas, lambendo-lhe as mãos, corcoveando, arfando, sacudindo a cauda irrequieta e curva.

Dona Eulália

Quando cheguei, a casa mortuária estava cheia de gente.

No centro da sala, forrada de preto, havia uma essa entre quatro enormes tochas acesas, e sobre a essa um caixão, dentro do qual D. Eulália dormia o último sono.

Já tinha passado a hora do saimento.

Faltava apenas o padre.

O padre não aparecia.

O viúvo, comovido, mas calmo, perfeitamente calmo, perguntou a um parente, que pelos modos tinha se encarregado do enterro:

— Então?... esse padre?...

— Já cá devia estar. O tio Eusébio quer que eu vá buscá-lo?

— É favor, Cazuza.

E o parente saiu muito apressado.

Dez minutos depois, o Eusébio aproximou-se de mim e disse-me baixinho:

— E nada de padre! Estava escrito que este dia não passava para mim sem alguma contrariedade...

* * *

Justifiquemos esse grito do coração.

O Eusébio não foi um marido feliz; D. Eulália, que tinha muito mau gênio, transformara-lhe a vida num verdadeiro inferno.

O pobre homem não tinha voz ativa dentro de casa; era repreendido como um fâmulo quando entrava mais tarde; devia dar contas de um níquel, de um miserável níquel que lhe desaparecesse do bolso!

Apesar de casado havia já quinze anos, ele não se pudera habituar a essa existência ridícula, e sentia-se envelhecer prematuramente na alma e no corpo.

Não tinha filhos — e era melhor assim, porque, com certeza, D. Eulália não lhos perdoaria. Pensava bem: pudesse ela contrariar a natureza, e fecundá-lo-ia, para humilhá-lo ainda mais!

* * *

Durante os primeiros tempos de regime conjugal, o Eusébio tentou reagir contra o mau gênio de D. Eulália; num dia, porém, que lhe falou mais alto e lhe bateu o pé, recebeu em troca uma tremenda bofetada, cujo estalo ressoou em todo o quarteirão. Durante quinze dias a vizinhança não se ocupou de outra coisa.

O marido que apanha da cara metade está perdido; o que apanha e chora, está irremissivelmente perdido. O Eusébio apanhou e chorou...

Daquele dia em diante foi-se-lhe toda a autoridade marital: tornou-se em casa um manequim, um pax-vóbis, um joão-ninguém.

Era, entretanto, um homem simpático, virtuoso, apreciadíssimo por numerosos amigos e muito conceituado na repartição de onde tirava o necessário para que nada faltasse a D. Eulália.

* * *

De todas as maçadas a que estava afeito o nosso Eusébio, nenhuma o ralava tanto como a de procurar cozinheira, o que lhe acontecia a miúdo, porque, graças ao mau gênio da dona da casa, a cozinha estava constantemente abandonada.

Como as impertinências de D. Eulália já tinham fama no bairro, e nenhuma criada queria servir aquela ama, o Eusébio era obrigado a procurar cozinheira muito longe de casa.

O que ele queria era alugá-la, mas bem sabia que, na venda, a recém-chegada seria posta ao corrente de tais impertinências.

Um dia o pobre marido foi muito cedo arrancado da cama pela mulher.

— Levanta-se, tome banho, vista-se e vá procurar uma cozinheira!

— Quê!... pois a Maria...?

— Acabo de pô-la no olho da rua!

— Por quê?

— Não é da sua conta! Mexa-se!...

— Uma cozinheira que não estava em casa há oito dias!...

— Basta de observações! Quem manda aqui sou eu! Vamos! Vista-se! E nada de agências, hein? Olhe que se me traz cozinheira de agência, não passa da porta da rua!

* * *

Nesse dia o Eusébio teria purgado todos os seus pecados, se os tivera, e se D. Eulália não fosse já um purgatório bastante.

O pobre-diabo, que morava no Rio Comprido, foi, levado por informações, procurar uma cozinheira em São Francisco Xavier. Já estava alugada; entretanto, lá lhe disseram que no morro do Pinto havia outra, muito boa, que lhe devia servir.

O desgraçado almoçou numa casa de pasto, encheu-se de coragem e subiu o morro do Pinto.

A cozinheira não estava em casa; tinha ido passar uns dias com uma parenta, na rua de Sorocaba, em Botafogo; mas um vizinho aconselhou o Eusébio a que não adiasse a diligência; a mulher trabalhava primorosamente em forno e fogão, era morigerada e estava morta por achar emprego.

Abalou o Eusébio para Botafogo, e encontrou, efetivamente, a mulher na rua de Sorocaba, em casa da parenta, pronta já para sair. Por pouco mais, a viagem teria sido baldada.

Era uma mulata quarentona, muito limpa, de um aspecto simpático e humilde, que à primeira vista inspirava certa confiança.

Ela, pelo seu lado, simpatizou com o Eusébio, a julgar pela prontidão com que se ajustaram.

— Bem; amanhã lá estarei, meu patrão.

— Amanhã, não: há de ser hoje, porque se entro em casa sem cozinheira, minha mulher...

O Eusébio interrompeu-se — ia deitando tudo a perder — e emendou:

— ...minha mulher, que é muito boa senhora, mas nem sempre acredita no que eu digo, há de supor que me remanchei.

— Nesse caso, meu patrão, é preciso que eu vá primeiramente ao morro do Pinto.

— Pois vamos ao morro do Pinto... — respondeu resignado o resignado Eusébio.

* * *

Era quase noite fechada, quando o infeliz marido, fatigadíssimo, doente, sem jantar, entrou em casa acompanhado da mulata.

D. Eulália recebeu-o com duas pedras na mão:

— Onde esteve o senhor metido até estas horas? Oh! que coisa ruim!... que homem insuportável!... Só a minha paciência!...

— A senhora não calcula como me custou encontrar esta mulher, mas, enfim... parece que desta vez ficamos bem servidos.

— Pois sim — resmungou D. Eulália —, vão ver que é alguma vagabunda!

E, voltando-se para a mulata, disse-lhe com a sua habitual arrogância:

— Chegue-se mais! Não gosto de gritar e quero que me ouçam!

A cozinheira aproximou-se com um sorriso humilde de subalterna.

— Como se chama? — perguntou D. Eulália.

— Eulália.

— Eulália?!

— Eulália, sim, senhora!

— Eulália?! Rua! Rua!

E voltando-se para o marido:

— Pois o senhor tem a pouca-vergonha de trazer para casa uma cozinheira com o mesmo nome que eu? Que desaforo!...

— Mas, senhora...

— Cale-se! Não seja burro!

* * *

Creio que o Eusébio está justificado: a morte de D. Eulália não poderia contrariá-lo.

Fatalidade[1]

I

O tenente de cavalaria Remígio Soares teve a infelicidade de ver, uma noite, D. Andréia num camarote do teatro Lucinda, ao lado do seu legítimo esposo, e pecou, infringindo impiamente o nono mandamento da lei de Deus.

A "mulher do próximo", notando que a "desejavam", deixou-se impressionar por aquela farda, por aqueles bigodes, e por aqueles belos olhos negros e rasgados.

Ao marido, interessado pelo enredo do dramalhão, que se representava, passou completamente despercebido o namoro aceso entre o camarote e a platéia.

Premiada a virtude e castigado o vício, isto é, terminado o espetáculo, o Tenente Soares acompanhou, a certa distância, o casal até o largo de São Francisco e tomou o mesmo bonde que ele — um bonde do Bispo —, sentando-se, como por acaso, ao lado de D. Andréia.

Dizer que no bonde o pé do tenente e o pezinho da moça não continuaram a obra encetada no Lucinda, seria faltar à verdade. Acrescentarei até que, ao sair do bonde, na pitoresca rua Malvino

---

[1] Até a quinta edição dos *Contos fora da moda*, este conto trazia o título "A água de Janos", e era ligeiramente mais curto. (N. do E.)

Reis, D. Andréia, com rápido e furtivo aperto de mão, fez ao namorado as mais concludentes e escandalosas promessas.

Ele ficou sabendo onde ela morava.

II

O Tenente Remígio Soares foi para a casa, em São Cristóvão, e passou o resto da noite agitadíssimo — pudera! Às dez horas da manhã atravessava já o Rio Comprido ao trote do seu cavalo!

Mas — que contrariedade! — as janelas de D. Andréia estavam fechadas.

O cavaleiro foi até a rua de Santa Alexandrina, e voltou — patati, patatá, patati, patatá! — e as janelas não se tinham aberto!

O passeio foi novamente renovado à tarde — o tenente passou, tornou a passar, continuavam fechadas as janelas!

Malditas janelas!...

Durante quatro dias o namorado foi e veio, a cavalo, a pé, de bonde, fardado, à paisana: nada! Aquilo não era uma casa: era um convento!

Mas, ao quinto dia — oh! ventura! —, ele viu sair do convento um molecote que se dirigia para a venda próxima. Não refletiu: chamou-o de parte, untou-lhe as unhas e interpelou-o.

Soube nessa ocasião que ela se chamava Andréia. Soube mais que o marido era empregado público e muito ciumento: proibia expressamente à senhora sair sozinha e até chegar à janela quando ele estivesse na rua. Soube, finalmente, que havia em casa dois cérebros; uma tia do marido e um jardineiro muito fiel ao patrão.

Mas o providencial moleque nesse mesmo dia se encarregou de entregar à patroa uma cartinha do inflamado tenente, e a resposta — digamo-lo para vergonha daquela formosa desmiolada —, a resposta não se fez esperar por muito tempo.

Ei-la:

"O senhor pede-me uma entrevista e não imagina como desejo satisfazer a esse pedido, porque também o amo. Mas uma entrevista como?... onde?... quando?... Saiba que sou guardada à vista por uma senhora de idade, tia *dele*, e por um jardineiro que *lhe* é muito dedicado. Pode ser que um dia as circunstâncias se combinem de modo que nos possamos encontrar a sós... Como há um deus para os que se amam, esperemos que chegue esse dia; até lá, tenhamos ambos um pouco de paciência. Mande-me dizer onde de pronto o poderei encontrar no caso de ter que preveni-lo de repente. O moleque é de confiança".

Na esperança de que o grande dia chegasse, o Tenente Remígio Soares mudou-se imediatamente para perto da casa de D. Andréia; procurou e achou um cômodo de onde se via, meio encoberta pelo arvoredo, a porta da cozinha do objeto amado. Dessa porta D. Andréia fazia-lhe um sinal convencionado todas as vezes que desejava enviar-lhe uma cartinha.

III

Diz a clássica sabedoria das nações que o melhor da festa é esperar por ela.

Não era dessa opinião o tenente, que há dezoito meses suspirava noite e dia pela mulher mais bonita e mais vigiada de todo aquele bairro do Rio Comprido, sem conseguir trocar uma palavra com ela!

Os namorados, graças ao molecote, correspondiam-se epistolarmente, é verdade, mas essa correspondência, violenta e fogosa, contribuía para mais atiçar a luta entre aqueles dois desejos e aumentar o tormento daquelas duas almas.

IV

Os leitores — e principalmente as leitoras — me desculparão de não pôr no final deste ligeiro conto um grão de poesia: tenho de concluí-lo um pouco à Armando Silvestre. Em todo caso, verão que a moral não é sacrificada.

O meu herói andava já obcecado, menos pelo que acreditava ser o seu amor, que pelos dezoito meses de longa expectativa e lento desespero.

Um dia, o Barroso, seu amigo íntimo, seu confidente, foi encontrá-lo muito abatido, sem ânimo de se erguer da cama.

— Que tens tu?

— Ainda mo perguntas!

— Paciência, meu velho; Jacó esperou catorze anos.

— Esta coisa tem-me posto doente... Bem sabes que gozava uma saúde de ferro... Pois bem neste momento a cabeça pesa-me uma arroba... tenho tonteiras!

— Isso é calor; a tua Andréia não tem absolutamente nada que ver com esses fenômenos cerebrais. Queres um conselho? Manda buscar ali à botica uma garrafinha de água de Janos. É o melhor remédio que conheço para tonteiras!

O tenente aceitou o conselho, e o Barroso despediu-se dele depois que o viu esvaziar um bom copo de benemérito laxativo.

Vinte minutos depois dessa libação desagradável, Remígio Soares viu assomar ao longe, na porta da cozinha, o vulto de D. Andréia, anunciando-lhe uma carta.

Pouco depois entrava o molecote e entregava-lhe um bilhete escrito às pressas.

"A velha amanheceu hoje com febre, e não sai do quarto. O jardineiro foi à cidade chamar um médico da confiança dela. Vem depressa, mal recebas este bilhete: há de ser já, ou nunca o será talvez."

O tenente soltou um grito de raiva: a água de Janos começava a produzir os seus efeitos fatais; era impossível acudir ao doce chamado de D. Andréia!

Era impossível também confessar-lhe a causa real do não comparecimento; nenhum namorado faria confissões dessa ordem...

O mísero pegou na pena, e escreveu, contendo-se para não fazer outra coisa:

"Que fatalidade! Um motivo poderosíssimo constrange-me a não ir! Quando algum dia houver certa intimidade entre nós, dir-te-ei qual foi esse motivo, e tenho certeza de que me perdoarás".

V

Quando, no dia seguinte, ele contou ao Barroso a desgraça de que este fora o causador involuntário, o confidente sorriu, e obtemperou:

— Vê tu que grande remédio é a água de Janos! Um só copo serviu para três cabeças!

— Como três?

— A tua, que tinha tonteiras, a de D. Andréia, que estava cheia de fantasias, e a do marido, que andava muito arriscada.

Efetivamente, a moça não perdoou.

O Tenente Remígio Soares nunca mais a viu.

O contrabando

A Valentim Magalhães

I

Geraldo casou-se muito novo, em 1871, aos vinte anos, e enviuvou aos trinta. Solteiro, foi um menino turbulento; casado, era um moço alegre; viúvo, tornara-se macambúzio.

Foi para o pobre rapaz um golpe terrível e esmagador a morte da esposa querida, excelente senhora, bonita e bem-educada, mais nova dois anos que o marido. Ele morreria também, se em 1874 não lhes houvesse nascido uma filhinha.

Órfão e sem parentes, Geraldo vive hoje apenas para essa criança, que vai fazer dezessete anos e é linda como os amores. Não a tem consigo, mas no próprio colégio, em que a mandou educar e de onde não a tirou ainda por não ter a quem confiá-la.

Aos domingos almoça e janta com ela, vai pela manhã buscá-la às Laranjeiras, e trá-la para casa em São Cristóvão, depois de ouvirem ambos a missa das dez na matriz da Glória. À noite, leva-a para o colégio.

Nesses dias a casa do viúvo — o convento, como lhe chamam os vizinhos — transforma-se; as janelas abrem-se, o piano desperta os ecos adormecidos da sala, e há flores por toda a parte. Depois que a menina sai, a casa readquire o seu aspecto sombrio e monástico.

Nos outros dias Geraldo consola-se da ausência de Margarida — é este o nome dela — esquecendo os olhos na contemplação do seu retrato, uma fotografia recente, emoldurada, que enfeita e alegra a parede da sala, por cima do piano.

Infelizmente o viúvo não possui o retrato da morta, mas a filha parece-se tanto com a mãe, que a imagem de uma é bastante para aproximá-lo mentalmente de ambas, e confundi-las no mesmo carinho e na mesma saudade.

Geraldo é funcionário público. Ergue-se muito cedo, toma seu banho frio, lê os jornais e almoça. Depois do almoço vai para a repartição, de onde sai às três horas. Atravessa vagarosamente a rua do Ouvidor, parando defronte das vitrines, sem falar a ninguém, cumprimentando apenas os raros conhecidos que encontra. Às cinco horas está em casa; janta, acende um charuto — fumar é o seu único vício — e vai passar duas horas sentado numa poltrona, contemplando o retrato da filha. Às oito horas recolhe-se ao gabinete e lê até às onze. Deita-se então, e pega imediatamente no sono. Às vezes, vai buscar Margarida, leva-a ao teatro lírico, e acompanha-a ao colégio depois do espetáculo — mas isso é raro.

Além dele, há em casa uma cozinheira que dorme fora, e um fâmulo português, o José, homem de confiança, que acumula as funções de criado de quarto, copeiro e jardineiro. Geraldo faz questão do jardim por causa dos domingos: Margarida gosta de flores.

II

Estamos numa tarde de março de 1891. Geraldo dá um dos seus passeios habituais pela rua do Ouvidor; pára defronte da vitrine do Preço Fixo, e sente alguém pousar-lhe a mão nos ombros. Volta-se, e reconhece o Tavares, que fora seu condiscípulo no colégio Marinho — um grande estróina que se ensaiou sem resultado em três ou quatro profissões diversas, e tem agora muito dinheiro, ganho na rua da Alfândega em transações da Bolsa.

— Oh, Geraldo, andava morto por encontrar-te! Ia escrever-te amanhã...

— Estou às suas ordens.

— És ainda muito urso?

— Sou e serei. Bem sabes que há dez anos, desde que perdi minha mulher, perdi também toda a alegria, é só me comprazo na solidão e no silêncio. Se me encontras na rua do Ouvidor, é porque, depois de azoinado por este bulício, acho ainda mais deliciosa a paz do meu tugúrio.

— Bem, mas vais sacrificar-me um dia, um dia só, desse isolamento com que te comprazes: hás de jantar comigo quinta-feira.

— Eu?!

— Tu, sim; nesse dia faço quarenta anos, e quero reunir à mesa alguns amigos da minha idade.

— Sabes lá o que dizes, desgraçado! Os meus quarenta iriam ensombrar os seus! Pois queres à tua mesa um contemplativo, um urso, como tu mesmo me classificas?

— Faço questão da tua presença!

— Não! não vou! não contes comigo! Há dez anos janto sozinho, ou, quando muito, em companhia de minha filha!

— Há dez anos que não jantas...

— Gosto de ti, sou teu amigo, considero-te muito, mas não terei o menor prazer neste jantar de anos.

— Oh, grande tipo, sê misantropo, mas — que diabo! — não sejas desse modo egoísta! Não se trata do teu prazer mas do meu, entendes tu? Exijo um sacrifício de tua parte, bem sei; mas, como te declaras meu amigo, tens o dever de te submeteres à minha vontade! Vens a contragosto?... que me importa!... o essencial é que venhas! Quem te mandou ter quarenta anos! Agüenta-te!

III

Na quinta-feira aprazada Geraldo saiu da repartição às horas do costume e foi direto para casa. Não se calcula o espanto da cozinheira e do José quando o patrão lhes disse: "Janto hoje fora".

O macambúzio foi ao seu quarto, mudou de roupa, lançou um olhar saudoso ao retrato da filha e saiu.

Uma hora depois entrava em casa de Tavares, em Botafogo, e caía-lhe a alma aos pés: na sala, sentados aqui e ali, fazendo roda ao dono da casa, estavam quatro sujeitos e cinco mulheres elegantemente vestidas, empoadas, pintadas e cheias de jóias e brilhantes.

Geraldo estacou entre os umbrais da porta e teve um movimento retroativo em presença de tantas cocotes; mas o Tavares desprendeu-se dos braços de uma delas, a mais bonita, e foi buscá-lo com um abraço.

— Bravo! Cá está o homem! Agora não falta mais nenhum! Estão reunidos seis amigos de quarenta anos. Nascemos todos em 1851. Conhecem-se?

Dos quatro sujeitos, Geraldo apenas conhecia um, o Eduardo Távora, doutor em medicina, que fora também seu condiscípulo no colégio Marinho. O Tavares apresentou-lhe os outros: o Visconde do Sabugal, opulento banqueiro que há seis anos ainda era moço de padaria, o Dr. Bandeira, advogado, e o Mora, um rapaz português, muito ativo mas muito pândego, que tinha deitado fora duas fortunas, e desfrutava agora a terceira, que era a maior.

Seguiu-se a apresentação das cocotes. O Tavares principiou pela mais bonita:

— Mlle. Georgina, Mme. Tavares até amanhã ali pelas onze horas o mais tardar; uma parisiense que nunca pôs os pés em Paris; nasceu e cresceu em Bordeaux, e de lá veio o ano passado, contratada para as Folie-Bergères do beco do Império. Não fala uma palavra de português e não tem medo da febre amarela.

Geraldo cumprimentou Mlle. Georgina com muito acanhamento.

— Conchita e Mercedes, ambas espanholas de Buenos Aires, como a outra é parisiense de Bordeaux, duas moscas varejeiras, atraídas pelo mel do Encilhamento dos macaquitos. A sinhá paulista que deu a volta a todas as cabeças em São Paulo e está conquistando todos os corações na Capital Federal. Angelina — *chapeau bas!*[1] — a italiana mais bonita que tem pisado nas terras de Santa Cruz!

E baixinho, ao ouvido de Geraldo:

— É das nossas. Nasceu também antes do golpe de Estado...

O viúvo estava atônito. Ele apertara a mão às cinco mulheres, e cada uma delas lhe impregnara um perfume diverso.

Chamou Tavares ao vão de uma janela, e disse-lhe:

— Armaste-me uma cilada. Vou fazer triste figura entre essas tipas. Não sirvo para isto.

— Ora deixa-te de luxos! Que mal podem elas fazer-te?

— Nenhum.

— Mandei buscá-las para enfeitarem a mesa. Faze de conta que são flores...

— Que flores!...

— Elas são cinco e nós somos seis. Sobra um, que és tu. Uma vez que o gênero não te agrada, fica isolado. Tua alma tua palma.

Às sete horas passaram todos à sala de jantar. Os cavalheiros deram os braços às damas. Geraldo ia sozinho, no coice desse batalhão de Citera.

---

[1] "Tirem o chapéu!", em francês. (N. do E.)

A mesa, uma mesa circular, de doze talheres, resplandecia entre flores e frutos, numa profusão de luzes que se refletiam nos cristais multicores.

O Tavares sentou-se entre a francesa e a italiana; o visconde ficou entre esta e Conchita, e junto da Conchita o Mota, e ao pé do Mota o nosso Geraldo que deixou entre si e a Mercedes uma cadeira vazia; junto da Mercedes ficou o Dr. Bandeira, tendo à sua direita a sinhá e entre esta e Mlle. Georgina tomou o lugar o Dr. Távora.

O Mota protestou contra a cadeira vazia:

— Isto não está direito: somos seis homens e cinco senhoras!

— Estamos no Paraguai! — exclamou o Dr. Távora.

— Uma sensaboria — obtemperou Tavares —; Mme. Bertin ficou de trazer seis raparigas e só trouxe cinco. Eu pu-la imediatamente a andar, e disse-lhe que não voltasse aqui sem a sexta. Conto que a traga. Se vier, há de sentar-se ali entre o Mota e o Geraldo.

Acabada a sopa, discretamente regada por um delicioso Madeira seco, abriu-se uma porta e apareceu na porta a figura encarquilhada da tal Mme. Bertin, uma francesa que brilhou entre o mulherio galante do Rio de Janeiro de 1855 a 1860, e exerce agora a ignóbil profissão de medianeira de amores fáceis.

A entrada da velha foi ruidosamente acolhida com palmas batidas por vinte mãos, que vinte e duas seriam se Geraldo não se abstivesse dessa manifestação.

— Mas que é isto?... a senhora veio só?!... — perguntou o Tavares, arregalando uns olhos furibundos.

— Não; ela está na saleta; é ainda muito acanhada.

O Tavares ergueu-se e foi à saleta. Voltou, conduzindo pela mão uma rapariga morena, muito envergonhada, com os olhos postos no chão, e tão nova, tão nova, que certamente não tinha ainda vinte anos.

— Foi o que pude encontrar — ponderou Mme. Bertin durante a curta ausência do Tavares.

— Passa para a outra cadeira — disse logo o Mota a Geraldo —; a pequena deve ficar sentada entre nós dois. Entretenha-se o amigo com ela, porque eu cá estou muito ocupado com a Conchita.

Geraldo obedeceu enfiado, e o Tavares conduziu a recém-chegada até a cadeira vazia.

— Quanto à senhora — disse o Tavares retomando o seu lugar e dirigindo-se a Mme. Bertin —, vá lá para a copa; coma e beba à vontade!

— Sim — aduziu o visconde —; aqui não há lugar para mais ninguém... não queremos ser treze à mesa...

— E demais — acrescentou o Mota —, não podem tomar parte neste jantar pessoas que tenham mais de quarenta anos.

Todos se riram e Mme. Bertin desapareceu.

Depois dos dois primeiros pratos, acompanhados o primeiro por um rico Sauternes e o segundo por um riquíssimo Pommard, notou Geraldo que cada um dos comensais se ocupava muito particularmente de uma das suas vizinhas. O Tavares bebia pelo copo de Mlle. Georgina. O Dr. Távora passara o braço em volta da cintura da sinhá. O advogado segredava não sei o que ao ouvido da Mercedes, que revirava languidamente os olhos. O Mota cantarolava um trecho de zarzuela, tamborilando nas costas de Conchita. O visconde, que se queixava do calor, entrelaçava os dedos nos de Angelina. Só Geraldo e a última chegada se conservavam sisudos, como se assistissem a um banquete de muita cerimônia.

— Então que é isso, Geraldo? — vociferou o Tavares. — Não dizes palavra a essa pobre moça?... não lhe fazes a corte? Sê romano em Roma, meu velho! Esquece-te dos teus velhos desgostos! Transforma-te!

Geraldo, efetivamente, começava a sentir a necessidade de transformar-se, para não ser ridículo.

— Como se chama? — perguntou à sua vizinha, num tom de voz brando e carinhoso.

— Laura.

— É filha mesmo daqui?

— Sou de Resende.

— Já não tem pai nem mãe?

— Ânimo, Geraldo! — vociferou o Tavares.

— Tenho mãe; meu pai morreu quando eu era pequenina.

— Vive em companhia de sua mãe?

A moça estranhou a pergunta, e volveu para o seu interlocutor uns olhos muito espantados. Depois caiu em si, refletiu que a curiosidade do outro era uma coisa muito natural, e respondeu:

— Não, senhor.

— Com quem vive então?

— Vivo sozinha. Eu era casada, mas deixei meu marido.

— Por quê?

— Porque não gostava dele. Mamãe obrigou-me a casar contra

a vontade. Eu gostava de um moço que me tirou do meu marido, me trouxe para o Rio de Janeiro e me abandonou no hotel. Não conheço ninguém nesta terra e se não fosse Mme. Bertin...

A conversação continuou por algum tempo, nesse terreno simples e inocente; continuaria ainda se o ponche *à la romaine* que no menu, delicadamente impresso em ventarolas de seda, figurava como o *coup du milieu*[2], não se combinasse com o Madeira, o Sauternes e o Pammard para a transformação de Geraldo. Porque, digamo-lo, o nosso viúvo, como todos os homens melancólicos, gostava de fazer honra aos bons vinhos.

Às nove horas, quando estourou a champanha, todos os convivas, inclusive a bisonha Laura, fumavam magníficos cigarros egípcios — "dos que fuma o quediva", observava o Tavares, que não perdia ensejo de encarecer o seu regabofe. A sala enchia-se de fumo. O Dr. Bandeira e a Mercedes beijavam-se descaradamente. A sinhá, para ficar mais à vontade, pedia ao Dr. Távora que lhe desabotoasse o corpinho. O Tavares ia buscar com os lábios as uvas que Mlle. Georgina prendia entre os dentes, e dizia-lhe umas coisas num francês capaz de fazer tremer de indignação a sombra de Bossuet. O Mota, embriagado, recostava-se no colo da Conchita, que o penteava com os dedos. O visconde, que se pusera em mangas de camisa, abraçava voluptuosamente a italiana, e gaguejava um brinde "ao nosso anfitrião", brinde a que ninguém prestava ouvidos. Geraldo e Laura, de mãos dadas, faziam protestos de não se separarem naquela noite.

IV

Às onze horas, quando os convivas se levantaram da mesa, Geraldo, ébrio de vinho e de volúpia, apoiou-se à cadeira para não cair. Foi para a saleta, e Laura acompanhou-o até um divã, onde se sentaram, ambos, de mãos dadas, ele saboreando um havana, ela fumando, por obrigação, desajeitadamente, outro cigarro dos que fuma o quediva.

O visconde e os doutores desapareceram com as vizinhas res-

---

[2] Expressão francesa que significa a bebida servida na metade da refeição. (N. do E.)

pectivas. Só ficaram Geraldo e o Mota — tão bêbado este, que o Tavares mandou preparar-lhe o quarto de hóspedes. Conchita, afetuosa e solícita, ofereceu-se para fazer-lhe companhia durante a noite.

O Tavares aproximou-se de Geraldo, a rir-se:

— Deitaste as manguinhas de fora, hein, meu santarrão?

Geraldo limitou-se a sorrir, lançando uma baforada de fumo.

— Olha, eu quis ser gentil para contigo — continuou o Tavares —; mandei aparelhar a vitória, para acompanhares a pequena à casa dela... ou à tua...

— À minha — redargüiu Geraldo —; ela já me disse que ainda não tem casa...

V

Quando a vitória de Tavares se pôs em movimento, conduzindo Laura e Geraldo, este, bafejado pelo ar fresco da noite, foi pouco a pouco recuperando a consciência nítida dos seus atos, e medindo toda a extensão dos excessos a que se entregara.

Sinceramente arrependido de ter aceitado o convite do Tavares, comparecendo a um jantar que degenerara em orgia, achava agora um incômodo trambolho a infeliz rapariga que ali ia atirada no fundo daquele carro, com as pálpebras cerradas, ignobilmente vendida à concupiscência.

Perdera de súbito aquele desejo que à mesa lhe despertara os sentidos; achava-se paternal junto dessa mulher, e velho demais para ela, que era quase uma criança.

E lembrava das histórias que Laura lhe contara durante o jantar: o seu casamento, a sua fuga, a sua desgraça; e o coração enchia-se de piedade e azedume. Tudo aquilo devia ser verdade; ela não tinha ainda o feitio da cocote, era ainda noviça na profissão: não devia saber mentir.

E Geraldo perguntava aos seus botões:

— Que vou eu agora fazer desta pequena?...

Depois, lembrou-se da última vez em que andara de carro. Havia já alguns meses. Foi uma noite em que levara a filha aos Huguenotes e teve que restituí-la ao colégio depois do espetáculo. Como ameaçava chover, tomaram um carro no largo da Carioca. Margarida ia assim, como Laura, atirada para o fundo do carro, com as pálpebras cerradas...

— Valha-me Deus! que vou eu agora fazer desta pequena?...

VI

À uma hora, Geraldo apeava-se do carro e batia à porta de casa. Veio abrir-lha o José, que esperava a pé firme, e notou, surpreso, que o patrão viera acompanhado por uma mulher. A princípio supôs fosse a menina, que tivesse ido com o pai ao teatro e uma circunstância qualquer impedisse de voltar para o colégio — mas qual não foi o seu espanto ao ver que se tratava de um contrabando, o primeiro que entrava naquela casa!

— Pode recolher-se — disse Geraldo.

O criado sumiu-se, e o patrão abriu a porta da sala, convidando Laura a entrar.

Entraram, e ele imediatamente acendeu o gás.

A rapariga olhou com curiosidade em volta de si e o retrato de Margarida chamou-lhe logo a atenção.

— Que moça tão bonita e simpática! — exclamou. — Parece uma santa! Quem é?

— Minha filha.

— Sua filha? Que idade tem?

— Dezessete anos.

— Tem a minha idade.

Geraldo estremeceu.

— Tem também dezessete anos?

— Nasci em 1874.

— Sim... e em que mês?

— Em abril... no dia 27 de abril.

O viúvo empalideceu e ficou a olhar para a rapariga com uma expressão singular. Depois sorriu, pareceu refletir, foi ao seu quarto, abriu um guarda roupa, e tirou do gavetão uma camisa de mulher que ali estava religiosamente guardada havia dez anos, com outras roupas que eram o espólio sagrado da morta.

— Aqui tem uma camisa de dormir. Dispa-se e deite-se.

Laura ficou sozinha no quarto. Ele esperou que ela se despisse e se deitasse, trouxe para a sala as suas roupas úmidas e estendeu-as nas cadeiras para secarem, apanhando o ar que entrava timidamente pelas venezianas.

Tornou à alcova. Laura estava deitada. Tinha vestido a camisa.

Bocejava. Parecia morta de sono. Geraldo cobriu-a com um lençol, e perguntou-lhe:

— Gosta de dormir com luz?

— Gosto.

Ele acendeu uma lamparina e apagou o gás. Depois, aproximou-se da cama, abaixou-se, beijou a sua hóspede na fronte, e disse-lhe:

— Boa noite, Laura; durma bem.

— Oh!... então o senhor não se deita comigo?...

— Não.

— Por quê?

— Porque você nasceu no mesmo dia em que nasceu minha filha.

Ela compreendeu, ficou muito triste e murmurou:

— Boa noite.

Geraldo foi para a sala, despiu-se e deitou-se no canapé. Refletiu que Laura iria talvez fazer mau juízo de sua virilidade, e espalhar por aí que ele não era um homem. Um instante quis erguer-se para justificar-se positivamente... Mas não; separava-os aquela data: 27 de abril de 1874; seria quase um incesto! Adormeceu e passou toda a noite no canapé.

Levantou-se pela manhã, foi à alcova, e encontrou Laura acordada. Indicou-lhe o toalete num quarto adjacente, e levou-lhe as roupas que ficaram na sala a secar. Depois, serviu-lhe uma xícara de café com leite e biscoitos.

Às oito horas e meia, Laura estava vestida. Geraldo chamou o José e deu-lhe ordem para acompanhá-la até a sua casa. Quando ela ia sair, ele meteu-lhe nas mãos um envelope contendo uma nota de cem mil-réis, beijou-a na fronte, e disse-lhe:

— Adeus, minha filha.

E pôs-se à janela, e acompanhou-a com a vista até vê-la dobrar a esquina, com muita pena de não poder tirá-la para sempre daquela vida.

Depois, foi contemplar o retrato de Margarida.

O velho Lima

A Friccional Vassico

O velho Lima, que era empregado — empregado antigo — numa da nossas repartições públicas, e morava no Engenho de Dentro, caiu de cama seriamente enfermo, no dia 14 de novembro de 1889, isto é, na véspera da proclamação da República dos Estados Unidos do Brasil.

O doente não considerou a moléstia coisa de cuidado, e tanto assim foi que não quis médico: bastaram-lhe alguns remédios caseiros, carinhosamente administrados por uma nédia mulata que há vinte e cinco anos lhe tratava com igual solicitude do amor e da cozinha. Entretanto, o velho Lima esteve de molho oito dias.

O nosso homem tinha o hábito de não ler jornais, e, como em casa nada lhe dissessem (porque nada sabiam), ele ignorava completamente que o Império se transformara em República.

No dia 23, restabelecido e pronto para outra, comprou um bilhete, segundo o seu costume, e tomou lugar no trem, ao lado do Comendador Vidal, que o recebeu com estas palavras:

— Bom dia, cidadão.

O velho Lima estranhou o *cidadão*, mas de si para si pensou que o comendador dissera aquilo como poderia ter dito *ilustre*, e não deu maior importância ao cumprimento, limitando-se a responder:

— Bom dia, comendador.

— Qual comendador! Chama-me Vidal! Já não há comendadores!

— Ora essa! Então por quê?

— A República deu cabo de todas as comendas! Acabaram-se!...

O velho Lima encarou o comendador, e calou-se, receoso de não ter compreendido a pilhéria.

Passados alguns segundos, perguntou-lhe o outro:

— Como vai você com o Aristides?

— Que Aristides?

— O Silveira Lobo.

— Eu?... onde?... como?...

— Que diabo! pois o Aristides não é o seu ministro? Você não é empregado de uma repartição do Ministério do Interior?

Desta vez não ficou dentro do espírito do velho Lima a menor dúvida de que o comendador houvesse enlouquecido.

— Que estará fazendo a estas horas o Pedro II? — perguntou Vidal, passados alguns momentos. — Sonetos, naturalmente, que é o do que mais se ocupava aquele tipo!

— Ora vejam — refletiu o velho Lima —, ora vejam o que é perder a razão: este homem quando estava no seu juízo era tão monarquista, tão amigo do imperador!

Entretanto, o velho Lima indignou-se, vendo que o subdelegado de sua freguesia, sentado no trem, defronte dele, aprovava com um sorriso a perfídia do comendador.

— Uma autoridade policial! — murmurou o velho Lima.

E o comendador acrescentou:

— Eu só quero ver como o ministro brasileiro recebe o Pedro II em Lisboa; ele deve lá chegar no princípio do mês.

O velho Lima comovia-se:

— Não diz coisa com coisa, coitado!

— E a bandeira? Que diz você da bandeira?

— Ah, sim... a bandeira... sim... — repetiu o velho Lima para o não contrariar.

— Como a prefere: com ou sem lema?

— Sem lema — respondeu o bom homem num tom de profundo pesar —; sem lema.

— Também eu; não sei o que quer dizer bandeira com letreiro.

Como o trem se demorasse um pouco mais numa das estações, o velho Lima voltou-se para o subdelegado, e disse-lhe:

— Parece que vamos ficar aqui! Está cada vez pior o serviço da Pedro II!

— Qual Pedro II! — bradou o comendador. — Isto já não é de Pedro II! Ele que se contente com os cinco mil contos!

— E vá para a casa do diabo! — acrescentou o subdelegado.

O velho Lima estava atônito. Tomou a resolução de calar-se.

Chegado à praça da Aclamação, entrou num bonde e foi até a sua secretaria sem reparar em nada, nem nada ouvir que o pusesse ao corrente do que se passara.

Notou, entretanto, que um vândalo estava muito ocupado a arrancar as coroas imperiais que enfeitavam o gradil do parque da Aclamação...

Ao entrar na secretaria, um servente preto e mal trajado não o cumprimentou com a costumeira humildade; limitou-se a dizer-lhe:

— Cidadão!

— Deram hoje para me chamar de cidadão! — pensou o velho Lima.

Ao subir, cruzou-se na escada com um conhecido de velha data.

— Oh! você por aqui! Um revolucionário numa repartição do Estado!...

O amigo cumprimentou-o cerimoniosamente.

— Querem ver que já é alguém! — refletiu o velho Lima.

— Amanhã parto para a Paraíba — disse o sujeito cerimonioso, estendendo-lhe as pontas dos dedos. — Como sabe, vou exercer o cargo de chefe da polícia. Lá estou ao seu dispor.

E desceu.

— Logo vi! Mas que descarado! Um republicano exaltadíssimo!...

Ao entrar na sua seção, o velho Lima reparou que haviam desaparecido os reposteiros.

— Muito bem! — disse consigo. — Foi uma boa medida suprimir os tais reposteiros pesados, agora que vamos entrar na estação calmosa.

Sentou-se, e viu que tinham tirado da parede uma velha litografia representando D. Pedro de Alcântara. Como na ocasião passasse um contínuo, perguntou-lhe:

— Por que tiraram da parede o retrato de Sua Majestade?

O contínuo respondeu num tom lentamente desdenhoso:

— Ora, cidadão, que faz aí a figura do Pedro Banana?

— Pedro Banana! — repetiu raivoso o velho Lima.

E, sentando-se, pensou com tristeza:

— Não dou três anos para que isto seja república!

O viúvo

Na véspera de partir para a Europa, o Dr. Claudino, sem prever o fúnebre espetáculo de que ia ser testemunha, foi despedir-se do seu velho camarada Tertuliano.

Ao aproximar-se da casa, ouviu berreiro de crianças e mulheres, e a voz de Tertuliano, que dominava de vez em quando o alarido geral, soltando, num tom estrídulo e angustioso, esta palavra: "Xandoca".

O Dr. Claudino apressou o passo, e entrou muito aflito em casa do amigo.

Havia, efetivamente, motivo para toda aquela manifestação de desespero. Tertuliano acabava de enviuvar. Havia meia hora que D. Xandoca, vítima de uma febre puerperal, fechara os olhos para nunca mais abri-los.

O corpo, vestido de seda preta, as mãos cruzadas sobre o peito, estava colocado num canapé, na sala de visitas. À cabeceira, sobre uma pequena mesa coberta por uma toalha de rendas, duas velas de cera substituíam, aos dois lados de um crucifixo, o bom e o mau ladrão.

Tertuliano, abraçado ao cadáver, soluçava convulsivamente, e todo o seu corpo tremia como tocado por uma pilha elétrica. Os filhos, quatro crianças, a mais velha das quais teria oito anos, rodeavam-no aos gritos.

Na sala havia um contínuo fluxo e refluxo de gente que entrava e saía, pessoas da vizinhança, chorando muito, e indivíduos que, passando na rua, ouviam gritar e entravam por mera curiosidade.

O Dr. Claudino estava impressionadíssimo. Caíra de supetão no meio daquele espetáculo comovedor, e contemplava atônito o cadáver da pobre senhora que, havia quatro dias, encontrara na rua da Carioca, muito alegre, levando um filho pela mão e outro no ventre, arrastando vaidosa a sua maternidade feliz.

Tertuliano, mal que o viu, atirou-se-lhe nos braços, inundando-lhe de lágrimas a gola do casaco; o Dr. Claudino estava atordoado, cego, com os vidros do pincenê embaciados pelo pranto, que tardou, mas veio discreta, reservadamente, como um pranto que não era da família.

— Isto foi uma surpresa... uma dolorosa surpresa para mim — conseguiu dizer com a voz embargada pela comoção. — Parto amanhã para a Europa, no *Níger*... vinha despedir-me de ti... e dela... de D. Xandoca e... vejo que... que... que...

E o Dr. Claudino fez uma careta medonha para não soluçar.

— Dispõe de mim, meu velho; estou às tuas ordens, bem sabes.

— Obrigado — disse Tertuliano numa dessas intermitências que se notam nos maiores desabafos —; o Rodrigo, aquele meu primo empregado no foro, já foi tratar do enterro, que é amanhã às dez horas.

Fazendo grandes esforços para reprimir a explosão das lágrimas, o viúvo contou ao Dr. Claudino todos os incidentes da rápida moléstia e da morte de D. Xandoca.

— Uma coisa inexplicável! Nunca a pobre criatura teve um parto tão feliz... A parteira não esperou cinco minutos... Uma criança gorda, bonita... Está lá em cima, no sótão... hás de vê-la. De repente, uma pontinha de febre que foi aumentando, aumentando... até vir o delírio... Mandei chamar o médico... Quando o médico chegou já ela agoniza... a... va!...

E Tertuliano, prorrompendo em soluços, abraçou-se de novo ao Dr. Claudino.

No dia seguinte, a cena foi dolorosíssima. Antes de se fechar o caixão, Tertuliano quis que os filhos beijassem o cadáver, medonhamente intumescido e decomposto. Ninguém reconheceria D. Xandoca, tão simpática, tão graciosa, naquele montão informe de carne pútrida.

Fecharam o caixão, mas Tertuliano agarrou-se a ele e não o queria deixar sair, gritando: "Não consinto! Não quero que a levem daqui!" Foi preciso arrancá-lo à força e empurrá-lo para longe. Ele caiu e começou a escabujar no chão, soltando grandes gritos nervosos. Três senhoras caíram também com espetaculosos ataques. As crianças berravam. Choravam todos.

De volta do enterro, o Dr. Claudino, conquanto muito atarefado com a viagem, não quis deixar de fazer uma última visita a Tertuliano.

Encontrou-o num estado lastimoso, sentado numa cadeira da sala de jantar, sem dar acordo de si, rodeado pelos filhos, o olhar fixo no mísero recém-nascido, que a um canto da casa mamava sofregamente numa preta gorda.

— Tertuliano, adeus. Daqui a meia hora devo estar embarcado. Crê que, se pudesse, adiava a viagem para fazer-te companhia... Adeus!

O viúvo lançou-lhe um olhar vago, um olhar que nada exprimia; sacudiu molemente a mão, e murmurou:

— Adeus!

Às sete horas da noite o Dr. Claudino, sentado na coberta do *Níger*, contemplando as ondas esplendidamente iluminadas pelo luar, pensava naquele olhar vago de Tertuliano, naquele adeus terrível, e pedia aos céus que o seu velho camarada não houvesse enlouquecido.

Meses depois, a exposição de Paris atordoava-o; mas de vez em quando, lá mesmo, na Galeria das Máquinas, no Palácio das Artes, ou na Torre Eiffel, voltava-lhe ao espírito a lembrança daquela cena desoladora do viúvo rodeado pelos orfãozinhos, e repercutia-lhe dentro d'alma o som daquele adeus pungente e indefinível.

Interessava-se muito por Tertuliano. Escreveu-lhe um dia, mas não obteve resposta. Pobre rapaz! Viveria ainda? A sua razão teria resistido àquele embate violento?

Depois de um ano e quatro meses de ausência, o Dr. Claudino voltou da Europa, e sua primeira visita foi para Tertuliano, que morava ainda na mesma casa.

Mandaram-no entrar para a sala de jantar. Tertuliano estava sentado numa cadeira, sem dar acordo de si, rodeado pelos filhos, o olhar fixo no mais pequenito, que estava muito esperto, brincando no colo da preta gorda.

— Tertuliano? — balbuciou o Dr. Claudino.

O viúvo lançou-lhe um olhar vago, um olhar que nada exprimia; sacudiu molemente a mão, e murmurou:

— Adeus.

Depois, dir-se-ia que se fizera subitamente a luz no seu espírito embrutecido. Ele ergueu-se de um salto, gritando:

— Claudino — e atirou-se nos braços do velho camarada, exclamando entre lágrimas:

— Ah! meu amigo! perdi minha mulher!...

— Sim, já sei, mas já tinhas tempo de estar mais consolado... Que diabo! Sê homem! Já lá se vão catorze meses!...

— Como catorze meses? Seis dias...

— Ora essa! Pois não te lembras que acompanhei o enterro de D. Xandoca?

— Ah! tu falas da Xandoca... mas há três meses casei-me com outra... a filha do Major Seabra, há seis dias estou viú... ú... vo!

E Tertuliano, prorrompendo em soluços, abraçou de novo ao Dr. Claudino.

Plebiscito

A cena passa-se em 1890.

A família está toda reunida na sala de jantar.

O Sr. Rodrigues palita os dentes, repimpado numa cadeira de balanço. Acabou de comer como um abade.

D. Bernardina, sua esposa, está muito entretida a limpar a gaiola de um canário belga.

Os pequenos são dois, um menino e uma menina. Ela distrai-se a olhar para o canário. Ele, encostado à mesa, os pés cruzados, lê com muita atenção uma das nossas folhas diárias.

Silêncio.

De repente, o menino levanta a cabeça e pergunta:

— Papai, que é plebiscito?

O Sr. Rodrigues fecha os olhos imediatamente para fingir que dorme.

O pequeno insiste:

— Papai?

Pausa:

— Papai?

D. Bernardina intervêm:

— Ó seu Rodrigues, Manduca está lhe chamando. Não durma depois do jantar que lhe faz mal.

O Sr. Rodrigues não tem remédio senão abrir os olhos.

— Que é? Que desejam vocês?

— Eu queria que papai me dissesse o que é plebiscito.

— Ora essa, rapaz! Então tu vais fazer doze anos e não sabes ainda o que é plebiscito?

— Se soubesse não perguntava.

O Sr. Rodrigues volta-se para D. Bernardina, que continua muito ocupada com a gaiola:

— Ó senhora, o pequeno não sabe o que é plebiscito!

— Não admira que ele não saiba, porque eu também não sei.

— Que me diz?! Pois a senhora não sabe o que é plebiscito?

— Nem eu, nem você; aqui em casa ninguém sabe o que é plebiscito.

— Ninguém, alto lá! Creio que tenho dado provas de não ser nenhum ignorante!

— A sua cara não me engana. Você é muito prosa. Vamos: se sabe, diga o que é plebiscito! Então? A gente está esperando! Diga!...

— A senhora o que quer é enfezar-me!

— Mas, homem de Deus, para que você não há de confessar que não sabe? Não é nenhuma vergonha ignorar qualquer palavra. Já outro dia foi a mesma coisa quando Manduca lhe perguntou o que era proletário. Você falou, falou, e o menino ficou sem saber!

— Proletário — acudiu o Sr. Rodrigues — é o cidadão pobre que vive do trabalho mal remunerado.

— Sim, agora sabe porque foi ao dicionário; mas dou-lhe um doce, se me disser o que é plebiscito sem se arredar dessa cadeira!

— Que gostinho tem a senhora em tornar-me ridículo na presença destas crianças!

— Oh! ridículo é você mesmo quem se faz. Seria tão simples dizer: "Não sei, Manduca, não sei o que é plebiscito; vai buscar o dicionário, meu filho".

O Sr. Rodrigues ergue-se de um ímpeto e brada:

— Mas eu sei!

— Pois se sabe, diga!

— Não digo para me não humilhar diante de meus filhos! Não dou o braço a torcer! Quero conservar a força moral que devo ter nesta casa! Vá para o diabo!

E o Sr. Rodrigues, exasperadíssimo, nervoso, deixa a sala de jantar e vai para o seu quarto, batendo violentamente a porta.

No quarto havia o que ele mais precisava naquela ocasião: algumas gotas de água de flor de laranja e um dicionário...

A menina toma a palavra:

— Coitado de papai! Zangou-se logo depois do jantar! Dizem que é tão perigoso!

— Não fosse tolo — observa D. Bernardina — e confessasse francamente que não sabia o que é plebiscito!

— Pois sim — acode Manduca, muito pesaroso por ter sido o causador involuntário de toda aquela discussão —; pois sim, mamãe, chame papai e façam as pazes.

— Sim! sim! façam as pazes! — diz a menina em tom meigo e suplicante. — Que tolice! duas pessoas que se estimam tanto zangarem-se por causa do plebiscito!

D. Bernardina dá um beijo na filha, e vai bater à porta do quarto:

— Seu Rodrigues, venha sentar-se: não vale a pena zangar-se por tão pouco.

O negociante esperava a deixa. A porta abre-se imediatamente. Ele entra, atravessa a sala, e vai sentar-se na cadeira de balanço.

— É boa! — brada o Sr. Rodrigues depois de largo silêncio; é muito boa! Eu! eu ignorar a significação da palavra *plebiscito*! Eu!...

A mulher e os filhos aproximam-se dele

O homem continua num tom profundamente dogmático:

— Plebiscito...

E olha para todos os lados a ver se há por ali mais alguém que possa aproveitar a lição.

— Plebiscito é uma lei decretada pelo povo romano, estabelecido em comícios.

— Ah! — suspiram todos, aliviados.

— Uma lei romana, percebem? E querem introduzi-la no Brasil! É mais um estrangeirismo!...

Questão de honra

E ram sete horas da manhã. Braga Lopes, sentado numa deliciosa *chaise-longue*, brunia as unhas e contemplava, pela janela do gabinete, o Pão de Açúcar, que por um belo efeito de luz parecia de madrepérola.

Angélica entrou no gabinete, e bateu de leve no ombro do marido.
— Preciso de quinhentos mil-réis.
— Já?
— Já.

Por única resposta, Braga Lopes apontou para uma carta aberta sobre a secretária de pau-rosa.

Angélica leu: o senhorio reclamava, em termos violentos, não sei quantos meses atrasados do aluguel do prédio nobre.

A moça encolheu os ombros, saiu arrebatadamente e mandou atrelar.

Fez ligeira, mas elegante toalete de passeio, e, calçando as luvas de pele da Suécia, recomendou ao engravatado copeiro que não a esperasse para almoçar.

O marido ouviu rodar o cupê e chegou à janela. Acompanhou com a vista o trajeto do carro em quase toda a curva da praia de Botafogo, até que o viu desaparecer na rua Marquês de Abrantes.

— Aonde irá ela arranjar quinhentos mil-réis a esta hora? — pensou, e, sentando-se de novo, recomeçou a sua ocupação predileta: brunir as unhas.

Ao entrar no cupê, Angélica dissera ao boleeiro:
— Vamos à baronesa.

A baronesa ainda estava no leito. Angélica foi introduzida no dormitório.

— Preciso de quinhentos mil-réis.
— Já?
— Já.
— Impossível, minha amiga; o barão está em Petrópolis.
— Petrópolis em junho!
— Foi a negócio e não a passeio. O dinheiro está com ele, bem sabes. Sinto não te poder servir nesse momento, como noutras ocasiões o tenho feito. Não é a primeira vez que tu...
— Bem... desculpe... adeus, baronesa.

Angélica a sair e o barão a entrar.

— Oh! Mme. Braga Lopes! a que feliz acaso devemos tão matinal visita?
— Não tinha ido para Petrópolis, barão?
— Petrópolis em junho! *Jamais de la vie*[1]! Seria ridículo! Saí muito cedo por necessidade e só contava estar de volta ao meio-dia. Esteve com a baronesa?
— Sim, senhor barão; passe bem.

E Angélica, mordendo os beiços de raiva, entrou rapidamente no cupê, cuja portinhola o barão abriu pressuroso com a mão esquerda, enquanto a direita fazia o chapéu descrever uma pequena reta, muito graciosa, à inglesa.

O boleeiro voltou-se para receber as ordens da patroa.

— Vamos às Guedes.

O barão fechou a portinhola, e o carro pôs-se em movimento.

As Guedes eram três irmãs solteironas. Moravam na rua do Conde, perto do Catumbi.

Angélica esperou por elas durante quarenta minutos. Empregou todo esse tempo a passear de um lado para o outro, muito contrariada por se ver ali, numa rua tão burguesa, naquela velha sala sem tapeçarias, nem reposteiros, nem bibelôs, fastidiosa com sua esmagadora mobília de jacarandá e os seus venerandos castiçais de prata, resguardados em monstruosas mangas de vidro.

Numa velhíssima tela, o pai das Guedes, pintado a óleo, muito sério, inteiramente barbeado, de óculos, o pescoço escondido numa abundante gravata de cinco voltas, as mangas da casaca muito

---

[1] "Nunca na vida", em francês. (N. do E.)

apertadas, as mãos a emergirem das rendas dos manguitos, olhava fixamente para Angélica, e parecia dizer-lhe:

— Que vens aqui fazer? Não arranjas nada!

Afinal apareceram as Guedes. Entraram as três ao mesmo tempo, com pequeninos gritos de surpresa alegre, fazendo um gasto enorme de beijos, abraços, pancadinhas de amor e frases candongueiras: "Mas que milagre é este? Por isso é que o dia está tão bonito! Vou mandar repicar os sinos!"

— Sente-se, D. Angélica.

— Não; a demora é pequena. Vinha pedir-lhes um grande obséquio. Preciso de quinhentos mil-réis.

As Guedes entreolharam-se estupefatas.

A recusa foi categórica e formal. Não podiam naquela ocasião dispor nem de quinhentos réis, quanto mais de quinhentos mil-réis. A "pouca-vergonha" de 13 de maio deixara-as quase na miséria. Se não possuíssem aquela "humilde choupana" e mais dois sobrados na rua dos Pescadores, estariam reduzidas à miséria.

Angélica saiu despeitadíssima; entretanto, não desanimou. O passivo e solícito cocheiro levou-a ainda à presença de seis amigas ricas, e todas lhe disseram não. Em toda parte a mísera encontrava esse monossílabo terrível!

Ao meio-dia, humilhada, indisposta, em jejum, com os nervos excitados por aquela violenta caçada, por aquele perseguir uma quantia miserável, que lhe fugia das mãos obstinadamente, a pobre Angélica teve um gesto expressivo e supremo de resolução e coragem.

Alguns minutos depois, o cupê deixava-a no largo de São Francisco. Ela tomou a pé a rua do Rosário, atravessou a da Quitanda, dobrou a da Alfândega, e, sobressaltada, palpitante, com muito medo de que a vissem, entrou precipitadamente num casarão de dois andares.

No corredor hesitou alguns segundos antes de subir; mas, enchendo-se de ânimo, galgou ligeiramente as escadas até o segundo andar. Abriram-lhe logo a porta, e ela, trêmula, ofegante, com as mãos muito frias, sem poder proferir uma palavra, caiu nos braços de um homem, que a recebeu com um beijo, e lhe disse:

— Estava escrito que mais dia menos dia a senhora se compadeceria dos meus tormentos...

— O que me trás à sua casa é um questão de honra; conto com sua discrição e seu cavalheirismo. Preciso de...

Angélica envergonhou-se de se vender por tão pouco, e quadruplicou a quantia:

— Preciso de dois contos de réis.

— Já?

— Já.

O relógio da Candelária batia duas horas quando Mme. Braga Lopes, perfeitamente almoçada, desceu as escadas da casa da rua da Alfândega.

Pode ser que o arrependimento aparecesse mais tarde; naquele momento ela era toda satisfação e triunfo.

A gentil pecadora entrou radiante na rua do Ouvidor, e foi ter ao Palais-Royal.

— Ainda aí está? — perguntou a um dos caixeiros da loja com receio de que mais uma vez lhe dissessem não.

— Ainda, e às suas ordens.

— Bom — acrescentou ela, depois de um prolongado suspiro —; aqui estão os quinhentos mil-réis. Mande-mo a casa.

— Com efeito! — exclamou Braga Lopes quando Angélica lhe apareceu às três horas. — Com efeito! passaste o dia inteiro na rua!...

— Sim, vê lá se achas que uma mulher, que só tem brilhantes falsos e jóias de pechisbeque, possa facilmente arranjar quinhentos mil-réis...

— Mas para que precisavas tu desse dinheiro? — perguntou indiferentemente o extraordinário marido.

— Uma questão de honra, meu amigo. Imagina que me apaixonei por um vestido que vi ontem na vitrine do Palais-Royal; imagina que a Laurita Lobo queria por força ficar com ele; imagina que o dono da loja declarou que o entregaria à primeira das duas que lhe levasse quinhentos mil-réis!...

— Ah! bom! assim, sim — obtemperou Braga Lopes, que recomeçou fleumaticamente a sua ocupação predileta: brunir as unhas.

Romantismo

I

Então, Rodolfo, decididamente não te casas com a viúva Santos?
— Nem com ela, nem com outra qualquer. E peço-lhe, meu pai, que não insista sobre esse ponto, para poupar-lhe o desgosto de contrariá-lo. O casamento assusta-me; é a destruição de todos os sonhos, o aniquilamento de todas as ilusões. Deixe-me sonhar ainda. Tenho apenas vinte e cinco anos.
— Tu o que tens é uma carregação de romantismo e preguiça, que me aborrece deveras. O teu prazer, meu mariola, é andar envolvido em aventuras de novela, desencaminhando senhoras casadas, procurando amores misteriosos e noturnos, paixões de horas mortas, de chapéu desabado e capa. Olha que um dia vem a casa abaixo! Dom Juan, quando menos pensava, lá se foi para as profundas do inferno!
— Entretanto — observou Rodolfo a sorrir —, Dom Juan também usava capa, e dizem que quem tem capa sempre escapa.
— Ri-te! Ri-te! Um dia hás de chorar!
E o Dr. Sepúlveda pôs-se a medir com largos passos nervosos o assoalho do gabinete.
De repente estacou, sentou-se, e, voltando-se para o filho:
— Que diabo! — disse. — A viúva Santos é uma das senhoras mais lindas que conheço! Não se diga que te estou metendo à cara um estupor!
— Fosse a própria Vênus!

— É mais, muito mais, porque Vênus não tinha duzentos contos de réis em prédios e apólices.

— Ora, sou bastante rico, e o senhor, meu pai, não sabe o que há de fazer do dinheiro. A sua banca de advogado rende-lhe uma fortuna todos os anos e eu tenho a satisfação de lhe lembrar que sou filho único.

— A minha banca, maluco, há muito tempo não rende o que rendia no tempo em que os cães andavam com lingüiças no pescoço. O que te ficou por morte da tua mãe, e o que te posso dar, ou deixar, é pouco para a tua dispendiosa vida de rapaz romântico, anacrônico e serôdio.

— Tenho ainda meu padrinho, o general!

— Pois sim! Teu padrinho é muito bom, sim, senhor, muita festa pra festa, meu afilhado pra cá, meu afilhado pra lá, mas olha que daquela mata não sai coelho.

— É extraordinário o interesse que o senhor toma por essa viúva Santos!

— Não é por ela, é por ti, pedaço de asno! Vocês foram feitos um para o outro, acredita, e o que mais lhe agrada nas tua pessoa é justamente esse feitio que tens, de Anthony de edição barata.

— Ela nunca me viu.

— Nunca te viu, mas conhece-te. Pois se não lhe falo senão no meu Rodolfo! Levei-lhe a tua fotografia, aquela maior... do Pacheco... aquela em que estás tão bonito, que até me parece a tua mãe...

— Que tolice! minha mãe com bigodes!

— Os bigodes não, mas os olhos, a boca e o nariz parecem tirados de uma cara e pregados na outra.

— Mas se o senhor lhe levou o meu retrato, por que não me trouxe o dela?

— Disso me lembrei eu. Infelizmente nunca se fotografou. Se eu lhe apanhasse o retrato, oh! oh! mostrava-to, e estou certo que não resistirias.

— O senhor mete-me medo! Para evitar uma asneira de minha parte, hei de fugir da viúva Santos como o diabo da cruz!

— Disseste que me interesso por ela; e quando me interessasse? Não é filha de um bom camarada, o Teles, que morou comigo quando éramos estudantes, e se formou em Olinda no mesmo dia que eu? Não imaginas o prazer que tive quando recebi uma carta de Rosalina — ela chama-se Rosalina — dizendo-me: "Venha ver-me; quero conhecer um dos melhores amigos de meu pobre pai".

— O pai é morto?

— Há muitos anos. Morreu juiz municipal nas Alagoas. Deixou a mulher e os filhos na mais completa pobreza, mas os rapazes arranjaram-se no comércio, e lá estão em Pernambuco em companhia da mãe. A Rosalina, essa casou-se com um negociante aqui do Rio, o Santos, que a viu por acaso uma vez em que teve de ir a Pernambuco tratar de negócios.

O Dr. Sepúlveda aproximou a sua cadeira par mais perto do filho, e comentou:

— Alguém disse que a viúva é como a casa que está para alugar: há sempre lá dentro alguma coisa esquecida pelo antigo inquilino. Bem vejo, meu filho: o que te desgosta é esse Santos, esse marido, esse inquilino; pois não tens razão. O casamento de Rosalina foi obra dos irmãos — um casamento de conveniência. A pobre rapariga sacrificou-se à felicidade dos seus. O coração entrou ali como Pilatos no Credo. Oito dias depois de casados, os noivos vieram para o Rio de Janeiro. Seis meses depois, morreu o marido, mas antes disso teve a boa idéia de chamar um tabelião e fazer testamento em favor dela. Ofereço-te um coração virgem, meu rapaz; aceita-o, e com isso darás muito prazer a teu pai e ao general, teu padrinho, que consultei a esse respeito, e é inteiramente da minha opinião.

Rodolfo ergueu-se, espreguiçou-se longamente, e disse, com os braços estendidos, e a boca aberta num horroroso bocejo:

— Ora, meu pai, não falemos mais nisso.

E não falaram mais nisso.

O Dr. Sepúlveda foi ter com o general, e contou-lhe a relutância do afilhado.

— Mas hei de teimar, seu compadre, hei de teimar!

— Não teime. Você não arranja nada. Aquele que ali está não se casa nem à mão de Deus Padre.

— É o que havemos de ver, seu compadre, é o que havemos de ver!...

II

Dois dias depois, Rodolfo sentia-se abalado pela insistência paterna, e estava quase disposto a pedir ao Dr. Sepúlveda que o apresentasse à viúva Santos, quando o correio urbano lhe trouxe uma carta concebida nos seguintes termos:

"Rodolfo — Se não é medroso, esteja amanhã, quinta-feira, às oito horas da noite, no largo da Lapa, junto ao chafariz. Ali encontrará uma senhora idosa, vestida de preto, com o rosto coberto por um véu. Faça o que ela indicar. Trata-se da sua felicidade".

A carta, escrita com letra de mulher, em papel finíssimo, não tinha assinatura, e exalava um delicioso perfume aristocrata. Rodolfo leu-a, releu-a três vezes, e guardou-a cuidadosamente. Ocioso é dizer que a viúva Santos varreu-se inteiramente da sua imaginação, excitada agora pelo misterioso da aventura que lhe propunham.

Foi ao largo da Lapa. Por que não havia de ir? Poderia recear uma cilada? Ora! no Rio de Janeiro não há torres de Nesle nem Margaridas de Borgonha.

Já lá encontrou a velha, junto do chafariz. Ela foi ao seu encontro, cumprimentou-o, e, dirigindo-se a um cupê estacionado a alguns passos de distância, abriu a portinhola e com um gesto convidou-o a entrar. Rodolfo não hesitou um segundo; entrou; a velha entrou também, e o cupê rodou na direção do Passeio Público.

— Aonde vamos? — perguntou ele.

A velha disse-lhe por gestos que era muda, e abaixou os estores.

Rodolfo percebeu que o carro entrou na rua das Marrecas, e dobrou a dos Barbonos; depois não pôde saber ao certo se tomou a rua dos Arcos ou a de Riachuelo. As rodas moviam-se vertiginosamente. De vez em quando dobravam uma esquina. Dez minutos depois, o moço ignorava completamente se se achava em caminho de Botafogo ou de Vila Isabel, da Tijuca ou do Saco do Alferes. Quis levantar um estore. A velha opôs-se com um gesto precipitado e enérgico. Ele caiu resignadamente no fundo do carro, e deixou-se levar. Ora, adeus!

A viagem durou seguramente uma hora. Quando o cupê estacou, a velha ergueu-se, tirou um lenço da algibeira, e tapou os olhos do moço, que se deixou vendar humildemente, sem proferir uma palavra.

Ela ajudou-o a descer, e levou-o pela mão, sempre de olhos tapados, como Raul de Nagis nos *Huguenotes*.

Pelo cascalho que pisava e pelo aroma das flores que sentia, Rodolfo adivinhou que estava num jardim, caminhando em deliciosa alameda.

Depois de andar cinco minutos, guiado sempre pela mão encarquilhada da velha, esta murmurou baixinho: "Adeus, seja feliz!" e afastou-se. Ao mesmo tempo, uma voz argentina, uma voz de mulher que parecia vir do alto e soou musicalmente aos seus ouvidos, disse-lhe: "Desvenda-te, Rodolfo".

Ele arrancou o lenço dos olhos. Estava efetivamente num jardim, defronte de uma das partes laterais de um belo prédio moderno. A lua, iluminando suavemente aquele magnífico cenário, batia de chofre na sacada em que se achava uma mulher vestida de branco com os cabelos soltos.

— Onde estou eu? — perguntou ele, e olhou para o horizonte, a ver se algum morro conhecido o orientava. Nada! Nos fundos da casa erguia-se, é verdade, um morro, mas tão próximo e tão alto, que o moço, do lugar em que se achava, não lhe podia notar a configuração.

— Onde estou eu? — repetiu.

Por única resposta a mulher de cabelos soltos deixou cair uma escada de seda, cuja extremidade ficou presa à sacada; e Rodolfo subiu por ela com mais presteza do que o faria o próprio Romeu.

Ao entrar na alcova, fracamente iluminada pela meia-luz de um bico de gás, ficou deslumbradíssimo. Estava diante de um prodígio de formosura! O pasmo embargou-lhe a fala; quis soluçar um madrigal, e não teve uma palavra, uma sílaba, um som inarticulado!

— Amo-te — disse ela com uma voz que mais parecia um ciciar de brisa —; amo-te muito, Rodolfo, e quero que também me ames.

— Oh! sim, sim... quem quer que sejas... eu amo-te, e...

Uma gargalhada o interrompeu. Era o Dr. Sepúlveda que entrava na alcova e dava mais luz ao bico de gás.

— Meu pai!

— Teu pai, sim, meu romântico. Era este o único meio de te fazer cá vir. Ora aqui tens a viúva Santos. Agora recuas, se és homem!

O casamento ficou definitivamente tratado naquela mesma noite.

III

No dia seguinte o Dr. Sepúlveda, nadando em júbilo, foi ter com o general e contou-lhe tudo.

— Então? não lhe dizia, seu compadre?

— Ora muito obrigado! — respondeu o outro com a sua rude franqueza de velho militar. — Por esse processo você poderia casá-lo até com a Chica Polca!

Uma embaixada

Minervino ouviu um toque de campainha, levantou-se do canapé, atirou para o lado o livro que estava lendo, e foi abrir a porta ao seu amigo Salema.

— Entra. Estava ansioso!
— Vim, mal recebi o teu bilhete. Que desejas de mim?
— Um grande serviço!
— Oh, diabo! trata-se de algum duelo?
— Trata-se simplesmente de amor. Senta-te.

Sentaram-se ambos.

Eram dois rapagões de vinte e cinco anos, oficiais da mesma Secretaria do Estado; dois colegas, dois companheiros, dois amigos, entre os quais nunca houvera a menor divergência de opiniões ou sentimentos. Estimavam-se muito, estimavam-se deveras.

— Mandei-te chamar — continuou Minervino — porque aqui podemos falar mais à vontade; lá em tua casa seríamos interrompidos por teus sobrinhos. Ter-me-ia guardado para amanhã, na Secretaria, se não se tratasse de uma coisa inadiável. Há de ser hoje por força!
— Estou às tuas ordens.
— Bom. Lembras-te de um dia ter-te falado de uma viúva bonita, minha vizinha, por quem andava muito apaixonado?
— Sim, lembro-me... um namoro...

— Namoro que se converteu em amor, amor que se transformou em paixão!

— Quê? Tu estás apaixonado?!...

— Apaixonadíssimo... e é preciso acabar com isto!

— De que modo?

— Casando-me; e tu é que hás de pedi-la!

— Eu?!...

— Sim, meu amigo. Bem sabes como sou tímido... Apenas me atrevo a fixá-la durante alguns momentos, quando chego à janela, ou a cumprimentá-la, quando entro ou saio. Se eu mesmo fosse falar-lhe, era capaz de não articular três palavras. Lembras-te daquela ocasião em que fui pedir ao ministro que me nomeasse para a vaga do Florêncio? Pus-me a tremer diante dele, e a muito custo consegui expor o que desejava. E quando o ministro me disse: "Vá descansado, hei de fazer justiça", eu respondi-lhe: "Vossa Excelência, se me nomear, não chove no molhado!" Ora, se sou assim com os ministros, que fará com as viúvas!

— Mas tu conhece-la?

— Estou perfeitamente informado: é uma senhora digna e respeitável, viúva do Sr. Perkins, negociante americano. Mora ali defronte, no número 37. Peço-te que a procures imediatamente e lhe faças o pedido de minha parte. És tão desembaraçado como eu sou tímido; estou certo que serás bem-sucedido. Dize-lhe de mim o melhor que puderes dizer; advoga a minha causa com a tua eloqüência habitual, e a gratidão do teu amigo será eterna.

— Mas que diabo! — observou Salema. — Isto não é sangria desatada! Por que há de ser hoje e não outro dia? Não vim preparado!

— Não pode deixar de ser hoje. A viúva Perkins vai amanhã para a fazenda da irmã, perto de Vassouras, e eu não queria que partisse sem deixar lavrada a minha sentença.

— Mas, se lhe não falas, como sabes que ela vai partir?

— Ah! como todos os namorados, tenho a minha polícia... Mas vai, vai, não te demores; ela está em casa e está sozinha; mora com um irmão empregado no comércio, mas o irmão saiu... Deve estar também em casa a dama de companhia, uma americana velha, que naturalmente não aparecerá na sala, nem estorvará a conversa.

E Minervino empurrava Salema para a porta, repetindo sempre:

— Vai! vai! não te demores!

Salema saiu, atravessou a rua, e entrou em casa da viúva Perkins.

No corredor pôs-se a pensar na esquisitice da embaixada que o amigo lhe confiara.

— Que diabo! — refletiu ele. — Não sei quem é esta senhora; vou falar-lhe pela primeira vez... Não seria mais natural que o Minervino procurasse alguém que a conhecesse e o apresentasse?... Mas, ora adeus!... eles namoram-se; é de esperar que o embaixador seja recebido de braços abertos.

Alguns minutos depois, Salema achava-se na sala da viúva Perkins, uma sala mobiliada sem luxo, mas com certo gosto, cheia de quadros e outros objetos de arte. Na parede, por cima do divã de repes, o retrato de um homem novo ainda, muito louro, barbado, de olhos azuis, lânguidos e tristes. Provavelmente o americano defunto.

Salema esperou uns dez minutos.

Quando a viúva Perkins entrou na sala, ele agarrou-se a um móvel para não cair; paralisaram-se-lhe os movimentos, e não pôde reter uma exclamação de surpresa.

Era ela! ela!... a misteriosa mulher que encontrara, havia muitos meses, num bonde das Laranjeiras, e meigamente lhe sorrira, e o impressionara tanto, e desaparecera, deixando-lhe no coração um sentimento indizível, que nunca soubera classificar direito.

Durante muitos dias e muitas noites a imagem daquela mulher perseguiu-o obstinadamente, e ele debalde procurou tornar a vê-la nos bondes, na rua do Ouvidor, nos teatros, nos bailes, nos passeios, nas festas. Debalde!...

— Oh! — disse a viúva, estendendo-lhe a mão, muito naturalmente, como se o fizesse a um velho amigo. — Era o senhor?

— Conhece-me? — balbuciou Salema.

— Ora essa! Que mulher poderia esquecer-se de um homem a quem sorriu? Quando aquele dia nos encontramos no bonde das Laranjeiras, já eu o conhecia. Tinha-o visto uma noite no teatro, e, não sei por que... por simpatia, creio... perguntei quem o senhor era, não me lembro a quem.... lembra-me que o puseram nas nuvens. Por que nunca mais tornei a vê-lo?

Diante do desembaraço da viúva Perkins, Salema sentiu-se ainda mais tímido que Minervino, mas cobrou ânimo, e respondeu:

— Não foi porque não a procurasse por toda a parte...

— Não sabia onde eu morava?

— Não; supus que nas Laranjeiras. Via-a entrar naquele

sobrado... e debalde passei por lá um milhão de vezes, na esperança de tornar a vê-la.

— Era impossível; aquela é a casa de minha irmã; só se abre quando ela vem da fazenda. O sobrado está fechado há oito meses. Mas sente-se... aqui... mais perto de mim... Sente-se, e diga o motivo da sua visita.

De repente, e só então, Salema lembrou-se do Minervino.

— O motivo de minha visita é muito delicado; eu...

— Fale! diga sem rebuço o que deseja! seja franco! imite-me!... Não vê como sou desembaraçada? Fui educada por meu marido...

E apontou para o retrato.

— Era americano; educou-me à americana. Não há, creia, não há educação como esta para salvaguardar uma senhora. Vamos! fale!...

— Minha senhora, eu sou...

Ela interrompeu...

— É o Sr. Nuno Salema, órfão, solteiro, empregado público, literato nas horas vagas, que vem pedir a minha mão em casamento.

Ela estendeu-lhe a mão, que ele apertou.

— É sua! Sou a viúva Perkins, honesta como a mais honesta, senhora das suas ações, e quase rica. Não tenho filhos nem outros parentes, a não ser um irmão, educado na América por meu marido, e uma irmã fazendeira, igualmente viúva. Não percamos tempo!

Salema quis dizer alguma coisa; ela não o deixou falar.

— Amanhã parto para a fazenda da minha irmã. Venha comigo, à americana, para lhe ser apresentado.

Nisto entrou na sala, vindo da rua, apressado, o irmão da viúva Perkins, um moço de vinte anos, muito correto, muito bem trajado.

— Mano, apresento-lhe o Sr. Nuno Salema, meu noivo.

O rapaz inclinou-se, apertou fortemente a mão do futuro cunhado, e disse:

— *All right*[1]!...

Depois inclinou-se, de novo e saiu da sala, sempre apressado.

— Mas, minha senhora — tartamudeou o noivo muito confundido —, imagine que o meu colega Minervino, que mora ali defronte...

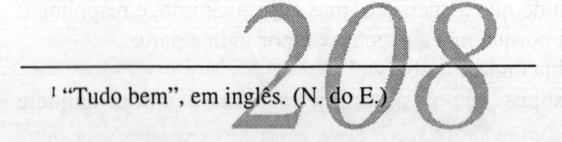

---

[1] "Tudo bem", em inglês. (N. do E.)

— Ah! aquele moço?... Coitado! não posso deixar de sorrir quando olho para ele... É tão ridículo com o seu namoro à brasileira!...

— Mas... ele... tinha-me encarregado de pedi-la em casamento, e eu entrei aqui sem saber quem vinha encontrar...

— Deveras?! — exclamou a viúva Perkins.

E ei-la acometida de um ataque de riso:

— Ah! Ah! Ah! Ah! Ah!...

E deixou-se cair no divã.

— Ah! Ah! Ah! Ah! Ah!...

Salema aproximou-se da viúva, tomou-lhe as mãozinhas, beijou-as, e perguntou:

— Que hei de dizer ao meu amigo?

Ela ficou muito séria, e respondeu:

— Diga-lhe que quem tem boca não manda assoprar.

Uma noite em Petrópolis

O Gustavo era literato e quase jornalista. Casou-se muito novo, aos vinte e três anos, e fez-se guarda-livros, porque decididamente a literatura não lhe dava com que manter a família.

O casamento havia sido muito contrariado por uma D. Pulquéria, tia da noiva, senhora já bastante idosa, que morava em Cascadura. Depois de casado, o Gustavo guardou um profundo ressentimento contra essa velha: não a podia ver nem pintada.

Ora, uma bela manhã, seis anos depois do casamento, a mulher de Gustavo foi despertá-lo mais cedo que de costume.

— Gustavo!
— Hein? Que queres tu? Para que me acordas tão cedo? Bem sabes que com este calor infernal só posso pegar no sono pela madrugada! Deixa-me dormir!
— Ouve; trata-se de uma coisa grave.

O Gustavo deu um pulo da cama.

— Hein?
— Tia Pulquéria...
— Morreu?
— Não; mas está morre não morre. Mandou-me pedir que fosse lá com os pequenos; quer despedir-se da gente.
— Responda-lhe que morra quantas vezes quiser, e nos deixe em paz!
— Gustavo, lembra-te que ela é irmã de meu pai...
— Lembro-me que esse diabo inventou contra mim as maiores calúnias, para impedir o nosso casamento!

— Pois sim, perdoa-lhe... aquilo foi rabugice de velha.

— Vai tu, se quiseres, com os meninos e a Máxima. Eu tenho mais que fazer; não os acompanho.

Uma hora depois, a sobrinha de D. Pulquéria, em companhia dos quatro pequenos e da Máxima — a ama-seca de todos quatro — tomava o trem para Cascadura.

O Gustavo tentou dormir ainda, mas não o conseguiu. Ergueu-se de mau humor, tomou um banho frio, vestiu-se, e foi para o escritório. Almoçava em casa do patrão.

Ao meio-dia recebeu um bilhete de sua mulher dizendo-lhe que tia Pulquéria tinha expirado às dez horas da manhã e que ela ficaria lá todo o dia e toda a noite com os meninos e a Máxima "fazendo quarto"; só iria para casa no dia seguinte, depois do enterro.

O marido ficou bastante contrariado. Era a primeira vez, depois de seis anos de casados, que ia passar uma noite longe da família.

Um dos seus companheiros de escritório, homem já maduro e também pai de família, disse-lhe:

— Eu, no seu caso, Gustavo, tratava de aproveitar esta noite de liberdade...

— Aproveitar como? Não sou pândego nem tenho recursos para meter-me em cavalarias altas... Já sei que esta noite vai ser pior que a passada, em que não preguei o olho... Fazia um calor terrível.

— Pois aproveite a noite dormindo bem.

— Onde?

— Em Petrópolis. Você vai hoje na barca das quatro; chega lá às seis; janta no Bragança; depois do jantar vai dar um giro pela cidade; volta ao hotel; pede um quarto; passa uma noite deliciosa, e amanhã toma o trem para cá às sete horas da manhã.

A idéia sorriu ao Gustavo. Que bom seria passar a noite em Petrópolis, gozando a agradável temperatura da serra! Com que prazer ele se estenderia numa caminha fresca, para no dia seguinte, ao primeiro raio de sol, despertar alegre como um pássaro e leve como uma flor!

De mais a mais, Gustavo nunca fora a Petrópolis, e Petrópolis era um dos seus sonhos. Uns desejam ir à Europa, outros à América do Norte, outros ao Oriente; ele desejaria ir a Petrópolis, embora para ali passar apenas uma noite.

O Gustavo foi a casa, acondicionou a roupa indispensável numa maleta de mão, e às quatro horas partiu para o ex-Córrego Seco, munido de bilhete de ida e volta.

O programa traçado começou por ser fielmente cumprido. No hotel Bragança deram ao Gustavo um bom quarto, e serviram-lhe um bom jantar, que ele não apreciou bastante porque estava a cair de sono e na sala o termômetro marcava trinta graus.

Acabado o jantar, o nosso viajante saiu para dar um giro pela cidade; mas, como entrasse a chuviscar, voltou para o hotel, dizendo aos seus botões:

— Ora, adeus! vou deitar-me... Há de ser um sono só pela manhã!

Quis porém a fatalidade que, ao entrar no hotel, o Gustavo encontrasse o Miranda, que fora, sete anos atrás, um dos companheiros de "lutas" literárias, um bom rapaz que tinha apenas um defeito, mas um grande defeito: bebia. Um pobre-diabo, um maluco desses de quem se diz: "Coitado! é mau só para si".

— Olhe quem ele é: o Gustavo!...
— Oh, Miranda!
— Que fazes tu em Petrópolis?
— Vim dormir, e tu?
— Eu resido aqui.
— Ah! E em que te empregas?
— Em coisa nenhuma. Dissipo os restos do meu patrimônio.

O Gustavo notou que o Miranda tinha a língua um pouco presa, e como não há companhia mais desagradável que a de um bêbado, tratou de despedir-se.

— Não! já não te deixo!... — protestou o Miranda. — Anda daí tomar comigo um copo de cerveja.
— Não... desculpa-me...
— Não admito desculpas!
— Pois sim, mas há de ser aqui mesmo no hotel.
— Nada! nada! Cerveja em hotel não tem bom sabor. Vamos a uma *brasserie* que ali há... atravessemos aquela ponte...
— Isso é uma extravagância: está chovendo!
— Ora! um chuvisquinho à-toa! Vamos!
— Perdão, Miranda, eu vim a Petrópolis para dormir e não para tomar cerveja! Não preguei olho toda a noite passada, estou a cair de sono!
— Oh, desgraçado! pois tu queres dormir às oito horas da noite? Bem se vê um poeta lírico degenerado, um trovador que se encheu de filhos e se fez guarda-livros! Anda daí!...

E Gustavo deixou-se levar, quase de rastros, à cervejaria.

Os dois amigos sentaram-se a uma mesa, diante de dois copos

de cerveja alemã. O Miranda esvaziou imediatamente um deles, e pediu reforço.

— Era o que faltava! Dormir às oito horas noite! Nada; temos muito o que conversar, meu velho: vou expor-te um plano, um grande plano; quero saber se o aprovas.

— Fala — disse Gustavo contrariadíssimo, arrependido, mas resignado.

— Pretendo fundar uma folha diária aqui, nesta cidade vermelha!

O Miranda esperava que Gustavo perguntasse: "Vermelha, por quê?" O Gustavo calou-se; ele porém, acrescentou, como se o outro houvesse feito a pergunta:

— Pois não reparaste ainda que tudo aqui em Petrópolis é vermelho? As pontes, as grades, as montanhas, as casas, os criados de servir, e até os cabelos dos respectivos indígenas? Olha!

E apontou para o moço que trazia novo reforço de cerveja, um petropolitano ruivo, verdadeiro tipo teutônico.

— Em Petrópolis há um jornal, mas imagina, meu velho, que esse jornal se intitula *O Mercantil*! Vê que tolice! Um *Mercantil* nesta cidadezinha de vilegiatura, neste oásis de verão, residência de diplomatas, capitalistas e mulheres elegantes! *O Mercantil*, ora bolas!

E o Miranda expôs longamente o plano do seu jornal, com grandes gestos, os olhos muito abertos e injetados, as narinas dilatadas, os bigodes cheios de espuma. Seria uma folha artística, parisiense, catita e, sobretudo, escandalosa... não escandalosa como o *Corsário*, mas como o *Gil Blas* ou o *Eco de Paris*... Levantando a pontinha, só a pontinha do véu que esconde um mistério de amor... intrigando a sociedade inteira com uma inicial ou duas linhas de reticências...

Inflamado, o Miranda indicava os lucros prováveis da empresa, os capitalistas com que contava para lançá-la, os redatores e colaboradores que contrataria, e mais isto, e mais aquilo, e mais aquilo outro.

O Gustavo, que por diversas vezes tentava erguer-se, era subjugado pelo Miranda. Ouvia-o com as pálpebras semicerradas pela fadiga, embrutecido, sem dizer uma frase, nem mesmo uma palavra, porque o futuro redator do *Petrópolis* — era esse o título do projetado jornal —, com a língua perra, dando murros na mesa, quebrando copos, expectorava abundantes períodos, sem vírgula, sem pausa. Só se calava de vez em quando para beber, ensopando os bigodes em cerveja e lambendo-os em seguida.

A chuva caía agora a cântaros.

Na cervejaria só estavam os dois amigos e o petropolitano teutônico, este encostado ao balcão de braços cruzados, cabeceando. O Miranda continuava com mais entusiasmo a exposição do plano da sua futura empresa, quando o dono da casa, um alemão robusto, irrompeu dos fundos do estabelecimento:

— Endão que é isto, meus zenhores? Já bassa tas tuas horas... não bosso der a minha casa aperda adé alda noide!...

O Miranda tentou recalcitrar, mas o cervejeiro não lhe deu ouvidos. O Gustavo pagou a despesa, e puxou pelo braço o beberrão, que parecia pregado ao banco em que se sentara. Afinal, conseguiu arrastá-lo até a rua. O alemão fechou imediatamente a porta.

O Miranda, mal deu dois passos, perdeu o equilíbrio e caiu redondamente na lama. O Gustavo abaixou-se para erguê-lo, mas o outro deixou-se estar, não fez o mínimo esforço para levantar-se, e resmungou quase ininteligivelmente: "Estou muito bêbado!"

Imaginem a situação do guarda-livros: tonto de sono, de madrugada, à chuva, numa rua deserta, numa cidade que ele absolutamente não conhecia, às escuras, porque Petrópolis não tinha iluminação, e vendo aos seus pés um amigo embriagado, um companheiro de "lutas", que não podia abandonar ali!

Imaginem os trabalhos por que passou o ex-poeta lírico para remover a pesada massa de carne e osso que jazia inerme no chão, e encontrar a casa em que habitava o Miranda. Felizmente este, mesmo bêbado, conseguiu orientá-lo. Mas que trabalho!...

Era perto de quatro horas quando o Gustavo bateu à porta do hotel Bragança. O criado que lhe veio abrir, de vela acesa na mão, teve um sorriso malicioso, e disse:

— Ai! Ai! Estes moços felizes que vêm passar uma noite em Petrópolis e se recolhem ao hotel de madrugada... Ai! Ai!

O Gustavo às sete horas da manhã desceu a serra aborrecido, doente, com uma enxaqueca terrível, estupidificado pelo sono e atribuindo as suas desgraças à tia Pulquéria.

Felizmente a velha deixou-lhe uns cobres que até certo ponto o consolaram daquela malfadada noite em Petrópolis.

Vingança

A Lúcio Esteves

Quando Mme. D'Arbois chegou ao Rio de Janeiro, escriturada numa trupe parisiense que fez as delícias dos freqüentadores do Cassino Franco Brésilien, muitos rapazes se apaixonaram por ela. Dizia-se que Mme. D'Arbois resistia heroicamente a todas as seduções, guardando absoluta fidelidade ao marido, um cabotino qualquer, que ficara em França, esperando filosoficamente que ela voltasse da América endinheirada e feliz.

O jovem Comendador Cardoso, que não acreditava em Penélopes de bastidores, e era, em questões eróticas, de uma diplomacia insigne, com tanta habilidade soube levar água ao seu moinho, que, ao cabo de dois meses, vivia maritalmente com Mme. D'Arbois.

Por esse tempo dissolveu-se a trupe, e o jovem Comendador Cardoso aproveitou o ensejo para pedir à amiga que abandonasse o teatro. Nada lhe faltaria em casa dele, que era negociante e rico. Ela aceitou depois de muito hesitar, impondo como condição que ele estabeleceria ao marido, em Paris, uma pequena mesada de quinhentos francos.

Durante um ano as delícias dessa mancebia não foram perturbadas pela mais leve contrariedade. O jovem Comendador Cardoso e Mme. D'Arbois pareciam talhados um para o outro. Ele era um homem simpático, de trinta anos, pouco instruído, é verdade, mas senhor desses hábitos sociais que até certo ponto dispensam a educação literária. Ela era uma mulher bonita alegre, quase espirituosa, e uma senhora dona de casa, econômica e asseada como todas as francesas. Que mais poderiam desejar?...

Tudo cansa. Ao cabo de um ano, Mme. D'Arbois começou a sentir nostalgia dos bastidores. De mais a mais, aconteceu que o empresário da melhor companhia brasileira de operetas, mágicas e revistas lhe ofereceu um vantajoso contrato, convidando-a, nada mais nem menos, para substituir a estrela de maior grandeza que então brilhava no firmamento do teatro fluminense, estrela que se retirava temporariamente para a Europa.

O jovem Comendador Cardoso pôs os pés à parede. Que não, que não, que não! A Lolotte — Mme. D'Arbois chamava-se Charlotte — não precisava trabalhar para viver! Que o não aborrecessem!...

— Mais non, mais non! Il ne s'agite point d'argent, mon pauvre chérie — obtemperava Lolotte —; je sens que je ferais une grosse maladie si je ne rétourne pas au théatre! Eh bien... voyons... sois gentil... Il faut que tu y consentes[1]...

Um negociante, compadre do empresário, foi ter com o jovem Comendador Cardoso, de quem era amigo íntimo, e interveio com muito empenho.

— Que diabo! Consente, Cardosinho, consente! Se não lhe fazes a vontade, ela contraria-se, e não há nada pior que uma mulher contrariada. Depois, vê lá; não é nada, não é nada, mas sempre são seiscentos bagarotes que a pequena mete no banco todos os meses! Não vá tu privá-la deste pecúlio.

Este último argumento foi irresistível. Mês e meio depois, Mme. d'Arbois estreava-se no papel de protagonista de uma opereta.

Foi completo o seu triunfo. Ela falava um português fantástico, e na cantoria desafinava que era um horror, mas o público, o magnânimo público fluminense, fechou os olhos a esses defeitos, e aplaudiu-a freneticamente. Mme. d'Arbois teve que repetir três vezes certas coplas cuja letra ninguém percebia, mas eram cantadas com um movimento de quadris capaz de entontecer um santo.

Razão tinha o jovem Comendador Cardoso em não querer que a amiga voltasse para o teatro. Dentro de pouco tempo notou nas suas maneiras uma diferença enorme. A diva contrariava-se visi-

---

[1] "Mas não, não! Não é questão de dinheiro, meu pobre querido; sinto que ficaria muito doente se não voltasse nunca mais ao teatro! Mas... vê bem... sê gentil... É preciso que tu o consintas..." (N. do E.)

velmente quando ele, cansado de esperá-la no saguão do teatro, penetrava até o camarim.

Uma vez encontrou lá dentro, familiarmente sentado, o Lopes, o primeiro ator cômico da companhia, que logo se retirou, dizendo:

— Adeusinho, comendador; vim cá restituir à colega o ruge que lhe pedira emprestado.

Ele não podia desconfiar do Lopes. Era este um artista de talento, e o público estimava-o deveras, mas a Lolotte poderia lá gostar de um homem tão feio, tão desdentado e tão pouco cuidadoso de sua roupa!

Entretanto, uma carta anônima, escrita com letra de mulher, tudo lhe disse. A primeira atriz cantora e o primeiro ator cômico encontravam-se quase todos os dias, depois do ensaio, em casa de uma corista perto do teatro.

Um dia, o jovem Comendador Cardoso, depois de se haver posto em observação numa casa que ficava em frente à da hospitaleira corista, saiu, atravessou a rua e entrou na sala das entrevistas. Lolotte estava sentada, de pernas cruzadas, a fumar um cigarro turco; o Lopes de pé, em ceroulas.

O primeiro ator cômico, ao ver o jovem Comendador Cardoso, não perdeu o sangue-frio, e começou a fingir que estava a ensaiar:

— É como vos digo, Princesa Briolanja; o rei, vosso pai, não acredita nas palavras da Fada das Safiras, e quer absolutamente encontrar nos seus reinos um mancebo, fidalgo ou vilão, que vença o Dragão Vermelho, e vos despose!...

Mas o jovem Comendador Cardoso não engoliu a pílula, e disse, dirigindo-se à Princesa Briolanja, que continuava a fumar o seu cigarro turco:

— Bem; estou satisfeito; vi o que queria ver. Fique-se com o Sr. Lopes, que realmente é digno da senhora!

E saiu arrebatadamente.

— E agora? — perguntou o cômico.

— Oh! ele voltará! — afirmou ela, carregando os erres, entre uma baforada de fumo.

E foram deitar-se.

O jovem Comendador Cardoso não voltou, e Mme. d'Arbois ficou bastante contrariada, porque o ator Lopes tinha numerosa família — mulher e filhos — e não lhe dava um vintém. Demais, ela bem depressa fartou-se desses amores reles. Que doidice a sua: trocar por aquele tipo um rapaz rico, inteligente, simpático e generoso!

Acresce que a opereta, recebida com grande entusiasmo durante as trinta primeiras representações, já não atraía o público; o teatro ficava agora todas as noites vazio e o empresário já devia um mês de ordenados à companhia...

A primeira representação da peça que estava em ensaios, a tal em que entravam a Fada das Safiras e o Dragão Vermelho, devia ser dada em benefício do Lopes, e esse espetáculo era ansiosamente esperado. O beneficiado via-se doido para atender aos numerosos pedidos de bilhetes. Nos jornais apareciam todos os dias grandes reclames à "festa artística", anunciada também pelas esquinas em vistosos cartazes, onde esse nome — LOPES — se destacava em enormes caracteres vermelhos.

Chegou a noite do espetáculo. Às sete horas e meia as torrinhas, os corredores e o jardim do teatro já estavam apinhados. Uma hora depois, a sala transbordava, e todo aquela gente abanava-se com leques, ventarolas, lenços e programas, bufando de calor. Os espectadores das torrinhas batiam com os pés e as bengalas, e dirigiam chufas aos da platéia e dos camarotes, talvez com a idéia de se vingarem de os ver em lugares menos incômodos. Os críticos teatrais estavam a postos. Os músicos afinavam os instrumentos; um garoto apregoava o retrato e a biografia do glorioso Lopes; as conversações cruzavam-se; e todos esses ruídos juntos produziam um barulho ensurdecedor e terrível.

De repente, ouviu-se o agudo som de uma sineta, ao mesmo tempo em que uma campainha elétrica retinia longamente, e a sala, até então quase escura, aparecia numa intensidade de luz, arrancando um prolongado O......o....oh!... das torrinhas... Eram nove horas.

Restabelecido o silêncio, o regente da orquestra subiu vagarosamente para o seu lugar, abriu a partitura, falou em voz baixa a alguns músicos, bateu três pancadas na estante, levantou a batuta, e fez executar a *ouverture*.

Terminada esta, naturalmente esperavam todos que o pano subisse, mas não subiu.

Passaram-se alguns minutos.

Começou o público a impacientar-se, batendo com os pés. A pateada cresceu. Uma ordenança foi destacada do camarote da polícia para o palco. O beneficiado, vestido de escudeiro de mágica, surdiu no proscênio e foi recebido com uma salva de palmas. Mas de todos os lados fizeram "Psiu! Psiu!", e o barulho cessou.

— Respeitável público — disse o primeiro ator cômico —, o

espetáculo não pode ter começo, porque a atriz Mme. d'Arbois, incumbida de um dos principais papéis, até agora não apareceu no teatro. Rogo-vos humildemente que esperais alguns minutos mais, e me perdoeis esta falta, inteiramente alheia à minha vontade.

Este cavaco foi acolhido com outra salva de palmas. O Lopes retirou-se, cumprimentado e agradecendo para a esquerda, para a direita, para cima, para baixo, e os comentários, os risos, as imprecações e os gracejos começaram num vozerio atroador.

De vez em quando saíam da caixa do teatro, ou para lá entravam, correndo pelo corredor, pessoas azafamadas, espavoridas — empregados da contra-regra, costureiras, etc. —, mandadas à procura de Mme. d'Arbois.

Passava das nove e meia quando o Lopes, coagido pela polícia, veio de novo ao proscênio declarar que, não se achando Mme. d'Arbois no teatro nem na casa de sua residência, ficava o espetáculo transferido para quando se anunciasse.

Desta vez não houve palmas que saudassem o primeiro ator cômico.

A saída dos espectadores fez-se no meio de uma confusão indescritível. Muitos exigiram que lhes fosse restituído o dinheiro, e promoveram desordem na bilheteria. Foi necessária a intervenção da polícia. Só às onze horas pôde ser restabelecida a ordem e fechado o teatro.

Onde estava Mme. d'Arbois?

No dia do espetáculo ela acabara de jantar, e, reclinada na sua espreguiçadeira, relia mais uma vez o interessante papel de Princesa Briolanja que devia representar essa noite, quando lhe trouxeram uma carta do jovem Comendador Cardoso.

— Ah! ah! — pensou a francesa com um sorriso de triunfo. — Voltou ou não voltou?

E abriu a carta:

"Lolotte — Escreveste-me, pedindo que te perdoasse. Perdôo-te, mas sob uma condição: deixarás de representar hoje no benefício do homem que foi o causador da nossa separação, ou, por outra, nunca mais representarás. Só assim serei para ti o mesmo que já fui. Se aceitas, mete-te no carro que aí te irá buscar às sete horas da noite, e vai ter comigo no Hotel Laroche, no alto da Tijuca, onde estou passando uns dias, e onde ficarás em minha companhia. Se não, não. — Cardoso".

A Princesa Briolanja leu e releu este bilhete. Era o perdão, era o descanso, era a fortuna que lhe traziam aquelas letras. Deixando de comparecer ao espetáculo, ela praticava uma ação feia, provocava um escândalo inaudito, mas isso que lhe importava, se saía do teatro e ia outra vez estar de casa e pucarinha com aquele homem distinto a quem tantos favores e tanto afeto devia?

Pouco depois da hora aprazada, Lolotte entrou no discreto cupê que a esperava à porta de casa, e chegou ao Hotel Laroche precisamente na ocasião em que o Lopes, desesperado, apelava para a paciência do público.

Ao entrar no hotel, Mme. d'Arbois perguntou a um criado:

— O Comendador Cardoso?

— Não está, mas deixou um bilhete para a Mme. d'Arbois. É a senhora?

— Sim, sou eu.

E a desgraçada leu o seguinte:

"Caíste como um patinho, minha toleirona. Estou vingado de ti e do teu Lopes. Volta para ele; é tão pulha, que talvez te aceite ainda. — Cardoso".

CONTOS POSSÍVEIS

A ocasião faz o ladrão

Uma noite o meu amigo Eduardo achou-se, por desfastio, na platéia do teatro Santana. Representava-se não sei que peça pouco divertida.

Desejando espairecer a vista, levantou a cabeça e os seus olhos encontraram-se com os da moça mais elegante que jamais assistiu à representação de uma opereta na rua do Espírito Santo.

Estabeleceu-se entre eles, com rapidez incrível, um desses namoros magnéticos, que transportam os namorados a intermúndios ideais, longe de tudo que os rodeia.

Durante o último ato, os seus olhos esqueceram-se em mútua contemplação.

Terminado o espetáculo, Eduardo foi esperá-la à porta do teatro.

Viu-a sair de braço dado a um sujeito gordo, muito gordo, já idoso, cuja presença não havia até então notado, provavelmente porque ele se conservara no fundo do camarote.

Quando ela passou junto do namorado, furtiva compressão de dedos lhe prometeu coisas que os lábios necessariamente não se animariam a dizer.

Chegados à rua, o sujeito gordo, que Eduardo supunha ser pai da moça, apresentou-a a um sujeito magro, com estas quatro sílabas, que penetraram no coração do rapaz como outras tantas punhaladas: "Minha mulher".

Eduardo, que tem a virtude, hoje rara, de observar fielmente todos os mandamentos do decálogo, inclusive o nono, encheu-se de indignação contra a leviandade dessa mulher casada, meteu-se num bonde que passava, e fugiu daquela tentação demoníaca.

Ele morava à rua do Senador Eusébio, numa casa de pensão estabelecida por Mme. Langlois, velha francesa que lhe dava cama, casa, comida e conselhos — tudo por cento e vinte mil-réis mensais.

Havia muito tempo desconfiava Eduardo que a sua locandeira sentia por ele uma dessas paixões serôdias e abjetas, que acometem as velhas quando o seu passado não foi um exemplo de dignidade e virtude.

Naquela noite Mme. Langlois, que não estava ainda recolhida, recebeu o hóspede com o melhor dos seus sorrisos desdentados.

Rosnou não sei que amabilidades em francês, e Eduardo, pouco disposto a dar-lhe trela, cumprimentou-a sumariamente e retirou-se para o seu quarto.

Despiu-se e deitou-se. Abriu um livro, quis ler... não lhe foi possível... procurou conciliar o sono... quem disse? a lembrança da moça do Santana obstinava-se em perseguir os seus pensamentos. Debalde tentou libertar-se dela: a solidão de seu quarto de solteiro, as dimensões talâmicas do seu leito, o tique-taque monótono da pêndula, os sons longínquos de uma flauta vadia e tresnoitada, o cocorocó de um galo da vizinhança, tudo, não sei por que, concorria para aumentar o seu estado de sobreexcitação nervosa.

Não tardou o arrependimento de haver cometido uma boa ação. O seu espírito estava obcecado. Eduardo dizia aos seus botões: "Fiz mal em não acompanhá-la, em não procurar saber onde ela mora. Neste momento está pensando em mim, soluçando talvez, envergonhada pela brutalidade com que lhe dei as costas e tomei o bonde. Aquele homem será realmente seu marido? Eu não ouviria mal?"

Vinha depois uma série de conjeturas menos dignas, se é possível: "'Tolo!', dirá ela de mim; 'espartano da rua do Ouvidor! Catão que bebe água da Carioca!' Talvez que outro, menos escrupuloso que eu, goze amanhã os seus longos beijos quentes e sensuais..."

Devia ter se passado muito tempo, quando o meu amigo ouviu bater de leve à porta do quarto.

— Provavelmente foi engano — pensou ele —; ninguém aqui viria a estas horas.

Esperou alguns segundos de ouvido atento: bateram de novo.

— Será Mme. Langlois? — imaginou; e teve um gesto de enfado.

Bateram pela terceira vez.

— Quem é? — perguntou, elevando a voz.

Não recebeu resposta.

— Quem é? — perguntou, elevando a voz.

Ouviu então um som imperceptível... alguma coisa como um suspiro... alguma coisa como um queixume...

E o famoso *odor di femmina*[1] espalhou-se no tépido ambiente.

Eduardo ergueu-se de um salto; em menos de um minuto acendeu o candeeiro, enfiou as calças, amarrou um lenço de seda ao pescoço, vestiu um jaquetão, e abriu a porta.

Era a moça do Santana!...

Ela entrou cerimoniosamente, cumprimentou-o com um gesto de cabeça, e deixou cair o longo xale que a envolvia, e que o dono da casa se apressou em apanhar e depor sobre uma cadeira.

Passados alguns momentos, inspecionou miudamente com o olhar tudo quanto a cercava, como para certificar-se de que o quarto era digno de receber a sua inesperada visita.

E, afinal, falou:

— O senhor deve estar admirado, e fazendo de mim uma idéia bem pouco lisonjeira...

— Oh! minha senhora!

— Pouco me importa o juízo que faça a meu respeito, tanto mais que me sinto e me confesso culpada... Mas tudo explico em uma palavra: amo-o!

— Ah! — exclamou Eduardo, fazendo um movimento para abraçá-la.

— Perdão — disse ela, evitando graciosamente o abraço —; ouça-me, e se lhe não causar horror a minha narração, serei sua!

O moço, que estava estupefato, ofereceu-lhe uma cadeira, sentou-se na cama, e ouviu a extraordinária confissão que se vai ler:

— Há muitos meses que o amo, há muito tempo que o conheço. Tenho-o visto inúmeras vezes nos teatros, nos concertos, nas corridas... O senhor é o homem que eu sonhava; é a personificação exata do meu ideal de moça. Esta noite, no teatro, quando os seus olhos se

---

[1] "Cheiro de mulher", em italiano. A expressão ficou famosa pela boca do personagem principal da ópera *Don Giovanni*, de Wolfgang Amadeus Mozart (1756-1791). (N. do E.)

encontraram com os meus, havia já uma hora que eu o contemplava embevecida, extasiada, esquecida de todas as conveniências, e pronta a tudo sacrificar por seu respeito, até a própria honra! Bem percebi a sua indignação quando soube que eu era casada. Aquele brusco dar de costas e desaparecer no primeiro bonde — não me podia deixar dúvidas a esse respeito.

Ela calou-se um momento, como esperando uma resposta. Eduardo não achou o que dizer:

— Senhor, casaram-me com aquele homem contra a minha vontade: venderam-me! Não o amo, nunca o amei... Nem ao menos tenho por ele esse respeitoso afeto, menos conjugal que filial, que as pobres moças nas minhas condições tributam geralmente aos seus maridos. Digo-lhe mais: odeio-o! Desencadearam-se contra ele todas as revoltas do meu espírito e da minha carne!...

— Com quem estou metido, Deus de minh'alma — disse consigo Eduardo.

— Esta noite, depois do que se passou, resolvi libertar-me, de uma vez por todas, daquela tirânica prisão. Logo que chegamos a casa, retirei-me para o meu quarto: não quis tomar chá e dispensei os serviços da criada. Ouvindo meu marido ressonar, embrulhei-me naquele xale, e saí furtivamente pela porta do jardim.

E acrescentou, caindo de joelhos aos pés de Eduardo:

— Aqui me tens: sou tua!

— Mas... como soube que eu morava aqui?

— Há dias vi-te entrar num bonde da Vila Isabel. Sentaste-te no banco da frente e eu sentei-me no banco de trás. Apeaste-te à porta desta casa. Informei-me: disseram-me que aqui se alugavam aposentos. No mesmo dia, aluguei um, e tive ocasião de ver qual era o teu quarto, que, por acaso, fica defronte do meu.

— Como te chamas?

— Florinda.

O meu amigo estava pasmado. Florinda, ajoelhada sempre, calara-se, encostando a cabeça no seu colo, sobraçando-lhe as nádegas.

Era uma bonita moça de vinte e cinco anos, esbelta e magra, mas dessa magreza sem desagradáveis saliências osteológicas. Tinha as feições regulares, e os olhos lânguidos constantemente velados pelas pálpebras longas e sombrias. A boca era microscópica, e os lábios, quando entreabertos, deixavam ver uns dentes alvos e pequeninos, que pareciam postos ali por um joalheiro simétrico e artista. Os cabelos, erguidos num penteado ligeiro, punham a descoberto um pescoço digno do buril de Fídias, e duas orelhas rosadas, capazes de perder um santo. Ficavam-lhe a matar a gola de veludo, o corpete de seda clara que lhe contornava deliciosamente os seios, e a saia de seda escura, por baixo da qual espiavam dois pezinhos chineses.

Pois bem! o Eduardo foi de um heroísmo sobre-humano: ergueu-a afetuosamente, e, tomando a mais respeitosa atitude, disse-lhe, com a voz embargada por uma comoção estranha e indizível:

— Florinda, eu sou um homem honesto; para os cavalheiros da minha têmpera, tanta atenção merece a honra própria como a alheia. Ainda está em tempo: volte para junto de seu marido, que talvez não se tenha apercebido da sua ausência.

Florinda cravou no moço uns olhos espantados.

— Se a senhora fosse livre, eu poderia oferecer-lhe o meu nome, e por Deus que o faria jubiloso, porque também a amo.

— Ah! — exclamou ela, atirando-se-lhe nos braços.

— Amo-a, sim — repetiu ele, desenlaçando-a com meiguice —; amo-a, e por isso mesmo quero salvá-la. Nem as minhas circunstâncias (eu sou um simples guarda-livros), nem o meu caráter permitiriam que usurpasse os direitos sagrados de um esposo, homem digno e respeitável, que só tem o defeito de ser barrigudo e prosaico. A senhora foi mal aconselhada pela sua natureza romanesca. Se ficasse aqui, seria amanhã vítima dos seus remorsos e da sua fatal inconseqüência. Dê graças a Deus por encontrar em mim uma exceção humana, que a desvia do perigoso atalho em que se embrenhou. A senhora deve-se à sua família.

Florinda ergueu as pálpebras, que pareciam fechadas para sempre, e murmurou, com uma expressão queixosa:

— Não tenho filhos.

— Embora. Tê-los-ia, talvez, depois de separada de seu marido, e cada um deles seria um enviado do céu para exprobrar o seu procedimento. Não! não quero ser cúmplice da sua vergonha; não quero lançá-la nesse abismo que a senhora cavou a seus pés. Se algum dia enviuvar, encontrará um esposo dedicado no homem que não quis ser um amante remordido. Até lá, sejamos nem mais nem menos que dois irmãos.

Ela parecia convencida por essa retórica barata. Não proferiu uma palavra: foi buscar o xale, envolveu-se nele, e dirigiu-se para a porta, levando no semblante a mesma tristeza que nos tempos bíblicos anuviara um dia a linda face de Agar.

Entretanto, Eduardo não se pôde conter...

Quando a moça ia transpor a porta, todos os instintos bestiais acordaram nele; a sua virtude desmoronou como um castelo de cartas, e ele soltou um grito:

— Florinda!

Esse grito foi estridente, despedaçador, vibrante; tinha mil inflexões e exprimia todos os sentimentos.

Ela só esperava por essa capitulação da consciência; voltou, correndo, e ofegante, soluçando e rindo ao mesmo tempo, as lágrimas a deslizarem-lhe das grandes pálpebras semicerradas, lançou-se nos braços dele, que a comprimiu com tanta força, tanta, que receou sufocá-la...

— *Eh! attention! vous allez renverser le café!*[2] — exclamou Mme. Langlois, que chegava com o café matinal justamente na ocasião em que o Eduardo despertava desse sonho extraordinário.

Poucos momentos depois, a velha retirava-se com a xícara vazia, e o seu hóspede ficava de muito mau humor, pensando na filosofia do ditado que serve de título a este conto, e muito disposto a mudar de casa no mesmo dia. Passados alguns meses, Eduardo tornou a encontrar Florinda, mas dessa vez não foi em sonhos. Ela chamava-se Filomena.

---

[2] "Ei! cuidado! você vai entornar o café!", em francês. (N. do E.)

A madama

Um dia apareceu naquela patriarcal e tranqüila cidade de província uma bela estrangeira, escandalosamente loura, com uma *toilette*[1] espaventosa, um chapéu descomunal e um *face-en-main*[2], petulante e provocador.

De onde vinha essa ave de arribação? Qual era o seu intento? Ninguém ao certo o sabia.

Nas lojas, nos armazéns, nas repartições públicas e nas casas particulares não se falava noutra coisa. A estrangeira penetrara na cidade como um assunto exótico, destinado a alimentar por muito tempo a verbiagem dos indagadores e tarameleiros.

Havia na cidade três boticas, à porta das quais se reuniam todas as noites vinte ou trinta sujeitos, que comentavam os acontecimentos e examinavam a vida alheia. Uma dessas boticas, a mais importante, era freqüentada exclusivamente pela política, a outra pelo funcionalismo e a terceira pelo comércio. Em todas elas a forasteira foi

---

[1] "Toalete", em francês. No sentido de traje feminino requintado, usado aqui, a palavra *toalete*, em português, é substantivo masculino. (N. do E.)

[2] "Luneta, lornhão", em francês. (N. do E.)

assunto obrigado: políticos, funcionários e negociantes perdiam-se em conjeturas e hipóteses mais ou menos razoáveis.

A opinião geral apontava, entretanto, a misteriosa mulher como uma aventureira, que percorria o mundo a caçar homens para apanhar-lhes dinheiro. Dessa vez acertou a maledicência; a opinião geral não se enganava.

Os cidadãos mais dinheirosos arregalavam olhos concupiscentes; os dois periódicos da localidade, tanto o do governo como o da oposição, entoavam loas ao novo astro, com grande escândalo da moral pública; as mães de família tremiam pelos maridos e preveniam os filhos contra os terríveis encantos da desconhecida; os bons burgueses saíam das suas casas e dos seus cuidados, e passavam pelo hotel Central, onde ela se hospedara, contentando-se de vê-la debruçada à janela e cumprimentá-la com uma cortesia prudhomesca.

A *madama* (era assim que todos a designavam) chamava-se Raquel. Era uma francesa conhecidíssima no Rio de Janeiro. Um dia, vendo-se em baixa de fundos, deu-lhe na veneta explorar a província, e escolheu ao acaso aquela cidade pacata, onde todos se conheciam, onde ninguém espirrava sem que a população inteira gritasse: *Dominus tecum!*[3]

A francesa não cabia em si de contente. O sucesso excedera à sua expectativa. Choviam, no seu aposento do hotel Central, as cartinhas de amor, os delicados presentes, os ramalhetes cheirosos, e as propostas mais atrevidas e mais impregnadas de patifaria.

Os estudantes do Liceu, grande estabelecimento de instrução secundária, ficaram todos assanhados com a presença da *Madama*.

Um deles, menino de quinze anos, chamado Roberto, foi um dos primeiros feridos pela chama do seu luminoso olhar, e o primeiro, entre os habitantes da cidade, que teve a coragem de galgar com ruins tenções os degraus da escada do hotel Central e bater à porta do aposento dela.

Mme. Raquel veio em pessoa abrir, e perguntou, em francês, o que desejava o pretendente precoce.

---

[3] "O Senhor esteja contigo", em latim. Popularmente: "Deus te crie!" (N. do E.)

— *Causer avec vous*[4] — respondeu este, muito cheio de si.

À vista daquela criança e do seu desembaraço impertinente, a francesa soltou uma extensa gargalhada e voltou-lhe as costas.

— *Mais... Madame...* — balbuciou Roberto.

— *Laisse-moi tranquille, mon p'tit*[5].

E fechou-lhe a porta na cara.

Aquele *mon p'tit* em bom português queria dizer: cresça e apareça.

Ora, como Roberto não podia crescer da noite para o dia, lembrou-se de se disfarçar para iludir a francesa e conquistar-lhe as boas graças.

Comprou, logo no outro dia, um pouco de cabelo e um vidro de goma líquida; foi para casa, e, na solidão do seu quarto, grudou à cara uns bigodes e umas suíças capazes de enganar um Argos da polícia.

Vestiu uma sobrecasaca roubada ao guarda-roupa do pai, que tinha o seu corpo, bifurcou um pincenê escuro, saiu de casa às escondidas da família, meteu-se num carro que o esperava à esquina, parou à porta do hotel, subiu os degraus que na véspera subira em vão, e com mais esperança e mais força bateu à porta que a francesa implacavelmente lhe fechara. Seriam oito horas da noite.

Desta vez Mme. Raquel recebeu-o com mais amabilidade: o *mon p'tit* da véspera foi substituído por um *cher monsieur*[6], que soou como um hino de vitória aos ouvidos de Roberto.

O que é ter barbas!

Ele entrou.

Na sala havia uma meia-luz benigna ao seu ardil. Mal pensava o rapazola que esse lusco-fusco, evitando que a francesa descobrisse que ele era ainda uma criança, evitava ao mesmo tempo que ele reparasse que ela há uns trinta anos deixara de o ser. Enganavam-se mutuamente.

Mme. Raquel, depois de oferecer uma cadeira a Roberto, refestelou-se numa preguiceira, e encetou uma conversação que durou meia hora. Contou muitas coisas, e, entre outras, a insolente visita do *p'tit* da véspera.

---

[4] "Conversar com você". (N. do E.)
[5] "Deixe-me em paz, meu pequeno". (N. do E.)
[6] "Caro senhor". (N. do E.)

Roberto riu-se muito, e observou, a cofiar as suíças:
— *Il n'y a plus d'enfants*[7]!

Na noite seguinte, à porta da botica dos políticos, um dos chefes do partido dominante dizia aos companheiros:
— Homem, o José, porteiro do hotel Central, contou-me um caso muito esquisito...
— Qual? — perguntaram muitas vozes em coro.
— Ontem, às oito horas da noite, entrou para o quarto da *madama* um homem barbado, e hoje pela manhã saiu de lá um menino!

---

[7] "Por aqui já não há crianças". (N. do E.)

A Marcelina

I

Naquele tempo (não há necessidade de precisar a época) era o Dr. Pires de Aguiar o melhor freguês da alfaiataria Raunier e uma das figuras obrigadas da rua do Ouvidor. Como advogado diziam-no de uma competência um pouco duvidosa, o que aliás não obstava que ele ganhasse muito dinheiro, mas como janota — força é confessá-lo — não havia rapaz tão elegante no Rio de Janeiro.

Rapaz? Rapaz, sim: o Dr. Pires de Aguiar pertencia a essa privilegiada classe de solteirões que se conservam rapazes durante trinta anos.

Quando lhe perguntavam a idade, respondia invariavelmente: "Orço pelos quarenta", e durante muito tempo não deu outra resposta. Os seus contemporâneos de Academia atribuíam-lhe cinqüenta, bem puxados. As senhoras, essas não lhe davam mais que trinta e cinco.

Ele tinha um fraco pelas mulheres de teatro. Consistia o seu grande luxo em ser publicamente o amante oficial de alguma atriz. Não fazia questão de espírito nem beleza; o indispensável é que ela ocupasse lugar saliente no palco, e fosse aplaudida e festejada pelo público. Não era o amor, era a vaidade que o conduzia à nauseabunda Citera dos bastidores.

Essas ligações depressa se desfaziam; duravam enquanto durava o brilho da estrela; desde que esta começava a ofuscar-se, ele achava um pretexto para afastar-se dela e procurar imediatamente outra. Como era inteligente e generoso — muito mais generoso que inteligente —, nunca ficava mal com o astro caído.

Algumas vezes o rompimento era provocado por elas — pelas de mais espírito —, que facilmente se enfaravam de um indivíduo tão preocupado com a própria pessoa, e tão vaidoso das suas roupas.

II

No tempo em que se passou a ação deste ligeiro conto, a nova conquista do Dr. Pires de Aguiar era uma atriz portuguesa, a Clorinda, que viera de Lisboa apregoada pelas cem trombetas da *réclame*, e cuja estréia, num dos nossos teatrinhos de opereta, o público esperava ansiosamente.

Uma hora antes de começar o espetáculo de estréia, entrou o advogado triunfantemente na caixa do teatro, levando pelo braço a sua nova amiga, elegantemente envolvida numa soberba capa de pelúcia. Ia fazer-lhe entrega do camarim, cujo arranjo confiara liberalmente ao bom gosto e à perícia dos mais hábeis tapeceiros e estofadores.

Ela ficou encantadíssima, e agradeceu com beijos quentes e sonoros a dedicada solicitude do amante.

Que belo tapete felpudo! que bonitos quadros! que papel bem escolhido! que delicioso divã! que magnífico espelho de três faces, onde o seu vulto airoso se refletia três vezes por inteiro! e que profusão de perfumarias! e que precioso serviço de toalete!...

Nada faltava também sobre a mesinha da maquilagem, intensamente iluminada por dois bicos de gás.

O Dr. Pires de Aguiar tinha longa prática desses arranjos; não podia esquecer-se de nenhum dos ingredientes necessários ao camarim de uma atriz que se respeita; o arsenal estava completo.

Dali a nada ouviu-se um "Dá licença?", e o diretor de cena entrou no camarim acompanhado por uma mulher já idosa, muito pálida de aspecto doentio, pobremente trajada.

— D. Clorinda, aqui tem a sua costureira.

A *estrela* não conteve um gesto de despeito. O diretor de cena compreendeu-o, e saiu imediatamente, para não entrar em explicações.

— É doente? — perguntou Clorinda à costureira.

— Não, senhora. Tive uma doença grave, mas agora estou boa. Sai há dois dias da Santa Casa.

Clorinda trocou um olhar com o advogado, e este disse-lhe, refestelando-se no divã:

— *Ma chère, il faut se contenter de cette habilleuse; nous ne sommes pas en Europe*[1].

Ele impingiu a frase em francês, para que não a entendesse a costureira, mas a verdade é que Clorinda também não percebeu, o que aliás não a impediu de responder: "Oui[2]".

Despojada da mantilha e da bela capa de pelúcia, Clorinda sentou-se entre os dois bicos de gás, e começou a pintar-se, dizendo: "Vamos a isto!"

E dirigindo-se à costureira:

— Sente-se. Por que está de pé?

A pobre mulher sentou-se a medo, como receosa de macular a palhinha dourada da cadeira com o seu miserável vestido de chita.

— Sabe que me disseram bonitas coisas a seu respeito? — perguntou a atriz ao advogado, olhando-o pelo espelho.

— Deveras?

— Ao que me parece, você tem sido um gajo!

O Dr. Pires de Aguiar teve um sorriso inexprimível. Aquele gajo entrou-lhe pela vaidade adentro com uma grã-cruz.

— Com que então, a sua especialidade são as atrizes?

— Sou doido pelo teatro.

— E há quanto tempo dura essa doidice?

— Há muito tempo. Estou velho, bem vê. Orço pelos quarenta.

— Ninguém lhe dará mais de trinta e cinco.

— São os seus olhos.

— Qual foi a sua primeira paixão no teatro?

— Ah! isso...

O advogado levantou o braço e estalou os dedos.

— ...isso é pré-histórico, perde-se na noite dos tempos.

— Como se chamava essa colega?

— Chamava-se Marcelina.

— Que fim levou?

---

[1] "Minha cara, é preciso se contentar com esta ajudante de camarim; não estamos na Europa". (N. do E.)

[2] "Sim", ou, neste contexto: "Está bem". (N. do E.)

— Sei lá! Provavelmente morreu. Nunca mais ouvi falar dela. Há mulheres que desaparecem como os passarinhos que não foram mortos a tiro nem engaiolados: ninguém lhes vê o cadáver.

— Gostou dela?

— Foi talvez a paixão mais séria da minha vida.

— Nunca mais a procurou?

— Para quê?

— Tinha talento?

— Talento? Não. Tinha habilidade.

E depois de uma pausa:

— Tinha habilidade e era muito boa rapariga.

— Brasileira?

— Sim. Representava ingênuas em dramalhões de capa e espada, ali, no São Pedro de Alcântara. Um dia — eu já a tinha deixado —, um dia patearam-na por motivos que nada tinham que ver com a arte dramática; ela desgostou-se; andou mourejando pelas províncias, e afinal desapareceu. *Requiescat in pace*[3]!

Entrou o cabeleireiro. Enquanto Clorinda lhe confiou a cabeça, o Dr. Pires de Aguiar divagou longamente sobre os méritos da Marcelina; depois falou de outras atrizes, desfiando o interminável rosário das suas mancebias.

Clorinda, a costureira e o cabeleireiro ouviam sem dizer palavra.

Terminado o serviço do cabeleireiro, que logo se retirou, Clorinda ergueu-se:

— Agora, meu doutor, há de me dar licença, sim? Vou vestir-me.

— Até logo — disse o advogado. — O seu penteado ficou esplêndido! Vou aplaudi-la. *Bonne chance*[4]!

Deu-lhe um beijo — na testa para não desmanchar a pintura —, e saiu do camarim, cuja porta a costureira discretamente fechou.

III

Minutos depois, Clorinda estava completamente nua.

— A senhora é muito bem feita de corpo — disse-lhe, num tom

---

[3] "Descanse em paz", em latim. (N. do E.)
[4] "Boa sorte", em francês. (N. do E.)

adulatório, a costureira, enfiando-lhe pela cabeça uma camisa de seda.

— Acha? — perguntou desdenhosamente a atriz.

— Ah! eu também já fui bem feita de corpo, mas... não tive juízo: fiei-me demais nos homens. Se quer aceitar um conselho, filha, preste mais atenção à sua arte do que a todos esses... gajos, que fazem das mulheres um objeto de luxo e nada mais. Só assim a senhora evitará o hospital e a miséria.

— Ora esta! — exclamou Clorinda. — Quem é você, mulher, para me falar assim?

— Eu sou... a Marcelina.

Argos

Era um bonito moço o Estanislau, mas muito pobre de espírito, o que, aliás, não impediu que D. Rosalina se enamorasse dele, e D. Raimunda, mãe de D. Rosalina, pulasse de contente quando o rapaz lhe pediu a filha.

Na véspera do casamento chegou a Maricá o Sr. Gaudêncio, tio do noivo, o qual fora especialmente convidado para testemunha.

— Então que é isto, meu rapaz, que é isto? Casas-te com uma rapariga que tem mãe e vais viver em companhia da tua sogra?! Estás doido varrido! Sabes lá o que é uma sogra, Estanislau!

Estas palavras disse-as o tio ainda com o saco de viagem na mão, e antes mesmo de dar no sobrinho o abraço de rigor.

O Estanislau, atônito, balbuciou alguns monossílabos discretos em defesa de D. Raimunda, e acabou por invocar este argumento universal e eterno: não há regra sem exceção.

— Há — redargüiu sentenciosamente o tio Gaudêncio —; a maldade da sogra é inalterável. Só há uma sogra!

E, abrindo o saco de viagem, tirou um livro em cujas páginas brancas se achavam, simetricamente grudados, numerosos retalhos impressos, com a declaração manuscrita dos jornais, periódicos, revistas e almanaques de que haviam sido cortados.

— Olha!
— Que vem a ser isso?
— É o meu *Álbum das sogras*. Nestas páginas prego, com a paciência de um beneditino, tudo quanto leio contra essa espécie

perigosa e desmoralizada, a sogra. Vê que o livro tem quinhentas folhas, e está quase cheio!

— Ora, adeus! como o senhor se deu mal com a sua sogra, julga que todas as outras...

— Cala-te, não sejas tolo! Supões então que Deus criou a fênix das sogras expressamente para te ser agradável? Todas as sogras são más! Há, realmente, genros que fazem muitos elogios às mães de suas mulheres...

— E então?

— Elogiam-nas por vários motivos: primeiro, porque se envergonham de ter um diabo em casa; segundo, porque o amor, que consagram às esposas, escurece as más qualidades das sogras; terceiro, porque têm um mal entendido respeito pelas avós dos seus filhos; quarto, porque não se querem parecer com os outros homens; quinto, porque pretendem dar a entender que têm em casa um objeto raro, digno de um museu antropológico; sexto, porque são uns maricas, e têm medo às represálias das sogras; sétimo...

— Basta! basta!...

— Não creias, sobrinho de minh'alma, não creias que haja uma boa sogra!

— Mas D. Raimunda...

— Demos tempo ao tempo, e me dirás quem é D. Raimunda!...

Pois deram tempo ao tempo, e D. Raimunda saiu-lhes o beijinho das sogras. Era afetuosa, dedicada, previdente, solícita; parecia adivinhar os menores desejos do Estanislau.

D. Rosalina mostrou-se o inverso da mãe. Durante os primeiros dois meses de casada, foi o que se podia chamar uma pombinha sem fel; mas logo depois começou a deitar as manguinhas de fora, e não tardou a trazer o marido num inferno. Ele não reagiu: submeteu-se passivamente, e quando mais tarde quis assumir a sua autoridade conjugal, não se sentiu com forças para tanto. Curvou a cabeça e daí em diante deixou-se dominar completamente pela mulher. D. Rosalina tomava-lhe contas de tudo: revistava-lhe as algibeiras; ralhava com ele por entrar mais tarde, como se fosse uma criança; injuriava-o em presença dos criados, e de uma feita, justamente no dia em que completavam cinco meses de casados, deu-lhe uma bofetada, a primeira...

Dessa vez ele inflamou-se; vociferou quanto vocábulo indignado lhe veio à boca, e afinal desatou a chorar. Estava perdido. A segunda bofetada não se fez esperar muitos dias.

D. Raimunda ralava-se de desgosto; estas cenas mortificavam-na. Nunca imaginou que a filha, depois de tomar estado, degenerasse em megera a ponto de esbordoar o marido. A menina fora sempre muito geniosa, muito espevitada, mas não excedera nunca certos limites.

Uma noite em que o Estanislau, voltando da rua, não explicou satisfatoriamente o emprego dado a uma nota de cinco mil-réis que levara consigo, apanhou, depois de renhida discussão, duas bofetadas em vez de uma!

Este aumento de dose exacerbou-o definitivamente, e pela primeira vez ele ergueu a mão contra a sua cara-metade. Ergueu-a simplesmente: não a deixou cair; mas foi o bastante para que a cena tomasse as proporções de um escândalo público. D. Rosalina debruçou-se, aos gritos, no peitoril da janela, e cientificou a toda a vizinhança de que o marido a espancara! Em seguida, fingiu um ataque de nervos; rebolou no chão durante uma hora, enquanto a casa se enchia de gente estranha, e só recuperou os sentidos para atirar-se de novo, desta vez às dentadas, contra o mísero marido! De nada valeu a misericordiosa intervenção de D. Raimunda, que desde o princípio acudira, e fora testemunha ocular de todo o escândalo.

Lá para as tantas, restabelecido o sossego, a sogra foi ter com o genro, que passeava agitado na sala de jantar, as mãos metidas nas algibeiras das calças.

— Estanislau — disse-lhe —, você é muito bom moço, mas não se devia ter casado: falta-lhe energia!

— Mas a senhora não viu que, se as coisas chegaram ao ponto a que chegaram, foi justamente porque eu quis ser enérgico?

— Ah! meu amigo, agora é tarde; de pequenino é que se torce o pepino. Se desde o princípio você lhe houvesse roncado grosso, estava agora livre de que lhe sucedesse uma destas. Não os defendo nem acuso, nem a você nem a minha filha; apenas venho dizer-lhe (a ela já o disse) que não posso continuar a ser todos os dias testemunha de cenas tão vergonhosas e que tanto me afligem! Amanhã mudo-me!

— Quê! pois a senhora deixa-nos?!...

D. Raimunda não respondeu, e foi para o seu quarto. No dia seguinte mudou-se.

A ausência de sogra não contribuiu para que a situação piorasse, e isto por uma razão muito simples: não podia piorar.

A casa continuava a ser um inferno. O Estanislau só tinha um lenitivo: o sono; só tinha uma esperança: a viuvez.

Um dia o tio Gaudêncio veio de Maricá surpreender o casal no meio de um dos seus contínuos desaguisados. O provinciano penetrou na sala de jantar ao som de uma bofetada sonora, e caiu-lhe das mãos o saco de viagem.

— Pois já?! — exclamou ele, abrindo desmesuradamente olhos e boca.

O Estanislau lançou-se nos braços do tio, chorando como uma criança; D. Rosalina exclamou:

— Esta peste só sabe chorar!

E, dando uma rabanada, fechou-se na alcova, batendo estrepitosamente com a porta.

— Então? que te dizia eu? — perguntou meigamente o tio Gaudêncio, depois da larga pausa, entrecortada pelos soluços do sobrinho —; que te dizia eu? que mulherzinha, hein?... que mulherzinha, hein?... que mulherzinha!...

— É um monstro!

— Quando eu te dizia! Cada uma delas é um Satanás de saias!...

— Esta... ainda... é pior!

— Não chores; ainda estás em tempo de te livrares dela.

— Mas como?

— Pondo-a fora de casa!

— Pois eu hei de pôr minha mulher fora de casa?

— Quem te fala de tua mulher? Refiro-me à tua sogra!

— Oh! por amor de Deus não diga mal daquela santa! Pô-la fora de casa, eu!... Infelizmente há quinze dias já não mora conosco... não pôde continuar a ser testemunha destas desavenças... Isto, que o senhor viu, reproduz-se todos os dias, ou todas as noites, para variar! Minha sogra não teve forças para acabar com estas cenas, nem coragem para presenciá-las!

— Olha que sempre me saíste um idiota de conta, peso e medida! Pois não vês que tua mulher está influenciada pela mãe, e que tua sogra é o modelo mais completo do gênero? Aposto que ela, enquanto morou com vocês, foi toda carinhos e desvelos para contigo...

— Sim... foi...

— Pudera! Foi ela quem tramou essa farsa ridícula... foi ela quem açulou tua mulher contra ti... E quando vos viu a ambos bem irritados um contra o outro, foi-se embora, porque a sua missão de sogra estava cumprida! Pois não te entra pelos olhos que uma rapariga inteligente e educada, como é a Rosalina, e que te queria tanto, não procederia assim, se não obedecesse a uma influência oculta, a uma sugestão misteriosa?

O tio Gaudêncio, verboso por natureza, imprimia nas palavras, que lhe saíam lentas e solenes, um tom profundo de convicção e verdade. O Estanislau sentiu abalar-se-lhe o espírito; no entanto, observou com muito bom senso:

— Mas que interesse tinha D. Raimunda?...

— Ah! Ah! — interrompeu o tio Gaudêncio. — É esse o ponto mais melindroso da psicologia da sogra. A maldade da espécie deriva, forçoso é confessá-lo, de um sentimento bom: o amor materno... uma coisa sublime que se torna facilmente ridícula, como todas as coisas sublimes. Tu não conheces o coração humano; tu não sabes até que ponto pode ir o ciúme da mulher que durante nove longos meses traz uma filha no ventre, que a deita ao mundo, que lhe dá de mamar, que a educa, que a vê crescer aos milímetros, que se habitua a viver dela e para ela, que assiste ao desabrochar de todos os seus encantos, que recebe no seio a sua derradeira lágrima de menina e o seu primeiro suspiro de mulher, e, de repente, é obrigada, pelas convenções sociais, a entregá-la a um homem, e tem a certeza de que esse homem vai praticar certos atos, que ela, na sua alucinação de mãe, não se convence de que sejam o exercício de um direito sagrado. O ciúme transforma-se em ódio, mas ódio surdo, latente, inconfessável, porque confessá-lo seria revoltar-se contra o sacramento e a lei. É por isso que, por via da regra, as melhores mães são as piores sogras. O ciúme do marido teve o seu grande poeta; o ciúme da mãe, mais violento e terrível, espera ainda o seu Shakespeare. Há sogras Otelos!

Esta doutrina paradoxal e fantasista desnorteou o Estanislau, que protestou ainda, mas já com o espírito a flutuar entre a filosofia do tio e as exterioridades simpáticas da sogra.

— Hipocrisia — acrescentou o velho —, hipocrisia! Não há paixão que domine um indivíduo sem o tornar hipócrita.

No dia seguinte houve um dos escândalos habituais, com o invariável condimento das bofetadas, e três dias depois o tio Gaudêncio foi procurar o sobrinho, brandindo vitoriosamente um número do *Jornal do Commercio*.

— Então, Estanislau? ainda não estás convencido de que foi tua sogra quem conspirou e é ela quem ainda conspira contra a tua paz doméstica?

O mártir não respondeu; os seus lábios limitaram-se a arregaçar um sorriso estúpido e penoso.

— Olha — continuou o tio, desdobrando o jornal —; desta vez a fera mostrou as garras!

— Que é isso?

— Uma mofina, meu rapaz, uma ignóbil mofina! O título é *Rua de São Pedro*.

Estanislau tomou entre as mãos trêmulas aquele escoadouro da bílis pública, e leu:

"Previne-se a certo morador desta rua, que, se continua a escandalizar os vizinhos, esbordoando a sua infeliz esposa, como acontece todos os dias, serão tomadas providências tais, que nem Santo Estanislau lhe poderá valer".

— Bom. Agora, lê a assinatura.

— *Argos*.

— Então? Queres coisa mais clara?

— Mas que quer o senhor dizer na sua? Que esta mofina é de minha sogra?

— Pois se está assinada!

— Assinada *Argos*... uma assinatura muito usada em publicações deste gênero...

— Repara que isso é um anagrama. Lê essa palavra *Argos* de trás para diante: s, o, g, r, a, *sogra*!

O Estanislau ficou perplexo, e dentro em poucos dias o velho regressou para Maricá, deixando-o cheio de rancor contra o beijinho das sogras.

Mas não eram passados três meses quando o tio Gaudêncio recebeu a carta que aí vai transcrita com ligeiras correções de ortografia e sintaxe:

"Meu tio. É com o maior prazer que lhe participo que Deus foi servido chamar minha mulher à sua presença. Neste instante venho da missa do sétimo dia, e ainda me parece um sonho! Há quinze dias não apanho pancada! Abençoada pneumonia dupla!

Estou morando com minha sogra, cujos carinhos desinteressados me convenceram plenamente de que o *Argos* não era ela. D. Raimunda é a melhor das criaturas. Afianço-lhe que, se fosse permitido, eu me casaria com ela!

Aceite um abraço de seu sobrinho, etc. *Estanislau*".

A Ritinha

Naquela noite o Flores entrou em casa oprimido por um sentimento penoso, que não podia definir.

Tinham-lhe dito que estava no Rio de Janeiro a Ritinha, aquela interessante menina que há trinta anos, lá na província, fora o seu primeiro amor e a sua primeira mágoa.

Andou morto por vê-la, não que lhe restasse no coração nem no espírito outra coisa senão a saudade que todos nós sentimos da infância e da adolescência — queria vê-la por mera curiosidade.

Satisfizera o seu desejo naquela noite, quando menos o esperava, num teatro. Ela ocupava quase um camarote inteiro com a sua corpulência descomunal.

Mostrou-lha um comprovinciano e amigo:

— Não querias ver a Ritinha? Olha! Ali a tens!
— Onde?
— Naquele camarote.
— Quê! Aquela velha gorda?...
— É a Ritinha!
— Virgem Nossa Senhora! E aquele homem de óculos azuis, que está de pé, no fundo do camarote? É o marido!
— Qual marido! É o genro, casado com a filha, aquela outra senhora muito magra que está ao lado dela. O marido é o velhote que está quase escondido por trás do enorme corpanzil da tua ex-namorada.

O Flores, estupefato, contemplou e analisou longamente aquela mulher, que fora o seu primeiro amor e a sua primeira mágoa.

Não podia haver dúvida: era ela. O olhar tinha ainda coisa do olhar de outrora. Com aqueles destroços ele foi reconstituindo mentalmente, peça por peça, a estátua antiga. Tinha a visão exata do passado.

Representava-se uma comédia. Ritinha ria-se de tudo, de todas as frases, de todos os gestos, de todas as jogralices dos atores com uma complacência de espectadora mal-educada e por isso mesmo pouco exigente.

Aquelas banhas flácidas, agitadas pelo riso, tremiam convulsivamente dentro da seda do vestido, manchado pelo suor dos sovacos.

O genro, que se conservava sério e imperturbável, lançava-lhe uns olhos repreensivos e inquietos através dos óculos azuis. Ela não dava por isso.

— Que diabo vieram eles fazer ao Rio de Janeiro? — perguntou o Flores.

— Nada... apenas passear... estão de passagem para a Europa.

* * *

E aí está por que o Flores entrou em casa oprimido por um sentimento que não sabia definir.

Quando ele se espichou na cama estreita de solteirão, e abriu o livro que o esperava todas as noites sobre o velador, não conseguiu ler uma página. Todo o seu passado lhe afluía à memória.

Ele e Ritinha foram companheiros de infância. Eram vizinhos — brincaram juntos e juntos cresceram. Tinham a mesma idade.

Depois de dezessete anos, aquela afeição tomou, nele, nela não, um caráter mais grave: transformou-se em amor.

Mas Ritinha era já uma senhora e Flores ainda um fedelho.

Como o desenvolvimento fisiológico da mulher é mais precoce que o do homem, raro é o moço que ao desabrochar da vida não teve amores malogrados.

Foi o que sucedeu ao nosso Flores. Ritinha não esperou que ele crescesse e aparecesse: tendo-se-lhe apresentado um magnífico partido, fez-se noiva aos dezoito anos.

O desespero do rapaz foi violento e sincero. Ele era ainda um criançola, mas tinha a idade de Romeu, a idade em que já se ama.

Um pensamento horroroso lhe atravessou o cérebro: assassinar Ritinha e em seguida suicidar-se.

Premeditou e preparou a cena: comprou um revólver, carregou-o com seis balas, e marcou para o dia seguinte a perpetração do atentado.

Deitou-se, e naturalmente passou toda a noite em claro.

Ergueu-se pela manhã, vestiu-se, apalpou a algibeira e não encontrou a arma.

— Oh!

Procurou-a no chão, atrás do baú, por baixo da cômoda: nada!

* * *

— Para que precisas tu de um revólver, meu filho? — perguntou a mãe do rapaz, entrando no quarto.

— Está com a senhora?

— Está.

— Mas como soube...?

— As mães adivinham.

Flores não disse mais nada: caiu nos braços da boa senhora, e chorou copiosamente.

Ela, que conhecia os amores do filho, deixou-o chorar à vontade; depois, enxugou-lhe os olhos com os seus beijos sagrados, e perguntou-lhe:

— Que ias tu fazer, meu filho? Matar-te?

— Sim, mas primeiro matá-la-ia também!

— E não te lembraste de mim?... Não te lembraste de tua mãe?...

— Perdoe.

E nova torrente de lágrimas lhe inundou a face.

— Ouve, meu filho: na tua idade feliz um amor cura-se com outro. O que neste momento se te afigura uma desgraça irremediável, mais tarde se converterá numa recordação risonha e aprazível. Se todos os moços da tua idade se matassem por causa disso, e matassem também as suas ingratas, há muito tempo que o mundo teria acabado. Raros são os que se casam com a sua primeira namorada. O que te sucedeu não é a exceção, é a regra. O mal de muitos consolo é.

— Eu quisera que Ritinha não pertencesse a nenhum outro homem!

— Matá-la? Para quê? Ela desaparecerá sem morrer... nunca mais terá dezoito anos... A idade transforma-nos tal qual a morte. Não imaginas como tua mãe foi bela!

O velho Flores, pai do rapaz, informado por sua mulher do que se passara, e receoso de que o filho, impulsivo por natureza, praticasse algum desatino, resolveu mandá-lo para o Rio de Janeiro, onde ele chegou meses antes do casamento de Ritinha.

* * *

Naquela noite o Flores, quase qüinquagenário, chefe de repartição, lembrava-se das palavras maternas e reconhecia quanta verdade continham.

Ainda naquele momento sua mãe, que há tantos anos estava morta, parecia falar-lhe, parecia dizer-lhe:

— Não te dizia eu?

— E que impressão receberia Ritinha se me visse? — pensou ele. — Também eu sou uma ruína...

* * *

O Flores apagou a vela, adormeceu e sonhou com ambas as Ritinhas, a do passado e a do presente.

Dali por diante, todas as vezes que encontrava esta última, dizia consigo:

— Olhem se eu a tivesse matado!

As aventuras do Borba

Citarei algumas aventuras do Borba, espécie de gatuno e de boêmio, que durante muito tempo viveu à custa do próximo na capital do Império. Entretanto, fiquem os leitores prevenidos: alguns dos casos que lhes vou narrar figuram na lenda de outros cavalheiros de indústria, entre os quais o famoso *Maranhense*, que, entre parênteses, era filho da província do Ceará. Mas é de justiça restituir ao Borba as anedotas a que tem direito a sua interessante biografia.

Como o Borba andasse muito, pois que a isso o obrigava o exercício da sua profissão de embarrilador do gênero humano, estava sempre descalço. Um dia foi a dois sapateiros e encomendou um par de botinas a cada um, dizendo a ambos que no dia tal, a tantas horas (desencontradas, está sabido) esperava sem falta o calçado em casa. Então pagaria.

No dia indicado os sapateiros — caso raro! — foram de palavra.

Àquele devolveu a do esquerdo, e a este a do direito, dizendo-lhes que o magoavam, e fizessem o favor de as alargar um pouco.

E ficou calçado, que era o que desejava.

É verdade que foi visto durante algum tempo com uma botina de um feitio e outra de outro; mas que tinha isso para um boêmio da força do Borba?

Outra vez, apareceu numa sapataria da rua do Carmo, com um menino de sete a oito anos pela mão.

— Tem botinas que me sirvam? — perguntou ao dono da casa.
— É o que não falta. Daqui não sai freguês sem fazenda.
— Coisa barata, hein? Não quero calçado para mais de dez mil-réis.

Daí a instantes o Borba estava perfeitamente calçado.
— Agora, o menino. Veja aí uns sapatinhos de seis mil-réis.
— Pois não! Pronto! Ficam-lhe a matar.
— Bem. Quanto devo?
— Dezesseis mil-réis.
— Que dezesseis mil-réis! Faça uma redução, se quer freguês!
— Pois são quinze, mas sem exemplo que não se repita.

O Borba mete a mão na algibeira.
— Oh, diabo! Esqueci-me da carteira em casa; mas vou num pulo buscar o dinheiro.

E voltando-se para o menino:
— Meu filho, fique aí sentadinho; não saia sem papai voltar. Vou buscar dinheiro, e venho já.

Daí a uma hora, o dono da casa, impacientado, pergunta ao menino:
— Ó nhonhô? Onde diabo mora seu pai, que se demora tanto?
— Ele não é meu pai, não, senhor.
— Não é seu pai? Ora esta!
— Não é nada meu, não, senhor.
— Não é nada seu? Explique-se, menino!
— Esse homem me encontrou na rua e pegou, me disse: "Vem cá, meu filho. Coitado! Está com os dedos de fora! Vem comigo numa loja de calçado, que te quero dar uns sapatos novos". Eu peguei, vim. Mas eu não conheço ele, não, senhor.

Quinze dias depois, achava-se o Borba numa festa de arraial, em São Domingos, aconteceu estar presente o caixeiro da sapataria da rua do Carmo.

Depois da missa, o industrioso recolheu-se a uma espécie de hospedaria, e, em seguida ao almoço, pago por um amigo, espichou-se ao comprido num canapé, e adormeceu.

O caixeiro, que o observava, aproximou-se dele, e, com uma habilidade que faria inveja ao próprio Borba, descalçou-lhe as botinas, e levou-as consigo, deixando no lugar delas um cartão de sapataria.

Quando o Borba acordou e se viu descalço, levantou-se muito

tranqüilamente, agarrou num pires que estava sobre um aparador, e saiu descalço por ali fora, a dizer a toda gente:

— Esmola para uma missa pedida.

E deste modo, quando chegou a casa, tinha, graças à piedade pública, dinheiro para um par de batinas novas.

Um dia, precisou igualmente de um chapéu. Vai ao chapeleiro e escolhe um belo castor de setenta e cinco gramas.

— Quanto?
— Doze mil-réis.

Põe o chapéu na cabeça, mete a mão no bolso da calça, e vai tirar o dinheiro, quando entra na loja um indivíduo furibundo, mede-o de alto a baixo, e dizendo: "Enfim te encontro, miserável!", dá-lhe uma bofetada, e deita a fugir pela rua fora.

O Borba está atônito.

O chapeleiro está atônito.

O caixeiro está atônito.

Pergunta então o nosso herói ao pobre negociante:

— O senhor que faria em meu lugar? Corria atrás deste biltre e matava-o, não é assim? É o que eu faço!

E saiu correndo da loja, onde até hoje nunca mais pôs os pés.

Escusado é dizer que o Borba estava combinado com o tipo que o esbofeteou.

Numa noite, quis assistir à representação do *Profeta*, no Pedro II.

Outro qualquer ter-se-ia munido de bilhete.

O Borba muniu-se de coragem.

De coragem e de uma flauta... uma velha flauta que um dia surrupiou da algibeira de um músico ambulante, num botequim da rua da Conceição.

Como dizíamos, muniu-se de uma flauta, e ia penetrar no teatro, sem fazer caso do porteiro, quando este o agarrou pelo braço.

— Olá! Ó amigo!... o bilhete?
— O bilhete?! — torna o homem, fingindo-se muito espantado.
— O bilhete, sim!...
— Pois o senhor não sabe que eu sou da orquestra?...
— Ah! Isso e outra coisa...
— Se não me quer deixar, não entro, mas o *Profeta* há de ser representado sem o solo de flauta do segundo ato.

— Ó senhor! Não é preciso dizer mais nada... desculpe... pode passar!

Tendo absoluta necessidade de um fato novo, o Borba, em vez de se dirigir à casa de um alfaiate, foi ter a uma loja que vendia instrumentos cirúrgicos, etc.

Chamou de parte o dono da casa, e disse-lhe:

— Eu tenho um sobrinho rendido das virilhas, coitado! Preciso de uma funda para ele. Serve esta. Quanto custa? Bem: cá está o dinheiro. Deixe ficar aí a funda. Trago-lhe logo mais o pequeno: o senhor há de fazer o obséquio de colocar-lhe.

Ia saindo, mas voltou:

— Previno-o de que o pequeno é muito acanhado. O senhor leva-o para o fundo da loja e lá arranja esse par de botas? Resolve o problema.

— Não há novidade!

— Bem, até logo. (*Saindo, consigo.*) Ai, ai! Isto de aturar filhos alheios!...

Só então é que foi ter com o alfaiate.

Enroupou-se dos pés à cabeça.

— Agora, meu caro, queira ter a bondade de mandar comigo o pequeno, para receber a importância da roupa. Quanto é?

— Cento e quarenta mil-réis.

— Cento e quarenta mil-réis... barata feira!

E saiu, acompanhado pelo caixeiro do alfaiate.

Levou o menino à casa do homem da funda:

— Aqui o tem. Faça o favor de dar-lhe *aquilo*... O senhor já sabe...

— Pois não! Entre, meu menino.

O caixeiro acompanhou o homem aos fundos do armazém, e o Borba pôs-se ao fresco.

Imagine-se o resto.

Vendo entrar no corredor de uma casa um esmoler, que levava na mão riquíssima vara de prata, teve o Borba uma idéia extraordinária!

Entrou também, e, beijando com muita devoção a vara, pediu ao andador das almas permitisse que ele a levasse lá acima, à família, para beijá-la igualmente.

O andador acedeu.

O Borba subiu até o patamar da escada, desatarraxou a vara,

que se dividiu em três fragmentos, como uma flauta, meteu os pedaços na algibeira do sobretudo, e desceu de novo, depois de algum tempo, para dizer ao andador:

— Lá deixei a vara para ser beijada pela família; faça favor de subir para reclamá-la; ao mesmo tempo, receberá a esmola.

Daí a alguns instantes, o andador tinha uma grande disputa com a família, que nunca tinha visto a vara nem o Borba.

Este, pouco depois, vendia-a a peso a um ourives pouco escrupuloso.

O nosso homem foi, durante algum tempo, empregado numa repartição pública. Um dia, nas proximidades do fim do mês, o mais simplório dos seus colegas encaminhou-se para ele com ar de compaixão, e disse-lhe:

— Queres fazer um negócio comigo?
— Vejamos.
— És capaz de comprar este relógio e esta corrente de ouro?
— Quê! Pois queres desfazer-te dessas preciosidades?
— Que remédio! Estou sem vintém...
— Mas isso é de ouro?
— De muito bom ouro do Porto.
— Faço negócio contigo, se for muito baratinho.
— É cá um preço de amigo; dou-te relógio e corrente por quarenta mil-réis!
— Quarenta mil-réis... — murmurou o Borba.

E depois, com resolução:

— Está bem, dou-te metade já e já, à vista, e o resto no dia primeiro.
— Aceito.

E o simplório estendeu-lhe os dois objetos.

O Borba tomou-os nas mãos, examinou-os maliciosamente, voltou-os em todos os sentidos, e disse:

— Isto nunca foi ouro!
— Nunca foi ouro! Esta agora!
— Dás licença que eu vá consultar um ourives?
— Vai consultar quantos ourives quiseres.

O Borba tomou o chapéu e saiu.

Releva dizer que não tinha nem um vintém nas algibeiras.

Saiu, e, em vez de se dirigir à casa de um ourives, foi ter ao Monte de Socorro.

— Quero empenhar este relógio e exata corrente. Quanto me dão?
— Cinqüenta mil-réis — respondeu o avaliador.
O Borba deu um salto.
— Pois bem.
Recebeu os cinqüenta mil-réis, voltou à repartição, deu vinte mil-réis ao simplório e guardou trinta.

No dia em que devia pagar os outro vinte, vendeu a cautela por trinta, e ainda ganhou dez.

O mesmo colega aproximou-se um dia do Borba, chamou-o de parte, e disse-lhe, mostrando um colar de muito preço:
— Ó Borba, achei há dias este objeto na rua.
— E então?
— O indivíduo que o perdeu anuncia hoje no *Jornal do Commercio* que será gratificada, querendo, a pessoa que o achou e lho quiser restituir. Ora, eu sou um simplório: se vou lá, o homem é capaz de não me dar nem uma de X. Se te encarregasses disso...
— Não caias nessa! — bradou o Borba. — Passa o colar a cobres, é o que é. Tenho um ourives amigo; se queres, incumbo-me de vender.
— Mas é que...
— Não há funfum nem foles de ferreiro. Dá cá o colar!
Daí a cinco minutos, o Borba estava em casa de um ourives.
— Quanto dá por isto?
— Cento e vinte mil-réis — respondeu o ourives, depois de examinar o objeto.
— Bem; mas como o colar não é meu, vou consultar o dono — objetou o Borba.
E foi ter com o simplório.
— Ó menino, olha que achei quem desse sessenta mil-réis pelo colar; vendo?
— Sessenta mil-réis! Vende-o imediatamente! Que bom!...
O Borba saiu e voltou muito triste:
— Aqui tem cinqüenta mil-réis: o homem arrependeu-se de haver oferecido sessenta.
— Ora! Bem bom!
E o Borba ainda recebeu dez mil-réis de gratificação.

Mas um dia aconteceu-lhe uma, que quase o desmoraliza aos seus próprios olhos.
Nesse tempo morava numa casa de hóspedes.

Perseguido implacavelmente, logo às seis horas da manhã, por um credor, tomou a resolução de se fechar por dentro, e não dar resposta por mais que o homem batesse. O credor bem sabia que ele estava em casa, e gritou pelo buraco da fechadura:

— Não me quer responder? Pois saiba que não me afasto hoje daqui!

O Borba riu-se, e adormeceu de novo.

Acordou ao meio-dia, e começou a vestir-se, dizendo consigo:

— A estas horas já o meu carcereiro desistiu.

Contudo, estendeu-se de bruços no meio da casa, e espreitou pelo intervalo que havia entre a porta e o chão. Qual não foi o seu terror quando viu umas botas imóveis.

— E não se foi! — pensou o desgraçado. — Lá estão os pés!

Dá uma hora, dão duas; ele renova a experiência, e os pés sempre lá!

Dão três horas, dão quatro, dão cinco, e a fome devasta o estômago do infeliz; mas as botas não se retiram.

Então não pode mais. Capitula por falta de víveres. Abre a porta num lance de desespero, e o seu espanto não é pequeno, quando vê que as botas carcereiras eram as suas próprias botas, que o criado engraxara e pusera à porta.

Outro caso, digno de figurar em letras de fôrma, é o seguinte:

O Borba almoçou, jantou e ceou, durante três meses, no Hotel Flor da Carioca, e não pagou um vintém. Como houvesse muitos fregueses da mesma marca, o dono do restaurante faliu no fim de algum tempo.

Faliu, e, depois de reconciliado com os credores, encetou contra o Borba uma perseguição bárbara, incessante, de todos os dias e de todas as horas. O Borba escondia-se por todos os meios possíveis, e conseguia escapar ao faro do *cadáver*.

De repente cessaram as perseguições. Parece que o credor, desanimado, resolvera deixar em paz o seu antigo freguês. O pobre-diabo, que, antes de abrir o hotel, havia sido pedreiro, deliberou voltar de novo à trilha e à picareta.

Certa madrugada em que o Borba estava na Cidade Nova, sem casa de amigo nas proximidades e com dez tostões na algibeira, entrou numa hospedaria suspeita e pediu um aposento.

Deram-lhe um quarto de telha vã.

Pela manhã despertou sobressaltado, e notou que de cima lhe

atiravam pedrinhas e caliça. Olhou estremunhado e viu, por uma abertura praticada entre as telhas, a cabeça do ex-proprietário do Hotel Flor da Carioca.

— Até que o encontro, seu Borba! Até que o encontro!... Quando pretende pagar-me a sua conta?

O Borba julgou que sonhasse, mas não havia tal: por um desses misteriosos acasos, tão comum na vida do boêmio, o credor consertava, na sua qualidade de pedreiro, o telhado que cobria justamente o quarto em que o Borba se hospedara por uma noite!

Sabem como acabou este herói? Casando com uma fazendeira rica.

Para isso, teve naturalmente que se confessar.

Procurou um padre velho, e ajoelhou-se a seus pés, no confessionário da igreja de Santa Rita.

Ao chegar aos mandamentos da Lei de Deus, o padre tirou da algibeira uma esplêndida boceta de ouro, e, depois de tomar uma pitada, pô-la do lado.

O Borba escamoteou a boceta com mais presteza do que o faria o Hermann.

Depois das perguntas relativas aos quatro primeiros mandamentos, perguntou-lhe o sacerdote:

— Já algum dia furtou alguma coisa?
— Já, senhor padre, já: uma caixa de rapé!
— E não a restituiu ao dono?
— Vossa Reverendíssima quer ficar com ela?
— Eu não, filho de Deus!
— O dono não quer recebê-la...
— Nesse caso é sua, guarde-a sem remorso. Está absolvido.

O Borba não esperou pelo resto da confissão nem pelo competente atestado: safou-se apressadamente com a boceta, o rapé... e a absolvição.

Esse caso faz-me lembrar outro:

O Dr. Romualdo Coimbra, que era livre-pensador, ia também contrair os laços do matrimônio e, como não queria confessar-se, encarregou o Borba de comprar-lhe um bilhete de confissão. Para esse fim deu-lhe dez mil-réis.

Que faz o Borba? Confessou-se, e pediu ao padre que lhe passasse o atestado.

— Como se chama? — perguntou o reverendo.
— Romualdo Coimbra.
E aí está como o Borba ficou com os dez mil-réis, e deu o bilhete de confissão ao noivo, que ainda o gratificou.

Depois de casado, o Borba regenerou-se.
Foi viver para a roça, e tão bem se comportou, que, ao cabo de um ano, fizeram-no subdelegado de polícia, e ofereceram-lhe um apito de prata e um fitão de seda, com grande estardalhaço de música e foguetes.
Se querem ver o que ele foi como autoridade policial, leiam o seguinte caso, que escolho dentre outros muitos, não menos curiosos:
Dois sujeitos associaram-se para emprestar dinheiro, a juros elevados, sobre penhores de ouro, prata e brilhantes.
Uma pobre mulher recorreu, num *aperto*, aos dois judeus, que lhe emprestaram ao prazo de três meses, e a cinco por cento ao mês, cinqüenta mil-réis sobre um trancelim de ouro, que a olhos fechados valia bem os seus trezentos.
Passados os três meses, a mulher lá lhes foi levar o dinheiro e retirar a jóia. Mas os agiotas negaram-se a entregar-lha, alegando que o prazo fora de dois meses e que o trancelim havia sido vendido para pagamento do empréstimo.
Não houve protestos nem lágrimas que valessem. De nada serviu o documento que os dois ladrões tinham dado à vítima: um número escrito no centro de um quarto de papel almaço.
A mulher recorreu então à polícia.
Foi queixar-se ao Borba. Este ouviu-a com muita atenção. Findo o depoimento, perguntou-lhe:
— Tem aí o dinheiro?
— Sim, senhor; cá está.
— Dê-mo. Bom.
E mandou logo intimar um dos dois judeus para comparecer imediatamente em sua presença. O ladrão não se fez esperar. O Borba expôs-lhe o fato.
— Eu não conheço esta mulher, nunca a vi, não tenho trancelim de espécie alguma!
— Bom.
O Borba disfarçou, deu uma volta e mandou uma praça à casa dos judeus pedir ao sócio que lá havia ficado, em nome do outro, que mandasse o trancelim de fulana.

Daí a dez minutos, o trancelim estava na algibeira do Borba.
— Então esta mulher não lhe levou trancelim algum?
— Não, senhor.
— Visto isto, nada lhe deve?
— Nada.
— Bom.
E tirando o trancelim da algibeira:
— Ó senhora, é este o seu trancelim?
— Sim, senhor.
— Então, aqui o tem, e o seu dinheiro. Bem dizia este senhor que vosmecê não lhe devia nada.

A mulher recebeu a jóia e o dinheiro, e saiu sem mesmo procurar decifrar charada tão difícil.

O Borba dirigiu-se então ao judeu:
— Pode também retirar-se.

O homem suspirou, e ia saindo muito lampeiro, mas à porta da rua empolgou-o um soldado e levou-o para a cadeia.

E isto se deu muito antes da reforma judiciária.

Mas ainda mesmo que o sistema judiciário estivesse reformado, bem se importava o subdelegado com a lei!

O Borba morreu comandante superior da Guarda Nacional, e em vésperas de ser barão.

M

Desilusão

O Bacharel Cósimo Nogueira empanturrou-se de romances franceses e acabou por se convencer de que realmente havia neste mundo uma coisa chamada poesia do adultério. Tinha um sonho, um único: ser o amante de uma senhora casada.

Mas distingamos: não se tratava de uma senhora casada como as há por aí que namoram a torto e a direito, e aceitam entrevistas, seja onde for, com o primeiro gamenho que lhes apareça. Não; o Bacharel Nogueira não desejava uma criatura ordinária; sonhava uma fidalga à Feuillet, muito elegante, muito pálida, e, sobretudo, muito espirituosa.

O nosso herói não saíra da Faculdade do Recife com esses apetites de vício elegante; adquiriu-os em Aracaju, onde durante dois anos travou conhecimento com os autores que o perverteram.

Bem se presume que na merencória capital de Sergipe debalde procuraria uma ligação daquele gênero. Havia ali três ou quatro senhoras casadas de um tipo menos provinciano que as outras. Com um pequenino esforço de imaginação, o bacharel aceitaria qualquer delas como a satisfação completa do seu ideal; mas — infelizmente para ele e felizmente para a moral pública de Sergipe — eram tais senhoras honestas e virtuosas.

O sequioso Nogueira chegou a dar investidas, que lhe iam valendo uma tunda de pau. A coisa fez escândalo, e o Dom Juan (em perspectiva) jurou aos seus deuses não repetir a experiência.

Mas a província é a província. Muitos pais de família, indignados, fecharam-lhe as suas portas, e alguns cidadãos conspícuos deixaram de lhe tirar o chapéu. O pobre-diabo incompatibilizou-se com Aracaju.

Nogueira pai, negociante relativamente abastado e homem de bons costumes, tendo por Nogueira filho uma afeição ilimitada e cega, facilmente se deixou convencer de que o seu Cósimo fora vítima de odiosas calúnias. Pois se todos tinham inveja do rapaz, que era "senhor doutor", e graças a Deus não precisava, para viver, desterrar-se numa comarca longínqua, nem pôr banca de advogado!

— Sabes que mais, meu filho, sabes que mais? Vai para o Rio de Janeiro; demora-te lá um ano, e vem depois ensinar sociabilidade a estes matutos.

Estas palavras regozijaram o bacharel. O Rio de Janeiro!... Mas o Rio de Janeiro era o seu desejo, a sua aspiração silenciosa, a sua esperança risonha! Só no Rio de Janeiro o seu coração teria o batismo de amor que ele sonhava; só no Rio de Janeiro os seus olhos encontrariam os olhos da mulher casada que ele entrevira nos seus romances, e há tanto tempo procurava no mundo!

Quinze dias depois, o Dr. Cósimo Nogueira desembarcava no Pharoux.

Era um belo e simpático rapaz de vinte e cinco anos, moreno, alto e delgado, olhos negros, grandes e pestanudos, lábios grossos e nacarados, fartos bigodes, longos e finíssimos cabelos crespos, da mesma cor dos olhos, bonitos dentes, pés pequenos, mãos fidalgas, com as unhas — umas unhas compridas, rosadas e reluzentes — aparadas com um esmero quase artístico.

Junte-se a isto um apuro exagerado na roupa e o palavreado acadêmico, perfeitamente servido por um metal de voz claro, argentino, sonoro — e digam-me se ao Dr. Cósimo seria difícil achar o que procurava.

Pois foi.

Faltava-lhe o melhor: um pouco de espírito e certa dose de audácia. O desastre das investidas de Aracaju entibiara-lhe o ânimo.

Logo depois de chegado, o provinciano, munido de boas cartas de recomendação, e dispondo de pingue mesada, atirou-se de olhos fechados no torvelinho da vida carioca. Abriram-se-lhe de par em par todas as portas. Não houve sarau em Botafogo ou nas Laranjeiras para que o não convidassem.

Não lhe faltaram ocasiões de declarar-se, e fê-lo, vencendo a custo o acanhamento. Várias senhoras casadas ouviram-lhe os mesmos protestos de amor, as mesmas frases alambicadas e piegas.

Quando ele aparecia num salão, as damas repetiam, baixinho, umas às outras, o miserável e inofensivo repertório das declarações que lhe ouviam, e sorriam disfarçadamente, por trás dos grandes leques abertos. Chamavam-lhe o *Cruciante*, porque, nos seus protestos, ele empregava esse adjetivo com uma insistência digna de vocábulo menos safado.

Entretanto, principiou a estação calmosa; fechou-se o Lírico, os salões desguarneceram-se, e as andorinhas do *high life*[1] emigraram para as montanhas.

O Bacharel Nogueira não hesitou: foi para Petrópolis, e hospedou-se num dos melhores hotéis, onde a mais agradável surpresa lhe estava reservada.

No dia seguinte ao da sua chegada, estando no salão do hotel, lendo um jornal à espera da hora do almoço, viu entrar um cavalheiro meio louro, meio grisalho, corretíssimo no trajo e nas maneiras.

O recém-chegado, que parecia estrangeiro, cumprimentou-o com um gesto quase imperceptível, e, sentando-se defronte dele, pegou noutro jornal. Na ocasião em que levava a luneta ao nariz, esta escapou-se-lhe das mãos, e foi cair aos pés de Cósimo, que a ergueu do chão e a restituiu ao dono com um sorriso amável.

E, a propósito da luneta, o sujeito meio louro, meio grisalho, puxou conversa no mais puro castelhano.

Ao cabo de dez minutos já se conheciam um ao outro; eram quase amigos.

Aí está como começaram as relações entre o Bacharel Nogueira e D. Sandalio Ramirez, súdito espanhol, que percorria a América do Sul por conta de uma grande empresa industrial de Barcelona. O medo da *amarilla*[2] dera com ele em Petrópolis.

De repente, entrou no salão uma formosa mulher de trinta... de trinta e tantos anos, trajando com muita elegância um singelo vestido de passeio.

---

[1] "Alta sociedade", em inglês. (N. do E.)

[2] A febre amarela. (N. do E.)

O bacharel ficou deslumbradíssimo. Nem mesmo no mundo fictício em que se agitavam as heroínas dos seus romances, vira ainda uns olhos assim, tão negros, tão cintilantes, tão úmidos, tão caprichosamente rasgados.

O nariz petulante, arrebitado, malicioso; os lábios que, ao menor movimento, formavam em cada extremidade da boca uma interessante covinha, deixando ver os dentes alvos e miúdos; as orelhas, o pescoço, as mãos, a cintura — tudo nela dizia com os olhos; mas foram estes que sobressaltaram o coração de Nogueira.

Assim muitas vezes o raio visual abrange uma paisagem inteira, literalmente bela, compreendendo, numa simultaneidade graciosa, aqui, ali, acolá, todos os primores da natureza, e a vista, despoticamente atraída, esquece-se, num ponto isolado, que a impressionou mais que todos os outros, sem, contudo, amesquinhar a beleza do conjunto.

D. Sandalio ergueu-se, e apresentou:

— *Mi mujer.*

— Casada... — murmurou o bacharel.

E no mesmo instante alvoroçou-se-lhe o sangue, as mãos tornaram-se-lhe frias, e o seu coração entrou a bater desesperadamente.

Na noite desse mesmo dia, Cósimo estava plenamente convencido de que encontrara, afinal, a página mais bela do seu romance, e D. Carmen (era este o nome da esposa do espanhol) farta de saber que os seus olhos andaluzes haviam incendiado subitamente o coração do moço.

Não sei se o encontro a perturbou; ele, coitado! não pregou olho durante a noite inteira; e no dia seguinte, quando foi, todo trêmulo, cumprimentá-la no salão, à mesma hora da véspera, pareceu-lhe que D. Carmen lhe apertava a mão com uma força não autorizada por perfuntórias relações de um dia.

Não se enganava o bacharel: aquele aperto de mão era o pródromo de um poema de amor.

D. Sandalio convidou-o para almoçarem juntos, e D. Carmen ficou ao seu lado.

O namorado estremecia todas as vezes que os cotovelos se encontravam. Esse movimento reproduziu-se com certa insistência, e à noite o aperto de mão foi tão forte e prolongado, que o bacharel não vacilou em acreditar que inspirara uma paixão violenta.

Na manhã seguinte, D. Sandalio Ramirez lembrou-se de um

passeio de carruagem à Cascatinha, depois do almoço. Nogueira foi imediatamente convidado.

A carruagem percorrera apenas algumas braças, quando o pé de D. Carmen — um pezinho de exigüidade adorável — pousou resolutamente na batina do bacharel. Nesse instante D. Sandalio perguntava não sei o que, e o moço, atordoado de súbito por aquela manifestação irrefragável de amor, não pôde responder. Outro qualquer, mais perspicaz e menos confiante, suspeitaria que alguma coisa extraordinária se passara no fundo lôbrego da carruagem; o espanhol, porém, continuou a fumar tranqüilamente o seu havana.

Apearam-se os três defronte de um restaurante, na Cascatinha, e foram ter a um caramanchão, dominando completamente o formosíssimo vale, que parecia transportado da Suíça, com os seus graciosos e pequeninos chalés, edificados aqui e ali, sem a simetria monótona da cidade.

Um belo sol de novembro dourava esta encantadora paisagem.

O rumor da água a despenhar-se da altura e o ronrom da fábrica de tecidos casavam-se, produzindo uma cadência estranha e melancólica.

Empolgado por todos estes efeitos, D. Sandalio não reparou que Nogueira trazia uma botina engraxada e outra não.

Daí em diante começou para o Dr. Cósimo Nogueira a triste vida dos apaixonados.

Os passeios sucediam-se, e ninguém o via senão ao lado do casal Ramirez, namorando escandalosamente a mulher às barbas do marido.

Entretanto, D. Sandalio não os deixava um momento, e o desespero do pobre rapaz aumentava na proporção do seu amor.

Cósimo escreveu a D. Carmen uma primeira cartinha repassada de afeto e de ternura. A resposta fez-se esperar oito dias, e naturalmente veio escrita em espanhol. Não dizia que sim nem que não. Não animava nem desenganava. Era uma carta angulosa, cheia de reticências e de escrúpulos, de negaças e de promessas. A espanhola confessava ter por ele um desses afetos espontâneos, que nascem do encontro de dois olhares como salta uma faísca do encontro de duas pedras (a comparação é dela); argumentava, porém, com os seus sagrados deveres de esposa, e dizia que *este hombre* era um abismo cavado entre os seus corações.

Nogueira não era tão parvo que por tão pouco desanimasse, e já agora queria levar a sua avante. O diabo é que se lhe secara a fonte da inspiração, e ele já não sabia o que escrever, porque, continuando a correspondência entusiasmada de parte a parte, dera vazão a todos os *cruciantes* possíveis. Além, disso, as cartas de D. Carmen, escritas numa língua estranha, nem sempre eram conscienciosamente traduzidas, apesar de um dicionário espanhol, que o bacharel adquiriu.

Nas suas últimas epístolas, D. Carmen já nem por incidente se referia aos seus deveres; desde que *este hombre* os deixasse livres um momento, ela mostraria toda a intensidade do seu amor.

O escândalo era público e notório, e em Petrópolis ninguém dava a esses amores um caráter platônico. Isto não desagradava ao Dr. Cósimo, que intimamente se orgulhava de ser — ou fingir que era — o amante de uma senhora casada, que todos reputavam bela. Às perguntas dos indiscretos respondia sempre com ligeiros gestos de enfado, assim como se dissesse: "Não me aborreçam", mas lá por dentro deliciava-se daquela fama, embora sem proveito.

Entretanto, estava realmente apaixonado.

Carmen preocupava-o de tal modo, que ele outro pensamento não tinha senão ela. Apesar de escritas em espanhol, decorava-lhe as cartas, úmidas sempre de longos beijos de amor. De tal forma sentia-se identificado com ela, que às vezes afigurava-se-lhe ao espírito que a conhecia de muito. Tinha ciúmes retrospectivos, ciúmes e um passado todo misterioso para ele; mas a própria evidência não poderia jamais convencê-lo de que ela houvesse tido um amante.

Nas suas longas horas de isolamento, entre as quatro paredes do seu quarto, comprazia-se em recordar mentalmente casos que lhe sucederam em Aracaju e no Recife, casos insignificantes que lhe ficaram, não sabia por que, gravados na memória, e perguntava ao seu coração o que naqueles momentos faria Carmen na sua terra. Por que só tão tarde obedeceram ambos a essa força dinâmica do amor, que aproxima os seres e consorcia as almas?

Que fazia a espanhola na ocasião em que ele nasceu? Brincava descuidada na casa de seus pais, em Sevilha; teria seis ou oito anos apenas; não podia adivinhar que naquele momento vinha ao mundo, na capital de Sergipe, o primeiro homem a quem deveria amar deveras...

E nada o desiludia: nem a facilidade com que ela aceitou, ou antes, provocou os seus galanteios; nem aqueles olhos, que eram duas enciclopédias eróticas; nem uma filha de dois anos, que ficara em Barcelona, fruto serôdio de um casamento sem amor; nem as rugazinhas, precoces talvez, que debalde se disfarçavam com fortes camadas de *veloutine,* e nas quais um observador mais prático e menos apaixonado descobriria vestígios de deliciosos pecados.

Como é ridícula a vaidade dos homens, e como as mulheres contam com ela!

Dois meses eram passados depois daquele primeiro encontro no salão do hotel de Bragança, quando o Bacharel Nogueira encontrou, metida por baixo da sua porta, uma carta que dizia assim:

"*Finalmente seré tuya. Sandalio irá sabado à la ciudad, y irá solo; creo que vá allí a tratar de sus negocios. Te doy cita para esto dia. Hoy es miercoles; tienes tiempo de mas para buscar um nido para ti y para tu* — *Carmencita*[3]".

O ditoso namorado não compreendeu bem esta carta, por causa dos vocábulos *cita* e *nido,* cuja tradução ignorava. Recorreu ao dicionário, e só lhe faltou endoidecer de alegria, quando viu que *cita* queria dizer *entrevista* e *nido* significava *ninho.*

Nesse mesmo dia alugou uma casinha de porta e janela no Palatinado e mobilou-a sumariamente.

Respondeu a D. Carmen, dizendo-lhe que, no dia designado, às nove horas da manhã, um carro fechado esperá-la-ia em tal parte, para conduzi-la ao *nido,* onde ele a esperaria ansioso.

Nunca três anos pareceram tão longos a ninguém como esses três dias ao Bacharel Nogueira. O pobre-diabo não dormia, não se alimentava, não sabia com que matar o tempo. Vivia numa agitação contínua, metendo constantemente a mão na algibeira da calça para apalpar a chave da casinha do Palatinado, e relendo, pelos cantos, a carta de D. Carmen; só assim podia convencer-se de que o *nido* era uma realidade e a *cita* não era um sonho.

Voltou à casinha quinta e sexta-feira, arranjando os móveis, espanando tudo, verificando que nada faltava, beijando o lençol em

---

[3] "Enfim serei tua. Sandalio vai sábado à cidade, e vai sozinho; creio que tenha negócios a tratar. Concedo-te uma entrevista nesse dia. Hoje é quarta-feira; tens tempo suficiente para encontrar um ninho para ti e para tua — Carmencita". (N. do E.)

que Carmen havia de deitar-se, a fronha, em que encostaria a maravilhosa cabeça — e o coração batia-lhe com mais força, e as mãos tornavam-se-lhe de gelo, quando prelibava os belos momentos que lhe estavam reservados naquele doce retiro.

Chegou, afinal, o suspirado sábado.

Às seis horas da manhã já o Bacharel Nogueira estava de pé, banhado, perfumado, barbeado e embonecado.

Pouco depois, batiam-lhe à porta.

Foi abrir. Era D. Sandalio Ramirez, pronta para sair, de bolsa de viagem a tiracolo.

— Oh! — exclamou Cósimo, fingindo-se surpreso. — Aonde vai tão cedo?

— *Quiere usted algo de la ciudad? Necesito absolutamente ir allá abajo, pero vuelvo hoy mismo.*

— Boa viagem. Não leva a senhora?

— *No; tengo mucho miedo de la fiebre amarilla, especialmente por Carmen; por ella estoy tanto tiempo en Petropolis, prejudicando con esto mis intereses.*

E com um suspiro:

— *Ah, amiguito mio, quien estuviera solo! Que bien hace usted en permanecer soltero!*

— Para que se casou?

— *Si al menos fuese casado...*

O bacharel arregalou os olhos, e por um triz não teve uma síncope.

— Se fosse casado?.. Pois D. Carmen?

— *Carmen es mi amante. Usted está vestido; acompañeme usted hasta la estación, que mientras llegamos le contaré todo*[4].

Cósimo pegou maquinalmente no chapéu, e seguiu o espanhol, sem saber onde pisava.

---

[4] As frases de Sandalio Ramirez em português: "Quer algo da cidade? Preciso descer até lá sem falta, mas volto hoje mesmo"; "Não; tenho muito medo da febre amarela, especialmente por Carmen; é por ela que estou há tanto tempo em Petrópolis, prejudicando meus negócios"; "Ah, meu amiguinho, quem me dera estar sozinho! Como você faz bem em continuar solteiro!"; "Se ao menos eu fosse casado..."; "Carmen é minha amante. Você já está vestido; acompanhe-me até a estação, que no caminho lhe contarei tudo". (N. do E.)

Quando chegou à estação, o pobre rapaz sabia coisas que nem por sonhos quisera saber. D. Carmen tinha sido bailarina num teatro de Barcelona; D. Sandalio, apaixonado, propôs-se arrebatá-la à arte de Terpsícore. Ela aceitou, e, um ano depois, brindava-o com uma filha. Nestas condições era impossível, ou, pelo menos, difícil uma separação.

O bacharel estava atordoado. No momento em que supunha ter encontrado o seu ideal, a recompensa palpável de tanta constância do espírito, de tanta luta da imaginação, D. Sandalio Ramirez atirava-o com um pontapé do alto da torre edificada, durante tanto tempo, à custa de tantos sonhos e tão doces quimeras!

— Solteira! solteira! — repetia consigo o desiludido provinciano.

E, tomando uma súbita resolução, foi comprar um bilhete de passagem.

— Sabe que mais, D. Sandalio? Acompanho-o: estou com saudades da rua do Ouvidor!

Alguns minutos depois, o amante e o namorado de D. Carmen, vertiginosamente arrebatados pela locomotiva, desciam ambos a serra de Petrópolis.

Às quatro horas da tarde desse mesmo dia, o namorado foi ter com o amante à estação da Prainha, e disse-lhe.

— D. Sandalio, grave motivo me retém na cidade. Aqui tem este dinheiro: peço-lhe que liquide a minha conta no hotel, e me remeta as malas, a roupa e os mais objetos que lá se acham e me pertencem. Cá está o meu endereço. Confio-lhe igualmente esta chave, de uma casinha que aluguei no Palatinado, para receber uma senhora casada; queira entregá-la ao senhorio, e dispor, como julgar mais conveniente, dos objetos que encontrar nessa casinha, e que são meus. Neste papel deixo-lhe todas as indicações precisas. Se, no fim de contas, sobrar algum dinheiro, queira remeter-mo, desculpando a maçada que lhe dou, fiado apenas na sua bondade. Lembranças a D. Carmen.

D. Sandalio cumpriu religiosamente as recomendações do Dr. Cósimo Nogueira, e este, quatro meses depois, casava-se em Aracaju com uma priminha. Foi a primeira vez que teve relações íntimas com uma senhora casada.

Nuvem por Juno

O meu coração é anômalo.

Vós outros, namorados sem ventura, sois indiscretos e palradores; precisados de grandes lances e cenas extraordinárias; a vossa leviandade espetaculosa dá logo a perceber as vossas mágoas secretas!

A mim, desgraçado como sou, bastam-me as nuvens e os sonhos...

Vós sois atrevidos e taralhões; eu posso dizer como Querubim: *Je n'ose pas oser*[1].

Para vós, o amor é uma vulgaridade; para mim é ele quem preside a república das quimeras; é um deus que habita o espaço, pairando entre o céu e a terra.

Vós amais em prosa; eu amo em verso.

O amor que se propala é apenas uma miserável história; o amor que se esconde foi sempre um admirável poema.

A vós outros, namorados indiscretos, não aconteceria decerto o que me sucedeu, devido à minha escrupulosa reserva:

Foi numa festa de arraial que eu a vi, pálida e cismadora.

É impossível encontrar nos livros mulher que mereça a honra de lhe ser comparada.

Indescritível beleza!

Imaginai uns olhos e uns cabelos negros, que a natureza esmerada

---

[1] "Não ouso ousar", em francês. (N. do E.)

colocou em cabeça tão formosa, que faria inveja a qualquer das heroínas ideais dos grandes poemas.

Imaginai um rosto formoso, meigo, simpático, e poupai-me o difícil trabalho da descrição.

Eu passava, e defronte dela não sei que força estranha me obrigava a estacionar, como se uma curiosidade qualquer me empolgasse os sentidos.

O povo arredava-me, acotovelava-me, zombava do meu êxtase ridículo, e eu não dava acordo de mim.

Parecia-me que nós, ela e eu, éramos os únicos romeiros daquela festa; o mundo, possuímo-lo sós: ninguém mais existia.

Quando ela se retirou, o imenso arraial, onde um fogo de artifício prendia a atenção do povo, parecia-me inóspito, deserto; faltava ali aquela mágica beleza, que me despertara o coração.

Retirei-me também e maquinalmente me dirigi para casa.

Acendi um charuto, e dentre as espirais de fumo, que se revolviam no ambiente perfumado da alcova, a imagem dela surgia risonha e sedutora.

Depois de alguns dias, passados entre a esperança e o temor, o desespero e a saudade, tive, afinal, a ventura de encontrá-la num baile.

Aproximei-me tímido e receoso.

— Uma valsa, minha senhora — balbuciei.

Foram essas as minhas únicas palavras.

Satisfatoriamente despachado, dei-lhe o braço, e, pouco depois, atirávamo-nos, valsando, àquela multidão de doidos, ao som dos instrumentos de uma malta impertinente de degenerados filhos de Euterpe, a cujo atroador conjunto davam, sem o menor vislumbre de ironia, o pretensioso nome de — orquestra.

Bem ou mal executada, a valsa, a valsa dos alemães, a escandalosa, a delirante, a doida — aproximou-nos. Durante alguns minutos eu tive o precioso direito de comprimi-la contra o meu peito, de acariciá-la com o olhar, de adorá-la até, a simples distância de um beijo.

Tudo me parecia um sonho: harmoniosos e celestes soavam aos meus ouvidos os sopros descompassados dos músicos.

Duas vezes ergui do chão o lenço, que duas vezes lhe caíra aos pés; duas vezes tentei roubar-lhe um cravo que trazia... Onde? Já me não lembro.

Entretanto, não nos conhecíamos; ignorávamos ambos os nossos nomes...

— Tens andado triste — disse-me um rapaz, amigo de infância, que, havia pouco, chegara de Pernambuco, trazendo uma carta de bacharel e uma esposa.
— Eu? Ora essa! Sim... creio... Ó Sousa (suponhamos que o meu amigo se chamava Sousa), há de desculpar-me, sim? Ainda não cumpri o meu dever de amizade, visitando-te; mas...
— Não falo agora de visitas — interrompeu ele, desviando a conversa do caminho que eu pretendia dar-lhe —; falo desses modos sombrios e reservados com que hoje me apareces. Tu não eras assim, homem de Deus! Porventura perseguem-te os credores?
— Não.
— Perdeste dinheiro ao jogo?
— Também não.
— Recebeste alguma notícia má?
— Não... não...
— Ah! já sei: estás apaixonado!
Calei-me.
Quem cala consente.
O meu amigo deu-me o braço e começamos juntos a passear pelas salas.
— Quero saber — continuou ele — qual foi a fada que teve o poder de quebrar essa indiferença.
— Está cá uma mulher bonita, meu amigo. Não é a primeira vez que a vejo, e conto que não será a última. Amo-a com toda a força de um primeiro amor. E este segredo dormia-me nos lábios, como se fora um crime despertá-lo.
— Esse platonismo caducou; declara-te, meu galã. Se ela está no baile, pede-lhe uma quadrilha; durante a dança terás tempo de sobra para dizer-lhe o que sentes. Vem depois orientar-me de tudo. Espero-te na banca do voltarete.

Deixei o meu conselheiro para obedecer às suas disposições.
Mas com que custo!
Finda a quadrilha, conduzi a questão ao respectivo terreno. Nada mais difícil neste mundo que semelhante "condução".
Reconheci muito espírito no meu formoso par, o que naturalmente arrefeceu o ardor do meu propósito.

O namorado, se tem que lutar com o espírito da mulher amada, envergonha-se, e, querendo expandir-se, preludia apenas.

Depois de alguns minutos, durante os quais, em passeio, lhe falei de mil trivialidades, aventurei timidamente:

— V. Exa. acredita nas paixões súbitas, minha senhora?

— A que vem essa pergunta, cavalheiro?

Encaminhei-me ao coração do assunto:

— Estou apaixonado, minha senhora, muito apaixonado. Supunha o meu coração morto para o amor; começava a descrer dos meus próprios sentimentos, da minha própria mocidade, quando um encontro... talvez fatal, feliz talvez...

— Mas a que vem essa confidência?

— Esta confidência é necessária, é urgente. Impor silêncio ao coração é exigir dele um sacrifício hediondo. A mulher que encontrei é V. Exa.; eu...

— O senhor?...

— Amo-a, e...

— Já vejo — disse ela, franzindo os sobrolhos e retirando o braço com o gesto da mais altiva soberania —; já vejo que não está em seu juízo; quando se curar, ou for curado, espero que me venha dar uma satisfação!

E deixou-me estupefato.

Trêmulo, arquejante, demudado, aproximei-me da banca do voltarete.

A vergonha casara-se com o despeito, para me atormentarem ambos naquele momento infeliz.

O bacharel jogava. Sem atenção para com os parceiros, bati-lhe levemente no ombro, e obriguei-o a confiar a outro as cartas, para vir em meu auxílio, ouvindo-me os amorosos queixumes.

Contei-lhe sem rebuço o que sucedera.

Ao finalizar, uma lágrima leviana rolou-me nas faces, vexando-nos — a mim, que a derramei, e ao meu amigo, que a surpreendeu.

— É um amor desgraçado, não achas? — perguntei.

— Francamente — respondeu ele —, não deixa de ser bem empregado o adjetivo. Mas é preciso que me mostres a tua idolatrada; quero vê-la, para persuadir-me de que realmente... vale uma lágrima.

No momento em que o meu amigo assim se exprimia, ela passava, de braço dado a uma senhora idosa.

— Ei-la! — exclamei num ímpeto.

— Quem? Esta?

E apontou para a matrona.
— Esta não; a outra...
— Aquela?!
— Aquela, sim...
— Oh!...
O bacharel ficou vermelho, branco, encarnado, multicor! Era o estandarte do desespero!

— Desgraçado! — continuou convulsivo, enterrando-me nas carnes do braço direito uma unha de Otelo. — Essa mulher é...

Já deveis ter percebido que a minha idolatrada deusa era a esposa querida do meu amigo de infância.

Ele que vos diga se ela valia ou não valia uma lágrima.

O asa-negra

Quando, em 185..., poucos momentos antes de nascer Raimundo, sua mãe curtia as dores do parto e curvava-se instintivamente, agarrando-se aos móveis e às paredes, mandaram chamar a toda pressa a única parteira que naquele tempo havia na pequena cidade de Alcântara.

A comadre prodigalizava, naquele momento, os cuidados da sua arte hipotética à mãe de Aureliano, que era mais rica.

Só algumas horas mais tarde pôde acudir ao chamado; mas já não era tempo: a mãe sucumbira à eclampsia; o filho salvara-se por um milagre, que ficou até hoje gravado na tradição obstétrica de Alcântara.

O pobre órfão devia sofrer, enquanto vivesse, as terríveis conseqüências, não só da inépcia das mulheres que assistiram a sua mãe, como do falecimento desta. Era aleijado, entanguecido, e tinha a cabeça singularmente achatada, nas cavidades frontais, pela pressão grosseira de dedos imperitos. Um menino feio, muito feio.

* * *

Quando Raimundo entrou para a escola, já lá encontrou Aureliano, rapazito lindo, vigoroso e rubicundo; mas uma antipatia invencível afastou-o logo desse causador involuntário dos infortúnios que lhe cercaram o berço.

Aureliano, que era de um natural orgulhoso, não perdia ensejo de vingar-se da antipatia do outro. Não houve diabrura de que o não acusasse falsamente, e, como Raimundo não era estimado, por ser feio, não encontrava defesa, e estendia resignado a mão pequenina às palmatoadas estúpidas do mestre-escola. Isto acontecia diariamente.

O mestre, afinal, cansado de castigá-lo em pura perda, pois que as acusações continuavam da parte de Aureliano, expulsou-o da escola; e, como não houvesse outra em Alcântara, o bode expiatório cresceu à bruta, sem instrução, não tendo achado no mundo espírito compadecido que lhe levasse um raio de luz à treva da inteligência medíocre.

* * *

Mais tarde meteram-no a bordo de um barco, e mandaram-no para a capital, consignado a uma casa de comércio.

Aí encontrou Raimundo um protetor desinteressado, que lhe mandou ensinar primeiras letras e rudimentos de escrituração mercantil. A prática faria o resto.

Dentro de algum tempo o menino, que já contava dezesseis anos, deveria entrar, como ajudante de guarda-livros, para certo escritório de comissões; mas oito dias antes daquele em que devia tomar conta do emprego, morreu inesperadamente o seu protetor.

Entretanto, Raimundo apresentou-se, no dia aprazado, em casa do futuro patrão.

— Cá estou eu.
— Quem é você?
— O ajudante de guarda-livros de quem lhe falou o defunto Sr. F.
— Ah! sim... lembra-me... mas o meu amiguinho chore na cama que é lugar quente; o serviço não podia esperar, e eu tive que admitir outra pessoa.

E apontou para um rapaz que, sentado, em mangas de camisa, a uma carteira elevada, parecia absorvido pelo trabalho de escrita.

— Ah! — murmurou despeitado o infeliz alcantarense.

O outro levantou os olhos, e Raimundo reconheceu-o: era Aureliano, que tinha os lábios arqueados por um sorriso verdadeiramente satânico.

* * *

Passaram-se alguns meses, durante os quais Raimundo passeou

a sua penúria pelas ruas de São Luís. Andava maltrapilho e quase descalço.

Arranjou, afinal, um modesto emprego braçal, numa agência de leilões. Só quatro anos mais tarde julgou prudente trocá-lo por um lugar de condutor de bonde.

Durante todo esse tempo, Aureliano, o seu asa-negra, moveu-lhe toda a guerra possível. Diariamente lhe chegavam aos ouvidos os impropérios gratuitos e as pequeninas intrigas do seu patrício.

Raimundo convenceu-se de que Aureliano, rapaz simpático e geralmente estimado na sociedade em que ambos viviam, nascera no mesmo momento em que ele, como um estorvo ao mecanismo da sua existência. Era o seu asa-negra.

* * *

Foi no bonde que Raimundo viu pela primeira vez os olhos negros e inquietos de Leopoldina.

Não se descreve a paixão que lhe inspirou essa morena bonita, cujos contornos opulentos causariam inveja às louras napéias de Rubens. A rapariga tinha nos olhos a altivez selvagem e nos lábios a volúpia ingênita das mamelucas. O seu cabelo grosso, abundante e negro, prendia-se, enrolado no descuido artístico das velhas estátuas gregas, deixando ver um cachaço que estava a pedir, não os beijos de um Raimundo anêmico e doentio, porém as rijas dentadas de um gigante.

Pois Raimundo, que não era nenhum Polifemo, um belo dia conduziu ao altar a mameluca bonita, e até o instante da cerimônia esteve, coitado, vê não vê o momento em que Aureliano surgia inopinadamente de trás do altar-mor, para arrebatar-lhe a noiva.

Infelizmente assim não sucedeu.

* * *

Nos primeiros tempos de casado, tudo lhe correu às mil maravilhas; mas pouco a pouco a sua insuficiência foi se tornando flagrante. O seu organismo fazia prodígios para corresponder às exigências da esposa, cuja natureza não lhe indagava das forças.

As mulheres ardentes e mal-educadas, como Leopoldina, quando lhe faltam os maridos com a dosimetria do amor, confundem a miséria do sangue com a pobreza da casa. Questão de disfarçar sentimentos, e de aplicar o abstrato ao concreto. Leopoldina, que até então se contentara com a *aurea mediocritas*[1] relativa do condutor de bonde, começou um dia a manifestar apetites de luxo, a sonhar frandulagens e modas.

De então em diante tornou-se um inferno a existência doméstica de Raimundo. Ano e meio depois de casado, ele evitava a convivência da esposa, jantava com os amigos, e só aparecia em casa para pedir ao sono forças para o trabalho do dia seguinte.

* * *

Mas, de uma feita em que se viu forçado a ir a casa em hora desacostumada, surpreendeu Leopoldina nos braços hercúleos de Aureliano.

Excitado pelo desespero, cresceu para eles frenético, espumante; mas os quatro braços infames desentrelaçaram-se das criminosas delícias, e repeliram-no vigorosamente.

O pobre marido rolou sobre os calcanhares, e caiu de chapa, estatelado, sem sentidos.

Quando voltou a si, os dois amantes haviam desaparecido.

Raimundo não derramou uma lágrima, e voltou cabisbaixo para o trabalho.

Ao chegar à estação dos bondes, o chefe de serviço repreendeu-o, fazendo-lhe ver que a sua falta se tornara sensível. Despedi-lo-ia, se não fosse empregado antigo, que tão boas provas dera até então de si.

O alcantarense ergueu a cabeça. Os olhos desvairados saltavam-lhe das órbitas com lampejos estranhos. E respondeu coisas incoerentes. Estava doido.

Dali a uma semana, foi para Alcântara, requisitado por um tio, derradeiro destroço de toda a família.

Pouco tempo durou; iludindo a vigilância do parente, saiu de casa uma noite, e atirou-se ao mar, afogando consigo as suas desgraças nas águas da Baía de São Marcos.

---

[1] "Mediocridade áurea", em latim. É a condição da classe média, segundo Horácio (65-8 a.C.). (N. do E.)

* * *

Dois dias depois deste suicídio, a Ilha do Livramento, árido promontório situado perto de Alcântara, em frente àquela Baía de São Marcos, regurgitava alegremente de povo. Realizava-se a festa de Nossa Senhora, e os fiéis afluíam, tanto da capital como de Alcântara, à velha ermida solitária.

Aureliano, alcantarense da gema e figura obrigada de todas as festas e romarias, compareceu também ao arraial, exibindo publicamente a sua personalidade, que se tornara escandalosa depois do adultério de Leopoldina.

No Maranhão as paredes não têm somente ouvidos, como diz o adágio: têm também olhos.

* * *

Conquanto o céu anunciasse próxima borrasca, Aureliano resolveu deixar a Ilha do Livramento e embarcar, ao escurecer, numa delgada canoa, em demanda de Alcântara, onde tencionava pernoitar. A empresa era sem dúvida arriscada; mas lá, na colina escura que se refletia vagamente nas águas negras da baía, esperavam-no os braços roliços da viúva do doido.

Embarcou.

Acompanhava-o apenas um remador, que desde pela manhã tomara a seu serviço.

* * *

Em meio da viagem, soprou de súbito rijo nordeste, e o mar, que até então se conservara plácido e próspero, encapelou-se raivoso. Em três minutos as ondas esbravejavam já terrivelmente, e a canoa, erguida a grande altura, e de novo arremessada ao pélago, num estardalhaço de vagas, recebia no bojo quantidade de água suficiente para metê-la a pique.

— Cada um cuide de si! — bradou o remador, atirando-se ao mar, e oferecendo combate heróico à impetuosidade das ondas. Nadava que nem Leandro.

Aureliano viu-se perdido. A canoa mergulhava. Ele não sabia nadar, o desgraçado! Preparou-se para morrer...

A embarcação submergiu-se.

O náufrago agitava instintivamente os braços e as pernas, esperando talvez que o desespero lhe ensinasse milagrosamente uma prenda que nunca aprendera.

Debalde!

Foi ao fundo, vertiginosamente. Voltou de novo à tona d'água, chamado à vida pelo seu sangue de moço. Bracejou... tentou bracejar... A sua mão encontrou alguma coisa fria... muito fria... que flutuava. Agarrou-se a esse objeto salvador... boiou muito tempo com ele... e com ele finalmente foi arremessado à praia...

* * *

O cadáver de Raimundo salvara Aureliano.

O fato do ator Silva

No dia seguinte ao da primeira representação da comédia *O noivo de Margarida*, um jornal fluminense dizia:

"Causou reparo que o ator Silva, fazendo o papel do protagonista, que vinha buscar Margarida para conduzi-la ao altar, se apresentasse vestido de sobrecasaca e calças cor de azeitona.

É indesculpável essa falta no Sr. Silva, artista consciencioso, que até hoje tem sido muito bem recebido pelas nossas platéias.

Nem na Sacra Família do Tinguá há quem se case de calças cor de azeitona".

Ao ator Silva molestou o reparo do jornalista, e o caso não era para menos, tanto mais que o culpado tinha sido o Gaioso, como se vai ver...

Um dia, estava o Gaioso na repartição, copiando extenso e enfadonho ofício, quando viu assomar perto da sua mesa de amanuense o vulto simpático do amigo Pizarro.

— Olé! tu por cá! Que bons ventos te trouxeram?

— Venho fazer-te um pedido, um pedido muito urgente, urgentíssimo!

— Se não for dinheiro nem coisa que o valha...

— É coisa que o vale. Vou casar-me. Sabias? Não sabias? Pois fica sabendo. Vou casar-me e venho convidar-te para padrinho do meu casamento.

— Oh! quanta honra!

— Posso contar contigo?

— Certamente; a um pedido desses não se diz que não. Apenas espero que me previnas a tempo de preparar-me para a cerimônia...

— A cerimônia é hoje.

— Hoje?!

— Hoje, às cinco horas da tarde. Este casamento efetua-se em condições muito singulares. O padrinho, que tu vais substituir, sabendo que o consórcio era contra a vontade do pai da moça, que é seu amigo, fingiu-se doente à última hora! Não imaginas o que tem havido, nem disponho de tempo agora para contar-te tudo. Basta dizer-te que o casamento tem de ser hoje por força! É hoje ou não será nunca!

— Mas, por amor de Deus! estou desprevenido! Como queres tu que do meio-dia até as cinco horas eu arranje casaca e o mais que me falta?

— Então tu não tens casaca?

— Nunca tive!

— Pois tece os pauzinhos como quiseres...

— Mas como?

— Isso é lá contigo.

— E o carro? Só essa despesa!...

— Não te dê cuidado o carro: irás no meu e voltarás no da madrinha, que é uma viúva idosa.

— Mas estás doido, Pizarro! Olha que não tenho um níquel, e em cinco horas...

— Em cinco horas conquista-se um império! Arranja-te! A amizade é o sacrifício. Os amigos conhecem-se nas ocasiões. À hora aprazada espero-te com a minha futura e os convidados à rua do Resende, número 83. Adeus!...

Pouco depois — ó grande ciência dos expedientes! — estava o Gaioso munido de um chapéu de pasta, uma camisa bordada, um par de sapatos, um par de luvas e um par de meias.

Com o que lhe restava do dinheiro, que lhe deu o Monte de Socorro pelo seu relógio, era impossível arranjar um terno de casaca, mesmo alugado.

Foi então que o Gaioso se lembrou do ator Silva, a quem prestara, numa ocasião difícil, um desses favores que não se pagam nem se esquecem.

Foi para casa, fez a barba, calçou as meias e os sapatos, vestiu a camisa, desarmou o chapéu de pasta, cobriu-se, meteu-se no fato velho, tomou um tílburi e foi bater à porta do artista. Eram três horas da tarde.

Não o encontrou. Procurou-o na rua do Ouvidor. Nada! Voltou à residência dele. Davam quatro horas.

Desta vez foi mais feliz; o ator Silva estava na sala, ensaiando gestos e posições defronte de um grande espelho velho.

— Empresta-me o teu fato preto! — bradou o Gaioso num ímpeto e sem preâmbulos. — Preciso já, já e já da tua casaca, das tuas calças e do teu colete!

— Vais a algum enterro? Quem morreu?

— O Pizarro.

— Morreu o Pizarro?!

— Morreu, não! Casa-se! Casa-se hoje, sou padrinho do casamento, e fui à última hora flauteado pelo alfaiate.

— É o diabo...

— Anda com isso! Nós temos o mesmo corpo. Só tu podes salvar a situação!

— Não posso, filho!

— Não podes? Por quê?

— Preciso do meu fato para figurar logo no *Noivo de Margarida*, que sobe à cena em primeira representação. O noivo sou eu: o papel é obrigado a casaca.

— O espetáculo principia às oito e meia; às oito horas, ou antes disso, terás o teu fato!

— Vê lá!

— Juro!

— É que receio...

— Ora!

— Entro logo na segunda cena!

— Não haverá novidade!

— Bom. Anda comigo. Vamos buscar o fato.

— Pois não o tens em casa?

— Não; está no teatro, no meu camarim.

Passava já das cinco horas quando o Gaioso saiu do teatro — perfeitamente enluvado e encasacado — e tomou de novo o tílburi que o levou à rua do Resende, número 83.

O Pizarro esperava-o impaciente; entretanto, só às seis horas se pôs em marcha o cortejo nupcial para a matriz de São João Batista, em Botafogo. O padrinho não contava que o casamento fosse tão longe. Naquele tempo não tínhamos ainda o casamento civil.

Finda a cerimônia, que pouco se demorou, foi o Gaioso à sacristia assinar o respectivo assentamento.

Quando saiu, já não encontrou na igreja nem noivos nem convidados!

O Pizarro nem sequer se despedira dele! Perdoou-lhe: um noivo é sempre apressado...

Perdoou-lhe, mas ficou desesperado, porque eram sete e meia, e o outro noivo, o noivo de Margarida, lá estava à espera da sua casaca!

Não, não era um ator, era um público inteiro que reclamava aquela roupa!

O Gaioso percorreu a pé, de casaca e chapéu de pasta, ridículo, um grande trecho da rua dos Voluntários da Pátria, na esperança de ver um tílburi adventício desembocar de qualquer das ruas adjacentes...

Nada!...

Tomou um bonde que passou depois de dez minutos de desespero.

Só no largo da Lapa encontrou um tílburi.

Chegou ao camarim do ator Silva justamente na ocasião em que o noivo de Margarida entrava em cena de sobrecasaca e calças cor de azeitona.

◻

O gramático

Havia na capital de uma das nossas províncias menos adiantadas certa panelinha de gramáticos, sofrivelmente pedantes. Não se agitava questão de sintaxe, para cuja solução não fossem tais senhores imediatamente consultados. Diziam as coisas mais simples e rudimentares num tom pedantesco e dogmático, que não deixava de produzir o seu efeito no espírito das massas boquiabertas.

Dessa aluvião de grandes homens destacava-se o Dr. Praxedes, que almoçava, merendava, jantava e ceava gramática portuguesa.

Esse ratão, bacharel formado em Olinda, nos bons tempos, era chefe de seção da Secretaria do Governo, e andava pelas ruas a fazer a análise lógica das tabuletas das lojas e dos cartazes pregados nas esquinas. "Casa do Barateiro — sujeito, esta casa; verbo, é; atributo, a casa; do barateiro, complemento restritivo." O Dr. Praxedes despedia um criado, se o infeliz, como a *soubrette*[1] das *Femmes savantes*, cometia um erro de prosódia.

E quando submetia os transeuntes incautos a um exame de regência gramatical?

Por exemplo: encontrava na rua um menino, e este caía na asneira de perguntar muito naturalmente:

— Sr. Dr. Praxedes, como tem passado?

— Venha cá — respondia ele agarrando o pequeno por um botão

---

[1] "Criadinha", em francês. *Les femmes savantes* é uma peça de Molière (Jean-Baptiste Poquelin, 1622-1673). (N. do E.)

do casaco. — "Sr. Dr. Praxedes, como tem passado?": que oração é esta?

— Mas... é que estou com muita pressa...
— Diga!
— É uma oração interrogativa.
— Sujeito?
— Sr. Dr. Praxedes.
— Verbo?
— Ter.
— Atributo?
— Passado.
— Bom. Pode ir. Lembranças a seu pai.

E, com uma idéia súbita, parando:

— Ah! venha cá! venha cá! Lembranças a seu pai: que oração é esta?
— É uma oração... uma oração imperativa.
— Bravo! Sujeito?
— Está oculto... é você... Você dê lembranças a seu pai.
— Muito bem. Verbo?
— Dar.
— Atributo?
— Dador.
— Lembranças é um complemento...?
— Objetivo.
— A seu pai...?
— Terminativo.
— Muito bem. Pode ir. Adeus.

* * *

Depois de aposentado com trinta anos de serviço, o Dr. Praxedes recolheu-se ao interior da província, escolhendo, para passar o resto dos seus gloriosos dias, a cidadezinha de ***, seu berço natal. Aí advogava por muito empenho, continuando a exercer a sua missão de oráculo em questões gramaticais.

Raramente saía à rua, pois todo o tempo era pouco para estar em casa, respondendo às numerosas consultas que lhe dirigiam da capital e de outros pontos da província.

* * *

A cidadezinha de *** dava-se ao luxo de uma folha hebdomadária, o *Progresso*, propriedade do Clorindo Barreto, que acumulava as funções de diretor, redator, compositor, revisor, paginador, impressor, distribuidor e cobrador.

Ninguém se admire disso, porque o Barreto — justiça se lhe faça — dava mais uso à tesoura do que à pena. O vigário, que tinha sempre a sua pilhéria aos domingos, disse um dia que aquilo não era uma tesoura, mas um tesouro.

Entretanto, se no escritório do *Progresso* a goma-arábica tinha mais extração que a tinta de escrever, não se passava caso de vulto, dentro ou fora da localidade, que não viesse fielmente narrado na folha.

Por exemplo.

"O Sr. Major Hilarião Gouveia de Araújo acaba de receber a grata nova de que seu prezado filho, o jovem Tancredo, acaba de concluir os seus preparatórios na Corte, e vai matricular-se na Escola Politécnica, da referida Corte.

Cumprimentamos cheios de júbilo o Sr. Major Hilarião, que é um dos nossos mais prestimosos assinantes, desde que fundou-se a nossa folha."

* * *

Em fins de maio de 1885, a notícia do falecimento de Victor Hugo chegou à cidadezinha de ***, levada por um sujeito que saíra da capital justamente na ocasião em que o telégrafo comunicara o infausto acontecimento.

O Barreto, logo que soube da notícia, coçou a cabeça e murmurou:

— Diabo! não tenho jornais... Como hei de descalçar este par de botas? A notícia da morte de Victor Hugo deve ser floreada, bem escrita, e não me sinto com forças para desempenhar semelhante tarefa!

Todavia, molhou a pena, que se parecia um tanto com a espada de certos generais, e rabiscou: Victor Hugo.

Ao cabo de duas horas de cogitação, o jornalista não escrevera nem mais uma linha...

* * *

Mas, oh! Providência! nesse momento passou pela porta da

tipografia o sábio Dr. Praxedes, a passos largos, medidos e solenes, e uma idéia iluminou o cérebro vazio de Clorindo Barreto.

— Dr. Praxedes! Dr. Praxedes! — exclamou ele. — Tenha Vossa Senhoria a bondade de entrar por um momento. Preciso falar-lhe.

O Dr. Praxedes empacou, voltou-se gravemente e, conquanto embirrasse com o Barreto, por causa dos seus constantes solecismos, entrou na tipografia.

— Que deseja?

O redator do *Progresso* referiu a notícia da morte do grande poeta, confessou o vergonhoso embaraço em que se achava, e apelou para as luzes do Dr. Praxedes.

Este, com um sorriso de lisonjeado, sorriso que logo desapareceu, curvando-se-lhe os lábios em sentido oposto, sentou-se à mesa com a gravidade de um juiz, tirou os óculos, limpou-os com muito vagar, bifurcou-os no nariz, pediu uma pena nova, experimentou-a na unha do polegar, dispôs sobre a mesa algumas tiras de papel, cujas arestas aparou cuidadosamente com a... com o tesouro, chupou a pena, molhou-a três vezes no tinteiro infecundo, sacudiu-a outras tantas, e, afinal, escreveu:

"Falecimento. — Consta, por pessoa vinda de ***, ter falecido em Paris, capital da França, o Sr. Victor Hugo, poeta insigne e autor de várias obras de mérito, entre as quais um drama em verso, *Mariquinhas Delorme* (*Marion Delorme*) e uma interessante novela intitulada *Nossa Senhora de Paris* (*Notre-Dame de Paris*).

O ilustre finado era conde e viúvo.

O seu falecimento enluta a literatura da culta Europa.

Nossos sinceros pêsames à sua estremecida família".

* * *

O Dr. Praxedes saiu da tipografia do *Progresso*, e continuou o seu caminho a passos largos, medidos e solenes.

Ia mais satisfeito e cheio de si do que o próprio Sr. Victor Hugo quando escreveu a última palavra da sua interessante novela.

O Barreto ficou radiante, e, examinando a tira de papel escrita pelo gramático, exclamou, comovido pela admiração:

— Nem uma emenda!

Os dois andares

Um dos mais importantes estabelecimentos da capital de província onde se passa este conto era, há vinte anos, a casa importadora Cerqueira & Santos, na qual se sortiam numerosos lojistas da cidade e do interior.

O Santos era pai de família e morava num arrabalde; o Cerqueira, solteirão, ocupava, sozinho, o segundo andar do magnífico prédio erguido sobre o armazém.

No primeiro andar, que era menos arejado, moravam os caixeiros, e se hospedavam, de vez em quando, alguns fregueses do interior, que vinham à cidade "fazer sortimento", e bem caro pagavam essa hospedagem.

* * *

O principal caixeiro era o Novais, moço de vinte e cinco anos, apessoado e simpático.

De uma janela do primeiro e de todas as janelas do segundo andar avistavam-se os fundos da casa do Capitão Linhares, situada numa rua perpendicular à de Cerqueira & Santos.

Esse Capitão Linhares tinha uma filha de vinte anos, que era, na opinião geral, uma das moças mais bonitas da cidade.

Helena (ela chamava-se Helena) costumava ir para os fundos da casa paterna e postar-se, todas as tardes, a uma janela da cozinha, precisamente à hora em que, fechado o armazém, terminado o jantar e saboreado o café, o Novais por seu turno se debruçava à janela do primeiro andar.

O caixeiro pensou, e pensou bem, não ser coisa muito natural que, desejando espairecer à janela, a rapariga deixasse a sala pela cozinha, a frente pelos fundos — e logo se convenceu de que era ele o objeto que a atraía todas as tardes a um lugar tão impróprio.

As duas janelas, a dela e a dele, ficavam longe uma da outra, e o Novais que não tinha olhos de lince, não podia verificar, num sorriso, num olhar, num gesto, se efetivamente era em sua intenção que Helena se sujeitava àquele ambiente culinário.

Uma tarde lembrou-se de assestar contra ela um binóculo de teatro, e teve a satisfação de distinguir claramente um sorriso que o estonteou.

Entretanto, a moça, desde que se viu observada tão de perto, fugiu arrebatadamente para o interior da casa.

O Novais imaginou logo que a ofendera aquela engenhosa intervenção da ótica; ela, porém, voltou à janela da cozinha, trazendo, por sua vez, um binóculo, que assestou resolutamente contra o vizinho.

* * *

Ficou radiante o Novais, e lembrou-se então de que certo domingo, passando pela casa do Capitão Linhares, a filha, que se achava à janela, cuspiu-lhe na manga do paletó. Ele olhou para cima, e ela, sorrindo, disse-lhe: "Desculpe".

Agora via o ditoso caixeiro que aquele cuspo tinha sido o meio mais simples e mais rápido que no momento ela encontrou para chamar-lhe a atenção.

Não era um meio limpo nem romântico; original, isso era.

* * *

A princípio, não passou o namoro de inocentes sorrisos, porque os binóculos, ocupando as mãos, impediam, naturalmente, os gestos; mas, passados alguns dias, tanto ela como ele pegavam no binóculo com a mão esquerda e com a direita atiravam beijos um ao outro.

* * *

Aconteceu que o Novais apanhou um resfriamento e foi obrigado a ficar alguns dias de cama, ardendo em febre. Quando se levantou, pronto para outra, o seu primeiro cuidado foi, necessariamente, mostrar-se a Helena. Esperou com impaciência pela hora costumada, que nunca lhe tardou tanto.

Afinal, às cinco e meia correu à janela; mas, antes de abri-la, ocorreu-lhe espreitar por uma fresta... Ficou pasmado! A moça lá estava, de binóculo, a atirar beijos de longe!... Mas a quem?... Ela não o via, não o podia ver: a janela estava fechada!... Quem era o destinatário daqueles beijos?...

Uma idéia atravessou-lhe o cérebro: o Novais debruçou-se à janela contígua e olhou para cima... O seu patrão, o Cerqueira, na janela do segundo andar, munido também de um binóculo, namorava a sua namorada!...

A coisa explica-se:

O negociante, surpreendendo, alguns dias antes, os beijos da rapariga, supôs que eram para ele e correspondeu imediatamente.

Helena, que era paupérrima e ambiciosa, fez consigo esta reflexão prática:

— Que feliz engano! Apanhei um marido rico! O Novais é um simples caixeiro... o Cerqueira é o chefe de uma firma importante... Aquele namora para divertir-se... este casa-se...

E o seu coração passou com armas e bagagens do primeiro para o segundo andar.

* * *

Três meses depois, Helena casava-se com o patrão de Novais, e ia morar no segundo andar, convenientemente preparado para recebê-la.

Ela e o caixeiro encontravam-se diariamente ao almoço e ao jantar. Os patrões, a patroa, o guarda-livros, os hóspedes e o Novais comiam em mesa comum.

Durante os primeiros dias que se seguiram ao casamento, não se atrevia Helena a encarar o ex-namorado, mas pouco a pouco foi se desenvergonhando, e por fim já lhe dizia: "Bom dia, seu Novais!", "Boa tarde, seu Novais!"

* * *

Certa manhã em que o rapaz acordou muito cedo e foi para a janela antes que abrissem o armazém, viu cair-lhe na manga do paletó um pequeno círculo de saliva, muito alvo, que parecia um botão.

Olhou para o segundo andar, e deu com os olhos em Helena, que lhe disse muito risonha: "Desculpe", e em seguida lhe deu uns bons-dias sonoros e argentinos.

O cuspo da moça avivou-lhe as recordações do seu namoro pulha; mas o Novais teve juízo: não abusou da situação...

* * *

O Cerqueira, que um ano depois de casado foi pai de uma linda criança, não gozou por longo tempo as delícias da paternidade; morreu.

Morreu, e a viúva, passado o luto, casou-se com o Novais, que se tornara o "braço direito da casa".

O moço a princípio protestou briosamente, rejeitando a posição que a fortuna lhe deparava; mas, como era feito da mesma lama que a maioria dos homens, cedeu às seduções e às lágrimas de Helena, e passou do primeiro para o segundo andar.

* * *

Aí está por que a casa Cerqueira & Santos é hoje Santos & Novais.

Que espiga!

Vê-la; amá-la; declarar-se; ser autorizado a pedi-la ao pai; pedi-la; tratar dos papéis; mandar correr os banhos; casar-se... foi tudo obra de quinze dias.

Paulino era um bonito rapaz.
Só tinha um defeito: ser muito curto da vista.
Ser muito curto da vista e não usar óculos; gabava-se de ver mosquitos na lua.
O que faz crer que, além de ser curto da vista, era de vistas curtas.

Clarimunda era uma rapariga esperta como um alho.
O pai era espanhol: louvava muito a esperteza da pequena, e dizia constantemente:
— Minha filha é um azougue!
Mas, como espanhol que era, dava ao *z* o som do *c* cedilhado.
O que não era lisonjeiro para Clarimunda.

O maior desejo do espanhol era obter um marido para a filha.
Queria ver-se livre dela.
E ela, dele.
Paulino foi o mel que lhes caiu na sopa.
Por isso o requerimento foi logo deferido.

Marcou-se o dia do casamento.
Esse dia chegou.
Paulino nadava em júbilo.
Clarimunda nadava em ondas de prazer.
O pai nadava num mar de rosas.
Nadavam todos.
Nadavam muito.
Eram os Capitães Boytons do contentamento.

Chegou a hora solene.
Clarimunda entrou para a alcova nupcial.
Paulino acompanhou-a.
O pai... foram morar todos na mesma casa... o pai retirou-se para o seu quarto, esfregando as mãos.
Um bom fisionomista notar-lhe-ia no rosto certa apreensão.
Teria ele receio de que o genro achasse alguma coisa?
Ou por outra, que não achasse?
Vejamos.

Na alcova:
— Despe-te, meu anjo — disse Paulino tirando a casaca.
Clarimunda obedeceu prontamente. Tirou o vestido. Tirou o corpinho. Tirou... os seios... que eram de borracha. Tirou a anquinha. Ficou em camisa. Mais. Tirou a cabeleira: era calva. Tirou o pincenê. Tirou um olho de vidro: era zarolha. Tirou os dentes: era desdentada!

Paulino ficou abismado diante daquela nova edição.
Abismado, e disposto... a não tirar coisa alguma.
Pela primeira vez, em presença de Clarimunda, deitou óculos — uns óculos reservados, no fundo da algibeira, para as grandes situações.
E uma idéia súbita iluminou-lhe o cérebro... Vestiu a casaca e pôs o chapéu.
Agarrou no vestido, nas saias, no corpinho, nos seios de borracha, na anquinha, na cabeleira, no pincenê, no olho de vidro, na dentadura...
Agarrou em tudo isso e foi bater à porta do sogro.

O espanhol já o esperava:
— Aqui tem sua filha, senhor! — bradou Paulino, entregando

tudo ao sogro. — O resto está lá no quarto; mande-o buscar quando quiser.

E saiu arrebatadamente.

O pai ficou só, com a *filha* na mão.

— Está bem — murmurou ele —; o homem não viu tudo...

E coçando a cabeça:

— Caramba! aquela pequena era um azougue!

E o diabo do *z* com som de *c* cedilhado.

Um capricho

Um Mar de Espanha havia um velho fazendeiro, viúvo, que tinha uma filha muito tola, muito mal-educada, e, sobretudo, muito caprichosa. Chamava-se Zulmira.

Um bom rapaz, que era empregado no comércio da localidade, achava-a bonita, e como estivesse apaixonado por ela, não lhe descobria o menor defeito.

Perguntou-lhe uma vez se consentia que ele fosse pedi-la ao pai.

A moça exigiu dois dias para refletir.

Vencido o prazo, respondeu:

— Consinto, sob uma pequena condição.
— Qual?
— Que o seu nome seja impresso.
— Como?
— É um capricho.
— Ah!
— Enquanto não vir o seu nome em letra redonda, não quero que me peça.
— Mas isso é a coisa mais fácil...
— Não tanto como supõe. Note que não se trata da sua assinatura, mas do seu nome. É preciso que não seja coisa sua.

Epidauro, que assim se chamava o namorado, parecia ter compreendido. Zulmira acrescentou:

— Arranje-se!

E repetiu:

— É um capricho.

Epidauro aceitou, resignado, a singular condição, e foi para casa.

Aí chegado, deitou-se ao comprido na cama, e, contemplando as pontas dos sapatos, começou a imaginar por que meios e modos faria publicar o seu nome.

Depois de meia hora de cogitação, assentou em escrever uma correspondência anônima para certo periódico da Corte, dando-lhe graciosamente notícias de Mar de Espanha.

Mas o pobre namorado tinha que lutar com duas dificuldades: a primeira é que em Mar de Espanha nada sucedera digno de menção; a segunda estava em como encaixar o seu nome na correspondência.

Afinal conseguiu encher duas tiras de papel de notícias deste jaez!

"Consta-nos que o Revmo. Padre Fulano, vigário desta freguesia, passa para a de tal parte."

"O Ilmo. Sr. Dr. Beltrano, juiz de direito desta comarca, completou anteontem quarenta e três anos de idade. S. Sa., que se acha muito bem conservado, reuniu em sua casa alguns amigos."

"Tem chovido bastante estes últimos dias", etc.

Entre essas modestas novidades, o correspondente espontâneo, depois de vencer um pequenino escrúpulo, escreveu:

"O nosso amigo Epidauro Pamplona tenciona estabelecer-se por conta própria".

Devidamente selada e lacrada, a correspondência seguiu, mas...

Mas não foi publicada.

* * *

O pobre rapaz resolveu tomar um expediente e o trem de ferro.

— À Corte! à Corte! — dizia ele consigo, — Ali, por fás ou por nefas, há de ser impresso o meu nome!

E veio para a Corte.

Da estação central dirigiu-se imediatamente ao escritório de uma folha diária, e formulou graves queixas contra o serviço da estrada de ferro. Rematou dizendo:

— Pode dizer, senhor redator, que sou eu o informante.

— Mas quem é o senhor? — perguntou-lhe o redator, molhando uma pena. — O seu nome?

— Epidauro Pamplona.

O jornalista escreveu; o queixoso teve um sorriso de esperança.
— Bem. Se for preciso, cá fica o seu nome.
Queria ver-se livre dele; no dia seguinte, nem mesmo a queixa veio a lume.

Epidauro não desesperou.

Outra folha abriu uma subscrição não sei para que vítimas; publicava todos os dias a relação dos contribuintes.
— Que bela ocasião! — murmurou o obscuro Pamplona.

E foi levar cinco mil-réis à redação.

Com tão má letra, porém, assinou, e tão pouco cuidado tiveram na revisão das provas, que saiu:

Epifânio Peixoto................. 5$000

Epidauro teve vergonha de pedir errata, e assinou mais 2$000. Saiu:
"Com a quantia de 2$, que um cavalheiro ontem assinou, perfaz a subscrição tal a quantia de tanto que hoje entregamos, etc.

Está fechada a subscrição".

* * *

Uma reflexão de Epidauro:
— Oh! Se eu me chamasse José da Silva! Qualquer nome igual que se publicasse, embora não fosse o meu, poderia servir-me! Mas eu sou o único Epidauro Pamplona...

E era.

Daí, talvez, o capricho de Zulmira.

* * *

Uma folha caricata costumava responder às pessoas que lhe mandavam artigos declarando os respectivos nomes no Expediente.

Epidauro mandou uns versos, e que versos! A resposta dizia:
"Sr. E. P. — Não seja tolo".

* * *

Como último recurso, Epidauro apoderou-se de um queijo de Minas à porta de uma venda e deitou a fugir como quem não pretendia evitar os urbanos, que apareceram logo. O próprio gatuno foi o primeiro a apitar.

Levaram-no para uma estação de polícia. O oficial de serviço ficou muito admirado de que um moço tão bem trajado furtasse um queijo, como um reles larápio.

"Estudantadas...", refletiu o militar; e, voltando-se para o detido:

— O seu nome?

— Epidauro Pamplona! — bradou com triunfo o namorado de Zulmira.

O oficial acendeu um cigarro e disse num tom paternal:

— Está bem, está bem, Sr. Pamplona. Vejo que é um moço decente... que cedeu a alguma rapaziada.

Ele quis protestar.

— Eu sei o que isso é! — atalhou o oficial. — De uma vez em que saí de súcia com uns camaradas meus pela rua do Ouvidor, tiramos à sorte qual de nós havia de furtar uma lata de goiabada à porta de uma confeitaria. Já lá vão muitos anos.

E noutro tom:

— Vá-se embora, moço, e trate de evitar as más companhias.

— Mas...

— Descanse, o seu nome não será publicado.

Não havia réplica possível; demais, Epidauro era por natureza tímido.

O seu nome, escrito entre os dos vagabundos e ratoneiros, era uma arma poderosíssima que forjava contra os rigores de Zulmira; dir-lhe-ia:

— Impuseste-me uma condição que bastante me custou a cumprir. Vê o que fez de mim o teu capricho!

* * *

Quando Epidauro saiu da estação, estava resolvido a tudo!

A matar um homem, se preciso fosse, contanto que lhe publicassem as dezesseis letras do nome!

* * *

Lembrou-se de prestar exame na Instrução Pública.

O resultado seria publicado no dia seguinte.

E, com efeito, foi: "Houve um reprovado".

Era ele!
Tudo falhava.

* * *

Procurou muitos outros meios, o pobre Pamplona, para fazer imprimir o seu nome; mas tantas contrariedades o acompanharam nesse desejo que jamais conseguiu realizá-lo.

Escusado é dizer que nunca se atreveu a matar ninguém.

A última tentativa não foi a menos original.

Epidauro lia sempre nos jornais:

"Durante a semana finda, Sua Majestade o Imperador foi cumprimentado pelas seguintes pessoas, etc."

Lembrou-se também de ir cumprimentar Sua Majestade.

— Chego ao paço — pensou ele —, dirijo-me ao Imperador, e digo-lhe: "Um humilde súdito vem cumprimentar Vossa Majestade", e saio.

Mandou fazer casaca; mas, no dia em que devia ir a São Cristóvão, teve febre e caiu de cama.

* * *

Voltemos a Mar de Espanha:

Zulmira está sentada ao pé do pai. Acaba de contar-lhe a condição que impôs a Epidauro. O velho fazendeiro ri-se a bandeiras despregadas.

Entra um pajem.

Traz o *Jornal do Commercio*, que tinha ido buscar à agência de correio.

A moça percorre a folha, e vê, afinal, publicado o nome de Epidauro Pamplona.

— Coitado! — murmura tristemente, e passa o jornal ao velho.

— É no obituário:

"Epidauro Pamplona, vinte e três anos, solteiro, mineiro. — Febre perniciosa".

O fazendeiro, que é estúpido por excelência, acrescenta:

— Coitado! Foi a primeira vez que viu publicado o seu nome.

VIDA ALHEIA

Pobres liberais!

Foi no tempo do Império.
O notável político Dr. Francelino Lopes, sendo presidente de uma província cujo nome não mencionarei para não ofender certas suscetibilidades, aliás mal entendidas, resolveu, aquiescendo ao desejo dos chefes mais importantes do partido conservador (era o que estava de cima), fazer uma grande excursão por todo o interior da província, visitando as principais localidades.

A notícia dessa resolução abalou necessariamente a população inteira, e, por toda a parte, não só as câmaras municipais como os cidadãos mais importantes, correligionários do governo, se prepararam para receber condignamente o ilustre delegado do gabinete imperial.

Na primeira cidade visitada pelo Dr. Francelino, foi S. Exa. recebido na estação da estrada de ferro, que se achava ricamente adornada, ao som do hino nacional, executado por uma indisciplinada charanga, e das bombas dos foguetes estourando no ar e das aclamações do povo, cujo entusiasmo, se não era real, era, pelo menos, espalhafatoso e turbulento.

Estavam presentes todas as autoridades locais. Houve três discursos, cada qual mais longo, a que S. Exa. respondeu com poucas mas eloqüentes palavras.

Da estação da estrada de ferro, seguiu o presidente, a carro, acompanhado sempre pelas autoridades e grande massa de povo, para a câmara municipal, onde o esperava opíparo banquete, a que fez honra o estômago de S. Exa., o qual estava a dar horas como se fosse o estômago de um simples mortal.

À mesa, defronte do presidente, sentou-se a Baronesa de Santana, esposa do chefe do partido dominante, abastado fazendeiro, que se reservara a honra e o prazer de hospedar o grande homem.

Este, que era bem-parecido, que não tinha ainda quarenta anos, e gozava na capital do Império de uma reputação um tanto donjuanesca, sentia-se devorado pelos olhares ardentes da baronesa, de idade digna de um príncipe.

Eram nove horas da noite quando terminou o banquete pelo brinde de honra, erguido por S. Exa. a Sua Majestade, o Imperador.

Como a charanga estivesse presente e as moças manifestassem o desejo de dançar, improvisou-se um baile, e o Dr. Francelino Lopes dançou uma quadrilha com a baronesa, apertando-lhe os dedos de um modo que nada tinha de presidencial. A essa inócua manifestação muscular limitou-se, entretanto, o esboçado namoro, que não prosseguiu por falta absoluta de ocasião.

Como o presidente se queixasse da fadiga produzida pela viagem, a festa foi interrompida, e as autoridades conduziram S. Exa. aos aposentos que lhe estavam reservados em casa do barão, na mesma praça onde se achava o edifício da câmara.

Nessa casa que, apesar de baixa, era a melhor da cidade, haviam sido preparadas duas salas e uma alcova para o ilustre hóspede.

Qualquer dos três compartimentos estava luxuosamente mobiliado e o leito era magnífico.

Os donos da casa, o presidente da câmara, o juiz de direito, o juiz municipal, o vigário, o delegado de polícia e outras pessoas gradas mostraram a S. Exa. os seus cômodos, pedindo-lhe mil desculpas por não ter sido possível arranjar coisa melhor, e todos se retiraram fazendo intermináveis mesuras.

O último a sair foi o Bacharel Pinheiro, proprietário e redator principal d'*A Opinião Pública*, órgão do partido conservador.

— Peço permissão para oferecer a V. Exa. o número do meu jornal publicado hoje. Traz a biografia e o retrato de V. Exa. V. Exa. me desculpará, se não achar essa modesta manifestação de apreço à altura dos merecimentos de V. Exa.

O Dr. Francisco Lopes agradeceu, fechou a porta e soltou um longo suspiro de alívio.

* * *

Logo que se viu sozinho, o presidente lembrou-se do seu criado de quarto, que ali devia estar... Onde se meteria ele? Provavelmente adormecera noutro cômodo da casa.

Felizmente o dorminhoco tivera o cuidado de desarrumar a mala de S. Exa. e pusera à mão a sua roupa de cama e os seus chinelos.

O hóspede descalçou-se, despiu-se, envergou a camisola de dormir, deitou-se, e abriu *A Opinião Pública*, disposto a ler a sua biografia antes de apagar a vela.

Apenas acabara de examinar o retrato, detestavelmente xilografado, sentiu S. Exa. uma dolorosa contração no ventre, e logo em seguida a necessidade imperiosa de praticar certo ato fisiológico de que nenhum indivíduo se pode eximir, nem mesmo sendo presidente da província.

Ele saltou do leito e começou a procurar o receptáculo sem o qual não poderia obedecer à natureza; mas nem no criado-mudo nem debaixo da cama encontrou coisa alguma.

Farejou todos os cantos: nada!

O barão, a baronesa, o presidente da câmara, os juízes, o vigário, o delegado de polícia, o redator d'*A Opinião Pública*, ninguém se lembrara de que S. Exa. era um homem como os outros homens!

O Dr. Francelino Lopes quis bater palmas, chamar alguém, pedir que o socorressem; mas esbarrou num preconceito ridículo da nossa educação; envergonhou-se de confessar o que lhe parecia uma fraqueza e era, aliás, a coisa mais natural deste mundo; receou perder a sua linha de primeira autoridade da província, desabar do pedestal de semideus aonde o guindaram durante a festa da recepção.

Além disso, que diria a formosa provinciana, a bela baronesa cujos dedinhos apertara, e cujos olhos pecaminosos o haviam devorado? Como dona da casa seria ela a primeira a saber, e achá-lo-ia ridículo e grosseiro!

Entretanto, o momento era crítico. O delegado do governo imperial começava a suar frio...

Mas de repente olhou para *A Opinião Pública* e lembrou-se não sei de que aventura sucedida a outro hóspede, que se achava em semelhante emergência. Não refletiu nem mais um segundo: o jornal do Bacharel Pinheiro, desdobrado sobre o soalho, substituiu o receptáculo ausente.

Desobrigada a natureza, S. Exa. foi de mansinho, cautelosamente, abrir uma janela.

A praça estava deserta e silenciosa. Nas sacadas da câmara municipal morriam as últimas luminárias. A cidade inteira dormia.

Ele agarrou cuidadosamente *A Opinião Pública* pelas quatro pontas e atirou tudo fora... Depois fechou a janela, lavou-se, perfumou-se, deitou-se, e, com muita pena de não poder ler a sua biografia, apagou a vela.

Pouco depois dormia o sono do justo, que tem igualmente desembaraçado o ventre e a consciência.

*   *   *

O Dr. Francelino Lopes despertou, ou antes, foi despertado de manhã, por um rumor confuso, que se fazia ouvir na praça, aumentando gradualmente.

Prestou o ouvido, e começou a distinguir, entre aquela estranha vozeria, frases de indignação, como:

— É uma infâmia!
— Que pouca vergonha!
— A vingança será terrível! etc.

E o barulho aumentava!

Não podia haver dúvida: tratava-se de uma perturbação da ordem pública.

O presidente vestiu-se à pressa, abriu a janela, e foi recebido por uma estrondosa ovação. Na praça estavam reunidas mais de quinhentas pessoas.

— Viva o Sr. Presidente da Província!
— Vivou!

E a charanga executou o hino.

Terminado este, o Bacharel Pinheiro aproximou-se da janela presidencial, e pronunciou as seguintes palavras:

— Numerosos habitantes desta cidade, admiradores das altas virtudes e dos talentos de V. Exa., vieram hoje aqui, ao romper d'alva, no intuito de dar os bons-dias a V. Exa., acompanhados de uma banda de música para tocar a alvorada; mas, aqui chegando, foram surpreendidos pelo espetáculo de uma injúria ignóbil, cometida contra a pessoa de V. Exa. e contra a imprensa livre!

— Apoiado! — regougaram aquelas quinhentas gargantas como se fossem uma só.

— Deixamos a injúria no lugar em que foi encontrada, isto é, debaixo da janela de V. Exa., a fim de que V. Exa. veja a que desatinos pode levar nesta cidade o ódio político e do que são capazes os liberais!

— Apoiado! — vociferou a turba.

— Sim, foram os liberais! Só essa gente imunda poderia encher de imundícies a respeitável efígie e a biografia de V. Exa.!

— Apoiado!

— Mas fique certo, excelentíssimo, de que, se foi grande a ofensa, maior será o desagravo!

O presidente respondeu assim:

— Meus senhores, o acaso tem mistérios impenetráveis... tudo pode ser obra do acaso, e não dos liberais. (*À parte*) Pobres liberais! (*Alto*) Todavia, se ofensa houve, foi uma ofensa anônima, tudo quanto pode haver de mais anônimo... E as ofensas anônimas desprezam-se! Viva Sua Majestade o Imperador!

— Vivou!

— Viva a religião do Estado!

— Vivou!

— Viva a constituição do Império!

— Vivou!

E a charanga atacou o hino.

JORNAL CORREIO DA MANHÃ

A "Não-me-toques"

I

Passavam-se os anos, e Antonieta ia ficando para tia; não que lhe faltassem candidatos, mas — infeliz moça! — naquela capital de província não havia um homem, um só, que ela considerasse digno de ser seu marido.

Ao Comendador Costa começavam a inquietar seriamente as exigências da filha, que repelira, já, com desdenhosos muxoxos, uma boa dúzia de pretendentes cobiçados pelas principais donzelas da cidade. Nenhuma destas se casou com rapaz que não fosse primeiramente enjeitado pela altiva Antonieta.

— Que diabo! — dizia o comendador à sua mulher, D. Guilhermina. — Estou vendo que será preciso encomendar-lhe um príncipe!

— Ou então — acrescentava D. Guilhermina — esperar que algum estrangeiro ilustre, de passagem nesta cidade...

— Está você bem aviada! Em quarenta anos que aqui estou, só dois estrangeiros ilustres cá têm vindo: o Agassiz e o Hermann[1].

Entretanto, eram os pais os culpados daquele orgulho indomável. Suficientemente ricos, tinham dado à filha uma educação de fidalga, habituando-a desde pequenina a ver imediatamente satisfeitos os seus mais custosos e extravagantes caprichos.

---

[1] O zoólogo e geólogo suíço Louis Agassiz e o mágico Hermann. (N. do E.)

Bonita, rica, elegante, vestindo-se pelo último figurino, falando correntemente o francês e o inglês, tocando muito bem o piano, cantando que nem uma prima-dona, tinha Antonieta razões sobejas para se julgar uma *avis rara*[2] na sociedade em que vivia, e não encontrar em nenhuma classe homem que merecesse a honra insigne de acompanhá-la ao altar.

Uma grande viagem à Europa, empreendida pelo comendador em companhia da esposa e da filha, completara a obra. Ter estado em Paris constituía, naquela boa terra, um título de superioridade.

Ao cabo de algum tempo, ninguém mais se atrevia a erguer os olhos para a filha do Comendador Costa, contra a qual se estabeleceu pouco a pouco certa corrente de animadversão.

Começaram todos a notar-lhe defeitos parecidos com os das uvas de La Fontaine, e, como a qualquer indivíduo, macho ou fêmea, que estivesse em tal ou qual evidência, era difícil escapar ali a uma alcunha, em breve Antonieta se tornou conhecida pela "Não-me-toques".

II

Teria sido realmente amada? Não, mas apenas desejada — tanto assim que todos os seus namorados se esqueceram dela...

Todos, menos o mais discreto, o mais humilde, o único talvez, que jamais se atrevera a revelar os seus sentimentos.

Chamava-se José Fernandes, e era o primeiro empregado da casa do Comendador Costa, onde entrara aos dez anos de idade, no mesmo dia em que chegara de Portugal.

Por esse tempo veio ao mundo Antonieta. Ele vira-a nascer, crescer, instruir-se, fazer-se altiva e bela. Quantas vezes a trouxera ao colo, quantas vezes a acalentara nos braços ou a embalara no berço! E, alguns anos depois, era ainda ele quem todas as manhãs a levava e todas as tardes ia buscá-la no colégio.

Quando Antonieta chegou aos quinze anos e ele aos vinte e cinco, "Seu José" (era assim que lhe chamavam) notou que a sua afeição por aquela menina se transformava, tomando um caráter

---

[2] "Ave rara", em latim, do diabo "avis rara, avis cara": visita rara, mas muito bem recebida. (N. do E.)

estranho e indefinível; mas calou-se, e começou de então por diante a viver do seu sonho e do seu tormento.

Mais tarde, todas as vezes que aparecia um novo pretendente à mão da moça, ele assustava-se, tremia, tinha acessos de ciúmes, que lhe causavam febre, mas o pretendente era, como todos os outros, repelido, e ele exultava na solidão e no silêncio do seu platonismo.

Materialmente, Seu José sacrificara-se pelo seu amor. Era ele, como se costuma dizer (não sei com que propriedade) o "tombo" da casa comercial do Comendador Costa; entretanto, depois de tantos anos de dedicação e amizade, a sua situação era ainda a de um simples empregado; o patrão, ingrato e egoísta, pagava-lhe em consideração e elogios o que lhe devia em fortuna. Mais de uma vez apareceram a Seu José ocasiões de trocar aquele emprego por uma situação mais vantajosa; ele, porém, não tinha ânimo de deixar a casa onde ao seu lado Antonieta nascera e crescera.

III

Um dia, tudo mudou de repente.

Sem dar ouvidos a Seu José, que lhe aconselhava o contrário, o Comendador Costa empenhou a sua casa numa grande especulação, cujos efeitos foram desastrosos, e, para não fechar a porta, viu-se obrigado a fazer uma concordata com os credores. Foi este o primeiro golpe atirado pelo destino contra a altivez da "Não-me-toques".

A casa ia de novo se levantando, e já estava quase livre dos seus compromissos de honra, quando o Comendador Costa, adoecendo gravemente, faleceu, deixando a família numa situação embaraçosa.

Um verdadeiro *deus ex machina* apareceu então na figura de Seu José que, reunindo as suadas economias que ajuntara durante trinta anos, e associando-se a D. Guilhermina, fundou a firma Viúva Costa & Fernandes, e salvou de uma ruína iminente a casa do seu finado patrão.

IV

O estabelecimento prosperava a olhos vistos e era apontado como uma prova eloqüente de quanto podem a inteligência, a boa-fé e a força de vontade, quando o falecimento da viúva D. Guilhermina veio colocar a filha numa situação difícil...

Sozinha, sem pai nem mãe, nem amigos, aos trinta e dois anos de idade, sempre bela e arrogante em que pesasse a todos os seus dissabores, aonde iria a "Não-me-toques"?

Antonieta foi a primeira a pensar que o seu casamento com José Fernandes era um ato que as circunstâncias impunham...

Antes da sua orfandade, jamais semelhante coisa lhe passaria pela cabeça. Não que Seu José lhe repugnasse: bem sabia quanto esse homem era digno e honrado; estimava-o, porém, como a um tio, ou a um irmão mais velho — e ela, que recusara a mão de tantos doutores, não podia afazer-se à idéia de se casar com ele.

Entretanto, esse casamento era necessário, era fatal. Demais, a "Não-me-toques" lembrava-se de que o pai, irritado contra os seus contínuos e impertinentes muxoxos, um dia lhe dissera:

— Não sei o que supões que tu és, ou o que nós somos! Culpa tive eu em dar-te a educação que te dei! Sabes qual é o marido que te convinha? Seu José! Seria um continuador da minha casa e da minha raça!

Tratava-se, por conseguinte, de homologar uma sentença paterna. A continuação da casa já estava confiada a Seu José: era preciso confiar-lhe também a continuação da raça.

Assim, pois, uma noite ela chamou-o e, com muita gravidade, pesando as palavras, mas friamente, como se se tratasse de uma simples operação comercial, lhe deu a entender que desejava ser sua mulher, e ele, que secretamente alimentava a esperança desse desenlace, confessou-lhe trêmulo, e com os olhos inundados de pranto, que esse tinha sido o sonho de toda a sua vida.

V

Casaram-se.

Nunca um marido amou tão apaixonadamente a sua esposa. Seu José levou à Antonieta um coração virgem de outra mulher que não fosse ela; fora das suas obrigações materiais, amá-la, adorá-la, idolatrá-la, tinha sempre sido e continuava a ser a única preocupação do seu espírito...

Entretanto, não era feliz; sentia que ela o não amava, que se entregara a ele apenas para satisfazer a uma conveniência doméstica:

era apática; sem querer, fazia-lhe sentir a cada instante a superioridade terrível das suas prendas. Ninguém melhor que ele, tendo sido, aliás, até então, o único homem que lhe tocara, se convenceu de quanto era bem aplicada aquela ridícula alcunha de "Não-me-toques".

O pobre-diabo tinha agora saudades do tempo em que a amava em silêncio, sem que ninguém o soubesse, sem que ela própria o suspeitasse.

VI

Antonieta aborrecia-se mortalmente naquele casarão onde nascera, e onde ninguém a visitava, porque o seu caráter a incompatibilizara com toda a gente.

O marido, avisado e solícito, bem o percebeu. Admitiu um bom sócio na sua casa comercial, que prosperava sempre, e levou Antonieta à Europa, atordoando-a com o bulício das primeiras capitais do Velho Mundo.

De volta, ao cabo de um ano, construiu uma bela casa no bairro mais elegante da cidade, encheu-a de mobílias e adornos trazidos de Paris, e inaugurou-a com um baile para o qual convidou as famílias mais distintas.

Começou então uma nova existência para Antonieta, que, não obstante aproximar-se da medonha casa dos quarenta, era sempre formosa, com o seu porte de rainha e o seu colo opulento, de uma brandura de cisne.

As suas salas, profundamente iluminadas, abriam-se quase todas as noites para grandes e pequenas recepções: eram festas sobre festas.

Agora já lhe não chamavam a "Não-me-toques"; ela tornara-se acessível, amável, insinuante, com um sorriso sempre novo e espontâneo para cada visita.

Fizeram-lhe a corte, e ela, outrora impassível diante dos galanteios, escutava-os agora com prazer.

Um galã, mais atrevido que os outros, aproveitou o momento psicológico e conseguiu uma entrevista... Esse primeiro amante foi prontamente substituído. Seguiu-se outro, mais outro, seguiram-se muitos...

VII

E quando Seu José, desesperado, fez saltar os miolos com uma bala, deixou esta frase escrita num pedaço de papel:

"Enquanto foi solteira, achava minha mulher que nenhum homem era digno de ser seu marido; depois de casada (por conveniência) achou que todos eles eram dignos de ser seus amantes. Mato-me".

⌂

Paulino e Roberto

O Paulino toda a vida remou contra a maré! Para cúmulo da desgraça, o destino atirou-lhe nos braços uma esposa que não era precisamente o sonhado modelo de meiguice e dedicação.

Adelaide não lhe perdoava o ser pobre, o ganhar apenas o necessário para viver. O seu desejo era ter um vestido por semana e um chapéu de quinze em quinze dias, possuir um escrínio de magníficas jóias, deslumbrar a rua do Ouvidor, freqüentar bailes e espetáculos, tornar-se a rainha da moda. Não se podia conformar com aquela vida de privação e trabalho.

O Paulino, que era a bondade em pessoa, afligia-se muito por não poder proporcionar à sua mulher a existência que ela ambicionava. Fazendo um exame de consciência, o mísero acusava-se de haver sacrificado a pobre moça, que, bonita e espirituosa como Deus a fizera, teria facilmente encontrado um marido com recursos bastantes para satisfazer todos os seus caprichos de Frou-frou sem dote.

Ele só tinha um amigo, um amigo íntimo, seu companheiro de infância, o Vespasiano, que um dia lhe disse com toda a brutalidade:

— Tua mulher é insuportável! Eu, no teu caso, mandava-a para o pasto!

— Oh! Vespasiano! não digas isso!...

— Digo, sim, senhor! Digo e redigo!... Vocês não têm filhos; portanto, não há consideração nenhuma que te obrigue a aturar um diabo de mulher que todos os dias te lança em rosto a tua pobreza, como se ela te houvesse trazido algum dinheiro, e o esbanjasses!...

— Isso não é conselho que se dê a um amigo, nem eu tenho razões para me separar de Adelaide.

— Pois não te parece razão suficiente essa eterna humilhação a que ela te condena?

— Pois sim, mas quem me manda ser tão caipora?

— Não creias que, se melhorasses de posição, ela melhoraria de gênio. Aquela é das tais que nunca estão contentes com a sorte, nem se lembram de que Deus dá o frio conforme a roupa. Se algum dia chegasses a ministro, ela não te perdoaria não seres presidente da República!

— Exageras.

— Pode ser; mas afianço-te que mulher assim não a quisera eu nem pesada a ouro! Prefiro ficar solteiro.

Efetivamente, Vespasiano, apesar de ser muito amigo de Paulino, não o freqüentava, tal era a aversão que lhe causava a presença de Adelaide. Não a podia ver.

* * *

Paulino em vão procurava por todos os meios e modos melhorar de vida, aumentando o parco rendimento, quando um comerciante, seu conhecido, lhe propôs uma pequena viagem ao Rio Grande do Sul, para a liquidação de certo negócio. Era empresa que lhe poderia deixar um par de contos de réis, se fosse bem-sucedida.

Instigado pela mulher, a quem sorria a perspectiva de alguns vestidos novos, Paulino partiu para o Rio Grande a bordo do *Rio Apa*; tendo, porém, desembarcado em Santa Catarina, perdeu, não sei como, o paquete, e foi obrigado a esperar por outro.

Antes que esse outro chegasse, recebeu a notícia de que o *Rio Apa* naufragara, não escapando nenhum homem da tripulação, nem passageiro algum. Do próprio paquete não havia o menor vestígio. Sabia-se que naufragara porque desaparecera.

Paulino agradeceu a Deus o ter escapado milagrosamente ao naufrágio.

* * *

Ao ver o seu nome impresso, nos jornais, entre os das vítimas, atravessou-lhe o espírito a idéia de calar-se, fazendo-se passar por morto. Não sei se ele teria lido o *Jacques Amour*, de Zola, ou a *Viuvinha*, do nosso Alencar.

— Em vez de me livrar da Adelaide, como aconselhava o Vespasiano, livrá-la-ei de mim. Ora está dito! Seremos ambos assim mais felizes...

Ninguém o conhecia em Santa Catarina, e ele, de ordinário taciturno e reservado, a ninguém se queixara de haver perdido a viagem, de modo que pôde executar perfeitamente o seu plano. Calou-se, muito caladinho, e deixou que a notícia da sua morte circulasse livremente, como a dos demais passageiros do *Rio Apa*.

Escusado é dizer que mudou de nome.

Tendo feito conhecimento com um rico industrial teuto-brasileiro, ex-colono de Blumenau, foi com este para o interior da província, e, como era inteligente e trabalhador, não tendo mulher que o "encabulasse", arranjou muito bem a vida, conseguindo até pôr de parte algum pecúlio.

* * *

Passaram-se anos sem que Roberto, o ex-Paulino, tivesse notícias de Adelaide.

Resolveu um dia ir ao Rio de Janeiro, a passeio, convencido de que ninguém mais se lembrava dele, nem o reconheceria, pois deixara crescer a barba, engordara extraordinariamente, e tinha um tipo muito diverso do de outrora.

O seu primeiro cuidado foi passar pela casinha de porta e janela onde morava, na rua do Alcântara, quando embarcou para o Sul. Não a encontrou: tinham erguido um prédio no local outrora ocupado pelo ninho dos seus amores sem ventura.

Informou-se na venda próxima que fim levara a viúva de um tal Paulino, morador naquela rua, náufrago do *Rio Apa*; ninguém se lembrava dessa família, e ele teve a sensação de que era realmente um defunto.

Procurou ver Vespasiano, e viu-o, quando saía da Alfândega, onde era empregado. O seu movimento foi correr para o amigo e dizer-lhe: "Olha! sou eu! não morri! venha de lá um abraço!"; mas conteve-se, e deixou-o passar, saboreando um cigarro.

— Como está velho! — pensou Paulino. — Eu decerto não o reconheceria, se o supusesse tão morto como ele me supõe a mim!

Deixá-lo! Eu morri deveras, e nada lucraria em ressuscitar, mesmo para ele, que era o meu único amigo.

* * *

Bem inspirado andou o morto em não se dar a conhecer, porque, alguns dias depois, achando-se num bondinho da praça Onze, atravessando a rua do Riachuelo, viu entrar no carro o Vespasiano acompanhado por uma senhora que era Adelaide sem tirar nem pôr.

Paulino conteve o natural sobressalto que lhe causou aquela aparição.

Ela vinha muito irritada. Logo que se sentou, voltou-se com mau modo para Vespasiano, e disse-lhe:

— Eu logo vi que você me dizia que não!

Paulino reconheceu a voz da sua viúva.

— Mas, reflete bem, Adelaide; aquele dinheiro está destinado para o aluguel da casa, e tu não tens assim tanta necessidade de uma capa de seda!

Adelaide soltou um longo suspiro, e expectorou esta queixa bem alto para que todos a ouvissem:

— Meu Deus! que sina a minha de ter maridos pingas! Você ainda é pior que o outro!

— Ah! se ele pudesse ver-nos lá do outro mundo — murmurou entre os dentes Vespasiano —, como se riria de mim!

Roberto ficou muito sério, olhando com indiferença para a rua, mas Paulino riu-se, efetivamente, no fundo do oceano.

Poverina

Era naquele tempo o Salazar uma das figuras mais salientes do nosso diletantismo literário. Os seus artigos de crítica, os seus versos, os seus contos, as suas fantasias estavam ao alcance de todas as inteligências, e eram lidos, senão com avidez, ao menos com simpatia.

Ele tornara-se conhecido, quase célebre, e não atravessava a rua do Ouvidor sem ouvir estas e outras frases que o enchiam de orgulho: "Lá vai o Salazar! Olha o Salazar! O Salazar é aquele!"

Pouco a pouco essas manifestações da admiração indígena o foram empanturrando de desvanecimento e vanglória, e não tardou muito que ele se julgasse, coitado! superior a quantos o cercavam, fazendo sentir a sua superioridade com uma importância ridícula.

O toleirão era casado, e a primeira vítima da transformação do seu caráter foi a própria esposa, excelente rapariga, bem-educada, inteligente, muito inteligente, mas tímida, daquela timidez peculiar às moças brasileiras que não perderam noites em festas e bailes.

Estavam casados havia três anos, mas o literato nunca estudara nem compreendera sua mulher. Volvido o período da intitulada lua-de-mel, todo de brutalidade e egoísmo, e começando a aura do publicista, ele afastou-se da esposa tanto quanto uma pessoa pode afastar-se de outra com quem almoça e janta quase todos os dias, e com quem vive debaixo das mesmas telhas.

Não tinham filhos; faltava-lhes esse traço de união, que talvez os tivesse aproximado.

Entretanto, ela não se queixou nunca da indiferença do marido; sendo, aliás, bonita, muito bonita, mostrou uma resignação que ele seria o primeiro a admirar, se todo o tempo não lhe fosse preciso para admirar-se a si próprio.

* * *

Aquela frieza, aquela sobranceria, aqueles ares de semideus ainda mais se acentuaram quando o Salazar, um dia, recebeu, pelo correio, longa carta em que uma desconhecida, sob o pseudônimo de *Poverina*, manifestava pela sua interessante pessoa uma simpatia e uma admiração excepcionais.

O que mais o impressionou nessa missiva anônima foi o primor da forma. A desconhecida revelava cultura intelectual superior à dele, e dizendo-se, aliás, sua discípula, mostrava notáveis qualidades de estilista, que o outro não possuía.

A princípio supôs Salazar que a correspondência fosse de algum marmanjo, desejoso de se divertir à custa dele; mas outras e sucessivas cartas o convenceram do contrário. Quem quer que fosse tinha delicadezas femininas de que nenhum homem seria capaz.

Colocando-se, sempre com encantadora modéstia, num plano subalterno, a escritora aconselhava-o, com muita discrição e habilidade, a corrigir-se de uns tantos defeitos; apontava-lhe contradições, incongruências, descuidos gramaticais, ligeiros solecismos indignos da pena de um escritor reputado; mas atribuía tudo à precipitação com que ele escrevia, e nem por sombras aludia à sua ignorância, muitas vezes apanhada em flagrante. Um homem não seria tão generoso.

Demais, essas observações e conselhos eram acompanhados de confissões gravíssimas. Ela declarava que o seu maior prazer seria, se pudesse, estar perto dele no seu gabinete de trabalho, auxiliando-o, passando a limpo os seus escritos, procurando um termo no dicionário, caçando um sinônimo, verificando um trecho em qualquer obra citada, corrigindo aqui um descuido, preenchendo ali um claro, mudando as penas, enchendo o tinteiro, cortando o papel em tiras, etc. "Enfim", dizia ela, "quisera ser a tua secretária, uma secretária a quem, terminado o trabalho, remunerasses, não com dinheiro, mas com beijos e carícias".

"Mas para isso", continuava a desconhecida, "seria preciso que um e outro fôssemos livres, e somos ambos casados; nem meu marido nem tua mulher merecem que os enganemos".

O Salazar respondia a todas essas cartas, e escusado é dizer, empregava súplicas, argumentos, razões, para que a *Poverina* se desvendasse.

Ela resistia energicamente. "Não procures saber quem sou; nunca o saberás. O encanto das nossas relações é esta abstração, este delicioso platonismo. Imagina que somos Heloísa e Abelardo, e que estamos separados por uma fatalidade psicológica..."

* * *

Durante um ano a correspondência continuou assídua de parte a parte. O Salazar recebia pelo correio as cartas de *Poverina*, e respondia-as pela posta-restante.

Pediu-lhe um dia que não lhe dissesse o seu nome, mas lhe mandasse ao menos o seu retrato. "Não", respondeu ela; "mandar-te o meu retrato seria o mesmo que te dizer quem sou. Não suponhas que deixo de satisfazer o teu pedido pelo receio de me achares velha ou feia. Sou muito mais nova que tu, e de feia nada tenho. Digo-te mais: pelo interesse, pela insistência com que olhaste para mim certa vez em que nos encontramos na rua, creio que me achaste bonita... Não calculas como nessa ocasião tive ímpetos de me atirar nos teus braços, dizendo: 'Poverina sou eu...'"

O Salazar estava, por fim, radicalmente apaixonado, e, à proporção que esse amor desesperançado e extravagante o ia absorvendo e exacerbando, ele mais indiferente se mostrava para com a infeliz esposa, cada vez mais resignada, mais conformada com a sua triste sorte de mulher posta a um canto.

* * *

Mais seis meses de correspondência, e o caso tomou uma gravidade terrível. O Salazar estava obcecado por aquela mulher, por aquele fantasma, por aquele mistério! Já não produzia nada, limitando-se apenas à sua tarefa epistolar, que lhe monopolizava o espírito, como se fosse uma obra de fôlego, um trabalho de grande transcendência filosófica.

Um dia escreveu a *Poverina*, dizendo que não lhe era possível continuar a viver naquele desespero. Se ela não lhe proporcionasse ocasião de vê-la, de estar ao seu lado, gozando o benefício divino da sua presença, ele procuraria no cano de um revólver a tranqüilidade que lhe fugira.

Depois de três ameaças idênticas, formuladas em termos decisivos, *Poverina* cedeu, marcando a Salazar uma entrevista a noite, no largo do Machado, naquele tempo mais sombrio e menos freqüentado que hoje.

Calcule-se a impaciência com que o literato contou as horas!

* * *

Cinco minutos antes do momento aprazado, ele entrou no jardim, e viu, de longe, uma mulher de preto, com o rosto coberto por um véu, sentada no banco indicado na carta de *Poverina*.

O coração do mísero saltava, as suas mãos estavam geladas, todo ele tremia...

Foi nesse estado que o Salazar se aproximou daquele vulto de mulher.

Ela convidou-o com um gesto a sentar-se.

Ele sentou-se.

— Aqui me tem! — disse *Poverina*, erguendo o véu.

O publicista ficou estupefato: era a sua própria esposa!

— Tu?... Que é isto... Eu... Tu... Eras tu que...?

— Sim, era eu que...

— Não é possível!

— Tenho em casa todas as minutas das cartas de *Poverina*. Podes encontrar.

* * *

Dali por diante aquele desalmado, que nem sequer conhecia a letra de sua mulher, foi o modelo dos maridos, e ela o modelo das secretárias.

Diziam até as más línguas que o secretário era ele. Não sei: já morreram ambos e a coisa ficou em família.

345

—És o rei dos caiporas, e, além disso, não tens a menor parcela de bom senso! Não fosse eu tua mulher, e não sei o que seria de ti, porque decididamente não te sabes governar!

— Exageras, nhanhã!

— Não! não sabes! Tens deixado estupidamente um ror de vezes passar a fortuna perto de ti, sem a agarrar pelos cabelos! Dizem que ela é cega: cego és tu!

— Já vês que a culpa não é minha...

— Quando houve o Encilhamento, só tu não te arranjaste!

— Mas também não me desarranjei...

— Para seres promovido a primeiro oficial da tua repartição, foi preciso que eu saísse dos meus cuidados e procurasse o ministro.

— Fizeste mal.

— Se o não fizesse, não passarias da cepa torta!

— Não quero obscurecer o mérito da tua diligência, mas olha que estás enganada, nhanhã.

— Deveras?

— Redondamente enganada. A nomeação era minha. Quando fui agradecê-la ao ministro, este disse-me: "Não era preciso que sua senhora se incomodasse: o decreto estava lavrado".

— Pois sim! Isso disse ele... E quando o decreto estivesse, efetivamente, lavrado? À última hora seriam capazes de substituí-lo por outro! Pois se és tão caipora!

— Perdoa, nhanhã, mas não sou tão caipora assim... Pelo menos tive uma grande felicidade na vida!

— Qual foi, não me dirás?

— A de ter casado contigo...

Nhanhã mordeu os lábios, porque não achou o que responder, e naquele dia as suas impertinências habituais não foram mais longe.

* * *

O pobre Reginaldo — assim se chamava o marido — habituara-se de muito àquelas recriminações insensatas, e era um quase fenômeno de resignação e paciência.

Ela bem sabia que a coisa seria outra, se realmente a fortuna se deixasse agarrar pelos cabelos: o que nhanhã não lhe perdoava era a sua pobreza — não era o seu caiporismo. Ela não podia ter em casa do marido o mesmo luxo que tinha em casa do pai; não podia rivalizar com alguma amiga em ostentação: era isto, só isto que a afligia, ou antes, que os afligia a ambos, marido e mulher.

* * *

Reginaldo tinha aversão ao jogo; nem mesmo a loteria o tentava.

Entretanto, uma tarde meteu-se num bonde do Catete, para recolher-se a casa, e no largo do Machado, onde se apeou, pois morava naquelas imediações, foi perseguido por um garoto que à viva força lhe queria impingir um bilhete de loteria — uma grande loteria de cem contos de réis, cuja extração estava anunciada para o dia seguinte.

Reginaldo resistiu, caminhando apressado sem dar resposta ao garoto, que o acompanhava insistindo; mas de repente lhe acudiu a idéia de que aquele maltrapilho poderia ser a fortuna disfarçada. Era preciso agarrá-la pelos cabelos! Comprou o bilhete, e foi para casa, onde o esperavam os tristes feijões cotidianos.

* * *

Ele bem sabia que, se dissesse a nhanhã que havia feito essa despesa extra-orçamentária, não teria a sua aprovação; mas — que querem — o pobre rapaz era um desses maridos submissos, que não ficam em paz com a consciência quando não contam por miúdo às caras-metades tudo quanto lhes sucede.

Ao saber da compra do bilhete, nhanhã pôs as mãos na cabeça:

— Quando eu digo que tu não tens a menor parcela de bom senso...! Aí está! Dez mil-réis deitados fora, e tanta coisa falta nesta casa!...

E seguiu-se, durante meia hora, a relação dos objetos que poderiam ser comprados com aqueles dez mil-réis perdidos.

Depois disso, nhanhã pediu para ver o bilhete.

Reginaldo, sem proferir uma palavra, tirou-o do bolso e entregou-lho.

— Número 345! — exclamou ela. — Um número tão baixo numa loteria de cinqüenta mil números! Isto é o que se chama vontade de gastar dinheiro à toa! Algum dia viste, nessas grandes loterias, ser premiado um número de três algarismos?

Reginaldo confessou que nem sequer olhara para o número. Como o garoto se lhe afigurou a fortuna disfarçada, ele aceitou o bilhete que lhe fora oferecido, entendendo que não devia argumentar com a fortuna.

— 345! Pois isto é lá número que se compre!

— Agora não há remédio.

— Como não há remédio? Põe o chapéu e volta imediatamente ao largo do Machado: o garoto ainda lá deve estar. Dá-lhe o bilhete e ele que te dê o dinheiro.

— Perdoa, nhanhã, mas isso não faço eu: comprei! Nem o garoto desfazia a compra!

— Ao menos vai trocar o bilhete por outro, que tenha, pelo menos, quatro algarismos! Se tiver cinco, melhor!

— Faço-te a vontade: mas olha que sempre ouvi dizer que bilhetes de loteria não se trocam...

— Faze o que eu disse e não resmungues! Tu és o rei dos caiporas e eu tenho muita sorte!

Reginaldo não disse mais nada: pôs o chapéu, saiu de casa, foi ao largo do Machado, e voltou com outro bilhete.

Desta vez o número tinha cinco algarismos: 38788; nhanhã devia ficar satisfeita.

Não ficou:

— Devias escolher um número mais variado: o 8 fica aqui três vezes... Mas, enfim, 38788 sempre inspira mais confiança que 345...

* * *

Pois, senhores, no dia seguinte o número 38788 saiu branco, e o número 345 foi premiado com a sorte grande.

* * *

Imagine-se o desespero de nhanhã:

— Então, eu não digo que és o rei dos caiporas?

— Perdoa, nhanhã, mas desta vez não fui o rei: tu é que foste a rainha...

— Cala-te! Se não fosses um songamonga, não me terias feito a vontade! Ter-me-ias roncado grosso!

— Ora essa!

— Um marido não se deve deixar dominar assim pela mulher!

— Olha que eu pego na palavra...

— Trocar um bilhete de loteria! Que absurdo!...

— Absurdo aconselhado por ti...

— Mas tu já não estás em idade de receber conselhos!

— Bom; de hoje em diante baterei com o pé e roncarei grosso todas as vezes que me contrariares! Esta casa vai cheirar a homem!...

— A boas horas vêm esses protestos de energia!

E exclamando com os punhos cerrados e os olhos voltados para o teto: "Cem contos de réis!", nhanhã deixou-se cair sentada numa cadeira, e desatou a chorar.

* * *

Mal que a viu naquele estado aflitivo, Reginaldo correu para junto dela, e disse-lhe com muito carinho:

— Sossega. Eu fiz uma coisa... mas vê lá! não ralhes comigo...

— Que foi?

— Não troquei o bilhete!

— Não trocaste o bilhete? — gritou nhanhã erguendo-se de um salto, com os olhos muito abertos.

— Não! pois eu fazia lá essa asneira! Seria deixar fugir a fortuna, depois de a ter agarrado pelos cabelos!

— Compraste então o outro bilhete?

— Comprei...

— Nesse caso... estamos ricos?

— Temos cem contos.

— Ora, graças que um dia fizeste alguma coisa com jeito!

— Qual! Eu continuo a ser o rei dos caiporas...

— Não digas isso!

— Digo, porque se o não fosse, o número 38788 teria apanhado a sorte imediata...

X e W

O Xisto era o carioca mais feio que ainda se viu.

Não tinha defeitos físicos, não o deformavam aleijões nem protuberâncias: era naturalmente feio, de uma fealdade legítima, resultante do conjunto infeliz de todas as partes do corpo, e não de quaisquer incidentes ou particularidades.

Tinha os olhos esbugalhados, o nariz chato, o cabelo espeta-goiaba, a boca rasgada quase até as orelhas, que eram enormes.

Quando abria as mandíbulas para falar, mostrava as gengivas em que se incrustavam alguns fragmentos negros da dentadura de outrora.

Vestia-se mal. Não havia roupa que lhe assentasse — e não andava sem bambolear ridiculamente os quadris desengonçados.

As mulheres bonitas fugiam dele como o diabo da cruz, e era isto o que mais o desconsolava. As feias, levadas não pelo amor mas por uma espécie de solidariedade, não o repeliam; mas o pobre Xisto não as podia aturar. Era feio, muito feio, mas tinha o sentimento do belo, e sonhava com mulheres divinas, excepcionalmente formosas.

* * *

Defronte da casa dele morava uma viúva de trinta anos, lindíssima, de quem se dizia mal. Havia na vizinhança quem afirmasse que ela sofria da mesma doença de Messalina e Catarina II; mas isso bem podia ser calúnia.

Xisto, coitado, adorava em silêncio a encantadora vizinha, sem que tão desairosa reputação fizesse mossa nos seus sentimentos. Não podia vê-la à janela sem frêmitos de amor; considerava-se, porém, como Ruy Blas, insignificante minhoca apaixonada por uma estrela, e não ousava dizer nem a si próprio que a amava.

* * *

Imagine-se que sensação, que sobressalto, quando certa manhã, chegando à janela, e olhando para a viúva, o Xisto foi recebido com um sorriso inefável.

Ele sorriu também, contraindo os lábios para não mostrar os dentes e as gengivas, e este esforço muscular produziu uma careta medonha.

A viúva não se mostrou horrorizada. Retirou-se da janela, e, colocando-se no meio da sala, de modo que não pudesse ser vista senão pelo vizinho, mostrou-lhe um papel que tinha na mão.

Ele, estupefato, saiu também da janela, e bateu no peito, perguntando, por mímica, se era para si aquele bilhete. A viúva respondeu afirmativamente, e, voltando para a janela, fez do papel uma bola, e atirou-a à rua, tendo o cuidado de, com um volver d'olhos, recomendar ao Xisto que a apanhasse.

O moço desceu à rua, olhou para todos os lados, e verificando que ninguém o via, apanhou a bola, voltou para casa, e leu sofregamente o seguinte:

"Hoje, à meia-noite, espero-o em minha casa. A porta estará apenas encostada. Tenha a maior cautela para que ninguém o veja entrar".

* * *

O que durante esse dia se passou na alma e no cérebro do Xisto, daria para um longo capítulo de romance.

O pobre-diabo perdia-se em suposições e conjeturas, sem acreditar que se tratasse de uma aventura amorosa. Entretanto, barbeou-se, aparou o cabelo, meteu-se num banho perfumado, vestiu roupa nova, e esperou, febricitante, a meia-noite, contando os minutos, que lhe pareciam séculos.

* * *

Quando, à primeira badalada da meia-noite, ele empurrou a porta e entrou no corredor da viúva, esta, que o esperava, disse-lhe a meia voz:

— Entre para o meu quarto... devagarinho para não despertar os criados...

Ele obedeceu trêmulo e ofegante.

— Disseram-me ontem que o senhor chama-se Xisto; é verdade?

— Sim, senhora.

— Escreve o seu nome com *X*?

— Naturalmente.

— Bom.

* * *

Na manhã seguinte, o Xisto abriu a janela na esperança de ver a sua amante, mas nem nesse dia, nem nos imediatos lhe pôs a vista em cima.

Afinal, depois de uma semana inteira, conseguiu vê-la; mas a viúva olhou para ele com indiferença, como se o não conhecesse; nem sequer o cumprimentou.

O mísero ficou magoado, e muito convencido de que, sem saber como, suscetibilizara a viúva; entretanto, não teve anseios nem saudades, porque da singular entrevista lhe ficara uma impressão muito desagradável, e a vizinha perdera consideravelmente na sua estima. Ele tinha estado, não com uma mulher, mas com um autômato, uma boneca mecânica, tão fria, tão inconsciente lhe parecera.

A visível repugnância com que ela se esquivara a um beijo na despedida e a insistência com que lhe pedira se fosse embora, depois de uma entrevista que não durara mais de quinze minutos, abateram cinqüenta por cento do seu entusiasmo.

E nunca mais o Xisto se encontrou a sós com aquela mulher, aquela esfinge, que fora sua, absolutamente sua durante um quarto de hora!

* * *

Um ano depois, ele teve a explicação de tudo, e quem lha deu foi o Wladimir, seu amigo íntimo e colega de repartição, que lhe contou o seguinte:

"Achando-me num bonde de Botafogo, sentado junto a uma senhora desconhecida, esta, ouvindo pronunciar o meu nome por um amigo que se apeara, imediatamente me perguntou:

— O senhor chama-se Wladimir?

— Sim, senhora.

— Escreve o seu nome com *W*?
— Sim.
— É um bonito nome!
— Acha?
— Diz muito bem com a pessoa.
— Favores seus.
— É solteiro?
— Sim, senhora.
— Aceita uma chávena de chá em nossa casa?
— Com mil vontades.
— Nesse caso, espero-o hoje à meia-noite.

E disse-me onde morava.

Vi então que se tratava do teu autômato.

Fiz-lhe ver que a meia-noite era uma hora muito esquisita para tomar chá em casa de uma senhora, ao que ela respondeu com um delicioso sorriso:

— Pois tomará outra coisa.

Fui pontual.

Reproduziu-se a mesma cena que se passou contigo, tal qual ma contaste. Mas diante do seu automatismo não tive a tua passividade: revoltei-me, fingi-me deveras zangado, e ameacei-a com um escândalo inaudito, àquela hora, se me não explicasse a razão por que te dera a ti uma entrevista, e outra a mim, sem nos amar, sem sequer nos conhecer. A explicação foi difícil, mas arranquei-lha!"

— E então? — perguntou o Xisto, mostrando as gengivas. — Que te disse aquela cínica?

— Não é cínica, é doida.

— Deveras?

— Sim, é um caso patológico. Imagina que ela organizou um índice alfabético de todos os seus amantes, e estava aflita porque lhe faltavam o *X* e o *W*. O *X* foste tu; o *W* fui eu!

— Ora esta!

— Ainda lhe faltam o *K* e o *Y*, mas creio que não os arranjará, a menos que recorra ao estrangeiro.

— Só assim poderia eu, com a cara que tenho...

— Ela encontrou em ti o *X* que procurava. Se fosses um monstro, seria a mesma coisa. Vê tu aonde pode conduzir a mania de coleccionar!

JORNAL O SÉCULO

A ama-seca

O Romualdo, marido de D. Eufêmia, era um rapaz sério, lá isso era, e tão incapaz de cometer a mais leve infidelidade conjugal como de roubar o sino de São Francisco de Paula; mas — vejam como o diabo as arma! Um dia D. Eufêmia foi chamada, a toda a pressa, a Juiz de Fora, para ver o pai que estava gravemente enfermo, e como o Romualdo não podia naquela ocasião deixar a casa comercial de que era guarda-livros (estavam a dar balanço), resignou-se a ver partir a senhora acompanhada pelos três meninos, o Zeca, o Cazuza, o Bibi, e a ama-seca deste último, que era ainda de colo.

Foi a primeira vez que o Romualdo se separou da família. Custou-lhe muito, coitado, e mais lhe custou quando, ao cabo de uma semana, D. Eufêmia lhe escreveu, dizendo que o velho estava livre de perigo, mas a convalescença seria longa, e o seu dever de filha era ficar junto dele um mês pelo menos.

O Romualdo resignou-se. Que remédio!...

Durante os primeiros tempos saía do escritório e metia-se em casa, mas no fim de alguns dias entendeu que devia dar alguns passeios pelos arrabaldes, hoje este, amanhã aquele. Era um meio, como outro qualquer, de iludir a saudade.

Uma noite coube a vez ao Andaraí Grande. O Romualdo tomou o bonde do Leopoldo, e teve a fortuna ou a desgraça de se sentar ao lado da mulatinha mais dengosa e bonita que ainda tentou um marido, cuja mulher estivesse em Juiz de Fora.

Nessa noite fatal a virtude do Romualdo deu em pantanas: tencionando ele ir até o fim da linha, como fazia todas as noites, apeou-se na rua Mariz e Barros, ali pelas alturas da travessa de São Salvador. A mulata havia se apeado algumas braças antes.

E ele viu, à luz de um lampião, o vulto dela saltitante e esquivo, e apressou o passo para apanhá-la, o que conseguiu facilmente, porque, pelos modos, ela já contava com isso.

— Boa noite!
— Boa noite.
— Como se chama?
— Antonieta.
— Pode dar-me uma palavra?
— Por que não falou no bonde?
— Era impossível... estava tanta gente... e estes elétricos são tão iluminados...
— Mas o sinhô bolinou que não foi graça! Vamos, diga: que deseja?
— Desejo saber onde mora.
— Não tenho casa minha; tou empregada numa famia ali mais adiante, por siná que não 'stou satisfeita, e ando procurando outra arrumação.
— Onde poderemos falar em particular?
— Não sei.
— Você sai amanhã à noite?
— Amanhã não, porque saí hoje, e não quero abusá.
— Então, depois de amanhã?
— Pois sim.
— Onde a espero?
— Onde o sinhô quisé.
— Na praça Tiradentes, no ponto dos bondes. Às oito horas.
— Na porta do armazém do Derby?
— Isso!
— Tá dito! Inté depois d'amanhã às oito hora.
— Não falte!
— Não farto, não!

No dia seguinte, o Romualdo contou a sua aventura a um companheiro de escritório que era useiro e vezeiro nessas cavalarias... baixas, e o camarada levou a condescendência ao ponto de confiar-lhe a chave de um ninho que tinha preparado adrede para os contrabandos do amor.

Antonieta foi pontual; à hora marcada lá estava à porta do Derby, com ares de quem esperava o bonde.

O Romualdo aproximou-se, fez um sinal, afastou-se, e ela seguiu-o...

* * *

Dez dias depois, estava ele arrependidíssimo da sua conquista fácil, e com remorsos de haver enganado D. Eufêmia, aquela santa! Procurava agora meios e modos de se ver livre da mulata, cuja prosódia era capaz de lançar água na fervura da mais violenta paixão.

Vendo que não podia evitá-la, tomou o Romualdo a deliberação de fugir-lhe, e uma noite deixou-a à porta do ninho, esperando debalde por ele. Lembrou-se, mas era tarde, que havia prometido dar-lhe um anel, justamente nessa noite.

— Diabo! — pensou ele. — Antonieta vai supor que lhe fugi por causa do anel!

* * *

Voltou, afinal, D. Eufêmia de Juiz de Fora. Veio no trem da manhã, inesperadamente, e já não encontrou o marido em casa.

Estava furiosa, porque a ama-seca de Bibi deixara-se ficar na estação da Barra. Podia ser que não fosse de propósito. O mais certo, porém, era o ter sido desencaminhada por um sujeito que vinha no trem a namorá-la desde Paraibuna.

Quando D. Eufêmia contou isso ao marido, acrescentou indignada:

— Que homens sem-vergonha!... Não podem ver uma mulata!...

O Romualdo perturbou-se, mas disfarçou, perguntando:

— E agora? É preciso anunciar! Não podemos ficar sem ama-seca!

— Já mandei o Zeca pôr um anúncio no *Jornal do Brasil*.

No dia seguinte, o Romualdo saiu muito cedo; ao voltar para casa, a primeira coisa que perguntou à senhora foi:

— Então? Já temos ama-seca?

— Já; é uma mulatinha bem jeitosa, mas tem cara de sapeca. Chama-se Antonieta.

— Hein? Antonieta?

— Que tens, homem?

— Nada; não tenho nada... É jeitosa?... Tem cara de sapeca?... Manda-a embora! Não serve! Nem quero vê-la!...

— Ora essa! Por quê? Olha, ela aí vem.

Antonieta chegou, efetivamente, com o Bibi ao colo; mas o Romualdo tinha fechado os olhos, dizendo consigo:

— Que escândalo!... Rebenta a bomba!... Este diabo vai reclamar o anel!...

Mas como nada ouvisse, o mísero abriu os olhos e — oh! milagre! — era outra Antonieta!...

Ele pensou, os leitores também pensaram que fosse a mesma; não era.

Decididamente, há um Deus para os maridos que enganam as suas mulheres.

A conselho do marido

E stamos a bordo de um grande paquete da *Messagéries Maritimes*, em pleno Atlântico, entre os dois hemisférios. Dois passageiros, que embarcaram no Rio de Janeiro, um de quarenta e outro de vinte e cinco anos, conversam animadamente, sentados ambos nas suas cadeiras de bordo.

— Pois é como lhe digo, meu amiguinho! — dizia o passageiro de quarenta anos. — O homem, todas as vezes que é provocado pela mulher, seja a mulher quem for, deve mostrar que é homem! Do contrário, arrisca-se a uma vingança! O caso da mulher de Putifar reproduz-se todos os dias!

— E se o marido for nosso amigo?

— Se o marido for nosso amigo, maior perigo corremos fazendo como José do Egito.

— O que você está dizendo é simplesmente horrível!

— Talvez, mas o que é preferível: ser amante da mulher de um amigo sem que este o saiba, ou passar aos olhos dele por amante dela sem o ser, em risco de pagar com a vida um crime que não praticou?

— Acha então que temos o direito sobre a mulher do próximo...?

— Desde que a mulher do próximo nos provoque. Se o próximo é nosso amigo, paciência! Não se casasse com uma mulher assim!

Olhe, eu estou perfeitamente tranqüilo a respeito da Mariquinhas! Trouxe-a comigo nesta viagem porque ela quis vir; se quisesse ficar no Rio de Janeiro teria ficado e eu estaria da mesma forma tranqüilo.

— Mas o grande caso é que se um dia algum dos seus amigos...

— Desse susto não bebo água. Já um deles pretendeu conquistá-la... chegou a persegui-la... Ela foi obrigada a dizer-mo para se ver livre dele... Dei um escândalo! Meti-lhe a bengala em plena rua do Ouvidor!

Dizendo isto, o passageiro de quarenta anos fechou os olhos, e pouco depois deixava cair o livro que tinha na mão: dormia. Dormia, e aqueles sonos de bordo, antes do jantar, duravam pelo menos duas horas.

O passageiro de vinte e cinco anos ergueu-se e desceu ao compartimento do paquete onde ficava o seu camarote.

Bateu levemente à porta. Abriu-lhe uma linda mulher que se lançou nos seus braços. Era a Mariquinhas.

— Então? — perguntou ela. — Consultaste meu marido?

— Consultei...

— Que te disse ele?

— Aconselhou-me a que não fizesse como José do Egito. Amigos, amigos, mulheres à parte.

E o passageiro de vinte e cinco anos correu cautelosamente o ferrolho do camarote.

A doença do Fabrício

O Fabrício era amanuense numa repartição pública, e gostava muito da Zizinha, filha única do Major Sepúlveda.

O seu desejo era casar-se com ela, mas para isso era preciso ser promovido porque os vencimentos de amanuense não davam para sustentar família. Portanto, o Fabrício limitava-se à posição de namorado, esperando ansioso o momento em que pudesse ter a de noivo.

Um dia, o rapaz recebeu uma carta de Zizinha, participando-lhe que o pai, o Major Sepúlveda, resolvera passar um mês em Caxambu, com a família, e pedindo-lhe que também fosse, pois ela não teria forças para viver tão longe dele.

Sorriu ao amanuense a idéia de ficar uma temporada em Caxambu, hospedado no mesmo hotel que Zizinha. Sendo como era, moço econômico, tinha de parte os recursos necessários para as despesas da viagem; faltava-lhe apenas a licença, mas com certeza o ministro não lha negaria.

Enganava-se o pobre namorado. O ministro, a quem ele se dirigiu pessoalmente, perguntou-lhe de carão fechado:

— Para que quer o senhor dois meses de licença?
— Para tratar-me.
— Mas o senhor não está doente!

— Estou, sim, senhor; não parece, mas estou.

— Nesse caso submeta-se à inspeção de saúde e traga-me o laudo. Só lhe darei a licença sob essa condição.

Três dias depois o Fabrício, metido numa capa, com lenço de seda atado em volta do pescoço, a barba por fazer, algodão nos ouvidos, foi à Diretoria Geral de Saúde.

O seu aspecto era tão doentio que o doutor encarregado de examiná-lo disse logo que o viu:

— Aqui está um que não engana: vê-se que está realmente enfermo!

E dirigindo-se ao Fabrício:

— Que sente o senhor?

O Fabrício respondeu com uma voz arrastada e chorosa:

— Sinto muitas coisas, doutor; dores pelo corpo, cansaço, ferroadas no estômago, opressão no peito...

— Vamos lá ver isso! Dispa o casaco!

O Fabrício pôs-se em mangas de camisa, e o médico auscultou-o.

— Não tem tosse?

— Tenho, mas só à noite; não me deixa dormir.

— Bom. Pode vestir o casaco.

E o doutor foi escrever o laudo, que entregou ao amanuense. Este na rua desdobrou o papel, para ver que espécie de doença lhe arranjara o médico e leu: "Cardialgia sintomática da diátese artrítica".

Não imaginem o efeito que lhe produziram essas palavras enigmáticas para ele.

— E não é que eu estou mesmo doente? — pensou o pobre rapaz.

Ao chegar a casa, tinha as fontes a estalar. Vieram depois arrepios de frio, a que sucedeu uma febre violenta e febre foi ela, que durou vinte dias.

O enfermo teve alta justamente quando Zizinha voltava de Caxambu com um noivo arranjado lá.

Maldita cardialgia sintomática da diátese artrítica.

A filosofia do Mendes

Decididamente o Fulgêncio não nascera para cavalarias altas: não havia rapaz de trinta anos mais tímido nem mais pacato vivendo só, na sua casinha de solteiro, independente e feliz.

Aconteceu, porém, que um dia o Fulgêncio foi tão provocado pelos bonitos olhos de uma senhora, que se sentara ao seu lado num bondinho da Carris Urbanos, que se deixou arrastar numa aventura de amor.

Quando, depois da primeira entrevista, na casa dele, Bárbara — ela chamava-se Bárbara — lhe confessou que era casada com um sujeito chamado Mendes, o pobre rapaz, que a supunha solteira ou pelo menos viúva, ficou horrorizado de si mesmo. Ficou horrorizado, mas era tarde: gostava dela, e não teve forças para fugir-lhe.

As entrevistas amiudaram-se. Quando Bárbara não ia ter pessoalmente com o Fulgêncio escrevia-lhe cartas inflamadas, e nenhuma ficava sem resposta.

Essa imprudência teve mau resultado: um dia Bárbara Mendes entrou em casa do amante acompanhada de duas malas, uma trouxa e um baú.

— Que é isto?
— Alegra-te! Meu marido, que é muito abelhudo, encontrou debaixo do meu travesseiro a tua última carta e expulsou-me de casa.
— Hein?
— Foi melhor assim: agora sou tua, só tua, e por toda a vida!... Não estás contente?
— Muito...
— Estou te achando assim a modo que...

— É a surpresa... a comoção... a alegria...

— Como vamos ser felizes! Mas olha, peço-te que não te exponhas nestes primeiros tempos... O Mendes é ciumento e brutal e, mesmo antes de ter certeza de que eu o enganava, andava armado de revólver!

O Fulgêncio, que não tinha sangue de herói, viveu dali por diante em transes terríveis. Saía de casa o menos possível, e nas ruas só andava de tílburi, recomendando aos cocheiros que fossem depressa. Quando via ao longe um sujeito qualquer parecido com o Mendes, punha-se a tremer que nem varas verdes.

Um dia, tendo descido de um tílburi no largo da Carioca, para comprar cigarros, encontrou na charutaria o Mendes, que comprava charutos. Ficou de repente muito pálido e trêmulo e quis fugir, mas o outro agarrou-o por um braço, dizendo-lhe com muita brandura:

— Faça favor... venha cá... não se assuste... não trema... não lhe quero mal... ouça-me... é para o seu bem...

O Fulgêncio caiu das nuvens. O marido continuou:

— Eu sei que o senhor tem medo de mim que se péla: receia que eu o mate, ou que lhe bata... Tranqüilize-se: não lhe farei o menor mal. Pelo contrário!

O pobre Fulgêncio não conseguiu articular um monossílabo.

As maxilas batiam uma na outra.

— Matá-lo? Bater-lhe? Seria uma ingratidão! O senhor prestou-me um relevante serviço: livrou-me de Bárbara! E não era meu amigo, sim, porque em geral são os amigos que têm a especialidade desses obséquios...

O Fulgêncio continuava a tremer.

— Não esteja assim nervoso! Depois que o senhor me libertou daquela peste, sou outro homem, vivo mais satisfeito, como com mais apetite, tudo me sabe melhor e durmo que é um regalo... Aqui entre nós, se o amigo quiser uma indenização em dinheiro, uma espécie de luvas, não faça cerimônia; estou pronto a pagar — não há nada mais justo... Ande desassombradamente por toda a parte... não receie uma vingança que seria absurda... e se, algum dia, eu lhe puder servir para alguma coisa, disponha de mim. Não sou nenhum ingrato.

Daí por diante, o Fulgêncio nunca mais teve receio de estar na rua, mas em pouco tempo se convenceu de que não podia estar em casa, porque Bárbara era definitivamente insuportável. O Mendes foi o mais feliz dos três.

A melhor vingança

O Vieirinha namorou durante dois anos a Xandoca; mas o pai dele, quando soube do namoro, fez intervir a sua autoridade paterna.

— A rapariga não tem eira nem beira, meu rapaz; o pai é um simples empregado público que mal ganha para sustentar a família! Foge dela antes que as coisas assumam proporções maiores, porque, se te casares com essa moça, não contes absolutamente comigo — faze de conta que morri, e morri sem te deixar vintém. Tu és bonito, inteligente, e tens a ventura de ser meu filho; podes fazer um bom casamento.

Não sei se o Vieirinha gostava deveras da Xandoca; só sei que depois dessa observação do Comendador Vieira nunca mais passou pela rua Francisco Eugênio, onde a rapariga todas as tardes o esperava com um sorriso nos lábios e o coração a palpitar de esperança e de amor.

O brusco desaparecimento do moço fez com que ela sofresse muito, pois que já se considerava noiva, e era tida como tal por toda a vizinhança; faltava apenas o pedido oficial.

Entretanto, Xandoca, passado algum tempo, começou a consolar-se, porque outro homem, se bem que menos jovem, menos bonito e menos elegante que o Vieirinha, entrou a requestá-la seriamente, e não tardou a oferecer-lhe o seu nome. Pouco tempo depois estavam casados.

Dir-se-ia que Xandoca foi uma boa fada que entrou em casa desse homem. Logo que ele se casou, o seu estabelecimento comercial entrou num maravilhoso período de prosperidade. Em pouco mais de dois anos, Cardoso — era esse o seu nome — estava rico; e era um dos negociantes mais considerados e mais adulados da praça do Rio de Janeiro.

Ele e Xandoca amavam-se e viviam na mais perfeita harmonia, gozando, sem ostentação, os seus haveres e de vez em quando correndo mundo.

Uma tarde em que D. Alexandrina (já ninguém a chamava Xandoca) estava à janela do seu palacete, em companhia do marido, viu passar na rua um bêbado maltrapilho, que servia de divertimento aos garotos, e reconheceu, surpresa, que o desgraçado era o Vieirinha.

Ficou tão comovida, que o Cardoso suspeitou, naturalmente, que ela conhecesse o pobre-diabo, e interrogou-a neste sentido.

— Antes de nos casarmos — respondeu ela —, confessei-te, com toda a lealdade, que tinha sido namorada e noiva, ou quase noiva, de um miserável que fugiu de mim, sem me dar a menor satisfação, para obedecer a uma intimação do pai.

— Bem sei, o tal Vieirinha, filho do Comendador Vieira, que morreu há três ou quatro anos, depois de ter perdido em especulações da bolsa tudo quanto possuía.

— Pois bem... o Vieirinha ali está!

E Alexandrina apontou para o bêbado, que afinal caíra sobre a calçada, e dormia.

— Pois, filha — disse o Cardoso —, tens agora uma boa ocasião de te vingares!

— Queres tu melhor vingança?

— Certamente, muito melhor, e, se me dás licença, agirei por ti.

— Faze o que quiseres, contanto que não lhe faças mal.

— Pelo contrário.

Quando no dia seguinte o Vieirinha despertou, estava comodamente deitado numa cama limpa e tinha diante de si um homem de confiança do Cardoso.

— Onde estou eu?

— Não se importe. Levante-se para tomar banho!

O Vieirinha deixou-se levar como uma criança. Tomou banho, vestiu roupas novas, foi submetido à tesoura e à navalha de um barbeiro, e almoçou como um príncipe.

Depois de tudo isso, foi levado pelo mesmo homem a uma fábrica, onde, por ordem do Cardoso, ficou empregado.

Antes de se retirar, o homem que o levava deu-lhe algum dinheiro e disse-lhe:

— O senhor fica empregado nesta fábrica até o dia em que torne a beber.

— Mas a quem devo tantos benefícios?

— A uma pessoa que se compadeceu do senhor e deseja guardar o incógnito.

O Vieirinha atribuiu tudo a qualquer velho amigo do pai; deixou de beber, tomou caminho, não é mau empregado, e há de morrer sem nunca ter sabido que a sua regeneração foi uma vingança.

A nota de cem mil-réis

O Cavalcânti era um marido incorreto, para não empregar um adjetivo mais forte; imaginem que os seus recursos não davam para acudir a todas as necessidades da família e, no entanto, era ele um dos amantes da Josephine Leveau, uma cocote francesa, cujo nome era muito conhecido nas rodas alegres, e se prestava aos trocadilhos mais interessantes, quer em francês, quer em português.

Como a esposa do Cavalcânti era uma hábil costureira, recorreu à sua habilidade para ajudar nas despesas de casa. Um dia fez um vestido para uma amiga, e, tão bem feito, tão elegante, que a sua fama correu de boca em boca, e valeu-lhe uma freguesia certa, que lhe dava algum dinheiro a ganhar. Havia meses em que ela fazia trezentos mil-réis.

O Cavalcânti não protestou, pelo contrário aprovou. Fez mais, como vão ver.

Uma bela manhã, a Josephine mandou-lhe pedir cem mil-réis para uma necessidade urgente, e ele não os tinha, nem sabia onde ir buscá-los. Hesitou durante algum tempo em cometer uma baixeza, mas acabou cometendo-a. Já o leitor adivinhou que o miserável pediu à esposa o dinheiro que devia mandar à amante.

A pobre senhora não manifestou a menor contrariedade: foi ao seu quarto, abriu uma gaveta onde guardava o fruto do seu trabalho, e tirou uma nota de cem mil-réis, ainda nova. Antes de levá-la ao marido, que esperava na sala de jantar, contemplou-a durante algum tempo como para despedir-se dela para sempre, e então notou que alguém escrevera num canto estas palavras com letra miúda: "Nunca mais te verei, querida nota!" E como D. Margarida — ela chamava-se Margarida — tivesse um lápis à mão, escreveu por baixo daquelas palavras: "Nem eu!"

O Cavalcânti empalmou os cem mil-réis com um estremeção de alegria.

— Este dinheiro faz-te muita falta? — perguntou ele.

— Não — respondeu ela —; hoje mesmo espero receber igual quantia.

Meia hora depois, o Cavalcânti entregava a nota, dentro de um envelope, a Josephine Leveau.

Nesse mesmo dia D. Margarida recebeu os outros cem mil-réis que esperava. Contra o seu costume, o Cavalcânti estava em casa.

— Olha — disse-lhe ela —, aqui estão os cem mil-réis que eu contava receber. A freguesa é boa.

— Quem ela é? — perguntou o marido.

— Não a conheço; veio ter comigo e pediu-me que lhe fizesse um vestido de seda, riquíssimo. Tinham-lhe dito que eu trabalhava bem e barato.

— Mas é senhora séria?

— Parece. É francesa, e casada com um banqueiro, disse-me ela. Naturalmente o marido é também francês, porque ela chama-se Mme. Leveau.

— Leveau! — repetiu o Cavalcânti empalidecendo.

— Conheces?

— Não.

— Então, por que fizeste essa cara espantada? Boa freguesa! O vestido foi hoje de manhã cedo, e hoje mesmo veio o dinheiro.

— Onde mora essa Mme. Leveau?

— Na rua do Catete.

Dizendo isto D. Margarida abriu o envelope e retirou os cem mil-réis.

— Que coincidência! — disse ela. — A nota é da mesma estampa da qual te dei hoje de manhã! Por sinal que a outra tinha no canto... Oh!...

Este grito quer dizer que D. Margarida tinha lido a frase "Nunca mais te verei", e o seu acréscimo: "Nem eu!"

— Que foi? — perguntou o Cavalcânti.

— A nota é a mesma!...

— A mesma? — repetiu o marido gaguejando.

— A mesmíssima! Reconheço-a por causa destas palavras... Vê! A minha letra!...

O Cavalcânti arranjou uma desculpa esfarrapada: disse que tinha pago os cem mil-réis ao banqueiro Leveau, a quem os pedira emprestados; mas D. Margarida não engoliu a pílula, e foi à casa de Josephine certificar-se de que esta era uma cocote freqüentada por seu marido.

A pobre senhora separou-se do desgraçado, e abriu casa de modista. Ganha muito dinheiro.

A Pequetita

Como o Bandeira é positivista e não admite a vacina, o Coriolano, que é sobrinho do Bandeira e dirigido por ele, não quis que a Pequetita se vacinasse. Quando D. Isaura, sua esposa, lhe falou nisso, foi como se lhe propusesse uma vergonha.

— Pois tu conheces as minhas idéias e me propões semelhante coisa? Vacinar a Pequetita? Que diria o tio Bandeira?

D. Isaura, que tinha muito bom senso, não costumava contrariar a vontade do marido: submetia-se resignadamente a quanto ele dizia. Por seu gosto a Pequetita se vacinaria; mas como o Coriolano era de opinião contrária, a Pequetita não seria vacinada. Ora aí está.

Mas veio a varíola, e o bairro em que morava o Coriolano foi o mais experimentado pela epidemia. O pobre-diabo via, aterrorizado, passarem todos os dias enterros de crianças da vizinhança, e tremia pela sorte da Pequetita.

Um dia em que o tio Bandeira lhe apareceu em casa, o Coriolano deu-lhe uma pequena investida em favor da vacinação, mas o positivista foi inflexível: lançou-lhe um olhar severo, pegou no chapéu e na bengala e disse:

— Se você me torna a falar em vacina, saio por aquela porta e nem o Teixeira Mendes será capaz de fazer com que eu aqui ponha mais os pés!...

— Bom, não se zangue, meu tio: já cá não está quem falou...

Entretanto, a epidemia aumentava cada vez mais, e o Coriolano, que andava inquieto e sobressaltado, um dia apanhou D. Isaura a jeito e fez-lhe ver os seus receios.

— Se não fosse o tio Bandeira.

— Mandarias vacinar a Pequetita?

— É exato.

— Entretanto, não te aconselho a que o faças sem lhe dizer francamente que tomaste essa resolução... Se lhe mentisses, ele não te perdoaria!

— É o diabo! Se a Pequetita... Oh! nem disso me quero lembrar! Eu teria remorso toda a vida!...

— Pois vai à casa do tio Bandeira, e dize-lhe com toda a hombridade que vais mandar vacinar a menina! Não és nenhuma criança nem nenhum idiota que se deixe governar pelos outros!

— Tens razão.

O Coriolano foi à casa do tio Bandeira, e voltou amargurado, com lágrimas nos olhos e na voz.

— Então?... Falaste-lhe?... — perguntou D. Isaura.

— Não.

— Por quê?

— Encontrei-o morto!

— Morto?!

— De varíola hemorrágica! Foi atacado anteontem e hoje ao meio-dia era cadáver! E eu sem saber de nada! Pobre do Bandeira!...

E o Coriolano desatou em pranto.

Quando serenou, disse a D. Isaura:

— Amanhã, pela manhã... hoje mesmo, ser for possível, vacina-se a Pequetita.

— Não é preciso.

— Por quê?

— Porque a Pequetita há dois meses que está vacinada...

— Há dois meses?!

— Sim! Desde que começou a epidemia!

— E nada me disseste!...

— Para quê? Para te zangares? Se fiz mal, Deus me perdoará porque fui levada pelo meu instinto de mãe.

As cerejas

Que fazes tu aí parado? Estás a comer com os olhos aquelas magníficas cerejas?

— Estou simplesmente a namorá-las, ou antes, a resolver-me... Os cobres são tão curtos!...

— Gostas realmente de cerejas?

— Eu? Nem por isso! Prefiro qualquer outra fruta do nosso país! Mas minha mulher dá o cavaquinho por elas, e não se me dava de lhe levar aquelas, que têm boa cara.

— Pois compra-as, que diabo! Não são as cerejas que nos arruínam...

— Tens razão.

Esse ligeiro diálogo foi travado em frente ao mostrador de uma loja de frutas, na Avenida, entre o Antunes e o seu velho amigo Martiniano.

O Antunes comprou as cerejas. O Martiniano despediu-se e foi tomar o bonde.

Aquele dispunha-se a fazer o mesmo, e já estava num ponto de parada, esperando o elétrico de Vila Isabel, quando passou a Pintinha, um diabo de uma mulher que ele não podia ver sem sentir imediatamente o imperioso desejo de acompanhá-la, para reatar o fio de uma conversação agradável que se interrompia de meses a meses.

Acompanhou-a.

Ela, quando o viu, disse-lhe com toda a franqueza:

— Que fortuna encontrar-te! Estava com muitas saudades tuas. Jantas hoje comigo.

— Mas...

— Não admito desculpas, tanto mais que leio nos teus olhos que estás morto por isso. Vou esperar-te em casa.

Meia hora depois, o Antunes subia as escadas da Pintinha. Esta, a primeira coisa que fez foi tirar-lhe das mãos o embrulho que ele trouxera da loja de frutas e desamarrá-lo.

— Que é isso? Cerejas? Como és amável! Não te esqueceste da minha sobremesa predileta!

O Antunes pensou consigo: "Guardado está o bocado para quem o come", e pediu mentalmente perdão a D. Leopoldina, sua legítima esposa.

Isto passava-se à tardinha, e era noite fechada quando as cerejas foram alegremente comidas.

À hora em que o Antunes entrou no lar doméstico, já D. Leopoldina estava deitada, mas não dormia ainda.

— Com efeito, Antunes! Já lhe tenho pedido um milhão de vezes que não jante fora sem me prevenir! Esperei-o até às sete horas!

— Perdoa, benzinho, fui desencaminhado por um amigo que me levou ao Pão de Açúcar.

— Ao Pão de Açúcar?

— Sim, o Pão de Açúcar é um restaurante da Exposição. Come-se ali muito bem, e o lugar é aprazível.

— Demais, eu estava doida por que você chegasse; nunca o esperei com tanta impaciência!

— Por quê?

— Por causa das cerejas.

— Que cerejas?

— As tais que você comprou na Avenida para me trazer; você bem podia tê-las mandado pelo "rápido" com o aviso de que não vinha jantar. Onde estão elas?

— As cerejas?

— Sim, as cerejas!

— Mas como soubeste que eu...?

— Muito simplesmente. Saí para ir ao dentista, e quando voltava para casa encontrei no bonde aquele teu amigo Martiniano, que me disse: "A senhora vai ter hoje magníficas cerejas ao jantar; vi seu marido comprá-las na Avenida. Ele disse-me que a senhora dá o cavaquinho por elas". Onde as puseste? Na sala de jantar?

Já o Antunes tinha arranjado a mentira:

— Oh! diabo! E se não me falas não me lembrava! Deixei no bonde o embrulho das cerejas!...

— Eu logo vi!...

D. Leopoldina voltou-se para o outro lado e não disse mais palavra.

No dia seguinte esteve amuada todo o dia, e só voltou às boas quando o Antunes, entrando em casa às horas de jantar, lhe entregou um embrulho de cerejas, dizendo:

— Estavam na estação.

Pobre D. Leopoldina! Se soubesse que a Pintinha...

Às escuras

Havia baile naquela noite em casa do Cachapão, o famoso mestre de dança, que alugara um belo sobrado na rua Formosa, onde todos os meses oferecia uma partida aos seus discípulos, sob condição de entrar cada um com dez mil-réis.

D. Maricota e sua sobrinha, a Alice, eram infalíveis nesses bailes do Cachapão.

D. Maricota era a velha mais ridícula daquela cidadezinha da província; muito asneirona, mas metida a literata, sexagenária, mas pintando os cabelos a cosmético preto, e dizendo a toda a gente contar apenas trinta e cinco primaveras — feia de meter medo e tendo-se em conta de bonita, era D. Maricota o divertimento da rapaziada.

Em compensação, a sobrinha, a Alice, era linda como os amores e muito mais criteriosa que a tia.

O Lírio, moço da moda, que fazia sempre um extraordinário sucesso nos bailes de Cachapão, namorava a Alice, e no baile anterior lhe havia pedido... um beijo.

— Um beijo?! Você está doido, seu Lírio?! Onde? Como? Quando?
— Ora! Assim você queira...
— Eu não dou; furte-o você se quiser ou se puder.

Isto dizia ela porque bem sabia que as salas estavam sempre cheias de gente, e a ocasião não poderia fazer o ladrão.

Demais, D. Maricota, a velha desfrutável, que andava um tanto apaixonada pelo moço, que aliás podia ser seu neto, tinha ciúmes e não os perdia de vista.

Mas o Lírio, que era fértil em idéias extraordinárias, combinou com um camarada, o Galvão, que este entrasse no corredor do sobrado às dez horas em ponto, e fechasse o registro do gás.

Se o Lírio bem o disse, melhor o fez o Galvão; mas ao namorado saiu-lhe o trunfo às avessas, como vão ver.

Faltavam dois ou três minutos para as dez horas, quando ele se aproximou de Alice e murmurou-lhe ao ouvido:

— Aquela autorização está de pé?
— Que autorização?
— Posso furtar o beijo?
— Quando quiser.
— Bom; vamos dançar esta quadrilha.

Mas a velha D. Maricota levantou-se prontamente da cadeira em que estava sentada e enfiou o braço no braço do moço, dizendo:

— Perdão, seu Lírio! Esta quadrilha é minha! O senhor já dançou uma quadrilha e uma valsa com Alice!

E arrastou o Lírio para o meio da sala.

De repente, ficou tudo às escuras.

Passado um momento de pasmo, D. Maricota agarrou-se ao pescoço do Lírio e encheu-o de beijos, dizendo muito baixinho:

— Ingrato! Ingrato! Foi o meu bom amigo que apagou as luzes!

E aqui está como ao Lírio saiu o trunfo às avessas.

As paradas

O Norberto, que a princípio aceitou com entusiasmo as paradas dos bondes de Botafogo, é hoje o maior inimigo delas. Querem saber por quê? Eu lhes conto:

O pobre rapaz encontrou uma noite, na Exposição, a mulher mais bela e mais fascinante que os seus olhos ainda viram, e essa mulher — oh, felicidade!... oh, ventura!... —, essa mulher sorriu-lhe meigamente e com um doce olhar convidou-o a acompanhá-la.

O Norberto não esperou repetição do convite: acompanhou-a.

Ela desceu a avenida dos Pavilhões, encaminhou-se para o portão, e saiu como quem ia tomar o bonde; ele seguiu-a, mas estava tanto povo a sair, que a perdeu de vista.

Desesperado, correu para os bondes, que uns seis ou sete havia prontos a partir, e subiu a todos os estribos, procurando em vão com os olhos esbugalhados a formosa desconhecida.

— Provavelmente foi de carro — pensou o Norberto, que logo se pôs a caminho de casa.

Deitou-se mas não pôde conciliar o sono: a imagem daquela mulher não lhe saía da mente. Rompia a aurora quando conseguiu adormecer para sonhar com ela, e no dia seguinte não se passou um minuto sem que pensasse naquele feliz encontro.

Daí por diante foi um martírio. O desditoso namorado começou a emagrecer, muito admirado de que lhe causassem tais efeitos um simples olhar e um simples sorriso.

Passaram-se alguns dias e cada vez mais crescia aquele amor singular, quando uma tarde — oh, que ventura!... oh, que felicidade!... —, uma tarde passeando no Catete, o Norberto vê, num bonde das Laranjeiras, a dama da Exposição. Ela não o viu.

O pobre-diabo fez sinal ao condutor para parar, mas por fatalidade o poste da parada estava muito longe e o bonde não parou. E não haver ali à mão um tílburi, uma caleça, um automóvel!...

O Norberto deitou a correr atrás do bonde, mas só conseguiu esfalfar-se. Que pernas humanas haverá tão rápidas como a eletricidade?

Esse novo encontro acendeu mais viva chama no peito do Norberto, e não tiveram conta os passeios que ele deu do largo do Machado às Águas Férreas, na esperança de ver a sua amada e falar-lhe.

Oito dias depois, o Norberto percorria de bonde, pela centésima vez, as Laranjeiras, quando, nas alturas do Instituto Pasteur, viu passar — oh, felicidade!... oh, ventura!... —, viu passar na rua a mulher que tanto o sobressaltava.

— Pare! pare!... — gritou ele ao condutor.

— Aqui não posso; vamos ao poste de parada!

O Norberto quis descer, mas a rapidez com que o bonde rodava era tamanha, que não se atreveu.

Chegando ao poste de parada, ele atirou-se à rua, e deitou a correr para o lugar onde vira a mulher, mas, onde estava ela? Tinha desaparecido!...

Aí está por que o Norberto é hoje o maior inimigo das paradas.

Assunto para um conto

Como sou um contador de histórias, e tenho que inventar um conto por semana, sendo, aliás, menos infeliz que Scherazada, porque o público é um sultão Shariar menos exigente e menos sanguinário que o das *Mil e uma noites*, sou constantemente abordado por indivíduos que me oferecem assuntos, e aos quais não dou atenção, porque eles em geral não têm uma idéia aproveitável.

Entre esses indivíduos há um funcionário aposentado, que na sua roda é tido por espirituoso, o qual, todas as vezes que me encontra, obriga-me a parar, diz-me, invariavelmente, que estou ficando muito preguiçoso, e, com um ar de proteção, o ar de um Mecenas desejoso de prestar um serviço que aliás não lhe foi pedido, conclui, também invariavelmente:

— Deixe estar, que tenho um magnífico assunto para você escrever um conto! Qualquer dia destes, quando eu estiver de maré, lá lho mandarei.

Há dias, tomando o bonde para ir ao Leme espairecer as idéias, sentei-me por acaso ao lado do meu Mecenas, que na forma do costume começou por invectivar a minha preguiça, e prosseguiu assim:

— Creio que já lhe disse que tenho um assunto para o amiguinho escrever um conto...

— Já mo disse mais de vinte vezes!

— Qualquer dia lá lho mandarei.

— Não! Há de ser agora! O senhor tem me prometido esse assunto um ror de vezes, e não cumpre a sua promessa. Nós vamos a Copacabana, estamos ao lado um do outro, temos muito tempo... Venha o assunto!...

— Não; agora não!

— Pois há de ser agora, ou então convenço-me de que tal assunto não existe, e o senhor mentiu todas as vezes que mo prometeu!

— Ora essa!

— Sim, que o senhor tem feito como aquele cidadão que prometia ao Eduardo Garrido, todas as vezes que o encontrava, um calembur para ser encaixado na primeira peça que ele escrevesse. Até hoje o Garrido espera pelo calembur!

— Eu tenho o assunto do conto — explicou o Mecenas —, mas queria escrevê-lo...

— Para quê? Basta que mo exponha verbalmente.

— Então lá vai: é a história de uma herança falsa; um sujeito residente na Espanha escreve a outro sujeito residente no Rio de Janeiro uma carta dizendo que morreu lá um homem podre de rico, chamado, por exemplo, D. Ramon, e que esse homem não deixou herdeiros conhecidos: a herança foi toda recolhida pela nação; mas o tal sujeito residente na Espanha, que é um finório, manda dizer ao tal sujeito residente no Rio de Janeiro, que é um simplório, que existem aqui herdeiros, cujos nomes ele não revelará ao simplório sem que este mande pelo correio tantas mil pesetas. O simplório manda-lhe o dinheiro, e fica eternamente à espera dos nomes dos herdeiros. Que tal?

— Muito bom!

— Você não acha aproveitável este assunto?

— Acho-o magnífico, interessantíssimo, espirituoso! Tanto assim que vou escrever o conto e publicá-lo no próximo número d'*O Século*!

— Ora, ainda bem! Quando lhe faltar assunto, venha bater-me à porta: o que não me falta é imaginação!

— Muito obrigado; não me despeço do favor.

Como vê o leitor, aproveitei o assunto do imaginoso Mecenas.

A viúva do Estanislau

Por ocasião da morte do marido, aquele pobre Estanislau, que, depois de uma luta horrível, foi afinal vencido pela tuberculose, Adelaide parecia que ia também morrer. Dizia-se que ela amava tanto o marido, que fizera o possível para contrair a moléstia que o matou e acompanhá-lo de perto no túmulo. Emagreceu a olhos vistos, e toda a gente contava que, mais dia menos dia, Deus lhe fizesse a vontade; mas o tempo, que tudo suaviza e repara, foi mais forte que a dor, e ano e meio depois de enviuvar, Adelaide estava rubicunda e linda como não estivera jamais.

O Estanislau deixou-a paupérrima. O pobre rapaz não contava arrumar a trouxa tão cedo, ou, por outra, não teve com que preparar o futuro. Enquanto viveu, nada faltou em casa; depois que ele morreu, tudo faltou, e Adelaide, que felizmente não tinha filhos, aceitou a hospitalidade que lhe ofereceram seus pais.

— Vem outra vez para o nosso lado — disseram-lhe os velhos —; façamos de conta que te não casaste.

Não tardou muito que aparecesse um namorado à viúva. Era um excelente moço, o Miranda, que freqüentava a casa dos velhos por ser funcionário da mesma secretaria onde o pai de Adelaide era chefe.

Foi com muita satisfação que este notou a simpatia que o Miranda manifestava pela moça, e pulou de contente quando o rapaz, um dia, na repartição, se abriu com ele, dizendo-lhe que ser seu genro era o que mais ambicionava neste mundo.

O velho foi para casa alegre como um passarinho, e disse tudo à mulher.

— Sabes, Henriqueta? O Miranda confessou-me hoje que gosta da Adelaide e quer casar-se com ela. Estou satisfeitíssimo, porque nossa filha não poderia encontrar melhor marido! Que me dizes?

— Digo que seu Miranda é uma sorte grande, mas duvido que Adelaide aceite.

— Duvidas, por quê?

— Porque ela só pensa no Estanislau: é uma viúva inconsolável. Engordou, tomou cores, goza saúde, mas aposto que não admite que lhe falem noutro casamento.

— Deixe-a comigo; vou sondá-la.

O velho sondou-a, efetivamente, e reconheceu que D. Henriqueta calculava bem.

— Não me fale em casamento, papai! Eu considerar-me-ia uma mulher indigna se desse um substituto ao meu pobre Estanislau!

Mas o velho, que não era peco, não se deixou vencer e insistiu, lançando mão de quanto argumento lhe sugeriu a sua longa experiência do mundo.

— Minha filha, numa terra de maldizentes como este Rio de Janeiro, a reputação de uma viúva moça e bonita corre tantos perigos, que a melhor resolução que tens a tomar, para fazer respeitar a memória honrada do teu Estanislau, é casares-te em segundas núpcias. Uma única dificuldade haveria para isso: o marido; mas neste particular, minha filha, foste de uma fortuna fenomenal. O Miranda caiu-te do céu! Olha, eu, se tivesse que escolher um genro, não escolheria outro, e tu, se te casares com ele, darás muito prazer a tua mãe, e tornarás feliz a minha velhice.

Essas palavras, que acabaram molhadas de lágrimas de enternecimento, calaram no ânimo de Adelaide, e na mesma noite, como a família se achasse reunida na sala de jantar, e o Miranda presente, ela dirigiu-se a este nos seguintes termos:

— Meu amigo, sei que o senhor gosta muito de mim e deseja ser meu marido; sei que o nosso casamento daria muita satisfação a meus pais; mas devo dizer-lhe que ainda amo o Estanislau como se ele estivesse vivo, e não posso amar dois homens ao mesmo tempo.

Os velhos morderam os beiços; o Miranda remexeu-se na cadeira, sem responder.

— Sei também que o senhor é um perfeito cavalheiro e que nada lhe falta para ser um marido ideal; aprecio o seu caráter, a sua bondade, a sua inteligência; mas, se nos casarmos, não poderei levar-lhe o sentimento que todo o homem tem o direito de exigir no coração da sua noiva. Se depois desta declaração leal e honesta, persiste em querer ser meu esposo, aqui tem a minha mão.

— Aceito-a! — respondeu prontamente o Miranda, tomando a mão que lhe estendeu Adelaide. — Aceito-a, porque — perdoe a minha vaidade — tenho alguma confiança no meu merecimento, e espero conquistar o seu amor!

Casaram-se, e hoje, que estão unidos há um ano, podem gabar-se — ela de ter tido verdadeiras surpresas fisiológicas, e ele de ser amado como o Estanislau nunca o foi.

— És então feliz, minha filha?

— Muito feliz, mamãe; o Miranda é tão bom marido, que, lá no outro mundo, o Estanislau, se meteu a mão na consciência, com certeza me perdoou.

"Barca"

Há maridos e mulheres, dizem as más línguas, que passam o verão em Petrópolis para fazer das suas à vontade. Não sei se é isso exato quanto às mulheres; quanto aos maridos, tenho certeza de que o é.

D. Senhorinha, esposa exemplar, exemplaríssima, era casada com um negociante rico, o João Saraiva, que todos os anos, em fins de novembro, dava com ela em Petrópolis até abril, sob pretexto de que a cidade do Rio de Janeiro se tornava inabitável durante a canícula.

O que ele queria era estar como o boi solto que, segundo o rifão, se lambe todo. Havia na rua do Riachuelo uma francesa que lhe dava volta ao miolo e constantemente o obrigava a perder a barca.

Nessas ocasiões, D. Senhorinha recebia sempre um telegrama, e acreditava, coitada, porque tinha a mais cega confiança no marido, e sabia que ele era muito ocupado. Por fim, João Saraiva tantas e tão repetidas vezes perdia a barca, por este ou aquele motivo, que marido e mulher resolveram adotar uma palavra convencional para cada vez que isso acontecesse. Adotaram a palavra "barca".

* * *

Uma vez, D. Senhorinha, ali por volta das duas horas da tarde, bocejava na sua solidão petropolitana, quando lhe levaram um telegrama.

Ela abriu-o um pouco sobressaltada, pois o marido não costumava telegrafar àquela hora, e qual não foi a sua surpresa vendo que o telegrama dizia simplesmente: "Barca".

— Não pode ser! — pensou D. Senhorinha. — A barca sai da Prainha às quatro horas e são apenas duas! Com duas horas de antecedência meu marido não podia adivinhar que perderia a barca! Aqui há coisa.

* * *

Naquele dia o marido não apareceu em Petrópolis, e no dia imediato, quando a senhora lhe pediu uma explicação, ele não se atreveu a dizer-lhe que o progresso agora era tal que os telegramas chegavam ao seu destino antes de mandados, ou que houvesse duas horas de diferença entre o meridiano do Rio de Janeiro e o de Petrópolis.

João Saraiva deu a D. Senhorinha uma razão esfarrapada, que ela fingiu aceitar, e na manhã seguinte entrou furioso no escritório, dirigindo-se imediatamente a um dos empregados.

— Ó seu Barros, a que horas você passou anteontem aquele telegrama?

— Logo que o senhor mo deu.

— Fê-la bonita! Pode limpar a mão à parede! Pois eu não lhe disse que só o passasse depois das quatro horas?

— Disse, disse; mas como tive que ir lá para os lados do Telégrafo, julguei que não houvesse inconveniente...

— Ora valha-o Deus, seu Barros! Você deu cabo da minha tranquilidade doméstica.

* * *

D. Senhorinha desceu imediatamente de Petrópolis e nunca mais quis saber de vilegiaturas, receando que o marido continuasse a perder a barca.

Caiporismo

Naquele dia o Ladislau entrou em casa radiante e alegre. A sua cara-metade, não habituada a isso, perguntou-lhe se tinha visto passarinho verde.

— Não, não vi passarinho verde, mas calcula que... Ainda me parece um sonho!...

— Mas que foi, homem de Deus?...

— Tu sabes que eu sou o maior caipora em tudo quanto é jogo... Em Caxambu — lembras-te? — todos ganhavam, menos eu, e o processo era muito simples: jogavam onde eu não jogava. Bastava que eu pusesse uma fichazinha num número para que ele ficasse abandonado pelos demais pontos! Já toda a gente sabia que o diabo do número não safa nem a cacete!...

— Mas que te aconteceu? Estou morta de curiosidade! Tiraste algum prêmio na loteria?

— Oh, a loteria!... a loteria é outra!... Bem sabes que ainda não me foi dada a satisfação de comprar um bilhete e tirar, não a sorte grande, não um prêmio qualquer, mas o mesmo dinheiro! Não sei o gosto que isso tem!...

— Na realidade és muito caipora.

— E os bichos? Se jogo na borboleta, dá o elefante; se arrisco cinco ou dez mil-réis na águia, é contar que sai o burro!... Sempre contrastes!... Sempre antíteses!...

— Mas não me dirás?...

— O Balisa, aquele alfaiate da rua do Ouvidor, que me fez o terno marrom — sabes? —, organizou um "clube de roupas" a

cinco mil-réis por semana, e instou comigo para que eu entrasse. Entrei, paguei a primeira prestação, e saiu o meu número! Comprei por cinco mil-réis um terno que vale duzentos!...
— Deveras?
— É o que te digo! Já tomei medida! Desta vez não fui caipora!...
— Ainda bem!
— O Balisa pediu-me que continuasse, e eu continuei: paguei já a primeira prestação para outro terno.

Três meses depois desse diálogo, o Ladislau já tinha pago integralmente os duzentos mil-réis do segundo terno, e o alfaiate não lhe dera ainda o primeiro: desculpava-se com o mestre da oficina, com a grande quantidade de roupa que tinha a entregar, e hoje-amanhã, hoje-amanhã, passaram-se dias, semanas, e nada...

Um dia o Ladislau saiu de casa disposto a zangar-se com o Balisa: se não tivesse para ali os ternos, ou pelo menos um, faria um tempo quente! Pois se estava tão precisado de roupa!

Mas qual foi a sua surpresa quando, ao chegar à loja, encontrou a porta fechada.

Um vizinho informou-o de que o alfaiate morrera falido e na miséria, sem ter em casa fazenda que chegasse para a terça parte dos ternos que devia...

E o Ladislau se convenceu de que ter apanhado calça, colete e paletó por cinco mil-réis foi ainda uma pirraça do seu medonho caiporismo.

Chico

Um dia o Chico, moço muito serviçal, muito amigo do seu amigo, foi chamado à casa do Dr. Miranda, que o conhecia desde pequeno, e abusava sempre do seu caráter obsequioso e humilde.

— Mandei-te chamar, meu rapaz, para te incumbir de uma comissão que só tu poderás desempenhar a meu gosto.

— Estou às suas ordens.

— Conheces a Maricota, minha irmã. É uma tola que, em rapariga, enjeitou bons casamentos, sempre à espera de um príncipe, como nos contos de fadas, e agora, que vai caminhando a passos agigantados para os quarenta, embeiçou-se por um tipo que costuma passar cá por casa e nem ela, nem eu, sabemos quem é.

— Ele chama-se...?

— Alexandrino Pimentel. É o nome com que assinou a carta, assaz lacônica, em que declarou à Maricota que a amava e desejava ser seu esposo. Já me disseram — e é tudo quanto sei a seu respeito — que esteve empregado na estrada de ferro, onde não esquentou lugar. Preciso de mais amplas e completas informações a respeito desse indivíduo e, para obtê-las, lembrei-me de ti que és esperto e conheces meio mundo.

O Chico dissimulou uma careta.

— Minha irmã — continuou o Dr. Miranda — já fez trinta e sete anos, mas é minha irmã, e eu, como chefe de família, farei o possível para evitar que ela se ligue a um homem que não seja um homem de bem, não achas?

— Certamente.

— Portanto, meu rapaz, peço-te que indagues e me venhas dizer quem é, ao certo, esse Alexandrino Pimentel, que quer ser meu cunhado. Peço-te igualmente que desempenhes essa comissão com a brevidade possível, pois uma senhora de trinta e sete anos, quando lhe falam em casamento, fica assanhada que nem um macaco a quem se mostra uma banana.

O Chico pôs-se a coçar a cabeça e não disse nada. Bem sabia quanto era espinhosa tal comissão, mas não tinha forças para recusar os seus serviços a pessoa alguma, e muito menos ao Dr. Miranda, que era o seu médico, já o havia sido de seus pais e nunca lhes mandara a conta.

— Está dito?

— Está dito. Vou indagar quem é o tal Alexandrino Pimentel, e pode contar que dentro de três ou quatro dias terá os esclarecimentos que deseja.

No mesmo dia, o Chico foi ter com um velho camarada, empregado antigo da Central, e perguntou-lhe se conhecia um sujeito que ali tinha estado algum tempo, chamado Alexandrino Pimentel.

— Um bêbado! — respondeu prontamente o outro.

— Bêbado?

— Bêbado, sim! Foi por isso que o Passos o pôs na rua!

— Mas não se terá corrigido?

— Não sei; nunca mais ouvi falar nele. Quem te pode informar com segurança é o Trancoso. Sim, que ele era casado com a filha do Trancoso, por sinal que não se dava com o sogro.

— Casado?

— Casado, sim!

— Quem é esse Trancoso?

— Um ex-colega meu, aposentado há uns quatro anos. Mora lá para os lados de Inhaúma.

— Podes dar-me um bilhete de apresentação para ele?

— Pois não!

No dia seguinte o Chico estava em Inhaúma, à procura do tal Trancoso, que já lá não morava; havia seis meses que se mudara para Copacabana, onde adquirira uma casinha; entretanto o pobre rapaz não esmoreceu diante de uma tremenda maçada, e no outro dia, depois de duas horas de indagações, batia à porta do Trancoso.

Veio abrir-lha um velho asmático, envolvido numa capa, lenço de seda ao pescoço, carapuça enterrada até às orelhas, barba por fazer, cara de poucos amigos.

Quando o Chico pronunciou o nome de Alexandrino Pimentel, o velho enfureceu-se, gritando que nada tinha de comum com "esse bandido"!

— Mas não é ele seu genro?

— Foi por desgraça minha, mas já o não é, pois deu tantos desgostos à minha filha, que a matou!

— Eu desejava apenas tomar algumas informações a respeito desse homem. Trata-se de coisa grave. Ele pretende casar-se em segundas núpcias, e foi a família da noiva que me pediu para...

— Pois, meu caro senhor, as informações que lhe tenho a dar são as seguintes: o sujeito de quem se trata é malandro, bêbado, devasso jogador e bruto. Bruto a ponto de bater, como batia na sua própria mulher! Se a tal senhora, com quem ele se pretende casar, quiser passar fome e ser armazém de pancada, não poderá escolher melhor! E agora, meu caro amigo, que tem as informações que desejava, passe muito bem! Deixe-me em paz, porque sou doente, e as visitas aborrecem-me!...

Dizendo isto, o velho foi empurrando o Chico para a porta da rua.

Este saiu perfeitamente edificado a respeito de Alexandrino Pimentel, mas, ao ar livre, refletiu que todas essas informações, partindo de um homem tão apaixonado e tão grosseiro, poderiam ser, pelo menos até certo ponto, injustas; por isso pôs-se de novo em campo e, indaga daqui, pergunta dacolá, chegou, depois de conversar com dez ou doze pessoas fidedignas, à firme convicção de que tudo aquilo era a pura expressão da verdade.

Essas pesquisas tomaram-lhe mais tempo do que três ou quatro dias dentro dos quais prometera voltar à casa do Dr. Miranda. Quando voltou, já os amores de Maricota e Alexandrino haviam assumido proporções consideráveis, e o Dr. Miranda tinha revelado à irmã que o obsequioso Chico se incumbira de tomar informações a respeito do pretendente.

— Que diabo! Julguei que você não me aparecesse mais! — exclamou o médico ao ver então o seu cliente gratuito.

— A coisa deu mais trabalho do que eu supunha, e eu não quis fazer nada no ar. Trago-lhe informações seguras!

— Boas ou más?

— Péssimas.

O Dr. Miranda chamou a irmã, que acudiu logo.

— Olha, Maricota, aqui tens o Chico; vai dizer-nos quem é o teu Pimentel.

— Pois diga! — resmungou Maricota com um olhar zangado, adivinhando os horrores trazidos pelo Chico.

Este voltou-se para o Dr. Miranda e disse-lhe:

— O senhor coloca-me numa situação difícil. Julguei que isto não passasse de nós dois, mas agora, em presença de D. Maricota, sinto-me acanhado e receoso, porque não posso dizer senão a verdade, e a verdade é muito desagradável.

— Minha irmã é a principal interessada neste assunto — redargüiu o doutor —, e deve até agradecer-lhe o trabalho que você teve com esse inquérito. O seu dever de amigo está cumprido; ela que o ouça e faça o que entender; é senhora das suas ações.

O Chico, arrependido já de se haver metido naquele incidente de família, contou minuciosamente as diligências que fizera e o resultado a que chegara.

Quando ele acabou o relatório:

— Tudo isso é calúnia, calúnia, calúnia torpe! — bradou Maricota, fula de raiva e batendo o pé. — E quando seja verdade, gosto dele. Ele gosta de mim, e havemos de ser um do outro, venha embora o mundo abaixo!

Não houve palavras que a convencessem de que tal casamento seria um desastre. Diante da vergonha, com que ela ameaçou o irmão de sair de casa para ir ter com o seu amado, o Dr. Miranda curvou a cabeça, e o casamento fez-se.

Fez-se, e não há notícia de casal mais venturoso!

Alexandrino, que se empregara numa importante casa comercial, era um marido solícito, dedicado, carinhoso e previdente; não ia a passeio ou a divertimento sem levar Maricota; não bebia senão água; não jogava senão a bisca em família — e todas essas virtudes eram naturalmente realçadas pela terrível perspectiva de que ele seria o contrário.

— Maricota apanhou a sorte grande! — diziam os amigos e parentes, inclusive o Dr. Miranda.

Este, desde que as virtudes do cunhado se manifestaram, começou a tratar com frieza o informante...

O pobre Chico perdeu o amigo e o médico, foi odiado por Maricota por ter pretendido frustrar a sua aventura, e o regenerado Pimentel, quando soube da comissão que ele desempenhara segurou-o um dia com as duas mãos pela gola do casaco, e sacudiu-o dizendo-lhe:

— Eu devia quebrar-te a cara, miserável, mas perdôo-te, porque és um desgraçado!...

Moralidade do conto: ninguém se meta na vida alheia, principalmente quando se trate de evitar um casamento serôdio.

Como o diabo as arma!

O Sr. Paulino era o marido mais irrepreensível desta cidade em que são raríssimos os maridos irrepreensíveis; entretanto (vejam como o diabo as arma!), um dia foi morar mesmo defronte da casa onde ele morava, na rua Frei Caneca, uma linda mulher, que lhe deu volta ao miolo.

Apesar de casado com uma senhora ainda bonita e frescalhona, mais nova dez anos que ele, que orçava pelos quarenta e tantos, o Sr. Paulino resolveu chegar à fala com a sua encantadora vizinha, que, pelos modos, era livre como os pássaros. Pelo menos morava sozinha, e recebia de vez em quando visitas misteriosas de três ou quatro sujeitos discretos que, antes de entrar, olhavam para trás, para adiante e para cima, o que era um meio mais seguro de serem observados.

Essas visitas encorajaram necessariamente o Sr. Paulino; mas... como chegar à fala?... Da sua janela, onde ele raras vezes aparecia, limitando-se a espiar a vizinha por trás das venezianas, o pobre namorado jamais se animaria a fazer o menor gesto suspeito. Resolveu, pois, esperar que alguma circunstância fortuita o favorecesse, ou por outra, que o diabo as armasse.

Não tardou a aparecer a circunstância fortuita, que o diabo armou: uma tarde em que o Sr. Paulino voltava do emprego de guarda-livros de uma importante casa comercial, viu passar na Avenida a linda mulher que tanto o impressionara, e acompanhou-a até a estação do Jardim Botânico, onde ela tomou um bonde para o Leme.

O Sr. Paulino, já se sabe, tomou o mesmo bonde e sentou-se ao lado dela, que lhe cedeu gentilmente a ponta. A sujeita, que era matreira, percebeu que tinha sido acompanhada e aplanava o terreno para uma explicação.

O guarda-livros cobriu o rosto com *A Notícia* e, fingindo que estava lendo, murmurou:

— Preciso muito falar-lhe.

— Pois fale — respondeu ela fazendo com o leque o mesmo que o outro fazia com a rósea folha vespertina.

— Aqui não; em sua casa. Quando há de ser?

— Quando quiser.

— Amanhã?

— Amanhã, seja! Sabe onde é?

— Sei; mas só poderei lá ir depois das dez horas da noite, quando a rua estiver completamente deserta.

— Por quê?

— Depois lhe direi.

— Bom. Esperá-lo-ei às dez e meia.

— Adeus!

— Até amanhã!

E o Sr. Paulino saltou no largo da Lapa.

No dia seguinte à hora indicada, o guarda-livros entrava em casa da vizinha, cuja porta achou entreaberta.

— Mas por que todo este mistério? — perguntou a tipa, que o recebeu como se o conhecesse de longos anos.

— É porque moram ali defronte uns conhecidos meus.

— Quem? O tal Paulino?

— Conhece-o?

— De nome apenas; nunca o vi. Querem ver que também você gosta da mulher dele?

— Da mulher de quem?... do Paulino?...

— Sim, faça-se de novas! Aquela é pior do que eu!

— Mas de que Paulino fala a senhora? — perguntou o pobre homem, já trêmulo e agitado.

— Do Paulino que mora ali defronte. A ele nunca o vi, mas tenho visto os amantes da mulher!

— Os amantes da mulher?!...

— Sim, coitado. É ele a sair de casa, e os outros a entrar!...

— Os outros?... Então são muitos?!...

— Mais de um é, com certeza... Já vi dois: um rapaz alto, louro, rosado, elegante...

— Deve ser o Gouveia!
— E o outro baixinho, cheio de corpo, de bigode e pêra, pincenê azul...
— Deve ser o Magalhães! Dois amigos!...

E o Sr. Paulino caiu desalentado numa cadeira. Tudo lhe andava à roda. Sentia as faces em fogo. Receou uma congestão cerebral.

A mulher notou que ele estava incomodado, e foi buscar água-da-colônia, que o reanimou.

— Fui, talvez, indiscreta — disse ela —; o tal Paulino é seu amigo, e você não sabia...

— O tal Paulino sou eu, minha senhora; sou eu em carne e osso, e agradeço-lhe a informação. Se não viesse à sua casa, jamais saberia o que se passa na minha, e continuaria a ser um marido ridículo sem o saber! Para alguma coisa me serviu essa aventura amorosa!

E o Sr. Paulino saiu sem exigir da vizinha, atônita, outra coisa além de um copo d'água.

No dia seguinte pôs a mulher fora de casa, e cortou a chicote a cara do Gouveia. O Magalhães escondeu-se e não foi encontrado, mas não perde por esperar.

Ora, aí têm como o diabo as arma!

Conjugo vobis

A formosa Angelina, filha do Seabra, tinha um namorado misterioso, que via passar todas as tardes por baixo das suas janelas. Era um bonito rapaz, dos seus trinta anos, esbelto, elegante, sempre muito bem trajado, sobrecasaca, chapéu alto, botinas de bico finas, bengala de castão de prata, pincenê de ouro. Limitava-se a cumprimentá-la sorrindo. Ela sorria também, para animá-lo, mas, qual!, o moço parecia de uma timidez invencível, e o romance não passava do primeiro capítulo.

— Com certeza um rapaz bem colocado — pensava Angelina —, mas o diabo é que não se explica, e não hei de ser eu a primeira a chegar à fala!

Afinal, um dia, passando, como de costume, ele atirou para dentro do corredor da moça um bilhete em que estavam estas palavras: "Amo-a, e desejava saber se sou correspondido".

No dia seguinte ele apanhou a resposta, que ela atirou à rua: "Não posso dizer que o amo, porque não o conheço, mas simpatizo muito com a sua pessoa. Diga-me quem é".

* * *

Nessa mesma tarde, por uma dessas fatalidades a que estão sujeitos os corações humanos, o Seabra, pai de Angelina, entrou em casa como uma bomba, esbaforido, carregado com muitos embrulhos, suando por todos os poros, e intimou a esposa e a filha (eram toda a sua família) a fazerem as malas, porque no dia seguinte, às cinco horas da manhã, partiam para Caxambu.

— Mas isto assim de repente! — protestou a velha. — Vai ser uma atrapalhação!

— Não quero saber de nada! O médico disse-me que, se eu não partisse imediatamente para Caxambu, era um homem morto! Eu devia até seguir pelo noturno! Estou com uma congestão de fígado em perspectiva!...

Angelina ficou desesperada por não ter meios de prevenir o moço e lá partiu para Caxambu com o coração amargurado.

* * *

Não a lastimem compadecidas leitoras: com dez dias de Caxambu Angelina tinha se esquecido completamente do namorado. Isso não foi devido aos efeitos das águas, que não servem para o coração como servem para o fígado, mas à presença de um rapaz que estava hospedado no mesmo hotel que a família Seabra e, em correção e elegância, nada ficava a dever ao outro.

Era um médico do Rio de Janeiro, recentemente formado, moço de talento e de futuro, que, de mais a mais, tinha fortuna própria.

O Seabra, que estava satisfeito da vida, porque o seu fígado melhorava a olhos vistos, acolheu com entusiasmo a idéia de um casamento entre Angelina e o jovem doutor, e era o primeiro a meter-lhe a filha à cara.

Em conclusão, o casamento foi tratado lá mesmo, sob o formoso e poético céu do sul de Minas, para realizar-se, o mais breve possível, na Capital Federal.

* * *

Regressando das águas, onde se demorou um mês, Angelina viu passar o primeiro namorado, que olhou para ela com uma expressão de surpresa e de alegria, mas a moça fechou o semblante. O semblante e a janela. E, para nunca mais ver passar o importuno, deixou dali em diante de debruçar-se no peitoril.

* * *

No dia do casamento, os noivos, as famílias dos noivos, as testemunhas e os convidados lá foram para a pretoria.

— Tenham a bondade de esperar — disse-lhes o escrivão. — O doutor não tarda aí.

Sentaram-se todos em silêncio, e pouco depois o pretor fazia a sua entrada solene.

Angelina, ao vê-lo, tornou-se lívida e esteve a ponto de perder os sentidos. Ele estava atônito e surpreso. Era o primeiro namorado.

O mísero disfarçou como pôde a comoção, e resignou-se ao destino singular que o escolhia, a ele, para unir a outro a mulher que o seu coração desejava.

* * *

Quando todos os estranhos se retiraram, ficando na sala da pretoria apenas o juiz e o escrivão, este perguntou àquele:

— Que foi isso, doutor? O senhor sofreu qualquer abalo! Não parecia o mesmo! Que lhe sucedeu?

O moço confiou-lhe tudo.

O escrivão, que era um velhote retrógrado e carola, ponderou:

— Ora, aí está um fato que só se pode dar no casamento civil; no religioso é impossível.

Denúncia involuntária

O Lustosa era muito boa pessoa, mas tinha um defeito: gostava de intrometer-se na vida alheia, e bisbilhotar o que se passava em casa dos outros.

Ele observou que uma bonita senhora, que morava defronte da casa dele, na rua São Francisco Xavier, era regularmente visitada por dois amantes — um, já de meia-idade, gordo, calvo, pesado, feio, e outro, muito novo ainda, bonito e elegante.

O Lustosa imaginou logo, e imaginou muito bem, que o primeiro era o pagador e o segundo o *amant de coeur*[1].

O primeiro, além de ser mais velho, tinha uns ares de dono de casa que não enganava a ninguém; as suas visitas eram mais demoradas, duravam às vezes toda a noite; ao passo que o outro aparecia de fugida, e não saía para a rua sem primeiro examinar se não passava alguém.

Ora, aconteceu que certa noite, achando-se numa *soirée* familiar em casa de um amigo que fazia anos, o Lustosa foi apresentado ao rapaz, que também lá estava.

A pessoa que fez a apresentação afastou-se, e o nosso indiscreto disse logo ao Peixoto que já o conhecia. O moço chamava-se Peixoto.

— Já me conhecia? De onde? — perguntou este muito intrigado.

— Da rua São Francisco Xavier...

— Cale-se! Por amor de Deus, não me comprometa! Eu tenho família, sou casado, e minha mulher está aqui! Olhe, é aquela senhora vestida de azul...

---

[1] "Amante do coração", em francês. (N. do E.)

— Pois eu supunha-o solteiro; mas descanse; por mim ninguém saberá.

— Aquilo é um contrabando. São destas coisas em que a gente se mete não sabe como, e de que é muito difícil livrar-se.

— Ora! O amigo ainda está na idade, não acabou ainda de pagar o seu tributo; mas tenha cuidado: sexta-feira passada, quando o senhor entrou, o outro mal tinha acabado de sair! Por mais dois ou três minutos encontravam-se à porta. Eu moro defronte, e vi tudo por trás da veneziana.

— O senhor disse "o outro". Que outro?

— O dono.

— Como o dono? O dono sou eu!

— Quero dizer: o "marchante".

— Não há outro marchante senão este seu criado! Dar-se-á caso que aquela mulher receba um homem quando eu lá não estou? Dar-se-á que me engane?

— Não! Não creio que ela o engane com um homem feio, que podia ser pai do senhor... um sujeito barrigudo... careca...

O Lustosa reconheceu a asneira que tinha feito, mas era tarde.

— Meu caro senhor — disse o Peixoto —, as mulheres são capazes de tudo. Tenho aí um carro à porta. Vou até lá. Quero verificar agora mesmo se sou traído por aquele diabo. A ocasião e excelente. Ela não me espera, porque sabe que vim a esta reunião... minha mulher está distraída... Até logo!

O Peixoto saiu, e pouco depois ouvia-se rodar o carro.

O Lustosa ficou perguntando a si mesmo quando se corrigiria daquele mau costume de intrometer-se na vida alheia.

O Peixoto voltou ao cabo de uma hora, e foi logo ter com ele.

— Obrigado pelo serviço que me prestou. Surpreendi lá dentro o careca em ceroulas. Ela quis me convencer que era um tio... Desavergonhada! Estou livre daquela péla!

— Pois, senhores — disse o Lustosa —, dei rata, dei: mas quem podia supor que o senhor, com essa mocidade e com esses olhos, era o marchante, e o outro, com aquela cara, o coió! Decididamente, em se tratando de mulheres, devemos sempre contar com o absurdo e o inverossímil!

Duas apostas

Quando apareceu o primeiro número d'*O Século*, o Comendador Salazar, que encontrou um exemplar em casa, tomou-o entre as mãos, percorreu-o rapidamente com os olhos e disse, com aquele ar impertinente e desdenhoso que faz dele, benza-o Deus, um dos negociantes mais antipáticos da nossa praça:

— Isto não tem vida para um mês!

— Por que, papai? — perguntou a Srta. Esmeralda.

— Porque não tem. É um jornaleco que não me inspira a menor confiança.

A moça, que gostava de contrariar o autor dos seus dias, redargüiu logo:

— Pois eu estou convencida de que este jornal tem vida para muito tempo!

— Por que, minha filha?

— Porque tem.

— Veremos.

Havia oito dias que Esmeralda tinha sido pedida em casamento pelo Sousinha, e o Comendador Salazar respondera que era muito cedo: a filha não tinha ainda completado dezessete anos, e o pretendente acabava apenas de atingir a maioridade.

— É muito cedo para pensarem em casamento! — sentenciara ele.

Mas, voltando a *O Século*:

— Com que então, papai é de parecer que este jornal será efêmero?

— Já te disse que sim!
— Pois bem: façamos uma aposta. Se *O Século* não viver um ano, eu bordarei um par de chinelos de lá para papai; se viver... no dia em que ele completar o primeiro aniversário, papai consentirá no meu casamento com seu Sousinha.

O comendador soltou uma gargalhada e disse:
— Pois está dito!

Imaginem agora os leitores com que interesse Esmeralda e o Sousinha acompanhavam a vida d'*O Século*! A moça comprava todas as tardes um número da folha, e colocava-o bem à vista, sobre a mesa de jantar, para que o pai o visse.

— Então *O Século* ainda vive?
— Ainda, e não parece disposto a morrer!
— Pois sim! Qualquer dia desaparece da circulação!

No dia em que *O Século* completou o seu primeiro aniversário, Esmeralda lembrou ao pai a aposta, e o nosso comendador teve que se submeter.

Fez-se o casamento, e, passados alguns dias, o sogro lamentava-se em conversa com sua esposa:
— Casamos a pequena com um criançola! Hás de ver que aquele maricas tão cedo não nos dará um neto!

A filha, que passava e ouviu, acudiu prontamente:
— Vamos fazer uma aposta, papai?
— Que aposta?
— Se no dia em que *O Século* completar o segundo aniversário o senhor não tiver ainda a satisfação de ser avô, eu bordarei aquelas famosas chinelas... se tiver, abrirá com um conto de réis uma caderneta da Caixa Econômica, em favor do pequeno... ou da pequena...

Há dois meses Esmeralda é mãe e o comendador já se explicou com o conto de réis.

O outro dia ela chegou-se ao pai, e disse:
— Vamos fazer outra aposta?
— Qual?
— Se no dia em que *O Século* completar o terceiro aniversário...
— Nada! nada! não me apanhas! O tal *Século* tem vida para... um século!

Elefantes e ursos

Era, uma delícia ouvir o Coronel Ferraz contar as suas façanhas de caça; mas ele só vibrava, e só era verdadeiramente genial a inventar carapetões quando tinha um bom auditório, quando via em volta de si olhos espantados e bocas abertas.

Dizem que na intimidade, conversando com um amigo, ou mesmo dois, era incapaz de pregar uma peta.

Ora, uma ocasião estava ele no meio de um grupo de vinte pessoas, em que estavam representados ambos os sexos e todas as idades.

As palavras do coronel, proferidas com aquela voz reboante e áspera, feita para comandar exércitos, eram avidamente bebidas. Apenas um rapaz do grupo, o Miranda, o maior estróina que Deus pusera no mundo, tinha na fisionomia um ar de mofa e parecia não tomar a sério as proezas cinegéticas do nosso herói.

— Mas isso não foi nada — dizia este retorcendo as pontas dos seus enormes bigodes grisalhos. — Isso não foi nada à vista do que me aconteceu numa aldeia do Ganges, aonde me levou a minha vida aventurosa. Um casal de elefantes corria atrás de um moço que lhes maltratara o filho, um elefantinho deste tamanho (e o coronel indicou o tamanho de um elefantão). O macho ia atingir o moço com a tromba, quando o abati com um tiro da minha espingarda, que nunca falhou. Mas restava a fêmea... A arma estava descarregada, mas eu, carioca da gema, lembrei-me do nosso jogo de capoeira, e passei-lhe uma rasteira tão na regra, que a prostrei por terra! Antes que se erguesse aquela pesada massa, tive tempo de carregar a espingarda e mandá-la passear no outro mundo. O moço estava salvo.

Houve no auditório um murmúrio de admiração. O coronel continuou:

— O moço, mal o sabia eu, era um príncipe, filho de um rajá, ou coisa que o valha, muito estimado na localidade: por isso, ergueram sobre o corpo do elefante macho uma espécie de trono em que me colocaram, deram-me a beber um licor sagrado, investiram-me não sei de que dignidade oficial, e fizeram-me assistir a umas danças intermináveis. Foi uma festa a que concorreram mais de vinte mil pessoas.

Passado o frêmito do auditório, o Miranda tomou a palavra:

— O coronel foi mais feliz no Ganges do que eu em Ceilão.

— Você já esteve em Ceilão? — perguntou o coronel.

— Ora! Onde não tenho estado? Um dia, estando a caçar — sim, porque também sou caçador! —, saiu-me pela frente um enorme urso, que avançou para mim. Quis levar a mão à espingarda, mas tremia tanto, que não consegui pegá-la. E o urso a avançar! Nisto, senti um bafo no meu cachaço. Olhei para trás: era outro urso, de goela aberta e dentes arreganhados!

— E que fez você? — perguntou o coronel, interessado deveras.

— Não fiz nada — respondeu o Miranda. — Fui comido!

Em sonhos

O ra, sempre há sonhos muito esquisitos! — exclamou o César, logo pela manhã, quando se ergueu da cama.

— Com quem sonhaste? — perguntou D. Margarida, que ainda se achava deitada.

— Sonhei que estávamos num jardim, D. Eponina, a senhora do Sá Coelho, e eu, e que ela se atirou a mim aos beijos apertando-me nos braços, dizendo que me adorava!

— E que necessidade tinha eu de saber desse teu sonho? — perguntou D. Margarida um tanto contrariada e, cá entre nós, com toda a razão.

— Oh! meu amor! Pois queres que eu tenha segredos para ti? Eu conto-te a minha vida toda, inclusive os meus sonhos!

— Pois sim, mas uma reserva natural, ou por outra, a delicadeza mais rudimentar deveria fazer com que não me contasses coisas que não me podem ser agradáveis, e cuja revelação nenhum interesse, nenhuma conveniência tem...

— Ora esta! Nunca esperei que te zangasses!...

— Não estou zangada, mas simplesmente ressentida; nenhuma esposa gosta de saber que mesmo em sonhos seu marido andou aos beijos com outra mulher!

— Em primeiro lugar, eu não beijei, fui beijado! Fui violentado!... Eu não queria!... D. Eponina caiu sobre mim com uma fúria!...

— Pois olha! Eu estou mais magoada contigo que com ela...

— Deixa-te disso, Margarida! Os sonhos não querem dizer nada!...

— Não querem dizer nada, mas são sempre o resultado de uma impressão qualquer, recebida na vida real: se tu não tivesses tido um mau pensamento a respeito de Eponina, jamais sonharias que ela caiu sobre ti aos beijos!

— Por pouco mais, darias razão àquele fazendeiro, que mandou surrar o escravo por ter sonhado que este queria assassiná-lo!...

— Sim, tens razão, César... Sonhos são sonhos... uma tolice minha aborrecer-me por causa de uns beijos quiméricos, de que nenhuma culpa tens.

— Ora, ainda bem que te chegas à razão!...

E não se falou mais nisso: a discussão passou... como um sonho.

* * *

Três ou quatro dias depois, Margarida foi a primeira a erguer-se da cama.

— Que é isto? — perguntou César despertando. — Ergues-te hoje mais cedo?

— Sim, porque estou aborrecida; tive um sonho terrível!

— Sim?... Com quem sonhaste?...

— Não quero ter segredos para meu marido: sonhei com o Braguinha!

— Com aquele patife, com aquele desavergonhado, que entendeu que podia namorar-te às minhas barbas! Pois tu sonhaste com esse homem?!...

— Sonhei; que tem isso?... Que culpa tenho eu?

— Conta-me o teu sonho.

— Isso não! Tu já ficaste tão zangado sabendo que sonhei com o Braguinha; que não farias se eu te contasse o resto?!

— Margarida! Nunca esperei que tu...

— Deixa-te disso!... Os sonhos não querem dizer nada... Demais, aconteceu-me o mesmo que a ti o outro dia: não beijei — fui beijada!...

O César saltou da cama furioso:

— Não calculas a vontade com que estou de quebrar a cara do Braguinha!

— Ora, aí tens! É exatamente o caso do fazendeiro!

Encontros reveladores

Contarei hoje aos meus leitores um caso que se passou no tempo do Segundo Império. A historieta não será talvez muito divertida, mas é humana. Lá vai:

Para mostrar-se agradecido ao ministro da Justiça, que o nomeara juiz de Direito de Niterói, lembrou-se o Dr. Sales de convidá-lo para padrinho de seu último pimpolho.

O ministro aceitou o convite, mas como a época era de grande agitação política e não lhe sobravam lazeres para batizados, passou procuração ao seu oficial de gabinete, Dr. Pinheiro, para representá-lo na cerimônia, e levar o pequeno à pia.

À hora aprazada, o Dr. Pinheiro apresentou-se em casa do Dr. Sales, onde o receberam com a mesma solenidade com que receberiam o próprio conselheiro.

O bom homem já estava, aliás, habituado a esses togatés. Depois que o ministro, seu companheiro de infância e amigo íntimo, fizera dele o seu oficial de gabinete, o seu auxiliar de imediata confiança, quase o seu *alter ego*, o Dr. Pinheiro verificou, surpreso, que tinha inúmeros amigos de cuja existência nem sequer suspeitava. Antes que ele exercesse aquela posição oficial, pouca gente o cumprimentava; depois que a exercia, todos lhe tiravam o chapéu!

Terminada a cerimônia do batizado, o Dr. Pinheiro quis retirar-se: estava cumprida a sua missão, mas o Dr. Sales e toda a família instaram com ele para almoçar.

O almoço fez-lhe mal. Na ocasião em que o padrinho por procuração ergueu a sua taça de champanha para agradecer um brinde feito pelo juiz de Direito ao seu ilustre compadre, o Exmo. Sr. Conselheiro X, ministro e secretário de Estado dos negócios da Justiça, o Sr. Pinheiro sentiu turbar-se-lhe a vista e a casa andar à roda. Caiu sentado sobre a cadeira, quebrando a taça que tinha na mão, e perdeu os sentidos.

Foi um alvoroço. Saíram todos dos seus lugares e cercaram o Sr. Pinheiro, que não dava acordo de si.

Entre os comensais havia, felizmente, um médico. Transportado para um quarto e estendido sobre um leito, o Dr. Pinheiro foi imediatamente socorrido e medicado.

— Não há de ser nada — explicou o médico —, mas é preciso que o doente fique no mais absoluto repouso; que ninguém lhe fale nem ele fale a ninguém!

— Mas, que foi?

— Um ameaço de congestão.

No mesmo dia o Dr. Sales mandou um recado à casa do Dr. Pinheiro, que era viúvo e não tinha família de espécie alguma e morava com ele apenas um criado, que foi ter logo com o amo enfermo, levando-lhe roupa branca.

No dia seguinte o Dr. Sales procurou o ministro, seu compadre, para participar-lhe que o seu oficial de gabinete adoecera em Niterói, mas S. Exa. não lhe pôde dar ouvidos: preparava-se para responder a uma interpelação na Câmara, e não podia pensar noutra coisa.

O Dr. Pinheiro logo no outro dia pretendeu recolher-se aos penates, mas o médico proibiu-lhe terminantemente, dizendo: "É uma imprudência pela qual não me responsabilizo!"

Ficou, pois, o Dr. Pinheiro cinco dias em Niterói, metido entre quatro paredes, sem conversar nem ler. Ao sexto dia sentiu-se completamente restabelecido, e teve alta. Durante esse tempo alguma coisa se passara, de certa importância, mas em casa do Dr. Sales nada disseram ao Dr. Pinheiro, receando que qualquer comoção moral lhe produzisse novo ataque.

Seguido pelo seu fiel criado, que o não abandonou um instante, o Dr. Pinheiro tomou a barca, e chegando ao Pharoux, entrou num carro que estava à sua espera, indo o criado para a boléia.

Ao passar pelo largo do Paço, notou que certo pretendente, figura obrigada do gabinete do ministro, sujeito que costumava saudá-lo com muitos rapapés, agora, ao vê-lo, apenas levou a mão à aba do chapéu.

Mais adiante, na rua da Assembléia, outro importuno olhou para ele e desviou os olhos, fingindo que não o via.

No largo da Carioca, um oficial da secretaria, que se empenhara, não havia muito, com o Dr. Pinheiro para ser, como foi, promovido, teve para o oficial de gabinete um olhar de proteção...

— Não há que ver — pensou o Dr. Pinheiro —, caiu o ministério!

De fato, havia três dias que o ministério caíra, depois da tal interpelação. Ninguém o dissera ao Dr. Pinheiro, nem verbalmente nem por escrito: ele adivinhou-o, graças àqueles três encontros reveladores.

História de um dominó

Perdoem-me os leitores se eu, de ordinário alegre, venho contar-lhes uma história triste, num dia em que todos estão predispostos ao riso; mas... que querem? Tenho uma natureza especial: o carnaval entristece-me, e o "Abre alas, que quero passar" soa aos meus ouvidos como um canto de agonia e de morte.

* * *

Dado esse pequeno cavaco, saibam os leitores que conheço um homem, o Abreu, que é o mais triste dos homens: só se compraz na solidão e no silêncio, não tem amigos, vive só, e nunca ninguém o viu rir, nem mesmo sorrir.

Entretanto, esse casmurro, em chegando o carnaval, veste um dominó e sai à rua mascarado. Isto são favas contadas todos os anos.

O ano passado um vizinho teve a curiosidade e a pachorra de mascarar-se também para acompanhá-lo a certa distância, e observar o que ele fazia.

Era domingo gordo; toda a população estava na rua. O Abreu apeou-se do bonde, o mesmo bonde em que vinha o curioso que o acompanhava, um bonde do Catumbi, o bairro onde moravam ambos, e desceu com muita dificuldade a rua do Ouvidor. Chegando em frente à casa de um alfaiate, em cuja porta estavam sentadas algumas donas e donzelas à espera das sociedades, parou, encostando-se na parede da casa fronteira, e ali se deixou ficar, pegando no grupo das senhoras os olhos, que faiscavam através dos dois buracos da máscara de seda.

O Abreu demorou-se ali seguramente meia hora, e o vizinho, farto de esperar, resolveu abandoná-lo, dizendo consigo: "Ora! é um esquisito!... Deixemo-lo!..."

Deixou-o efetivamente, mas uma hora depois voltou, e ainda lá encontrou o Abreu no mesmo ponto e na mesma posição em que o havia deixado. Examinou então com mais cuidado o grupo das senhoras, e reconheceu, surpreso, que uma delas era a mulher do Abreu.

* * *

Sim, que o Abreu tinha sido casado com uma bonita mulher que um dia o abandonou para amancebar-se com um sujeito que ele supunha seu amigo, e ao qual abrira confiadamente as portas de sua casa. O amante lá estava por trás do grupo também à espera das sociedades. Toda a gente os supõe casados.

Desde que lhe sucedeu essa desgraça, o Abreu tornou-se triste, e sua tristeza durou e dura ainda, porque ele amava profundamente aquela ingrata. Amava-a tanto, que neste mundo só uma coisa lhe proporcionava um simulacro de prazer: vê-la de perto.

Entretanto os leitores compreendem que o Abreu não poderia procurar a miúdo tão singular espécie de consolação, e nos raros encontros fortuitos que tinha com ela, não a encarava de modo a satisfazer aquele apetite mórbido.

Mas uma vez, há cinco anos, disseram-lhe que sua mulher tinha assistido ao carnaval sentada à porta do alfaiate e, no ano seguinte, o Abreu, metido num dominó alugado, foi verificar se ela escolhera o mesmo ponto. Encontrou-a, e durante muitas horas conseguiu vê-la de perto e à vontade.

Daí por diante o infeliz marido não perdeu um carnaval, e é muito provável que amanhã lá esteja a postos em frente à casa do alfaiate. Os leitores, com alguma pachorra, poderão certificar-se de que este conto não é inventado.

Ingenuidade

O Vaz desejava a Ernestina Friandes, não porque ela não tivesse todas as aparências de uma senhora honesta; desejava-a, porque o marido, o Friandes, era um pax-vóbis, que estava mesmo a pedir que o enganassem.

Quando, após quatro meses de perseguições incessantes, o sedutor conseguiu a promessa de uma entrevista, ficou muito atrapalhado, por não saber aonde levar a moça. Em casa dela era impossível um encontro: havia a tia Chiquinha Friandes, velhinha esperta e desconfiada; em casa dele também não podia ser, porque ele não tinha casa; apesar dos seus trinta anos, vivia ainda sob o teto e às sopas do pai.

* * *

O nosso herói lembrou-se, afinal, de um amigalhaço muito dado a cavalarias altas; foi ter com ele, expôs-lhe a situação e pediu-lhe que lhe arranjasse um ninho.

— Tu compreendes! Não posso nem devo levá-la a uma dessas casas de alugar quartos, que toda a gente conhece! Seria abusar da sua inocência!

— Então a pequena é tão inocente assim?

— Se é! Não fala senão de pálpebras caídas, e qualquer coisa lhe faz subir o rubor às faces! Sou o seu primeiro amante!

— Deixa-te dessas pretensões! A gente nunca é o primeiro amante!

— Falas assim porque não a conheces.

— Vou indicar-te um lugar aonde podes levá-la com toda a segurança, porque é uma casa que ainda não está conhecida. Rua tal, número tantos. Vai até lá e procura de minha parte a D. Efigênia, que te servirá perfeitamente. Olha, leva-lhe o meu cartão.

O Vaz foi à casa indicada e obteve o que desejava: um bom quarto, espaçoso, bem mobiliado, arejado, com todos os requisitos, inclusive o de ficar logo no topo da escada, de modo que ele e a Ernestina poderiam entrar sem ser vistos.

* * *

No dia da entrevista, correu tudo às mil maravilhas. O Vaz esperou a sua presa na esquina; ele entrou primeiro, ela depois, e lá se demoraram perto de hora e meia.

Por que tanto tempo? Por que uma virtude não cai com a mesma facilidade que as paredes do Hospital da Penitência!

Arrependida de haver subido aquela escada infame, a Ernestina resistiu quanto pôde.

— Não! Não! Não!... eu quero conservar-me fiel aos meus deveres!... Que juízo estará o senhor a fazer de mim?...

O Vaz — justiça se lhe faça — não respondeu como Pedro I, que era um bruto.

— E o Friandes?... E o meu pobre Friandes que tem tanta confiança em mim?...

* * *

A Ernestina saiu primeiro. O Vaz ainda ficou, e D. Efigênia veio perguntar-lhe com o mais amável dos seus sorrisos:

— Então? Agradou-lhe o quarto?

— Muito e, se a senhora quisesse, eu ficaria com ele só para mim.

— Ah! isso não pode ser.

— Por quê?

— Porque há um cavalheiro e uma dama que têm este cômodo tomado para todas as quartas e sábados, às quatro horas. Não sendo nesses dias e a essa hora, o quarto é seu.

— Bom.

O Vaz pagou generosamente a hospedagem e saiu.

* * *

No dia seguinte lembrou-se que era sábado, e, sendo um desocupado, sentiu desejos de conhecer a dama e o cavalheiro das quatro horas. Para isso, postou-se, no momento aprazado, bem defronte da casa hospitaleira, arranjando, por trás de uma árvore, um magnífico posto de observação.

O cavalheiro foi o primeiro a chegar. Era um velho com todas as aparências de respeitável.

A dama pouco se demorou: era a própria Ernestina Friandes.

Imaginem a surpresa do Vaz, que daquele momento em diante, convencido de que o ingênuo fora ele, nunca mais se fiou na ingenuidade das mulheres.

Mal por mal...

Há bons maridos que se tornam maus porque as mulheres não são boas.

O Sebastião está ou esteve nesse caso: tão apoquentado se viu pela cara-metade, que um belo dia resolveu procurar na rua os carinhos que não encontrava no lar doméstico.

Não foi preciso procurar muito. O acaso fê-lo encontrar na avenida Central, diante de um cinematógrafo-anúncio, uma bela morena que lhe deu volta ao miolo e lhe tirou noites de sono.

Se D. Flaviana, a mulher do Sebastião, fosse meiga e condescendente, e não tivesse tão mau gênio, está visto que ele não se deixaria prender nos braços de outra; mas deixou-se prender — e preso ficou ao ponto de arranjar uma casinha lá para os lados da Cidade Nova, onde esconderam — a morena e ele — o seu delicioso pecado.

E tão bem escondidinho estava que ninguém sabia de nada, exceção feita de Sepúlveda, o melhor amigo de Sebastião.

E o Sepúlveda não podia ser mais obsequioso. Como percebeu que a felicidade do amigo estava naquele derivativo, ele próprio se encarregou de alugar a casinha e mobiliá-la. A sua obsequiosidade foi ao ponto de arranjar para a porta da rua uma fechadura que se abria com a mesma chave da fechadura conjugal. De modo que o Sebastião não tinha necessidade de andar com duas chaves, o que seria perigoso.

D. Flaviana, se fosse mais observadora, teria notado que de certo tempo em diante o Sebastião começou a sofrer resignado todas as suas impertinências. O pobre-diabo dizia consigo: "Lá tenho a Mirandolina para consolar-me". Mirandolina era o nome da morena.

Entretanto, o Sebastião não ficava nenhuma noite fora de casa. Passava algumas horas com a Mirandolina, mas à hora conveniente lá ia para casa.

Uma noite destas encontrou D. Flaviana acordada e disposta a brigar. Ela andava já com suas desconfianças de que o marido tinha contrabando lá fora, e entendeu que naquela noite deveria pôr tudo em pratos limpos. Recebeu o pobre homem com duas pedras na mão.

— Onde esteve o senhor até estas horas?
— Não tenho que lhe dar satisfações!
— Quero saber onde o senhor esteve! Olhe que eu perco a cabeça!
— Pois perca, mas antes disso deixe-me ir embora!

"Que a leve a breca!", disse consigo.

Mas era tarde, muito tarde, e o Sebastião precisava dormir. Lembrou-se de ir para um hotel, mas refletiu:

— Para que, se tenho Mirandolina? Ela não conta comigo! Vai ter um alegrão com a minha volta!...

E lá foi para a casa da Mirandolina.

Meteu a chave no trinco, abriu a porta sem rumor, e entrou devagarinho no quarto dela, que ressonava.

Aproximou-se e viu, surpreso, que um homem dormia ao lado de Mirandolina. Deu toda a força ao bico do gás, e reconheceu que esse homem era o Sepúlveda, o seu melhor amigo.

Este levantou-se estremunhado.

— Fica onde estás! A casa é tua deste momento em diante! — disse-lhe o Sebastião.

E o mísero saiu, e voltou para o lado da mulher legítima, que encontrou chorosa e quase submissa.

— No final das contas — pensou ele —, mal por mal, antes a obrigação que a devoção.

Morta que mata

(conto meio plagiado e meio original[1])

Um dia em que o Barreto, acabado o expediente, palestrava com alguns dos seus colegas de repartição, queixou-se da mesquinhez dos ordenados.

— Ora! Tu nada sofres! — acudiu um dos colegas, com um sorriso impertinente.

— Nada sofro?! Ora esta! Por quê?!...

— Porque és rico!

— Rico, eu?!...

— Naturalmente. Se não fosses rico, tua mulher não poderia andar coberta de brilhantes!

O Barreto soltou uma gargalhada.

— Ah, meu amigo, os brilhantes de minha mulher são falsos, são baratinhos, não valem nada!

— Não parece.

— Não parece, mas são. Minha mulher é de uma economia feroz, e tudo quanto economiza emprega em toaletes e jóias... Mas que jóias!... Falsas, falsas como Judas... Já lhe tenho dito um milhão de vezes que se deixe disso; que não use jóias uma vez que não pode usá-las verdadeiras; que ela somente a si mesma se ilude,

---

[1] Este conto, em parte, imita um de Guy de Maupassant (1850-1893), intitulado "As jóias falsas". (N. do E.)

tornando-se ridícula aos olhos do mundo; mas não há meio: aquilo é mania! Tirem tudo, tudo à Francina, mas deixem-lhe as suas jóias de pechisbeque!...

Realmente assim essa Francina, de vez em quando, mostrava ao marido um par de bichas de brilhantes ou um colar de pérolas, que produziam o mais deslumbrante efeito, mas não passavam de jóias de teatro, compradas com os vinténs que ela poupava nas despesas da copa.

Barreto, que fora sempre um pobretão, nada entendia de pedras finas e por isso achava que as de sua mulher, apesar de falsas, eram bonitas; mas, no íntimo, ele envergonhava-se daquela fulgurante exibição no pescoço, nos braços, nos dedos e nas orelhas de Francina.

— Os que sabem que essas jóias são falsas — pensava ele — hão de me achar ridículo; os que as supõem verdadeiras poderão fazer de mim um juízo ainda mais desagradável. Toda a gente sabe quanto ganho: os meus vencimentos figuram na coleção de leis, na tabela anexa ao regulamento da minha repartição...

O Barreto pensava bem; mas a sua debilidade moral não permitia que ele contrariasse Francina.

Um dia o fracalhão percebeu — com que alegria! — que ela estava no seu estado interessante. Eram casados havia oito anos e só agora se lembrava o céu de abençoar a sua união, mandando-lhes um filho! Ele esperava que os cuidados maternos modificassem o que sua mulher tinha de ridícula e vaidosa.

Mas as suas esperanças foram cruelmente frustradas pela fatalidade: a criança, extraída a ferros, nasceu morta, e Francina morreu de eclampsia.

O Barreto sentiu tanto, tanto, que quase morreu também.

Havia um mês que era viúvo quando um dia lhe apareceu em casa um homem que ele não conhecia, e se deu a conhecer como um dos joalheiros mais conhecidos da capital.

O Barreto perguntou-lhe o motivo da sua visita.

— É muito simples. A falecida sua senhora tinha jóias. É natural que o senhor não precisando delas pretenda desfazer-se de algumas, senão de todas. Venho pedir-lhe que me dê a preferência.

— Preferência para quê?

— Para comprá-las.

— Mas, meu caro senhor, as jóias de minha mulher são falsas.

— Falsas? Ora essa! E é a mim que o senhor diz isso, a mim que lhas vendi! A sua senhora seria incapaz de pôr uma jóia falsa!

— O senhor engana-se!

— Tanto não me engano, que lhe ofereço por essas jóias, se se conservam todas em seu poder, sessenta contos de réis!

O Barreto ficou petrificado; entretanto, disfarçou como pôde a comoção, e despediu o joalheiro, dizendo que o procuraria na loja.

Logo que ficou só, encaminhou-se para o quarto da morta, e abriu a cômoda onde se achavam as jóias; mas ao vê-las sentiu uma onda de sangue subir-lhe à cabeça e caiu para trás.

Quando lhe acudiram estava morto.

⌑

Na Exposição

O Raimundo saiu do Maranhão aos vinte anos, muito disposto a nunca mais lá voltar, para não tornar a ver Filomena — e desde que aqui chegou (já lá se vão tantos anos!) fugiu de todas as coisas e de todas as pessoas que lhe pudessem recordar a sua terra natal.

Não lhe falassem no bacuri, nem no mucuri, nem no assaí, nem no arroz de cuchá, nem no tabaco do Codó, nem nas cuias da Maioba, nem nos requeijões de São Bento, nem nos camarões de Alcântara; não pronunciassem na sua presença os nomes de Gonçalves Dias, João Lisboa, Sotero dos Reis, Joaquim Serra e outros maranhenses ilustres; não se referissem, de modo que ele pudesse ouvir, às novenas dos Remédios, aos passeios do Anil, aos banhos do Cutim e às serenatas ao luar no Pau da Bandeira ou no campo do Ourique; tudo isso lhe trazia à memória Filomena, aquela ingrata, que, depois de ter feito mil juramentos de que só dele seria, esqueceu-o para lançar-se nos braços do Cardoso, um negociante apatacado, com quem se casou.

Depois deste golpe, que esteve quase a matá-lo, Raimundo incompatibilizou-se com o Maranhão e tornou-se o mais carioca dos cariocas; entretanto, conservou no coração a lembrança dolorosa daquele amor infeliz, e, fiel ao seu próprio infortúnio, não procurou mulher que o fizesse esquecer Filomena. Ficou solteiro.

Durante muitos anos os seus sentimentos não se modificaram;

ultimamente, porém, a idade começou a exercer no seu espírito uma ação benéfica, e ele refletiu, pela primeira vez, que a sua terra não tinha culpa da ingratidão de Filomena.

— Preciso reconciliar-me com o Maranhão — pensou Raimundo, e foi com esta idéia sensata que ele procurou a seção maranhense no Palácio da Exposição.

Mas percorrendo as salas onde se acham expostos os produtos do seu Estado, o pobre-diabo começou a ver Filomena em tudo; Filomena aparecia-lhe nos móveis, nos artefatos, nas fibras, nos tecidos, nas rendas, nas favas, no arroz — Filomena surgia de toda a parte!

As salas estavam quase desertas; além do Raimundo, estavam ali apenas três visitantes e uma família — marido, mulher, cinco filhos e uma criada, que examinavam tudo com atenção.

De repente, no meio daquele silêncio, a voz do marido repercutiu:
— Filomena!
— Que é, Cardoso?
— Vem ver como é bem feita esta rede!

O Raimundo ficou frio e como que grudado ao chão. Filomena! Cardoso! Era ela! Era ele! Eram eles!...

Passados alguns momentos, ele voltou ao seu natural, e, disfarçado, aproximou-se... Que transformação!... Que ruína!...

Mas que transformação também a dele, porque ela não o reconheceu...

O caso é que essa visita à Exposição completou a cura, que já começara. O Raimundo voltou a ser um bom maranhense, e agora está disposto a matar saudades da sua terra. Filomena já não existe.

Na horta

Morava o Barão da Cerveira num belo palacete que, a pedido da baronesa, mandara edificar no centro de uma grande chácara do Andaraí Grande.

A baronesa, as meninas e os meninos, seus filhos, desfrutavam a beleza e o conforto da encantadora vivenda, ele não, porque, apesar de enriquecido e quarentão, conservava o costume, adquirido desde os primeiros tempos da sua vida comercial, de sair de casa pela manhã e só voltar à noite, para dormir.

Os domingos e dias santificados, em vez de gozar as delícias do descanso, passava-os o barão a examinar e pôr em ordem contas e outros papéis de umas tantas associações, que eram, como dizia ele, a sua cachaça.

— És um esquisitão! — observava continuamente a baronesa. — Não valia a pena comprarmos esta chácara!

— Gozando-a vocês, gozo-a eu!

Entretanto, num belo domingo de sol, sentiu o barão desejos de percorrer os seus domínios, e fê-lo, com espanto da família e do chacareiro, o José, que estava acocorado diante de um grande canteiro de repolhos, e se levantou, surpreso e respeitoso, quando viu aproximar-se o patrão.

* * *

Antes do baronato, o barão chamava-se modestamente Manuel Barroso.

Nascera em Portugal, numa aldeola do Minho, que não figura nos compêndios de geografia. Veio aos dez anos para o Brasil, num navio de vela, entregue aos cuidados de um homem de bordo, e consignado a uma casa comercial do Rio de Janeiro.

Não conhecera os carinhos maternos: contava apenas três anos quando perdeu a mãe. O pai, que ficara viúvo e com dois filhos, confiou-o e mais o irmão a uma família, que pouco se preocupou com a educação dos dois rapazes.

— O mais velho irá para o Brasil — sentenciava o pai —; o mais novo há de ser padre, se Deus nos der vida e saúde!

* * *

Veio o Manuel para o Brasil e teve a felicidade de encontrar excelentes amos, que o obrigaram a aprender a ler por cima e fazer as quatro operações.

Mal aprendera a escrever, o pequeno pegou na pena e fez uma carta ao pai, pedindo que lhe mandasse novas suas e do mano, mas tanto essa como outras ficaram sem resposta.

Com aqueles simples conhecimentos — ler, escrever e contar — entrou na vida, e não foram necessários outros para que lhe sorrisse a fortuna. A sua inteligência, realmente notável, supria tudo. Não havia na praça farejador de bons negócios que lhe levasse as lampas; mas o que contribuía, principalmente, para fazer dele um dos negociantes mais estimados do Rio de Janeiro, era o escrúpulo honrado com que sempre se havia em todas as suas relações comerciais. Ao contrário do que geralmente se observa, Manuel Barroso não se satisfazia apenas com ganhar dinheiro; tinha muito prazer em dá-lo a ganhar aos outros.

O grande caso é que o nosso aldeão aos vinte anos estava perfeitamente encarreirado, como se costuma dizer — e aos trinta era rico — e aos quarenta riquíssimo, tendo percorrido já toda a escala do medalhão comercial: diretor de bancos e companhias, provedor de irmandades, ministro de ordens terceiras, comendador, conselheiro e barão. Não lhe faltava nada, nem mesmo o retrato a óleo.

* * *

Aos trinta anos casou-se com uma moça, pobre — uma excelente senhora brasileira, que não poderia encontrar melhor esposo, e logo depois de casado, resolveu dar, em companhia de sua mulher um passeio à pátria, e visitar o lugarejo onde nascera, e do qual saíra havia já vinte anos.

Não achou lá ninguém. O pai falecera pouco depois da sua vinda para o Brasil, e o irmão abandonara o lugar, ignorando todos o rumo que tomara. A própria família, que o acolhera depois da morte da mãe, tinha desaparecido. Finalmente, o Manuel encontrou na povoação apenas dois ou três companheiros de infância, que o supunham morto. A sua viagem foi desoladora.

Entretanto, o "brasileiro" não saiu da aldeia sem deixar nas mãos do pároco a soma precisa para a reconstrução da capela em que fora batizado, e outra soma, ainda maior, para ser distribuída pelos pobres.

Voltando ao Brasil, o venturoso casal começou a ter filhos que foi um louvar a Deus; não se passaram dez anos sem oito batizados; mas o destino, mostrando-se a Manuel Barroso, mais que aos outros homens, desejoso de equilibrar e harmonizar entre si as circunstâncias, aumentava-lhe os haveres ao mesmo tempo que os filhos, de sorte que a verdadeira prosperidade do nosso homem começou com a sua prolificação.

* * *

A manifestação mais flagrante e ostensiva da sua fortuna era aquela magnífica propriedade do Andaraí Grande, em cuja chácara o deixamos percorrendo pela primeira vez os canteiros de uma horta opulenta.

Dissemos que o hortelão se levantara surpreso e respeitoso ao avistar o patrão.

O pobre homem descobriu-se humildemente e ficou um tanto curvado, a rolar o chapéu entre as mãos.

O barão deu-lhe um bom-dia afável, dizendo-lhe:

— Cubra-se, homem! Olhe que está sol!

E ia passando; mas na fisionomia simpática do hortelão brotou um sorriso que o fez parar.

— Então? Trabalha-se?

— Alguma coisa, s'or barão, alguma coisa.

— Mas hoje é domingo.

— Isso não quer dizer nada.

— Há quanto tempo está você cá em casa?

— Saberá voss'oria que haverá oito meses pelo São João.

— Está satisfeito?
— Se estou satisfeito! Não, não devo estar?! A s'ora baronesa e os meninos são tão bons para mim.
— Você é de Portugal ou das Ilhas?
— Sou do Minho.
— Também eu. De Braga ou de Viana?
— De Viana.
— Também eu.
— Nasci ali perto da Vila Nova de Cerveira, num lugarito chamado de São Miguel das Almas.
— Em São Miguel? Como se chama você?
— José Barroso.
— Oh, diabo! Você é filho de João Barroso?
— Sim, s'or barão.
— Sua mãe chamava-se Maria José?
— Sim, s'or barão; mas não a conheci. Meu pai queria que eu fosse padre, mas, coitado, morreu logo... deixou-me ao deus-dará. Estive na África... não arranjei nada... vai então resolvi embarcar para o Brasil. Pelo Santo Inácio, vai fazer um ano que cá estou.
— Você não tem um irmão?
— Não sei se o tenho ou se o tinha. Saiu da aldeia ainda o nosso pai era vivo. Disseram que tinha vindo para o Brasil. Nunca mais tive notícias dele.

E o hortelão agachou-se de novo diante de seu canteiro.
— Homem! Deixa lá esses repolhos — exclamou o barão — e dá cá um abraço! Teu irmão sou eu!...
Imaginem a cena que se passou.

* * *

Quando a baronesa viu entrar em casa o marido de mãos dadas ao chacareiro, ficou muito admirada e perguntou:
— Que foi isto? Encontraste alguma coisa que te desagradasse?
— Pelo contrário: encontrei um irmão! Teresa, abraça teu cunhado; meninos, meninas, tomem a bênção a seu tio!...

Octogenário

Ainda não houve no Rio de Janeiro "república" de estudantes mais séria que a do Coutinho, na rua do Resende. Na vizinhança diziam todos que os moradores daquela casa pareciam, não estudantes, mas altos funcionários e chefes de família. Era uma "república" modelo.

Como não devia ser assim, se o Coutinho, filho de um rico fazendeiro de Minas, estudioso, tranqüilo e morigerado, reunira naquele sobrado quatro comprovincianos seus, de um comportamento irrepreensível, e todos filhos de gente abastada, para que nada faltasse em casa, nem houvesse credores à porta?

Um deles particularmente, o Gaspar, era tão grave, que raramente sorria, poucas vezes conversava, e parecia ter o dobro da sua idade; entretanto, era o único dos moradores daquela casa que passava as noites fora...

Nunca ninguém viu entrar ali mulheres, o que não quer dizer que os cinco rapazes fossem santos.

O Coutinho, por exemplo, gostava de uma linda espanhola da rua do Riachuelo; mas a pequena só admitia que ele a visitasse pela manhã, pois só pela manhã estava livre: do meio-dia em diante pertencia a um velho negociante, octogenário, que lhe tomava toda a tarde e toda a noite sem lhe tomar mais nada, segundo ela dizia e o Coutinho acreditava, porque os rapazes acreditam em tudo quanto as mulheres dizem.

Ora, um dia fez anos o Leandro, o mais alegre e o mais novo

dos cinco, e ofereceu aos companheiros um almoço regado por diversas bebidas, que tinham tanto de finas como de capitosas.

Beberam todos, inclusive o austero Gaspar, mas não se excederam, embora ficassem mais expansivos que de costume. Tão expansivos que vieram amores à baila, e o Leandro entrou a contar a sua aventura mais recente.

— Saibam que tenho uma amante! — disse ele.
— Também eu! — acrescentou o Coutinho.
— É espanhola!
— Também a minha.
— Mora na rua do Riachuelo.
— A minha também! Se disseres que o nome dela é Mercedes, aposto que somos rivais!
— É efetivamente Mercedes, que ela se chama!
— O número da casa?
— Trinta.
— É a mesma! A mesmíssima!
— Que mulher fingida!
— Que desavergonhada! Ela só consente que estejamos juntos antes do meio-dia, porque dessa hora em diante pertence a um octogenário!
— A mim só me recebe à tardinha, porque à noite o octogenário lá está!
— E esse octogenário é um unhas-de-fome...
— Um vinagre...
— Que não lhe dá tudo quanto ela precisa...
— Pelo que é obrigada a recorrer à minha bolsa...
— E à minha!...
— Que mulher!...
— Que desavergonhada!

No calor da inopinada revelação, cortada pelas gargalhadas sonoras de dois dos companheiros, não repararam os rapazes que o Gaspar chorava convulsivamente, escondendo o rosto entre as mãos.

Os quatro, que atribuíram esse pranto ao vinho (e até certo ponto não se enganavam), correram para ele:

— Então?... Que é isso, Gaspar?... Que é isso?...

O austero estudante ergueu a cabeça e berrou, enquanto as lágrimas lhe deslizavam pelo rosto abaixo:

— O octogenário sou eu!...

O cuco

Não havia meio de conseguir que o Roberto ficasse uma noite em casa, fazendo companhia à senhora: havia de sair por força depois de jantar, sozinho, e só voltava às dez, às onze horas, e mesmo algumas vezes depois da meia-noite.

A senhora, que era uma santa, como todas as mulheres de maridos notívagos, não se lastimava, não pedia ao Roberto que a levasse consigo, não lhe perguntava, sequer, por onde tinha andado, quando o via chegar um pouco mais tarde, o que raras vezes acontecia, porque em regra, quando o cuco da sala de jantar dava dez horas, já ela, coitadinha!, estava ferrada no sono.

* * *

O cuco da sala de jantar era um dos mais curiosos que ficaram no Rio de Janeiro, do tempo em que foram moda: pertencera à avó de Roberto, e este por dinheiro nenhum se desfaria de tão preciosa relíquia de família, que era ao mesmo tempo saudosa recordação da infância.

As horas eram dadas por um pássaro mecânico. Saía este da sua gaiola, abria o bico e punha-se a cantar lentamente: "Cuco, cuco, cuco..." O Roberto, em criança, imitava-o a ponto de enganar as pessoas de casa.

* * *

Uma noite foi o nosso herói ao Cassino Nacional, e deixou-se tentar por um amigo, que o convidou para cear com ele e duas *chanteuses*, uma *gommeuse* e outra *excentrique*[1].

Depois da ceia, o amigo partiu com uma delas para Citera, vulgo Copacabana, e o Roberto foi obrigado a acompanhar a outra a uma pensão da praia do Russel.

Quando ele deu por si, eram quase quatro horas da madrugada! Oh, diabo!, a essa hora nunca entrara no lar doméstico!

Meteu-se num tílburi, que lhe apareceu providencialmente, e voou para casa. Abriu a porta com toda a cautela e, antes de subir a escada, tirou as botinas, para não fazer bulha.

O seu quarto — seu e de sua esposa — era contíguo à sala de jantar: tornava-se preciso atravessar esta para lá entrar.

Ele atravessou, mas, como estivesse no escuro, esbarrou numa cadeira, que caiu com estrondo.

Logo ouviu o Roberto a senhora remexer-se na cama e disse consigo:

— Sebo! Lá acordei minha mulher!

Ela perguntou:

— És tu, Roberto?

— Sim, sou eu, sinhazinha...

E o marido acrescentou para si:

— Felizmente não sabe que horas são.

Mas, nisto, o cuco saiu da gaiola, e começou a cantar lentamente: "Cuco... cuco... cuco... cuco..."

— Estou perdido! — pensou o Roberto, mas uma idéia luminosa lhe atravessou de repente o cérebro, e quando o pássaro cantou pela quarta vez e voltou para a gaiola, ele continuou: "Cuco... cuco... cuco..." até completar onze cucos.

O próprio Roberto não sabia que ainda imitasse o pássaro com tanta perfeição.

— Onze horas — disse ele depois do décimo primeiro cuco —. Julguei que fosse mais cedo!

E começou a despir-se.

A santa senhora voltou-se para o outro lado e adormeceu de novo. Não deu pela coisa.

---

[1] "Cantoras", "peralta" e "excêntrica", em francês. (N. do E.)

O galo

A cena passa-se na roça, a uma légua da estação menos importante da Estrada de Ferro Leopoldina, lugarejo sem denominação geográfica, mas que pertence ao município do Rio Bonito, e aqui o digo, para que os leitores não suponham que estou inventando uma historieta.

Havia no lugarejo em questão uma palhoça habitada por dois roceiros, marido e mulher, que todos os domingos iam à povoação mais próxima vender os produtos da sua pequena roça e ouvir missa. Assim atamancavam eles a vida, pedindo a Deus que não lhes desse muita fazenda mas lhes conservasse a saúde.

Ora, um belo dia a saúde desapareceu: o marido, apesar de ter a resistência de um touro, foi para a cama atacado por umas cólicas terríveis, que o faziam ver estrelas.

A mulher, coitada!, estava sem saber o que fizesse, pois que já havia em vão experimentado todas as mesinhas caseiras, quando ali passou por acaso, ao trote do seu jumento, o Dr. Marcolino, que exercia a medicina ambulante numa zona de muitas léguas.

A roceira agradeceu a Providência que lhe enviava o doutor e pediu a este que examinasse o doente e o pusesse bom o mais baratinho que lhe fosse possível.

O Dr. Marcolino apeou-se, entrou na palhoça, examinou o enfermo, auscultou-o, martelou-lhe o corpo inteiro com o nó do dedo grande e explicou a moléstia com palavras difíceis que aquela pobre gente não entendeu. Depois, abriu o saco de viagem que levava à garupa do animal, tirou alguns vidros, de cujo conteúdo derramou algumas gotas num copo d'água, e disse doutoralmente:

— Aqui fica esta poção para ser tomada de três em três horas.

— Ah! seu doutor, nós aqui não podemos contar as horas, porque não temos relógio!

— Regulem-se pelo sol. O sol é um excelente relógio quando não chove e o tempo está seguro.

— Não sei disso, seu doutor, não entendo do relógio do sol...

— Nesse caso não sei como... Ah!...

Este *ah!*, com que o doutor interrompeu o que ia dizendo, foi produzido pela presença de um galo que passava no terreiro, majestosamente.

— Ali está um relógio — continuou o doutor —: aquele galo. Todas as vezes que ele cantar, dê-lhe uma colher do remédio. E adeus! Não será nada. Depois de amanhã voltarei para ver o doente.

Foi-se o médico, e daí a dois dias voltou ao trote do seu jumento.

Quem o recebeu foi o marido:

— Que é isto?... Já de pé...

— Sim, senhor: estou completamente bom, não tenho mais nada. E não sei como agradecer...

Mas a mulher interveio com ar magoado:

— Sim, ele não tem mais nada, mas o pobre galo morreu.

— Morreu? Por quê?...

— Não sei, doutor... ele bebeu todo o remédio...

— Quem?... O galo?...

— Sim, senhor; todas as vezes que ele cantava, eu, segundo a recomendação do doutor, abria-lhe o bico, e derramava-lhe uma colher da droga pela goela abaixo! Que pena! Era um galo tão bonito!

O lencinho

O Juvêncio, explicador de matemáticas, era um homem lúgubre. Nunca ninguém o viu rir, nunca ninguém lhe apanhou a expressão do olhar através dos óculos escuros.

Tinha as faces encovadas, o nariz adunco, a barba crescida.

Trajava sempre de preto e usava chapéu alto.

Era distraído e parecia estar sempre vagando pelos intermúndios do infinito, levado sobre uma nuvem de algarismos.

Numa dessas belas tardes cariocas, em que todas as mulheres bonitas vão assoalhar na Avenida a sua beleza e as suas *toilettes*[1], o explicador Juvêncio tomou, com alguma dificuldade, o bonde no largo da Carioca, para ir dar uma explicação no Catete. Era à hora de mais afluência. Os lugares eram conquistados à força de agilidade e destreza.

O explicador Juvêncio ficou, por acaso, num bonde cheio de mulheres, num bonde que parecia antes a barca de Citera, pintada por um Watteau moderno. Que pena! O explicador Juvêncio, que era um viúvo positivista, não tinha olhos para a porção mais bela da humanidade.

No banco em que ele se sentou estavam três cocotes espaventosas, que o embriagavam com uma porção de capitosos perfumes.

---

[1] "Toalete", em francês. No sentido de traje feminino requintado, usado aqui, a palavra *toalete*, em português, é substantivo masculino. (N. do E.)

O banco da frente estava ocupado por uma família: três elegantes senhoritas, acompanhadas pela mãe, que poderia passar pela irmã mais velha.

As três senhoritas falavam pelos cotovelos, comentando tudo quanto tinham visto durante o passeio.

Uma delas, por sinal que a mais bonita, agitava entre os dedos um pequenino lenço branco, um mimo de lenço em que nariz algum se atreveria a assoar-se.

No calor da conversa, a senhorita fez um gesto, e o lenço, escapando-lhe da mão, foi cair — vejam que fatal casualidade! —, foi cair mesmo em cima da braguilha do explicador Juvêncio.

Este, que ia entretido a ler um livro de matemáticas, não deu absolutamente pela coisa.

As cocotes riram a bom rir, mas nenhuma se atreveu a ir buscar o lenço onde caíra para entregá-lo à dona. Entretanto, a que estava junto do explicador Juvêncio deu-lhe uma cotovelada e, com um olhar, chamou-lhe a atenção para o lenço.

O que se passou então foi extraordinário. O explicador Juvêncio disse consigo: "Quando me hei de corrigir das minhas distrações? Pois não é que deixei ficar de fora um pedaço da fralda da camisa?" E imediatamente, cobrindo com o livro o que estava fazendo, empurrou o lencinho para dentro da braguilha.

Depois, tirou o chapéu à cocote, dizendo: "Muito obrigado, minha senhora", e continuou a ler imperturbavelmente.

O meu criado João

No dia em que ele me apareceu, recomendado por uma senhora a quem me queixara da falta de um bom criado, fiz-lhe as perguntas usuais:

— Como se chama?
— João.
— É português?
— Não, senhor; sou da Ilha da Madeira.
— Ora esta! Se é da Madeira, é português!
— Não, senhor: sou ilhéu.
— Bom; quanto quer ganhar por mês?
— Contento-me com que o patrão me der, contanto que não seja menos de cinqüenta mil-réis, casa e comida.

Fiquei com o João.

Nesse mesmo dia encontrei-o a lavar as mãos com o meu sabonete fino, que eu reservava, naturalmente, para o meu uso exclusivo.

— Que é isso? Você serve-se do meu sabonete?
— Não, senhor, não me estou servindo dele; estou a lavá-lo, porque estava sujo de espuma.

A minha vontade foi mandá-lo embora, mas não o fiz.

Não o fiz e, dali a três dias, entrando em casa, encontrei em cacos, na cesta dos papéis inúteis, uma estatueta da Vênus de Milo, que era de gesso, pouco valia, mas eu estimava muito por ser uma reprodução muito fiel do famoso mármore do Louvre.

Fiquei furioso:

— Quem quebrou isto?

— Fui eu, sim, senhor, mas não foi por querer — respondeu-me ele a rir-se.

— E você ainda em cima se ri!

— Ora, patrão! Já faltavam os dois braços à boneca!

Não o mandei embora.

Uma ocasião, os marinheiros de um dos nossos navios de guerra recolheram a bordo um pobre cão naufragado, exausto já de tanto lutar com as ondas.

Como já houvesse cão a bordo, e ninguém o quisesse, veio o animal para a terra, trazido por um oficial de Marinha que mo ofereceu.

Era um cão ordinário, mas inteligentíssimo. Os seus primitivos donos tinham-lhe ensinado umas tantas habilidades; ele comprazia-se em mostrar-nas, e ficava muito satisfeito, agitando vertiginosamente a cauda e pondo a língua de fora, quando eu lhas aplaudia, acariciando-lhe o pêlo. Era muito mais inteligente que o João.

Uma vez achavam-se reunidos em minha casa alguns amigos, e encantavam-nos as habilidades do cão, que estava presente.

O João ouvia calado, mas notava-se na sua fisionomia o desejo de intervir na conversa.

Afinal interveio:

— O patrão esqueceu-se de contar aos senhores a maior habilidade deste cão!

— Qual é? Qual é? — perguntaram todos em coro.

— Este cão que aqui estão vendo, senhores, sabe nadar!

Ao jantar, como ele nos viesse dizer, muito compungido, que na venda não havia nem mais uma pedrinha de gelo, para remédio, um dos rapazes exclamou, gracejando:

— Oh, senhor! pois nessa venda não há nem do tal gelo em latas, que hoje se encontra em toda a parte?

O João disfarçou, saiu, e pouco depois voltou com esta notícia:

— O dono da venda diz que tinha, mas acabou-se.

— O quê?

— Gelo em latas.

Imaginem que risota!

Eu recomendara terminantemente ao meu criado que me não deixasse dormir além das oito horas da manhã; ele, porém, não tinha tido jamais ocasião de cumprir essa ordem, porque às sete já eu estava de pé.

Certa manhã, tendo-me deitado bastante tarde, acordei e, consultando o relógio, vi que eram já nove horas.

— Ó João!

— Patrão?

— Pois não lhe tenho eu dito um milhão de vezes que não me deixe dormir além das oito horas?

O João sorriu — o mesmo sorriso de quando quebrou a Vênus de Milo —, coçou a cabeça e respondeu:

— Eu vim acordar o patrão, vim...

— E então?

— Mas não acordei o patrão porque o patrão estava a dormir!

Mas a melhor foi esta: uma noite em que lhe mandei oferecer cerveja às visitas, ele apareceu na sala com uma bandeja em que havia seis copos cheios e dois vazios.

— Para que esses copos vazios, João?

— É para alguém que não queira...

Dessa vez pu-lo no olho da rua!

O palhaço

(história triste para um dia alegre)

Como se explica que o Saraiva, um homem que tomava a sério as coisas mais cômicas da vida, e, segundo afirmavam as pessoas que o conheciam mais de perto, nunca ninguém viu rir, como se explica que o Saraiva, na terça-feira gorda de 1885, saísse de casa depois de jantar e, sem dizer nada à senhora, comprasse uma vestimenta de palhaço, uma cabeleira e uma máscara, e com tais objetos se metesse no seu escritório na rua do Hospício, de onde saiu disfarçado? Ninguém diria que escondido naquela roupa alegre, muito branca e semeada de rodinhas vermelhas, e por baixo daquela cabeleira azul, encimada por um chapeuzinho minúsculo e pontiagudo, e por trás daquela carranca jocosa, que ria de um rir comunicativo, estivesse o grave comerciante, que parecia haver nascido para vida monástica.

A esposa desse urso, D. Balbina, era, quando se casou, uma rapariga expansiva e risonha; teve, porém, que se submeter ao feitio dele: tornou-se tão séria e tão sensaborona como o Saraiva, e, sozinha em casa, sem filhos, sem amigas, porque o marido não queria visitas, aborrecia-se muito.

Aborrecia-se tanto que procurou uma distração, e encontrou-a num belo rapaz, seu vizinho, que de vez em quando pulava o muro do quintal para fazer-lhe companhia, e consolá-la daquele silêncio e daquela solidão.

Infelizmente para ela, outro vizinho, por inveja ou simplesmente por maldade, escreveu uma carta anônima ao Saraiva, de que ele tinha um sócio de cuja existência não suspeitava — e ora aí está como se explica que naquela terça-feira gorda, depois de dizer a D. Balbina que ia para o escritório, onde se demoraria até tarde da noite, fechando uma correspondência que devia partir no dia seguinte, o austero e sisudo negociante foi se vestir de palhaço para apanhar a esposa em flagrante delito.

— Eu saio, os criados saem — pensou ele —; se ela tem realmente um amante, é de supor que aproveite a ocasião para metê-lo em casa...

Bem pensado, porque um quarto de hora depois de sair de casa o marido, o amante saltava o muro, e naquela terça-feira gorda, apesar de ter ficado em casa, D. Balbina divertiu-se mais que muitos foliões, nas patuscadas dos préstitos e dos bailes.

Havia já duas horas que o vizinho fazia companhia à solitária vizinha, quando a campainha do portão do jardim foi violentamente agitada. D. Balbina chegou à janela e avistou um tílburi, cujo cocheiro, mal que a viu, gritou:

— Mande cá uma pessoa, minha senhora!

Não havia um criado em casa. D. Balbina teve que ir pessoalmente abrir o portão.

— Que é? — perguntou ela.

— Minha senhora, este palhaço tomou o meu tílburi, e mandou tocar para esta casa; mas em caminho parece que teve uma apoplexia e morreu!

Efetivamente, o Saraiva, homem sangüíneo, que não pensou nas conseqüências de pôr aquela cabeleira e aquela máscara depois de jantar, tinha morrido no tílburi.

Deixo ao leitor o cuidado de pensar no espanto e na confusão que isso causou, e na tragicômica anomalia daquele negociante austero, estendido morto num canapé, e amortalhado em vestes de palhaço.

Só direi que D. Balbina, passado o período do luto, esposou o solícito vizinho que a consolava naquele silêncio e naquela solidão.

E até hoje, e lá se vão mais de vinte anos, ela não atinou com o motivo que levou o seu primeiro marido a vestir-se de palhaço... para morrer.

O Paulo

Se o senhor conhecesse o meu amigo Paulo, com certeza o estimaria: era um excelente rapaz, um belo camarada.

Há dezesseis anos que ele se tinha casado, por amor, com uma linda moça, e nunca houve marido mais amante, mais solícito, mais cumpridor dos seus deveres, para empregar aqui esta frase cômoda, em que o vulgo envolve todas as virtudes maritais.

Ao cabo de um ano de casamento, nasceu ao Paulo uma filha que completou a sua felicidade, e fez com que ele se considerasse a mais venturosa das criaturas humanas.

Essa ilusão durou muito tempo, durou até o dia em que o pobre rapaz, perdendo o emprego que tinha, e arranjando outro menos rendoso, foi obrigado a mudar-se para uma casa mais modesta e a restringir as suas despesas. A mulher, que gostava muito de se embonecar e de se divertir, achou que isso era a miséria e o deu a perceber ao marido. Este afligiu-se tanto que adoeceu.

Em janeiro deste ano, uma tarde, voltando para casa, depois do trabalho, o Paulo não encontrou a mulher.

— Que é de tua mãe? — perguntou à filha.

— Saiu; não me disse onde ia, mas deixou uma carta para papai

Ele sentiu logo um grande abalo no coração e teve um terrível pressentimento. As mulheres que abandonam o domicílio conjugal fazem, por via de regra, como os homens que se matam: deixam uma carta. O Paulo sabia disso e tremeu.

Não se enganava. A desgraçada deixou-o e deixou também a filha, uma pobre moça de catorze anos, que precisava tanto dos cuidados maternos.

O Paulo era forte de coração, mas fraco de espírito; o golpe aniquilou-o; entretanto, fez das fraquezas força e continuou a viver e a trabalhar por amor da filha, que confiou a uma família amiga.

Passados alguns meses, a mulher, que tinha ido viver em companhia de um amante, sentiu saudades da menina, e tentou reavê-la. Não o conseguindo, naturalmente, por meio de súplicas e sabendo que não tinha a lei por si, a desgraçada teve uma idéia monstruosa, talvez sugerida pelo seu digno amante: escreveu uma carta ao marido afiançando-lhe que ele não era pai daquela criança.

A carta infame produziu o desejado efeito: o pobre Paulo, depois de alguns dias de profunda melancolia, teve um violento acesso de loucura e foi internado no Hospício.

Ao cabo de algum tempo foi removido para a casa de um parente, mas durou apenas uma semana. Faleceu anteontem e foi enterrado ontem.

A viúva provavelmente vai casar-se com o amante, e a infeliz menina ficará sob a tutela do padrasto...

Aí tem, meu ilustre amigo, um caso que se passou neste ano de 1908, caso verídico e pungente pelo qual substituo hoje um conto inventado, sem mesmo disfarçar o nome do meu desventurado amigo, que se chamava realmente Paulo.

O 15 e o 17

(impressão da leitura de um conto francês)

—Com efeito, Francelina! Que tempo levaste para ires ali à venda! Querias lá ficar?...

— Não, senhora; é porque estas casas novas parecem-se todas umas com as outras, e por isso, em vez de entrar no 15, entrei no 17. Varei por ali adentro até a cozinha!

— Que estás dizendo?

— A verdade, patroa. De agora em diante não entro em casa sem olhar para o número da porta!

— Depois te habituarás. Isso aconteceu porque estás na casa há oito dias apenas. Bom. Compraste o que tinhas de comprar?

— Sim, senhora.

— Não falta mais nada?

— Não, senhora.

— Então, até logo. Fecha a porta da rua e trata de preparar o jantar. Às cinco horas estarei de volta.

E D. Isabel, que já estava pronta para sair, passou para o corredor, desceu a escada e desapareceu.

A Francelina fechou a porta da rua, conforme a patroa lhe recomendara, e foi para a cozinha.

Não havia passado meia hora, quando a mulata (a Francelina era mulata) ouviu bater levemente à porta da rua. Correu à janela da sala de visitas para ver quem era, e deu com uma senhora idosa, bastante idosa, pequenina, curvada, esperando que lhe abrissem a porta.

A criada não a conhecia, mas pensou consigo que não haveria inconveniente em abrir a porta a uma velha, e por isso fê-la entrar.

— Ora, graças! Julguei que me deixassem ao sol durante uma hora! Dá cá a mão, rapariga! Ajuda-me a subir a escada! Bem sabes que já não tenho olhos!

— Que deseja a senhora? — perguntou Francelina quando chegaram à sala de visitas.

— Escusas de falar baixo! Bem sabes que já não tenho também ouvidos! Nem olhos, nem ouvidos, nem pernas! E por isso leva-me à cadeira de balanço. Onde está ela?... Já mudou de lugar! Que mania a de minha sobrinha! Está sempre com os móveis daqui para ali.

A Francelina levou a velhota para a cadeira de balanço, onde a instalou comodamente.

— Ora, espera! Parece-me que eu não a conheço! Você é nova na casa?

— Sim, senhora! Estou aqui há oito dias.

— Grite!

— Estou aqui há oito dias.

— Grite mais alto!

— Estou aqui há oito dias.

— Há oito dias? Então não me conhece, porque há um mês que eu cá não venho. Sou tia da sua patroa. Onde está ela?

— Saiu.

— Hein?

— Saiu.

— Mais alto!

— Saiu.

— Saiu? Também aquilo não faz senão saracotear! Então agora que veio morar na cidade! Olha, ó... como te chamas?

— Francelina.

— Hein?

— Francelina.

— Olha, Marcelina, vai buscar uma xícara de café bem quente, com uma gotinha de conhaque, mas antes disso descalça-me estas botinas, e traze-me os chinelos da sua patroa, e também um dos travesseiros da cama. Enquanto ela não vem, vou passar pelo sono.

A Francelina fez tudo quanto ordenou a velha, e deixou-a adormecida na sala, com os pés e a cabeça metidos nos chinelos e no travesseiro de D. Isabel.

Quando esta chegou da rua, às cinco horas da tarde, a criada disse-lhe:

— A tia da patroa está dormindo lá na sala.

— A minha tia? Mas eu não tenho tia!

— Como não tem tia?

E a Francelina contou-lhe tudo quanto se passara.

— Ora essa! — exclamou D. Isabel, e correu para a sala, acompanhada pela criada.

A velha dormia profundamente.

— Mas eu não conheço, não sei quem é esta senhora! Que quer isto dizer?... Que mistério será este?... Vou acordá-la.

E D. Isabel começou a sacudir a velha, que não acordava.

A Francelina teve uma frase estúpida:

— Sacuda com força, patroa, porque ela é surda!

D. Isabel sacudiu com mais força, e nada!...

— Meu Deus! Esta rigidez!... Esta rigidez!...

E a dona da casa soltou um grito estridente.

— Que é, patroa?

— Esta velha está morta!

— Morta?!

Efetivamente, a pobre velhinha, durante o sono, sem se sentir, passara desta para melhor.

Imagine-se a aflição das duas mulheres diante daquele cadáver misterioso; mas D. Isabel, que era inteligente, pensou:

— Quem sabe se a velha não entrou no 15 pensando que era o 17?

E pelo muro do terraço chamou a vizinha:

— Ó vizinha? Vizinha?...

— Que é?

— A senhora não tem uma tia velha, surda e catacega?

— Tenho, sim, senhora.

D. Isabel respirou.

— Pois mande buscá-la, porque ela está na minha casa. Entrou aqui por engano.

— Ela que venha; não é preciso mandar buscá-la.

— Isso é, porque está... doente... Adoeceu aqui...

Meia hora depois a pobre velha era removida.... para o Necrotério.

O retrato

O meu querido amigo Emílio Rouède, que há dias faleceu, foi um homem espirituoso, que forneceria matéria para muitos contos ligeiros.

Em vez de inventar uma anedota, vou contar-vos uma historieta em que ele figurou, e que tem, por conseguinte, o mérito de ser autêntica.

A coisa passou-se há um quarto de século pouco mais ou menos. Emílio Rouède tinha se casado havia poucos meses, e estava estabelecido com fotografia na rua dos Ourives, numa casa que foi demolida quando se tratou de construir a avenida Central.

Um dia Mme. Rouède, que era uma linda senhora, saiu sozinha à rua, e foi acompanhada por um impertinente que, vendo-a sorrir, supôs que ela sorrisse não dele mas para ele.

Ela entendeu que o mais prudente era voltar para casa, e assim fez; o conquistador, porém, continuou a segui-la imperturbavelmente.

Chegando à porta da casa, a moça olhou para trás, a fim de verificar se continuava a perseguição, e esse movimento animou o homenzinho, ao que parece; quando ela entrou, ele entrou também; ela subiu a escada, ele também subiu.

Emílio Rouède estava no ateliê, de blusa, a trabalhar, e, ouvindo os passos de sua esposa, foi esperá-la no topo da escada.

O sujeito, quando reparou que havia ali um homem, não teve mais tempo de fugir. Mme. Rouède apresentou-o ao marido:

— Aqui tens este senhor que me tem acompanhado por toda parte, e entrou comigo. Não sei o que pretende.

— Sei eu — acudiu prontamente o fotógrafo. — Pretende tirar o retrato; não pode ser outra coisa.

E voltando-se para o desconhecido, perguntou-lhe olhando por cima dos óculos, segundo o seu costume:

— Busto ou corpo inteiro?

O pobre-diabo, que não sabia mais de que freguesia era, gaguejou:

— Busto... busto...

— Faça favor.

E levou uma hora a tirar-lhe o retrato que foi pago, ficando o retratado de ir buscá-lo daí a três ou quatro dias. Este queria apenas meia dúzia, mas Emílio Rouède convenceu-o de que devia encomendar duas dúzias e meia.

Quando o freguês saiu, Emílio Rouède disse à esposa, que ria a bandeiras despregadas:

— Tenho pena de não ser dentista, em vez de fotógrafo!

Escusado é dizer que os retratos ficaram na fotografia.

М

Os compadres

Um dia o Simeão, que não vinha ao Rio de Janeiro havia dezoito anos, abalou-se de Macaé, e o seu primeiro cuidado, ao chegar ao Pharoux, foi procurar o irmão, o José, de quem não tinha novas nem mandados.

Não lhe foi difícil encontrá-lo numa estalagem do morro do Castelo, onde vivia em companhia da mulher, que acumulava as funções de cozinheira, lavadeira e engomadeira, e de um filho de seis anos, travesso como um demônio.

O Simeão ficou muito aborrecido quando o irmão lhe confessou que não tinha ofício nem benefício, e vivia de expedientes.

— Não tens de que te aborrecer, Simeão: podia ser pior! O grande caso é que nesta choupana almoça-se, janta-se e há mesmo épocas em que se ceia! É preciso que saibas uma coisa: não ganho vintém que não seja honestamente ganhado. Meto por aí, furo daqui, furo dacolá, e arranjo sempre alguma coisa com que agüentar a vida! Que horas tens no teu relógio?

— Três e um quarto.

— Às cinco devo estar em casa do Dr. Paiva, que me mandou chamar. Para quê? Não sei; mas com certeza é para me dar alguma coisa a ganhar. Sei que ele está para amarrar-se com a filha de um negociante da rua de São Pedro; é, talvez, para alguma comissão relativa ao casamento.

Às quatro horas o José saiu de casa, em companhia do irmão. Desceram o morro e subiram a rua de São José.

Em caminho encontraram-se com um sujeito gordo, que, ao passar pelo José, gritou:

— Adeus, compadre!

— Quem é? — perguntou Simeão.

— O Rodrigues, uma das primeiras fortunas do Rio de Janeiro.

— É teu compadre?

— É.

Chegaram à avenida, e cruzaram-se com um coronel do Exército, a quem o José saudou com estes termos:

— Boa tarde, senhor compadre.

— Boa tarde.

— Também é seu compadre? — perguntou o irmão.

— Também; eu tenho muitos compadres, e são todos homens de posição e fortuna!

— Tens muitos compadres? Quantos?

— Oito.

— Ora essa!

— De que te admiras?

— Eles convidaram-te para padrinhos dos filhos?

— Não; fui eu que os convidei para padrinhos do meu.

— Que diabo de trapalhada é esta? Tu só tens um filho; como podes ter oito compadres?

— A ti o digo porque és meu irmão: meu filho foi batizado oito vezes!

— Oh! sacrilégio!...

— Sacrilégio por quê?... Ele é oito vezes cristão!...

— Mas que idéia a tua!

— Pois então! Eu já não te disse que vivo de expedientes?

O sonho do conselheiro

O Conselheiro Lapa era o chefe de família mais austero que naquele tempo havia no Rio de Janeiro. Funcionário de elevada categoria, nunca ninguém o viu por essas ruas senão de sobrecasaca preta e chapéu alto. Creio que foi por isso, e pelos óculos, uns óculos de aro de ouro, terrivelmente solenes, que o imperador lhe deu a carta de conselho, pois ninguém lhe conhecia outros méritos.

O Conselheiro Lapa era casado e tinha uma filha, que passara dos vinte anos sem que nenhum rapaz a namorasse, não porque fosse feia ou antipática, vaidosa ou mal-educada, mas porque ninguém se atrevia a levantar os olhos para a filha de um conselheiro tão grave e tão conspícuo.

Entretanto, um simples escriturário do Tesouro teve um dia a ventura de fazer falar o coração da moça.

Animado pelas intenções mais puras, e competentemente autorizado pela sua bela, o escriturário um dia fez provisão de coragem, subiu a escada do conselheiro, pediu para falar a Sua Excelência, e quando se viu diante daqueles óculos, sabe Deus como formulou, ou antes, balbuciou um pedido de casamento.

O conselheiro não se dignou responder; limitou-se a medir o insolente de alto a baixo, e a apontar-lhe a porta, dizendo-lhe secamente: "Não admito esses gracejos em minha casa! Rua!"...

* * *

Este procedimento afligiu bastante os dois namorados, e fez naturalmente com que eles se apaixonassem deveras um pelo outro.

A menina teve tal desgosto, e deixou de alimentar-se durante tantos dias consecutivos, que adoeceu gravemente.

A esposa do conselheiro, boa senhora, mas muito fraca, muito achacada de asma, esgotou diante do implacável marido todos os argumentos que acudiram ao seu coração de mãe; mas a melhor e mais eloqüente advogada de Rosalina e Alberto, que assim se chamavam os namorados, foi a Teresa, uma bonita mulata que, em pequena, aos doze anos, tinha sido contratada para ama-seca de Rosalina, e ali se fizera mulher, sem ter querido nunca abandonar a casa, recusando até o casamento que lhe oferecera um português apatacado, dono da casa de pasto da esquina.

A Teresa tinha trinta e três anos, mas ninguém lhe daria mais de vinte e cinco.

* * *

Apesar de toda a sua austeridade, o nosso conselheiro há quinze anos que não perdia ocasião de fazer declarações de amor à agregada, e não perdia a esperança de que ela um dia cedesse...

A mulata resistia a todas as investidas libidinosas do amo; dizia-lhe que tomasse juízo, que respeitasse o seu lar doméstico, que a senhora e a menina podiam reparar, etc., e, naturalmente, o conselheiro andava em tudo isso com tanta manha e hipocrisia que ninguém suspeitava daquele trabalhinho de quinze anos.

* * *

A Teresa, que estimava deveras a Rosalina, lembrou-se (de que não se lembram as mulheres!) de utilizar em benefício da menina os maus sentimentos do pai, e, um dia, fingindo-se cansada de tanta perseguição, concedeu ao conselheiro a entrevista que há tanto tempo solicitava.

Na madrugada seguinte, o austero pai de família, de *robe de chambre* e chinelos, mas sem óculos, entrou devagarinho no quarto da mulata, e esta, mal que o apanhou lá dentro, começou a gritar com todas as forças dos seus pulmões:

— Sinhazinha! Sinhazinha! Parabéns! Parabéns!...

A velha, apesar de sua asma, e Rosalina saltaram imediatamente das camas, envolveram-se nas colchas, e foram ter, assustadas, ao quarto da Teresa, onde encontraram o conselheiro sem pinga de sangue.

— Parabéns, sinhazinha! — continuou a gritar a boa mulata. — O patrão teve um sonho tão esquisito, e ficou tão impressionado, que resolveu consentir no seu casamento com o Sr. Alberto! Ele veio acordar-me para eu levar a notícia à sinhazinha.

O conselheiro não teve o que dizer.

O último palpite

O caso que vou narrar não é inventado; passou-se, não há muito tempo, no bairro do Engenho Velho.

Havia ali uma família que se deixou dominar pelo jogo do bicho, a ponto de não pensar em outra coisa. Desde pela manhã até à noite havia naquela casa dois assuntos exclusivos de todas as conversas: o bicho que tinha dado e o bicho que ia dar.

O chefe da família era um cardíaco, e quero crer que foram as emoções do jogo que o atiraram na cama para nunca mais se levantar.

Momentos antes de morrer, o pobre homem, cercado pela mulher e os filhos, acenou como se quisesse dizer alguma coisa. A senhora debruçou-se sobre ele, e o moribundo, fazendo um esforço supremo, proferiu estas palavras:

— Joga tudo no cachorro!

Cinco minutos depois exalava o último suspiro.

A viúva, na ocasião em que, debulhada em lágrimas, dava as necessárias ordens para o enterro, lembrou-se, por pegar em dinheiro, da recomendação do defunto; chamou o copeiro e disse-lhe:

— José, vai jogar dez mil-réis no cachorro. Não creio que dê, porque ainda anteontem deu, mas devo respeitar o último palpite do meu marido. É um palpite sagrado!

Toda a vizinhança soube da coisa, e não houve bicho careta que não jogasse no cachorro. Os bicheiros do bairro levaram um tiro, porque efetivamente foi o cachorro que deu.

Quando vieram trazer os duzentos mil-réis à viúva, ainda não tinha saído de casa o cadáver do marido.

Ela ficou desesperada, e, abraçando o caixão, exclamou entre lágrimas, com grande espanto das pessoas presentes:

— Perdoa, Manuel, perdoa! Tu me disseste que jogasse tudo no cachorro, e eu joguei apenas dez mil-réis! Agora vejo que estavas inspirado pela bondade divina, e querias deixar tua família amparada!... Recebi apenas duzentos mil-réis! Perdoa, Manuel, perdoa!

Piedade filial

O Brochado veio rapazito para o Rio de Janeiro e saltou aqui com o pé direito, porque arranjou logo emprego, e dois anos depois estava primeiro caixeiro, com magnífico ordenado e caderneta na Caixa Econômica.

Considerava-se feliz; só uma coisa o afligia: as saudades do pai, que deixara na aldeia.

Um dia em que, passando por uma loja da rua do Ouvidor, viu exposto um retrato a óleo, lembrou-se de mandar pintar o do velho, a fim de pendurá-lo defronte da cama. Não podendo ter perto de si a pessoa, teria ao menos a imagem de seu pai!

O Brochado informou-se da residência do pintor e foi ter com ele.

— Vinha pedir-lhe que me pintasse o retrato de meu pai.
— Com todo o gosto.
— Mas não queria coisa que me custasse mais de trezentos mil-réis. É quanto posso pagar.
— Está dito! Esse não é o meu preço, é muito barato; mas como o senhor não pode pagar mais, paciência! Onde está o senhor seu pai?
— Em Portugal.
— Ah! está ausente? É pena, porque não gosto de fazer retratos senão diante dos respectivos modelos. Enfim, como não há remédio...
— Faz o retrato?
— Faço. Queira mandar-me a fotografia.
— Que fotografia?

— Do senhor seu pai.
— Não tenho.
— Ah! não tem fotografia? Tem então um desenho?
— Que desenho?
— Um retrato qualquer do senhor seu pai.
— O retrato vai o senhor fazer-mo.
— Mas o senhor não tem outro, do qual eu possa copiar o meu?
— Não, senhor; se eu tivesse o retrato de meu pai, não lhe encomendava outro; bastava-me um!...
— O senhor supõe que eu seja um telefotógrafo?
— Um quê?
— Como quer o senhor que eu faça o retrato de uma pessoa que não conheço, que nunca vi, e que não está presente?
— Dar-lhe-ei todas as informações necessárias.

O pintor compreendeu então que espécie de homem tinha diante de si e logo pensou em não perder os trezentos mil-réis que estavam ganhos.

— Pois bem — disse ele —, vamos às informações...
— Meu pai chama-se Francisco Brochado.
— O nome não é preciso.
— É viúvo.
— Adiante.
— Tem coisa de cinqüenta anos. É alto, magro, barbado, louro, e corta cabelo à escovinha. Eu pareço-me com ele.
— É quanto basta — disse o pintor. — Daqui a três dias pode mandar buscar o retrato.

O Brochado Filho saiu, e no dia aprazado lá estava em casa do artista.

— Ali tem seu pai! — disse este apontando para um retrato que estava no cavalete.

O Brochado aproximou-se, teve um gesto de surpresa e levou muito tempo a olhar para a pintura.

Depois, as lágrimas começaram a deslizar-lhe pela face.

— Que tem o senhor?... Por que chora? — perguntou o pintor.

E o pobre-diabo, com a voz embargada pelos soluços, exclamou:

— Como meu pai está mudado!...

Por não se entenderem

O Zeca Borges, pequeno lavrador do Bananal, tinha um irmão cônsul na Alemanha, e, quando soube que esse irmão chegara ao Rio de Janeiro, com licença, ficou satisfeitíssimo, e ansioso por abraçá-lo, tanto mais tendo recebido imediata comunicação de sua residência, na rua do Catete.

O Zeca meteu-se no trem, e na manhã seguinte estava no Hotel dos Estados, onde se demorou apenas o tempo necessário para tomar banho, mudar de roupa, fazer a barba e almoçar.

Depois do almoço, lá se foi ele a pé, rua da Lapa acima, em busca do irmão saudoso.

Na casa indicada estava à janela uma senhora loura e bonita.

— Querem ver — pensou ele — que o Chico se casou na Alemanha com a filha do tal arquiteto, de quem tanto me falava nas suas cartas? Não foi outra coisa! O patife não me mandou dizer nada!...

O Zeca Borges tirou o chapéu à senhora, que lhe correspondeu com um sorriso amabilíssimo.

— Naturalmente conhece-me de retrato — pensou ele, e entrou.

Ela esperava-o de braços abertos no tope da escada, e deu-lhe muitos abraços e muitos beijos.

O paulista não estranhou a natureza de tão excessivas manifestações, que aliás nada tinham de fraternais; apenas achou, de si para si, que na Alemanha o sentimento da família estava mais desenvolvido que no Brasil.

— O Chico? — perguntou ele. — Não está?

Ela teve um olhar estúpido.

— A senhora não é a mulher do Chico, meu mano?

Ela respondeu, com muita dificuldade, que não falava português.

— É justo, cunhada, é muito justo, mas como também eu não falo alemão, não haverá meio de nos entendermos! Que pena o Chico não estar em casa! Olhe, o melhor é voltar logo!

E deu um passo para a porta; mas a mulher passou-lhe um braço em volta ao pescoço, e levou-o até à porta da alcova, que abriu com um gracioso pontapé, mostrando-lhe a cama.

Tudo isso pareceu muito esquisito ao Zeca Borges, mas como este era um rapaz inteligente, o que o leitor sem dúvida já percebeu, disse consigo que ela supunha, e com razão, que ele precisasse descansar porque vinha de viagem e passara, talvez, a noite em claro.

E mais se convenceu de que tal era a intenção da cunhada, quando esta lhe desatou o laço da gravata e desabotoou-lhe o paletó e o colete.

— Não! Isto agora é demais! Eu mesmo dispo-me! Pode ir! Pode ir!...

Ela saiu muito risonha, sempre depois de lhe dar mais um beijo e de lhe recomendar, por gestos, que a esperasse (o irmão, ao que ele supunha), e o nosso Zeca, mal se apanhou sozinho, entendeu que o melhor que tinha a fazer era despir-se, deitar-se e dormir.

Mas não havia três minutos que estava deitado, refletindo sobre o extraordinário desenvolvimento do sentimento da família na sociedade alemã, quando a mulher voltou e se dirigiu saltitante para ele, tendo vestida apenas uma camisola de seda escandalosamente diáfana.

Calcule-se o espanto do paulista, que deu um pulo como se visse o demônio e foi agachar-se a um canto da sala, gritando:

— Não se aproxime, cunhada, não se aproxime!...

Ela convenceu-se então de que tinha em casa um doido, e começou a gritar.

Acudiram outras mulheres, que felizmente falavam português, e tudo se esclareceu. O Zeca Borges tomara um algarismo por outro, entrara numa casa de mulheres julgando entrar em casa do irmão.

Houve grande risota entre o mulherio, e o próprio Zeca foi obrigado a rir da sua ingenuidade, oferecendo uma nota de cinqüenta mil-réis à húngara, que não era alemã, e ainda menos sua cunhada.

Meia hora depois abraçavam-se os dois irmãos. O cônsul estava ainda solteiro.

Quem ele era?

Foi num teatro que começaram as nossas relações. Estávamos na platéia, sentados ao pé um do outro.

Ele interessava-se muito pelo espetáculo, e de vez em quando me fazia ao ouvido algumas observações críticas, tratando-me pelo meu nome.

Eu estava um tanto contrariado: não gosto de conversar com pessoas que não conheço; mas o meu vizinho da platéia me parecia um homem tão simples, que no meu espírito não se formou nenhuma prevenção desairosa a seu respeito.

— Veja como o F. está representando mal! — disse-me ele, referindo-se a um ator que na realidade metia os pés pelas mãos. — É pena que o F. seja tão mau artista, sendo tão bom rapaz!

— Conhece-o?

— Há muitos anos... desde criança... somos amigos... É um excelente guarda-livros, que poderia ganhar um ordenadão numa boa casa, mas prefere ser ator, para fazer esta figura que se está vendo!

Acabado o espetáculo, entrei num botequim para tomar chocolate, e lá estava o nosso homem, que me queria obrigar a sentar-me junto dele; agradeci-lhe o obséquio e tomei lugar noutra mesa.

Daí a instantes entrou o ator, o tal que não queria ser guarda-livros, e sentou-se perto de mim.

Perguntei imediatamente:

— Você sabe me dizer quem é aquele sujeito?

— Não sei. Conheço-o de vista há longos anos... somos velhos camaradas... tratamo-nos por tu... mas ignoro como se chama e qual seja a sua ocupação.

— É singular!

— É, não há dúvida; mas a vida carioca tem destas coisas...

* * *

Depois disso, eu encontrava constantemente o desconhecido nas ruas, nos teatros, nos bondes, nas festas, em toda parte, sempre sozinho e apressado, como se tivesse muito que fazer.

A princípio cumprimentava-me com certa reserva cerimoniosa; mas pouco a pouco os nossos repetidos encontros o familiarizaram comigo, e ele começou a usar de um diminutivo afetuoso: "Adeus, Arturzinho...", ou do latim macarrônico: "Adeus, Arturibus!"

Como nos encontrássemos num leilão (ele freqüentava muito os leilões, mas não comprava nada), apresentou-me, graciosamente, ao respeitável Conselheiro B, a quem perguntei depois:

— O conselheiro faz-me um obséquio?

— Estou às suas ordens.

— Diz-me quem é aquele cavalheiro que nos apresentou um ao outro?

— Oh! o senhor não o conhece?

— Não.

— Nem eu! Há muitos anos lhe falo... trata-me com certa intimidade... mas não sei como se chama nem quem é.

— Deveras?

— Isso pouco me tem importado, porque vejo que ele se dá com o mundo inteiro.

E de todas as pessoas a quem me dirigia para saber, pelo menos, o nome do "meu amigo", ouvia a mesma indefectível resposta:

— Conheço-o há muitos anos, mas não sei quem é.

* * *

O seu tipo nada tinha de característico nem de anormal. Ele vestia-se de um modo que nenhuma indicação poderia fornecer sobre a sua vida ou sobre os seus hábitos. A última vez que o vi, ele trazia, aparentemente, a mesma sobrecasaca, as mesmas calças brancas e o mesmo chapéu alto com que estava aquela noite no teatro.

Bem quisera eu perguntar-lhe: "Como te chamas?", e seria esse um meio infalível de saber o seu nome todo; mas isso é lá pergunta que um homem possa fazer a um camarada que há vinte anos o trata por tu...

Um dia lancei mão de um ardil:

— Tens aí um dos teus cartões de visita para a minha coleção? Estou reunindo num álbum os cartões de todos os meus amigos.

— Cartões de visita? Nunca os tive! Nunca me submeti a essa ridícula exigência da vida social. Sou um boêmio. Adeus, Arturibus.

* * *

E era, efetivamente, um boêmio.

Entretanto, dispunha de recursos, não pedia nada a ninguém e, de vez em quando, fazia longas que eu o supunha morto.

Quando já estava esquecido, reaparecia, sempre com as suas calças brancas, a sua sobrecasaca, o seu chapéu alto e sozinho sempre, dizendo que tinha feito um viajão.

* * *

Uma vez, passando por certa rua desta cidade, vi grande ajuntamento de povo às portas de uma farmácia.

Curioso, como toda a gente, perguntei o que tinha havido.

Era um homem que, passando por ali, entrara incomodado e falecera subitamente de uma síncope cardíaca. Estavam à espera da carrocinha que devia levá-lo para o Necrotério.

Entrei na farmácia e reconheci que o morto era ele, o meu misterioso amigo.

O farmacêutico, homem já maduro, conhecia-o tanto como eu.

— Conhecemo-nos há longos anos — disse-me ele. — Tratava-me por tu, não me passava pela porta que não me dissesse: "Adeus, Joãozinho!", mas nunca lhe soube o nome, nem o emprego, nem a residência.

Entre os circunstantes, muitos o conheciam de vista; nenhum ligava o nome à pessoa.

* * *

O cadáver foi removido para o Necrotério.

— Até que afinal vou saber quem ele era! A identidade do morto há de ser reconhecida pela polícia.

Pois não foi. A polícia nem ao menos descobriu o domicílio do meu amigo, e, por mais estranho que isto pareça, a verdade é que figurou no obituário como "um desconhecido de cinqüenta anos presumíveis".

Quem ele era?

◻

Sova bem merecida

Numa das ruas de uma das estações dos subúrbios vivia, não há muito tempo, numa casa térrea, edificada no meio de um terreno bem plantado, uma família composta de uma senhora quarentona e três rapazes, seus filhos.

A senhora, que se chamava D. Eulália, e era conhecida no bairro pela sua extrema bondade, passava por viúva, mas a verdade é que tinha marido vivo, o Araújo, o maior desordenado que Deus deitou ao mundo.

Durante os cinco primeiros anos de casado, o Araújo, apesar de jogador, foi um marido como outro qualquer — cumpria satisfatoriamente as obrigações conjugais e não dava à esposa motivo para grandes queixas; mas depois do quinto ano, quando já lhe haviam nascido dois rapazes e estava para nascer o terceiro, enrabichou-se por uma atriz de terceira ordem, desapareceu de casa da família e nunca mais lá voltou.

Por mais estranho que pareça ao leitor habituado à tranqüilidade e boa harmonia do lar, o caso é que se passaram vinte anos sem que esse extraordinário marido tornasse a ver mulher e filhos.

Os rapazes cresceram e se empregaram sem conhecer o pai senão de nome. Felizmente eram bons filhos: moravam todos três com D. Eulália, a quem nada faltava.

Releva dizer que o marido — justiça se lhe faça! — desde que desapareceu de casa mandava à família todos os meses dinheiro pelo correio, estivesse onde estivesse, e lá uma vez por outra, quando o jogo lhe proporcionava uma boa bolada, lá ia mais uma lambujem.

Jogador de profissão, o Araújo percorria o Brasil inteiro, de norte a sul, bancando ou apontando, perdendo aqui para ganhar acolá, ora muito por cima, ora muito por baixo, mas sempre ativo, alegre e sadio, como se lhe não doesse nada na consciência.

De vez em quando aparecia com uma nova mulher ao seu lado; a atriz pela qual desprezara a esposa tinha sido cem vezes substituída.

Entretanto, aconteceu-lhe o mesmo que ao Aretino: apaixonou-se deveras pela última das suas amantes, e teve um sério desgosto quando, entrando em casa uma noite, não a encontrou, mas uma carta em que ela lhe comunicava que, estando farta da companhia de um jogador tresnoitado, tinha encontrado outro amante menos anormal.

O Araújo, que, aliás, tinha ganho alguns contos de réis aquela noite, julgou enlouquecer, e teve um acesso de lágrimas; todavia, passada a crise, serenou, e veio-lhe à lembrança, aguilhoando-o pela primeira vez como um remorso, a família que abandonara havia vinte anos.

Não sei que resolução se passou então na alma daquele homem; o que sei é que ele resolveu ir ter, mesmo àquela hora, com a sua infeliz mulher e pedir-lhe perdão de todos os seus erros.

Saiu de casa, tomou um tílburi, que o fez chegar à estação da central a tempo de apanhar o último trem dos subúrbios.

Na estação ficou embaraçado por não saber onde era a casa; encontrou, porém, um polícia que o orientou, depois de interrogá-lo com desconfiança.

— Eu sou o marido de D. Eulália.

— D. Eulália é viúva.

— Todos assim pensam. É casada comigo, mas não nos vemos há vinte anos!

— O senhor chegou de viagem?

— Cheguei; cheguei de uma longa viagem.

— Então desculpe; mas como andam muitos ladrões aqui no bairro... Da própria casa de D. Eulália roubaram uma noite destas não sei quantas galinhas.

E o rondante ensinou ao Araújo onde era a casa de D. Eulália.

O marido entrou com precaução; mas quando ia no meio do terreno, entre o portão e a casa, saltaram-lhe lá de dentro os três rapazes, armados de cacetes, e deram-lhe uma sova tremenda.

— Eu sou o marido de D. Eulália — gritava o desgraçado.

Felizmente D. Eulália, reconhecendo-lhe a voz, gritou aos rapazes:

— Basta, meninos, basta! É vosso pai!...

Cessou a pancadaria, mas o Araújo estava prostrado no chão, descadeirado, sem se poder levantar.

Os rapazes, pedindo-lhe muitas desculpas de o haverem tomado por ladrão, carregaram-no a pulso para dentro de casa, onde o deitaram na cama de um deles.

Ora, aí está como o Araújo voltou a casa depois de uma ausência de vinte anos.

É verdade que desta vez ficou.

Uma aposta

Se o Simplício Gomes não fosse um rapaz do nosso tempo, se não usasse calças brancas, paletó de alpaca, chapéu de palha e guarda-chuva, daria idéia de um desses quebra-lanças que só se encontram nos romances de cavalaria. De outro qualquer diríamos: "Ele gostava de Dudu"; tratando-se, porém, do Simplício Gomes, empregaremos esta expressão menos familiar: "Ele amava Edviges".

O seu amor tinha, realmente, alguma coisa de puro e de ideal, que não se compadecia com os costumes de hoje.

Começava por ser discreto; Dudu adivinhou, ou antes, percebeu que era amada, mas ele nunca lho disse, nunca se atreveu a dizer-lho, não por timidez ou respeito, mas simplesmente porque não tinha confiança no seu merecimento.

Estava bem empregado, poderia casar-se e viver modestamente em família — mas era tão feio, tão pequenino, tão insignificante e ela tão linda e tão esbelta, que o casamento lhe parecia desproporcionado.

Ele não se sentia digno dela, não acreditava que a pudesse fazer feliz, e isso o desgostava profundamente. Ela, por seu lado, não concorria para que a situação se modificasse: fingia ignorar que ele a amava, e atribuía toda aquela solicitude a um afeto desinteressado.

Dudu vivia com a mãe, uma pobre viúva sem outro recurso que não fosse o do meio soldo e o montepio deixados pelo marido, brioso oficial do Exército que viveu sempre desprotegido, porque não sabia lisonjear nem pedir; mas o Simplício Gomes, sem fumaças de protetor, e dando a esmola com ares de quem a recebia, achava meios e modos de fazer com que naquela casa faltasse apenas o supérfluo.

Como era parente, embora afastado, das duas senhoras, estas consideravam os seus favores simples atenções de família.

O caso é que o Simplício Gomes parecia adivinhar os menores desejos de Dudu e nessas ocasiões recorria ao ardil de uma aposta:

— Aposto que hoje chove!
— Que idéia! O dia está bonito!
— Pois sim, mas o calor é excessivo: temos água com toda a certeza!
— Não temos!
— Façamos uma aposta!
— Valeu! Se chover eu perco uma caixa de charutos.
— E eu aquela blusa que você viu na vitrina da Notre-Dame e cobiçou tanto.
— Quem lhe disse que cobicei?
— Ora, esses olhos não me enganam...

No dia seguinte Dudu recebia a blusa.

A velha costumava dizer com muita ingenuidade:

— Você faz mal em apostar, Simplício! É muito caipora, perde sempre, e então, em se tratando de mudança de tempo, é uma lástima!

Conquanto não se atrevesse a falar em casamento, o pobre rapaz sofria, oprimido pela idéia de que, quando menos se pensasse, Dudu teria um namorado... um noivo... um marido. E, efetivamente, não se passou muito tempo que os seus receios não se realizassem.

Dudu impressionou-se por um cavalheiro muito bem trajado, que começou a rondar-lhe a porta quase todos os dias, cumprimentando-a, depois sorrindo-lhe, e finalmente escrevendo-lhe, graças à cumplicidade de um molecote da casa.

Depois de receber três cartas, Dudu contestou, convenceu-se de que as intenções do namorado eram as melhores e mostrou a correspondência à mãe, que imediatamente consultou o Simplício Gomes sem saber o desgosto que lhe causava. Este, que já havia notado as idas e vindas do transeunte suspeito, disfarçou o mais que pôde os seus sentimentos, limitando-se a dizer que Dudu não deveria casar-se com aquele homem sem ter primeiramente certeza de que ele a amava deveras.

A velha, com toda a sua simplicidade, pediu-lhe que se

informasse da idoneidade do pretendente, e o mísero logo se transformou de quebra-lanças em quebra-esquinas.

Foram desanimadoras (para ele) as informações que obteve: o rival chamava-se Bandeira, era de boa família, de bons costumes, funcionário público de certa categoria, estimado, e tinha alguma coisa. O seu único defeito era ser um pouco genioso.

O Simplício, que não tinha o altruísmo heróico de Cyrano de Bergerac, não avolumou as qualidades do outro, mas foi leal: não as diminuiu. Em suma: o Bandeira pediu a mão de Dudu, e começou a freqüentar a casa...

O coitado não articulou uma queixa, mas começou desde logo a emagrecer a olhos vistos; perdeu o apetite, ficou macambúzio, fúnebre... Dudu, que tudo compreendeu, teve muita pena, teve quase remorsos, mas a velha nem mesmo assim desconfiou que a filha fosse adorada pelo infeliz parente.

Entretanto, o Simplício Gomes começou a ser assíduo em casa de Dudu; o seu desejo oculto era não deixá-la sozinha com o tal Bandeira enquanto não se casassem.

O noivo tinha, efetivamente, boas qualidades, mas era não só genioso, mas de uma arrogância, de uma empáfia, de um autoritarismo que começaram a inquietar Dudu.

Uma bela tarde em que se achavam ambos sentados no canapé, e o Simplício Gomes afastado, num canto da sala, folheava um álbum de retratos, o Bandeira levantou-se dizendo:

— Vou-me embora; tenho ainda que dar umas voltas antes da noite.

— Ora, ainda é cedo; fique mais um instantinho — replicou Dudu, sem se levantar do canapé.

— Já lhe disse que tenho o que fazer! Peço-lhe que vá desde já se habituando a não contrariar as minhas vontades! Olhe que, depois de casado, hei de sair quantas vezes quiser sem dar satisfações a ninguém!

— Bom; não precisa zangar-se...

— Não me zango, mas contrario-me! Não me escravizei; quero casar-me com a senhora, mas não perder a liberdade!

— Faz bem. Adeus. Até quando?

— Até amanhã ou depois.

O Bandeira apertou a mão de Dudu, despediu-se com um gesto do Simplício Gomes e saiu batendo passos enérgicos, de dono de casa.

Dudu ficou sentada no canapé, olhando para o chão.

O Simplício Gomes aproximou-se de mansinho, e sentou-se ao seu lado.

Ficaram dez minutos sem dizer nada um ao outro.

Afinal Dudu rompeu o silêncio. Olhou para o céu iluminado por um crepúsculo esplêndido, e murmurou:

— Vamos ter chuva.

— Não diga isso, Dudu: o tempo está seguro!

— Apostemos!

— Pois apostemos! Eu perco... perco uma coisa bonita para o seu enxoval de noiva. E você?

— Eu... perco-me a mim mesma, porque quero ser tua mulher!

E Dudu caiu, chorando, nos braços de Simplício Gomes.

Uma carga de sono

Como o Alfredo tinha que partir para Minas às cinco horas da manhã, entendeu que o meio mais seguro de não perder o trem, o que mais de uma vez lhe sucedera, era passar a noite em claro.

Assim foi. Esteve no teatro até meia-noite, foi cear com alguns amigos, demorou-se no restaurante até as duas horas, deu um passeio de carro pela avenida Beira-Mar e, às cinco horas, estava comodamente sentado no trem, de guarda-pó e boné de viagem.

Partiu o carro ainda ao lusco-fusco, só ali pelas alturas do Encantado o sol resolveu entrar lentamente pelas portinholas.

O Alfredo começou então a examinar um casal que estava sentado diante dele. Começou pelo marido: era um sujeito vulgaríssimo, que se parecia com todo o mundo, e tanto poderia ser negociante como empregado público, industrial, etc. Tinha uma dessas caras inexpressivas, que se adaptam a todas as profissões.

Passou o Alfredo a examinar a senhora e não pôde conter um gesto de surpresa reconhecendo nela uma bonita mulher que um dia encontrara num bonde das Laranjeiras, e o namorara escandalosamente.

Havia oito meses que o Alfredo a procurava por toda a parte, passando em vão repetidas vezes pela casa daquele bairro onde ela entrara quando saiu do bonde.

O não tê-la encontrado nunca mais lhe exacerbara a impressão amorosa deixada no seu espírito, mais que no seu coração, por aquela formosa mulher, e não se pode exprimir a alegria que lhe produziu a presença dela naquele trem, embora acompanhada por um indivíduo que, pelos modos, tinha direitos adquiridos sobre ela.

A desconhecida animou o rapaz com um desses sorrisos com que as mulheres, num segundo, se entregam de corpo e alma a um homem, e como os dois namorados não podiam apertar a mão um do outro, serviram-se dos pés como intérpretes dos seus sentimentos. Felizmente o Alfredo não tinha calos, que, se os tivesse, ficariam em petição de miséria.

Era impossível qualquer outra correspondência que não fosse aquela, porque o marido não arredava pé dali. O Alfredo alimentava uma vaga esperança de que ele descesse na estação de Belém para tomar café, mas qual, o homenzinho era inamovível.

Na Barra do Piraí o casal subiu ao restaurante para almoçar, e o Alfredo subiu também, mas não lhe foi possível chegar à fala.

Depois do almoço, o pobre namorado começou a sentir os efeitos da noite passada em claro: as pálpebras pesavam-lhe como se fossem de chumbo, e ele fazia esforços heróicos para não dormir; mas o sono foi implacável, e, quando o trem passou por Juiz de Fora, já ele dormia a sono solto, esquecido dos olhos e do pé da sua bela companheira de viagem.

Foi perto de Palmira que o desgraçado acordou, e — oh, desgraça! — estavam vazios os dois lugares defronte dele. A moça desaparecera... quando?... onde?... em que estação?... Era impossível sabê-lo!

O Alfredo passou os olhos estremunhados por todo o vagão, na esperança de que ela e o marido houvessem simplesmente mudado de lugar. Nada!...

Só então reparou que tinha na mão um anúncio de hotel, desses que em cada estação atiram aos passageiros.

Ele dispunha-se a deitar fora esse pedaço de papel inútil, quando reparou que nas costas do anúncio havia qualquer coisa escrita a lápis, com letra de mulher.

E o Alfredo leu: "Quem ama não dorme".

Nunca mais a viu.

Uma por outra

O Paulo jantou apressadamente e, mal acabou de sorver o último gole de café, pôs o chapéu, saiu de casa, tomou na rua do Catete um bonde que passava, apeou-se no largo da Carioca, desceu a rua da Assembléia e dirigiu-se para o lado das barcas.

Estava febricitante: a Isabel, que durante quatro meses não fez o menor caso de seus protestos de amor, resolvera, afinal, conceder-lhe uma entrevista.

A linda costureira (a Isabel era costureira) ficara de estar às oito em ponto à porta da estação das barcas. Eram sete e quarenta.

Estava tudo muito bem combinado. Entrariam ambos na estação sem se falar, como se não se conhecessem; tomariam a primeira barca e subiriam para a tolda, a fim de conversar à vontade. Desembarcando em São Domingos, um bonde levá-los-ia a Icaraí. Na saudosa praia esperava-os um ninho discreto, onde passariam a sua primeira noite de amor. Estava tudo muito bem combinado.

Por que Icaraí?... Por que não Copacabana ou Tijuca?... Por nada: tinha sido um capricho da Isabel.

Notou o Paulo que, um pouco distante do lugar em que ele se achava, isto é, da porta da estação, estava, como que protegida pela sombra, uma senhora de preto, que tinha, pouco mais ou menos, o corpo e a estatura de Isabel. Seria ela que, por qualquer circunstância, não tivesse querido chegar mais perto? Ele aproximou-se, disfarçou, observou, e voltou para o seu posto. A senhora de preto não se parecia nada com a outra. Era aliás mais bonita.

Passou meia hora... passou uma hora; chegaram e partiram numerosos bondes... as barcas de vez em quando despejavam gente sobre a praça, mas nem a Isabel aparecia, nem aquele misterioso vulto de mulher se movia do recanto sombrio em que estava.

Paulo ficou desesperado. O seu desejo era sair dali, não esperar nem mais um momento; dizia, porém, consigo: "Mais um bonde, o último!", e ia esperando...

Convencendo-se, afinal, de que a Isabel não vinha, resolveu ir para casa, mas, ao retirar-se, passou rente à senhora de preto, que esperava sempre, e encarou-a.

Ela perguntou-lhe, sorrindo:

— Faz favor de me dizer que horas são?
— Pois não, minha senhora!, passam vinte das nove.
— Decididamente não vem! Que maçada!
— Espera alguém, minha senhora?
— Que tem o senhor com isso?
— É que eu também esperava uma pessoa... e, quem sabe? talvez que a analogia das nossas situações pudesse estabelecer entre nós certa... certa... como direi?... certa simpatia...
— Não imagina como estou contrariada!
— Naturalmente porque gosta muito do homem que a faz esperar...?
— Como sabe o senhor que é um homem?
— Uma mulher não espera tanto tempo por outra...
— Isso é verdade...

E, depois de uma ligeira pausa, continuou assim o diálogo:

ELA — Sim, é por um homem que eu esperava, mas não pense o senhor que o ame loucamente. O que ele hoje me fez, varreu-o cá de dentro!

ELE — O mesmo digo da mulher que me pôs aqui de plantão! Era a nossa primeira entrevista... Foi melhor assim!

ELA — Ora!, amanhã ela conta-lhe quatro caraminholas, e o senhor desculpa-a...

ELE — Está enganada! Não quero vê-la!

ELA — Na realidade, temos ambos razão de estar queixosos...

ELE — Se nos vingássemos, eu dela e a senhora dele?

ELA — Como?

ELE — Se eu tomasse o lugar dele e a senhora o dela?

ELA — Que diria o senhor de mim?

ELE — Diria: "É uma mulher de espírito, que sabe vingar-se!" A senhora não me conhece, mas...

ELA — E se eu o conhecesse, Paulo?

ELE — Conhece-me?

ELA — Pelo menos de fotografia. Foi a Isabel que ma mostrou.

ELE — A Isabel?! Conhece-a?

ELA — Trabalhamos juntas no mesmo ateliê de costuras, e somos amigas... íntimas.

ELE — Ah!...

ELA — Ela falou-me do senhor... mostrou-me o retrato... disse-me que o achava feio... Eu, pelo contrário, achei-o...

ELE — Bonito?

ELA — Pelo menos simpático.

ELE — Muito obrigado.

ELA — Não há de quê. Hoje ela disse que o senhor estaria aqui à sua espera às oito horas... mas que o deixaria esperar em vão, para desenganá-lo. Fiquei com muita pena do senhor e disse comigo: "Como pode esta mulher enganar assim a um moço tão simpático?" Resolvi, então, um pouco por comodidade e... um pouco por simpatia... verificar se o senhor tinha vindo... Quando o vi interrogando com os olhos ansiosamente os bondes que chegavam, tive ímpetos de preveni-lo de que ela não vinha, mas não me atrevi.

ELE — Então a senhora não estava à espera de ninguém?

ELA — Não, vim simplesmente vê-lo... e vingá-lo. Que quer? Tenho um coração tão mole...

....

Uma hora depois, estavam ambos no doce ninho de Icaraí.

Um cacete

Uma noite em que o Siqueira saía do Lírico, viu de longe o Rubião, no largo da Carioca, e quis fugir, mas não teve tempo: o Rubião avistou-o e correu para ele.

— O Siqueira! Vem cá! Não fujas! Que diabo! Não te vejo há um século!

— Adeus, Rubião; como vai isso?

— Parece que fugias de mim!

— Eu?! Que lembrança!

— Não, que, para te falar com franqueza, ando muito ressabiado: o outro dia... quando foi?... terça-feira... ora, espera! foi quarta-feira... não!... enfim, terça, ou quarta-feira, o Honorato viu-me e fugiu!

— Fugiu?!

— Como o diabo da cruz! E tomou um bonde que passava! Bem sei por que isso é... estou pobre... não tenho mais vintém...

O Siqueira teve ímpetos de lhe dizer: "Não, não é porque estejas pobre; é porque és muito cacete", mas conteve-se.

— Mas tu, Siqueira, tu, não creio que fujas de mim pelo mesmo motivo...

— Mas eu não fugi!

— Antes assim. De onde vens?

— Do Lírico.

— És um homem feliz.

— Por quê?

— Porque podes ir ao Lírico. Tu sabes como eu sou doido por música; pois bem: desde 1871... não! Ora, espera!... desde 1872... ou 1873... enfim, há trinta e tantos anos, nunca mais ouvi uma ópera!

— Que estás dizendo?

— A verdade. Não sei o que é Tamagno, nem Gayarre, nem Caruso, nem nada! A última ópera que ouvi, ainda no Provisório, no Campo de Sant'Ana, foi a *Força do Destino*.

O Siqueira estendeu a mão para despedir-se, mas o Rubião agarrou-o por um botão do sobretudo, e continuou:

— Ah! naquele tempo eu não só ia ao teatro, como era amigo dos artistas... Fiz muita amizade com um deles, justamente naquele tempo... 1871 ou 1872... era um baixo, mas que baixo! Não creio que voltasse nunca ao Rio de Janeiro um baixo com uma voz daquelas! Era de *primo cartello*[1]!

Como se chamava?

— Chamava-se... ora espera... Chamava-se...

E o Rubião meditou durante dois minutos, a procurar o nome do cantor sempre agarrado ao botão do Siqueira.

— Bem! depois me dirás... Adeus, Rubião!

— Espera, homem de Deus! Tenho o nome debaixo da língua! Ora, senhor!, um artista com quem eu ceava todas as noites! Por falar em cear: não te apetece agora um chocolate?

— O que me apetece é dormir.

— Ainda é cedo. Vamos ali ao Paris.

O Siqueira não teve remédio senão ir tomar chocolate com o Rubião.

— Ora, que coisa esquisita! — dizia o maçador enquanto bebia. — Não me posso lembrar do nome do baixo!

— Deixa lá o baixo e anda com isso, que são horas.

— Onde estás morando?

— Na rua da Imperatriz.

— Ainda no mesmo sobradinho?

— Ainda.

Quando acabaram de tomar o chocolate, que o Siqueira pagou, vieram ambos de novo para o largo da Carioca.

---

[1] "Dos mais famosos", em italiano. (N. do E.)

— Bom! Agora adeus, Rubião!

— Que diabo!, eu não queria separar-me de ti antes de me lembrar do nome do baixo. Não imaginas a aflição que isto me causa!

E quis de novo agarrar o outro pelo botão, mas desta vez o Siqueira protestou:

— Deixa o botão!

— Sabes que mais? A noite está fresca... vou levar-te até a porta de casa... Talvez que em caminho eu me lembre do nome do baixo.

Siqueira quis evitar que ele realizasse a ameaça, mas não houve meio, e o pobre rapaz foi cruelmente caceteado até à rua da Imperatriz.

À porta de casa, já o trinco estava na fechadura, e o Rubião procurava lembrar-se do nome do cantor.

— Eu desespero! Enfim, amanhã mando-te o nome dele num cartão postal... Adeus, Siqueira!

— Adeus, Rubião!...

— Olha!

— Não! adeus!...

E a porta bateu com força.

O Siqueira suspirou, subiu a escada e foi para o seu quarto, despindo-se, deitou-se, e adormeceu logo, pois estava realmente com sono; mas não se tinha passado talvez meia hora, que despertou sobressaltado com o barulho que faziam, batendo à porta da rua.

— Ó Siqueira! Ó Siqueira! Chega à janela!... — gritava uma voz.

O Siqueira deu um pulo da cama, embrulhou-se num cobertor, abriu a janela e viu no meio da rua o Rubião, que disse:

— Olha, o nome do baixo era Ordinás! Boa noite.

Um desastre

Meteu-se em cabeça do pobre Raposo que havia de ser o marido da Srta. Ernestina Soares, e verdade, verdade, ele tinha por si os pais da moça, que o sabiam possuidor de um bom número de prédios e apólices e viam na sua pessoa o ideal dos genros.

A senhorita não era da mesma opinião, em primeiro lugar porque gostava muito do primo Enéias, que não tinha apólices nem prédios, mas era um bonito rapaz e um mimoso poeta e, em segundo lugar, porque o Raposo, coitado!, pesava nada menos de cento e vinte quilogramas, isto é, tinha uma pança que o incompatibilizava absolutamente com um ideal de moça.

O Soares — honra lhe seja! — não era homem que obrigasse a filha a casar-se contra a vontade; entretanto, procurou convencê-la de que a corpulência do Raposo não era um pecado nem um delito, nem uma vergonha, e melhor vida teria ela em companhia dele que na do primo Enéias, um troca-tintas que não valia dois caracóis.

— Não, papai! mil vezes não! Exija de mim tudo quanto quiser, menos que eu me case com uma barriga daquelas!

O Soares, que tinha as suas leituras, apontou à filha o exemplo de muitos homens ilustres que foram grande barrigudos, mas tudo em vão: decididamente a pequena estava enrabichada pelo primo Enéias.

O mais que o velho obteve foi fazer com que a filha recebesse, em companhia dos pais, a visita do Raposo.

— Tu não o conheces! Olha que é um homem de espírito e um cavalheiro de fina educação! Isso de mais barriga ou menos barriga não quer dizer nada! Vou convidá-lo para vir tomar uma noite dessas uma xícara de chá em nossa casa. Durante a sua visita examiná-lo-ás de perto. Quem sabe? Talvez se modifiquem as tuas impressões. Se não se modificarem, paciência — casa-te com quem quiseres e sê pobre à tua vontade!

Na noite aprazada o landau do Raposo conduziu-lhe a pança até à casa do Soares, e o capitalista foi recebido com muita amabilidade por toda a família.

Ele sentou-se em uma delicada cadeira de braços em que parecia não caber, e durante uma hora falou da sua vida, das suas viagens, das suas aventuras por esse mundo afora com tanta loquacidade, com tanta graça, com tanta verve, que efetivamente a senhorita esqueceu-se de que ele era gordo e começou a achá-lo simpático.

No fim daquela hora o primo Enéias estava quase esquecido; mas vejam os leitores de que depende, às vezes, o destino de um homem: quando, convidado a passar à sala de jantar, onde estava servido o chá, Raposo se ergueu, ergueu consigo a cadeira que ficou apertada entre os seus quadris, extraordinariamente dilatados por um largo repouso.

O desgraçado forcejou para arrancar a cadeira e não conseguiu. O Soares aproximou-se dele e começou a puxá-la com toda a força, enquanto o Raposo, curvado, agarrava-se ao umbral de uma porta como a um ponto de apoio.

Também o Soares não conseguiu tirar o pobre Raposo daquela prisão.

— Não puxe! Não puxe mais! — gritou ele. — Olhe que quebra!...

E, agachado, esgueirou-se pela escada abaixo, sem se despedir de ninguém, levando consigo a cadeira.

À porta esperava-o o landau onde ele entrou, calculem com que dificuldade, gritando ao cocheiro que o levasse a casa, enquanto alguns transeuntes, espantados, riam às gargalhadas vendo aquele barrigudo, no carro, de gatinhas, com os largos quadris comprimidos entre os braços de uma cadeira.

A senhorita, desde que o Raposo se ergueu até que o viu entrar no landau, riu tanto, tanto, que foi preciso desapertar-lhe o colete.

Uma hora depois um criado restituía ao Soares a maldita cadeira.

Naquela casa nunca mais se falou no Raposo.

A senhorita continua a namorar o primo Enéias, que está à espera de um emprego no Povoamento do Solo para se poder casar.

Um Dom Juan de província

Quando fui pela primeira vez àquela patriarcal cidade de província, o Linhares, que eu chamava primo, por ser filho da primeira mulher de meu pai, não quis que eu ficasse no hotel, e levou-me para sua casa, onde havia um quarto de hóspedes.

Durante os dias que ali me demorei fui carinhosamente tratado, e ainda hoje sou reconhecido aos favores do primo Linhares e de sua família, senhora e cinco senhoritas casadeiras.

Eu não fazia outra coisa todos os dias senão passear pela cidade, e à tarde, depois de jantar, o primo Linhares mandava colocar sete cadeiras no passeio, à porta da rua, e ele, a senhora, as senhoritas e eu sentávamo-nos ao ar livre, e conversávamos até ao escurecer. Era muito divertido.

Numa das tardes em que estávamos assim, perambulando sobre os mais variados assuntos, surgiu de uma esquina, a cem passos do lugar em que nos achávamos, o vulto esguio de um rapaz moreno, de grandes bigodes, envolto numa capa espanhola e com a cabeça coberta por um grande chapéu desabado.

O primo Linhares, mal que o viu, ergueu-se e disse imperiosamente às senhoritas:

— Meninas, vão para dentro: vem ali o Flávio Antunes!...

As cinco senhoritas levantaram-se e desapareceram, correndo no interior da casa.

E o primo Linhares explicou-me:

— Aquele Flávio Antunes é um patife, um sedutor de senhoras casadas, um Dom Juan!... Não consinto que as pequenas olhem para ele!... Não há nesta cidade sujeito mais desmoralizado! Nenhum pai de família honrado o recebe em casa!

E como o tal Flávio Antunes se aproximasse:

— Olhe para aquele todo! Veja! É o tipo completo do conquistador!...

E o transeunte, que era, efetivamente, um rapagão, passou fazendo ao primo Linhares um cumprimento, que não foi correspondido.

* * *

Um ano depois, o primo veio ao Rio de Janeiro. Fui recebê-lo na estação da Estrada de Ferro, e tratei logo de perguntar pela família.

— Estão todos bons. A minha pequena mais velha foi pedida a semana passada.

— Por quem?

— Por um excelente rapaz: o Flávio Antunes.

— Perdão... mas o Flávio Antunes não era...

— Era sim! Mas que quer você? Com aquela coisa de mandar as meninas para dentro todas as vezes que ele passava lá por casa, fiz-lhe um extraordinário reclame! Todas elas gostavam dele, e ele gostou da mais velha!

— Ora! Hão de ser muito felizes.

— Sim, mesmo porque, melhor informado, me convenci de que a má reputação do pobre rapaz era unicamente devida àquela capa espanhola e àquele chapéu desabado!

— Deveras?

— Eram mais as nozes que as vozes, e se algumas falcatruas fez ele, coitado, foi em consequência do reclame que lhe fazíamos, eu e outros pais de família.

DADOS BIOGRÁFICOS

Artur Azevedo

JEAN PIERRE CHAUVIN[1]

A crítica reconhece Artur Nabantino Gonçalves de Azevedo (MA, 1855 — RJ, 1908) como um de nossos maiores comediógrafos — sorte de herdeiro e continuador da tradição dramática iniciada, no Brasil, por Martins Pena e Joaquim Manuel de Macedo, em meados do século XIX. Contista igualmente notável, mas nem sempre percebido como tal em sua época, somente nas últimas décadas este irmão mais novo do célebre romancista, o naturalista Aluísio Azevedo (1857-1913), tem recebido o devido mérito como poeta, prosador, cronista e tradutor.

Em 1871, publicou *Carapuças*, livro de sonetos satíricos dirigidos a políticos locais, os quais, em represália, o destituíram de suas funções na administração provincial do Maranhão. Aproxima-

---

[1] Doutor em Teoria Literária e Literatura Comparada pela USP. Autor de *O Alienista: a teoria dos contrastes em Machado de Assis*. São Paulo: Reis Editorial, 2005.

damente na mesma época, sua produção como contista — iniciada na adolescência — caminhava paralelamente ao conjunto de atividades relacionadas ao teatro.

Notam-se em seus contos — a absoluta maioria constituída de relatos cômicos e irônicos, bastante breves quanto à extensão —, traços comuns à sua produção teatral: agilidade e graça, no conteúdo; na forma, enredo bem tramado e surpreendente. É à sátira social que se liga a verve cômica e humorística de Azevedo, sentida sobretudo nesse gênero por suas características de objetividade e agilidade.

Somente em 1889, como se tratasse de uma comemoração da abolição da escravatura — causa na qual se engajou ativamente — Artur Azevedo organizou e publicou o seu primeiro livro de narrativas curtas, *Contos possíveis*, dedicando-o a Machado de Assis. A coletânea espelhava algo recorrente no conjunto posterior de sua obra: um vasto painel carioca, com retratos caricaturais desenhados em linguagem direta. Corajosa inovação para os padrões estilísticos do período.

Atualmente muito comentada e valorizada, a obra de Artur Azevedo não foi tão bem recebida, desde sempre, pela crítica especializada. Poucos estudiosos se dispuseram a combater seu preconceito em relação ao estilo do escritor, que empregava intencionalmente elementos populares em suas narrativas, extraindo daí matéria-prima para a face cômica de suas peças e contos. A clara compreensão de Azevedo das limitações culturais de nossa sociedade explicam sua dupla preocupação: criar e escrever de modo simples; traduzir peças e operetas francesas, tendo em vista adaptar os textos estrangeiros ao gosto e mentalidade de nosso público em formação.

Polígrafo como alguns de nossos melhores escritores românticos e realistas — José de Alencar, Manuel Antônio de Almeida e Machado de Assis, entre outros —, Artur Azevedo conciliou ocupações regulares (magistério, funcionalismo e redação em jornais) com a produção artística, até o ano de sua morte. No entanto, diferentemente daqueles escritores, em particular de Machado, sua prosa não requeria um leitor de entrelinhas. Sua narrativa caracteriza-se por descrições sucintas, vocabulário simples e frases curtas, favorecendo o foco na ação em lugar da especulação.

Notavelmente extensa, sua obra consiste em mais de quatro mil crônicas de teor crítico sobre teatro, artes em geral e assuntos ligados à então capital brasileira, Rio de Janeiro; cerca de duzentas peças teatrais de sátira aos costumes; e mais de uma centena de contos breves. Além disso, este escritor colaborou intensamente em pelo menos quarenta e cinco revistas teatrais, promovendo novos autores, inclusive.

Artur Azevedo não ignorava o fato de que provocava certa polêmica entre os leitores cariocas. Ao final da vida, em 1906, após anos de dedicação ao *Correio da Manhã*, seria dispensado pela direção do jornal sem qualquer aviso prévio, em razão da pressão dos assinantes, insatisfeitos com o teor picante de algumas de suas histórias. Impedido de colaborar com o jornal, inscreve um conto inédito em concurso promovido pelo próprio *Correio*. Pede a um colega do Ministério de Viação e Obras Públicas que copie o texto e assine-o como Tibúrcio Gama. *A viúva*, o título deste conto, vence o concurso. Artur Azevedo recusa o prêmio, revelando à direção do jornal a verdadeira autoria do conto.

Para Magalhães Júnior, conceituado biógrafo e estudioso da obra de Artur Azevedo, a obra deste Autor apresenta uma clara afinidade entre a dramaturgia e o conto. Isso se percebe nas temáticas e formas com que abordou nossos costumes. Predominam as cenas domésticas, o que já se nota em seus primeiros textos, a exemplo de *A madama*. Neste conto, o jovem Roberto, tentando conquistar as graças de uma vistosa francesa que chegara ao Rio de Janeiro (Mme. Raquel), aplica no rosto pêlos postiços, para, de barbas, parecer mais maduro. Com a aparência de homem mais velho, consegue passar uma noite em companhia da mulher feita.

A vida social carioca foi tratada de um ponto de vista diferente daquele em que era tradicionalmente apresentada, na peça *A capital federal*, que obteve estrondoso êxito. O texto foi adaptado para o filme homônimo de Luís Barros, em 1923, e voltou a ser encenado no teatro, em 1972, sob a direção de Flávio Rangel. *A capital federal* retrata de modo bem-humorado o comportamento dos homens da sociedade do Rio de Janeiro, que nesse tempo era a capital federal do Brasil, percorrendo os diversos ambientes por onde circulavam figuras pitorescas da cidade: as ruas, os cafés-concertos e os salões elegantes.

Segundo Alfredo Bosi, Artur Azevedo foi um contista e dramaturgo que viu no elemento cômico uma alternativa para escapar às convenções estéticas de sua época. Consciente da tarefa cultural a que se impôs de difundir o conto e o teatro no Brasil, sua obra também foi uma reação aos chamados "dramas de casaca" de teor eminentemente burguês, típicos da mentalidade provinciana e gosto do leitor médio, naquele momento. Sua obra trouxe uma rica e vasta contribuição à sedimentação da dramaturgia em nosso país.

O conjunto das variadas e intensas atividades do Autor, como jornalista e escritor, permitiram-lhe idealizar e fundar[2] a Academia Brasileira de Letras, ao lado de ilustres intelectuais de seu tempo, como Machado de Assis e Joaquim Nabuco, entre outros, o que vem demonstrar sua energia, seu desejo de contribuir para o desenvolvimento da cultura nacional, bem como seu prestígio nos círculos do poder e a amizade de intelectuais influentes.

A presente obra, editada pela Martin Claret, provavelmente seja a coleção mais completa dos contos de Artur Azevedo já publicada no Brasil. Organizada de modo a reunir todos os livros de contos publicados pelo Autor, esta compilação representa merecida homenagem a um dos mais influentes agitadores culturais de nosso Segundo Império. Um artista lúcido e de muitas faces, que percebeu o descompasso entre o teatro francês, importado em seu tempo pelo Brasil, e a necessária aclimatação dramática entre nós. Um "maranhense de alma carioca", nas palavras de Antônio Martins de Araújo.

Para saber mais

ARAÚJO, Antônio Martins de. "A vocação do riso" In: AZEVEDO, Artur. *Teatro de Artur Azevedo*. Rio de Janeiro: Instituto Nacional de Artes Cênicas, 1983. Tomo I. (Coleção em Cinco Volumes).

_____. "Para uma poética de Artur Azevedo" In: AZEVEDO, Artur. *Teatro de Artur Azevedo*. Rio de Janeiro: Instituto Nacional de Artes Cênicas, 1985. Tomo II.

_____. "A perenidade do efêmero". In: AZEVEDO, Artur. *Melhores contos*. São Paulo: Global, 2001.

---

[2] Em fins do século XIX. A reunião inaugural foi realizada em 1897.

BOSI, Alfredo. *História concisa da literatura brasileira*. 39ª ed. São Paulo: Cultrix, 2001.

CANDIDO, Antonio & CASTELLO, José Aderaldo. *Presença da literatura brasileira*. São Paulo: DIFEL, 1964. Volume II (Coleção em 3 Volumes).

MAGALHÃES JÚNIOR, Raymundo. *Artur Azevedo e sua época*. 4ª ed. São Paulo: LISA, 1971.

_____. "Introdução" In: AZEVEDO, Artur. *Contos ligeiros*. Rio de Janeiro: Bloch, 1974.

MONTELLO, Josué. *Artur Azevedo e a arte do conto*. Rio de Janeiro: São José, 1956.

PAES, José Paulo e MOISÉS, Massaud (org.). *Pequeno dicionário de literatura brasileira*. São Paulo: Cultrix, 1967.

Índice

Contos Escolhidos

Do livro *Contos cariocas*
- *In extremis* 13
- João Silva 18
- Os dez por cento 24

Do livro *Contos em versos*
- A mais feia 31
- A prova 36
- As vizinhas 40
- Banhos de mar 44
- Bem feito! 49
- Desejo de ser mãe 54
- Dona Engrácia 61
- Não, senhor!.. 65
- O chapéu 70
- O copo 75
- O Sá 79
- O sócio 84

Do livro *Contos efêmeros*
- A berlinda 87
- A melhor amiga 90
- Aquele mulatinho! 94
- As pílulas 97

Coincidência 100
Incêndio no Politeama 104
O Custodinho 108
O holofote 112
O Tinoco 116
Sua Excelência 119
Teus olhos 123
Vi-tó-zé-mé 127

Do livro *Contos fora da moda*
A cozinheira 131
A dívida 136
A filha do patrão 147
A praia de Santa Luzia 152
Ardil 156
A "réclame" 160
Black 165
Dona Eulália 168
Fatalidade 172
O contrabando 176
O velho Lima 186
O viúvo 189
Plebiscito 193
Questão de honra 196
Romantismo 200
Uma embaixada 205
Uma noite em Petrópolis 210
Vingança 215

Do livro *Contos possíveis*
A ocasião faz o ladrão 221
A madama 227
A Marcelina 231
Argos 236
A Ritinha 242
As aventuras do Borba 246
Desilusão 256
Nuvem por Juno 265
O asa-negra 270
O fato do ator Silva 276

O gramático	280
Os dois andares	284
Que espiga!	288
Um capricho	291

Do livro *Vida alheia*
Pobres liberais!	297

Publicados no jornal *Correio da Manhã*
A "Não-me-toques"	303
Paulino e Roberto	309
Poverina	313
345	317
X e W	321

Publicados no jornal *O Século*
A ama-seca	325
A conselho do marido	329
A doença do Fabrício	331
A filosofia do Mendes	333
A melhor vingança	335
A nota de cem mil-réis	338
A Pequetita	341
As cerejas	343
Às escuras	346
As paradas	348
Assunto para um conto	350
A viúva do Estanislau	352
"Barca"	355
Caiporismo	357
Chico	359
Como o diabo as arma!	364
Conjugo vobis	367
Denúncia involuntária	370
Duas apostas	372
Elefantes e ursos	374
Em sonhos	376
Encontros reveladores	378
História de um dominó	381
Ingenuidade	383

Mal por mal...	386
Morta que mata	388
Na Exposição	391
Na horta	393
Octogenário	397
O cuco	399
O galo	401
O lencinho	403
O meu criado João	405
O palhaço	408
O Paulo	410
O 15 e o 17	412
O retrato	415
Os compadres	417
O sonho do conselheiro	419
O último palpite	422
Piedade filial	424
Por não se entenderem	426
Quem ele era?	428
Sova bem merecida	432
Uma aposta	435
Uma carga de sono	439
Uma por outra	441
Um cacete	444
Um desastre	447
Um Dom Juan de província	449

Dados biográficos 451

Relação dos Volumes Publicados

1. **Dom Casmurro**
   Machado de Assis
2. **O Príncipe**
   Maquiavel
3. **Mensagem**
   Fernando Pessoa
4. **O Lobo do Mar**
   Jack London
5. **A Arte da Prudência**
   Baltasar Gracián
6. **Iracema / Cinco Minutos**
   José de Alencar
7. **Inocência**
   Visconde de Taunay
8. **A Mulher de 30 Anos**
   Honoré de Balzac
9. **A Moreninha**
   Joaquim Manuel de Macedo
10. **A Escrava Isaura**
    Bernardo Guimarães
11. **As Viagens - "Il Milione"**
    Marco Polo
12. **O Retrato de Dorian Gray**
    Oscar Wilde
13. **A Volta ao Mundo em 80 Dias**
    Júlio Verne
14. **A Carne**
    Júlio Ribeiro
15. **Amor de Perdição**
    Camilo Castelo Branco
16. **Sonetos**
    Luís de Camões
17. **O Guarani**
    José de Alencar
18. **Memórias Póstumas de Brás Cubas**
    Machado de Assis
19. **Lira dos Vinte Anos**
    Álvares de Azevedo
20. **Apologia de Sócrates / Banquete**
    Platão
21. **A Metamorfose/Um Artista da Fome/Carta a Meu Pai**
    Franz Kafka
22. **Assim Falou Zaratustra**
    Friedrich Nietzsche
23. **Triste Fim de Policarpo Quaresma**
    Lima Barreto
24. **A Ilustre Casa de Ramires**
    Eça de Queirós
25. **Memórias de um Sargento de Milícias**
    Manuel Antônio de Almeida
26. **Robinson Crusoé**
    Daniel Defoe
27. **Espumas Flutuantes**
    Castro Alves
28. **O Ateneu**
    Raul Pompéia
29. **O Noviço / O Juiz de Paz da Roça / Quem Casa Quer Casa**
    Martins Pena
30. **A Relíquia**
    Eça de Queirós
31. **O Jogador**
    Dostoiévski
32. **Histórias Extraordinárias**
    Edgar Allan Poe
33. **Os Lusíadas**
    Luís de Camões
34. **As Aventuras de Tom Sawyer**
    Mark Twain
35. **Bola de Sebo e Outros Contos**
    Guy de Maupassant
36. **A República**
    Platão
37. **Elogio da Loucura**
    Erasmo de Rotterdam
38. **Caninos Brancos**
    Jack London
39. **Hamlet**
    William Shakespeare
40. **A Utopia**
    Thomas More
41. **O Processo**
    Franz Kafka
42. **O Médico e o Monstro**
    Robert Louis Stevenson
43. **Ecce Homo**
    Friedrich Nietzsche
44. **O Manifesto do Partido Comunista**
    Marx e Engels
45. **Discurso do Método / Regras para a Direção do Espírito**
    René Descartes
46. **Do Contrato Social**
    Jean-Jacques Rousseau
47. **A Luta pelo Direito**
    Rudolf von Ihering
48. **Dos Delitos e das Penas**
    Cesare Beccaria
49. **A Ética Protestante e o Espírito do Capitalismo**
    Max Weber
50. **O Anticristo**
    Friedrich Nietzsche
51. **Os Sofrimentos do Jovem Werther**
    Goethe
52. **As Flores do Mal**
    Charles Baudelaire
53. **Ética a Nicômaco**
    Aristóteles
54. **A Arte da Guerra**
    Sun Tzu
55. **Imitação de Cristo**
    Tomás de Kempis
56. **Cândido ou o Otimismo**
    Voltaire
57. **Rei Lear**
    William Shakespeare
58. **Frankenstein**
    Mary Shelley
59. **Quincas Borba**
    Machado de Assis
60. **Fedro**
    Platão
61. **Política**
    Aristóteles
62. **A Viuvinha / Encarnação**
    José de Alencar
63. **As Regras do Método Sociológico**
    Emile Durkheim
64. **O Cão dos Baskervilles**
    Sir Arthur Conan Doyle
65. **Contos Escolhidos**
    Machado de Assis
66. **Da Morte / Metafísica do Amor / Do Sofrimento do Mundo**
    Arthur Schopenhauer
67. **As Minas do Rei Salomão**
    Henry Rider Haggard
68. **Manuscritos Econômico-Filosóficos**
    Karl Marx
69. **Um Estudo em Vermelho**
    Sir Arthur Conan Doyle
70. **Meditações**
    Marco Aurélio
71. **A Vida das Abelhas**
    Maurice Materlinck
72. **O Cortiço**
    Aluísio Azevedo
73. **Senhora**
    José de Alencar
74. **Brás, Bexiga e Barra Funda / Laranja da China**
    Antônio de Alcântara Machado
75. **Eugênia Grandet**
    Honoré de Balzac
76. **Contos Gauchescos**
    João Simões Lopes Neto
77. **Esaú e Jacó**
    Machado de Assis
78. **O Desespero Humano**
    Sören Kierkegaard
79. **Dos Deveres**
    Cícero
80. **Ciência e Política**
    Max Weber
81. **Satíricon**
    Petrônio
82. **Eu e Outras Poesias**
    Augusto dos Anjos
83. **Farsa de Inês Pereira / Auto da Barca do Inferno / Auto da Alma**
    Gil Vicente
84. **A Desobediência Civil e Outros Escritos**
    Henry David Toreau
85. **Para Além do Bem e do Mal**
    Friedrich Nietzsche
86. **A Ilha do Tesouro**
    R. Louis Stevenson
87. **Marília de Dirceu**
    Tomás A. Gonzaga
88. **As Aventuras de Pinóquio**
    Carlo Collodi
89. **Segundo Tratado Sobre o Governo**
    John Locke
90. **Amor de Salvação**
    Camilo Castelo Branco
91. **Broquéis/Faróis/Últimos Sonetos**
    Cruz e Souza
92. **I-Juca-Pirama / Os Timbiras / Outros Poemas**
    Gonçalves Dias
93. **Romeu e Julieta**
    William Shakespeare
94. **A Capital Federal**
    Arthur Azevedo
95. **Diário de um Sedutor**
    Sören Kierkegaard
96. **Carta de Pero Vaz de Caminha a El-Rei Sobre o Achamento do Brasil**
97. **Casa de Pensão**
    Aluísio Azevedo
98. **Macbeth**
    William Shakespeare
99. **Édipo Rei/Antígona**
    Sófocles
100. **Lucíola**
     José de Alencar
101. **As Aventuras de Sherlock Holmes**
     Sir Arthur Conan Doyle
102. **Bom-Crioulo**
     Adolfo Caminha
103. **Helena**
     Machado de Assis
104. **Poemas Satíricos**
     Gregório de Matos

105. **Escritos Políticos / A Arte da Guerra**
   Maquiavel

106. **Ubirajara**
   José de Alencar

107. **Diva**
   José de Alencar

108. **Eurico, o Presbítero**
   Alexandre Herculano

109. **Os Melhores Contos**
   Lima Barreto

110. **A Luneta Mágica**
   Joaquim Manuel de Macedo

111. **Fundamentação da Metafísica dos Costumes e Outros Escritos**
   Immanuel Kant

112. **O Príncipe e o Mendigo**
   Mark Twain

113. **O Domínio de Si Mesmo Pela Auto-Sugestão Consciente**
   Émile Coué

114. **O Mulato**
   Aluísio Azevedo

115. **Sonetos**
   Florbela Espanca

116. **Uma Estadia no Inferno / Poemas / Carta do Vidente**
   Arthur Rimbaud

117. **Várias Histórias**
   Machado de Assis

118. **Fédon**
   Platão

119. **Poesias**
   Olavo Bilac

120. **A Conduta para a Vida**
   Ralph Waldo Emerson

121. **O Livro Vermelho**
   Mao Tsé-Tung

122. **Oração aos Moços**
   Rui Barbosa

123. **Otelo, o Mouro de Veneza**
   William Shakespeare

124. **Ensaios**
   Ralph Waldo Emerson

125. **De Profundis / Balada do Cárcere de Reading**
   Oscar Wilde

126. **Crítica da Razão Prática**
   Immanuel Kant

127. **A Arte de Amar**
   Ovídio Naso

128. **O Tartufo ou O Impostor**
   Molière

129. **Metamorfoses**
   Ovídio Naso

130. **A Gaia Ciência**
   Friedrich Nietzsche

131. **O Doente Imaginário**
   Molière

132. **Uma Lágrima de Mulher**
   Aluísio Azevedo

133. **O Último Adeus de Sherlock Holmes**
   Sir Arthur Conan Doyle

134. **Canudos - Diário de Uma Expedição**
   Euclides da Cunha

135. **A Doutrina de Buda**
   Siddharta Gautama

136. **Tao Te Ching**
   Lao-Tsé

137. **Da Monarquia / Vida Nova**
   Dante Alighieri

138. **A Brasileira de Prazins**
   Camilo Castelo Branco

139. **O Velho da Horta/Quem Tem Farelos?/Auto da Índia**
   Gil Vicente

140. **O Seminarista**
   Bernardo Guimarães

141. **O Alienista**
   Machado de Assis

142. **Sonetos**
   Manuel du Bocage

143. **O Mandarim**
   Eça de Queirós

144. **Noite na Taverna/Macário**
   Álvares de Azevedo

145. **Viagens na Minha Terra**
   Almeida Garrett

146. **Sermões Escolhidos**
   Padre Antonio Vieira

147. **Os Escravos**
   Castro Alves

148. **O Demônio Familiar**
   José de Alencar

149. **A Mandrágora / Belfagor, o Arquidiabo**
   Maquiavel

150. **O Homem**
   Aluísio Azevedo

151. **Arte Poética**
   Aristóteles

152. **A Megera Domada**
   William Shakespeare

153. **Alceste/Electra/Hipólito**
   Eurípedes

154. **O Sermão da Montanha**
   Huberto Rohden

155. **O Cabeleira**
   Franklin Távora

156. **Rubáiyát**
   Omar Khayyám

157. **Luzia-Homem**
   Domingos Olímpio

158. **A Cidade e as Serras**
   Eça de Queirós

159. **A Retirada da Laguna**
   Visconde de Taunay

160. **A Viagem ao Centro da Terra**
   Júlio Verne

161. **Caramuru**
   Frei Santa Rita Durão

162. **Clara dos Anjos**
   Lima Barreto

163. **Memorial de Aires**
   Machado de Assis

164. **Bhagavad Gita**
   Krishna

165. **O Profeta**
   Khalil Gibran

166. **Aforismos**
   Hipócrates

167. **Kama Sutra**
   Vatsyayana

168. **O Livro da Jângal**
   Rudyard Kipling

169. **De Alma para Alma**
   Huberto Rohden

170. **Orações**
   Cícero

171. **Sabedoria das Parábolas**
   Huberto Rohden

172. **Salomé**
   Oscar Wilde

173. **Do Cidadão**
   Thomas Hobbes

174. **Porque Sofremos**
   Huberto Rohden

175. **Einstein: o Enigma do Universo**
   Huberto Rohden

176. **A Mensagem Viva do Cristo**
   Huberto Rohden

177. **Mahatma Gandhi**
   Huberto Rohden

178. **A Cidade do Sol**
   Tommaso Campanella

179. **Setas para o Infinito**
   Huberto Rohden

180. **A Voz do Silêncio**
   Helena Blavatsky

181. **Frei Luís de Sousa**
   Almeida Garrett

182. **Fábulas**
   Esopo

183. **Cântico de Natal/ Os Carrilhões**
   Charles Dickens

184. **Contos**
   Eça de Queirós

185. **O Pai Goriot**
   Honoré de Balzac

186. **Noites Brancas e Outras Histórias**
   Dostoiévski

187. **Minha Formação**
   Joaquim Nabuco

188. **Pragmatismo**
   William James

189. **Discursos Forenses**
   Enrico Ferri

190. **Medéia**
   Eurípedes

191. **Discursos de Acusação**
   Enrico Ferri

192. **A Ideologia Alemã**
   Marx & Engels

193. **Prometeu Acorrentado**
   Esquilo

194. **Iaiá Garcia**
   Machado de Assis

195. **Discursos no Instituto dos Advogados Brasileiros / Discurso no Colégio Anchieta**
   Rui Barbosa

196. **Édipo em Colono**
   Sófocles

197. **A Arte de Curar pelo Espírito**
   Joel S. Goldsmith

198. **Jesus, o Filho do Homem**
   Khalil Gibran

199. **Discurso sobre a Origem e os Fundamentos da Desigualdade entre os Homens**
   Jean-Jacques Rousseau

200. **Fábulas**
   La Fontaine

201. **O Sonho de uma Noite de Verão**
   William Shakespeare

202. **Maquiavel, o Poder**
   José Nivaldo Junior

203. **Ressurreição**
   Machado de Assis

204. **O Caminho da Felicidade**
   Huberto Rohden

205. **A Velhice do Padre Eterno**
   Guerra Junqueiro

206. **O Sertanejo**
   José de Alencar

207. **Gitanjali**
   Rabindranath Tagore

208. **Senso Comum**
   Thomas Paine

209. **Canaã**
   Graça Aranha

210. **O Caminho Infinito**
   Joel S. Goldsmith

211. **Pensamentos**
   Epicuro

212. **A Letra Escarlate**
   Nathaniel Hawthorne

213. **Autobiografia**
 Benjamin Franklin

214. **Memórias de Sherlock Holmes**
 Sir Arthur Conan Doyle

215. **O Dever do Advogado / Posse de Direitos Pessoais**
 Rui Barbosa

216. **O Tronco do Ipê**
 José de Alencar

217. **O Amante de Lady Chatterley**
 D. H. Lawrence

218. **Contos Amazônicos**
 Inglez de Souza

219. **A Tempestade**
 William Shakespeare

220. **Ondas**
 Euclides da Cunha

221. **Educação do Homem Integral**
 Huberto Rohden

222. **Novos Rumos para a Educação**
 Huberto Rohden

223. **Mulherzinhas**
 Louise May Alcott

224. **A Mão e a Luva**
 Machado de Assis

225. **A Morte de Ivan Ilicht / Senhores e Servos**
 Leon Tolstói

226. **Álcoois**
 Apollinaire

227. **Pais e Filhos**
 Ivan Turguêniev

228. **Alice no País das Maravilhas**
 Lewis Carroll

229. **À Margem da História**
 Euclides da Cunha

230. **Viagem ao Brasil**
 Hans Staden

231. **O Quinto Evangelho**
 Tomé

232. **Lorde Jim**
 Joseph Conrad

233. **Cartas Chilenas**
 Tomás Antônio Gonzaga

235. **Do Cativeiro Babilônico da Igreja**
 Martinho Lutero

236. **O Coração das Trevas**
 Joseph Conrad

237. **Thais**
 Anatole France

238. **Andrômaca / Fedra**
 Racine

239. **As Catilinárias**
 Cícero

240. **Recordações da Casa dos Mortos**
 Dostoiévski

241. **O Mercador de Veneza**
 William Shakespeare

242. **A Filha do Capitão / A Dama de Espadas**
 Aleksandr Púchkin

243. **Orgulho e Preconceito**
 Jane Austen

244. **A Volta do Parafuso**
 Henry James

245. **O Gaúcho**
 José de Alencar

246. **Tristão e Isolda**
 Lenda Medieval Celta de Amor

247. **Poemas Completos de Alberto Caeiro**
 Fernando Pessoa

248. **Maiakóvski**
 Vida e Poesia

249. **Sonetos**
 William Shakespeare

250. **Poesia de Ricardo Reis**
 Fernando Pessoa

251. **Papéis Avulsos**
 Machado de Assis

252. **Contos Fluminenses**
 Machado de Assis

254. **A Oração da Coroa**
 Demóstenes

255. **O Castelo**
 Franz Kafka

256. **O Trovejar do Silêncio**
 Joel S. Goldsmith

257. **Alice na Casa dos Espelhos**
 Lewis Carrol

258. **Miséria da Filosofia**
 Karl Marx

259. **Júlio César**
 William Shakespeare

260. **Antônio e Cleópatra**
 William Shakespeare

261. **Filosofia da Arte**
 Huberto Rohden

262. **A Alma Encantadora das Ruas**
 João do Rio

263. **A Normalista**
 Adolfo Caminha

264. **Pollyanna**
 Eleanor H. Porter

265. **As Pupilas do Senhor Reitor**
 Júlio Diniz

266. **As Primaveras**
 Casimiro de Abreu

SÉRIE OURO
(Livros com mais de 400 p.)

1. **Leviatã**
 Thomas Hobbes

2. **A Cidade Antiga**
 Fustel de Coulanges

3. **Crítica da Razão Pura**
 Immanuel Kant

4. **Confissões**
 Santo Agostinho

5. **Os Sertões**
 Euclides da Cunha

6. **Dicionário Filosófico**
 Voltaire

7. **A Divina Comédia**
 Dante Alighieri

8. **Ética Demonstrada à Maneira dos Geômetras**
 Baruch de Spinoza

9. **Do Espírito das Leis**
 Montesquieu

10. **O Primo Basílio**
 Eça de Queirós

11. **O Crime do Padre Amaro**
 Eça de Queirós

12. **Crime e Castigo**
 Dostoiévski

13. **Fausto**
 Goethe

14. **O Suicídio**
 Émile Durkheim

15. **Odisséia**
 Homero

16. **Paraíso Perdido**
 John Milton

17. **Drácula**
 Bram Stocker

18. **Ilíada**
 Homero

19. **As Aventuras de Huckleberry Finn**
 Mark Twain

20. **Paulo – O 13º Apóstolo**
 Ernest Renan

21. **Eneida - Virgílio**

22. **Pensamentos**
 Blaise Pascal

23. **A Origem das Espécies**
 Charles Darwin

24. **Vida de Jesus**
 Ernest Renan

25. **Moby Dick**
 Herman Melville

26. **Os Irmãos Karamazovi**
 Dostoiévski

27. **O Morro dos Ventos Uivantes**
 Emily Brontë

28. **Vinte Mil Léguas Submarinas**
 Júlio Verne

29. **Madame Bovary**
 Gustave Flaubert

30. **O Vermelho e o Negro**
 Stendhal

31. **Os Trabalhadores do Mar**
 Victor Hugo

32. **A Vida dos Doze Césares**
 Suetônio

34. **O Idiota**
 Dostoiévski

35. **Paulo de Tarso**
 Huberto Rohden

36. **O Peregrino**
 John Bunyan

37. **As Profecias**
 Nostradamus

38. **Novo Testamento**
 Huberto Rohden

39. **O Corcunda de Notre Dame**
 Victor Hugo

40. **Arte de Furtar**
 Anônimo do século XVII

41. **Germinal**
 Emile Zola

42. **Folhas de Relva**
 Walt Whitman

43. **Ben-Hur — Uma História dos Tempos de Cristo**
 Lew Wallace

44. **Os Maias**
 Eça de Queirós

45. **O Livro da Mitologia**
 Thomas Bulfinch

47. **Poesia de Alvaro de Campos**
 Fernando Pessoa

48. **Jesus Nazareno**
 Huberto Rohden

49. **Grandes Esperanças**
 Charles Dickens

50. **A Educação Sentimental**
 Gustave Flaubert

53. **Os Miseráveis (Volume I)**
 Victor Hugo

54. **Os Miseráveis (Volume II)**
 Victor Hugo

55. **Dom Quixote de La Mancha (Volume I)**
 Miguel de Cervantes

56. **Dom Quixote de La Mancha (Volume II)**
 Miguel de Cervantes

58. **Contos Escolhidos**
 Artur Azevedo